W0088810

NORDSEE

Wangerooge

Hamburg

Elbe

Amsterdam

Blankenburg

Jena

Blankenburg

Saale

Lobenstein

Brest

Paris

Rhein

Inn

Brenner)(

Venedig

Genua

La Spezia

OSTSEE

N
W   O
S

• Berlin

Warschau

Weichsel

Prag

Nab
Regensburg
Passau
Baumgartenberg
Linz
Grein
Wien

Donau

Greinburg

Das Buch

Das Mittelalter ist eine dunkle und zugleich faszinierende Zeit. Dabei haben sich die politischen Absichten der Menschen kaum geändert. Anders geworden sind nur die Technologien. Mit ihnen sind die Lebensumstände immer gefährlicher geworden. Während die Menschen früher mit dem Schwert aufeinander zugegangen sind, lassen sie heute Waffen sprechen, die per Knopfdruck agieren oder wie von Geisterhand gesteuert werden, wie die Drohnen.

Den Autor interessieren dabei die Motive: Seien sie nun aus Machtgier, aus religiösen Anschauungen, Eifersucht, Habgier und vielem mehr. Dieses Buch setzt sich mit Glaubensfragen ebenso auseinander, wie den sexuellen Begierden der Menschen. Diese Geschichte spielt im Vorfeld einer Zeit der größten Umbrüche, die wir je gehabt haben. Der 30jährige Krieg hat zusammen mit der Pest die Einwohnerzahl Europas um die Hälfte dezimiert.

Der Autor

Eine der größten Lieben von Frank S. Witte ist neben seiner Frau und seinen Freunden das Schreiben. Es hat ihn schon seit seiner Jugend begeistert. Er hat als Journalist in Print, Radio und Fernsehen gearbeitet. Der Autor ist Absolvent der Universität Salzburg und hat sich auf interkulturelle Kommunikation spezialisiert.

„Besonders danken möchte ich neben meiner Frau Susanna, Helga Kritzinger, Marianne Mayrhofer, Nikola Jakadofski und Daniela Schmee, die mir zu meinen wertvollsten Kritikern geworden sind. Ein Dank gebührt auch Waltraud Garschall als Mitarbeiterin bei der Ursprungsidee und meinen Freunden Markus und Karin Neuburger, die am Layout und Text dieses Buches gefeilt haben und der Gemeinde Windhaag bei Perg, aus deren Kirche das Titelbild stammt. Es ist das Wappen der Prager."

Impressum: Der Graf und das Mädchen ist in der Steven White EDITION™ 2020 erschienen. Verlagsort ist 4324 Rechberg, Austria.Umschlagfoto: Gemeinde Windhaag bei Perg. Druck: WIRmachenDRUCK. ISBN 978-3-200-07135-3, 2. Auflage.

Frank S. Witte

Der Graf und Mädchen

Wir schreiben den 23. Dezember 1516. In einem Tag ist „Heilig Abend" und über Guiglo in Montagnes verdunkelt sich für zwei Minuten und fünf Sekunden der Himmel. Das Gezwitscher der Vögel erstirbt, der Wind ist zum völligen Stillstand abgeflaut, Menschen und Tiere verfallen in eine seltsame Starre. Die Sonne hat sich verfinstert, um dann wieder wie neu geboren über dem Zenit aufzugehen, als wäre nichts passiert. Die Menschen an der Elfenbeinküste glauben in ihrer Panik, den Tag danach nicht mehr zu erleben, doch die Sonne zeigt sich wieder.

Über sechstausend Kilometer nördlich von Guiglo war das Spektakel nur in einer leichten Abdunkelung zu erkennen. 500 Jahre später würde man das dann partielle Sonnenfinsternis nennen. Europa wurde aber von einem Ruck erschüttert. Kaiser Maximilian I starb am 12. Jänner 1519. Er galt als letzter Ritter seiner Zeit und der halbe Kontinent wird von 1618 bis 1648 vom 30jährigen Krieg ausgerottet. Was Krieg und Mord nicht schafften, vollendeten Siechtum und Pest.

Noch am 31. Oktober 1517 schlug der Wittenberger Gelehrte Martin Luther seine 95 Thesen an die Tür der Schlosskirche. Nichts davon ahnend was die Zukunft bringen würde. Es war eine Tat gegen den Ablasshandel. Die Menschen glaubten damals, sich gegen Geld von den Sünden freikaufen zu können, um sich einen Platz im Paradies zu sichern.

Allein in Oberösterreich traten über neunzig Prozent der Menschen dem Lutherischen Glauben bei. Die Habsburger hatten jedoch andere Vorstellungen. Sie waren weiter erzkatholisch und sie setzten alles daran, ihre Macht zu erhalten; zudem standen die Türken vor den Mauern Wiens. 1551 wurde in der österreichischen Hauptstadt ein Jesuitenkollegium gegründet, das als Basis der Gegenreformation gilt. 1577 verbot Rudolf II den öffentlichen protestantischen Gottesdienst in Wien.

Die Mutter hustete schon wieder, der Schweiß stand ihr auf der Stirn. Die kleine Franzi musste an den vergangenen Sommer denken, als sie mit ihrer Mutter die Wälder und Wiesen durchstreifte, um nach verschiedenen Kräutern zu suchen, um die Apothekerkammer wieder aufzufüllen. Doch diesmal schienen die Kenntnisse, die ihr die Mama mitgegeben hatte, zu versagen. Sogar die Essigpatscherl und ein Absud aus der Weidenrinde, den sie ihr zu trinken gab, schienen gegen das Fieber nicht zu wirken. Auch die schwarze Schmier half nicht. Franzi legte die Hand auf Walburgas Stirn. Sie schien zu glühen.

„Mutter was ist mit dir, geht es dir noch nicht besser?", fragte Franzi besorgt, und weinend fügte sie hinzu, „Mama steh auf, bitte steh auf."

„Hab' ein bisschen Geduld mein Kind, lass mich noch etwas ausruhen", sagte Walli schwach und leise.

Das Reden machte ihr Mühe, tat ihr in der Brust weh. Dabei wusste sie, dass es nicht mehr lange dauern würde. Alle stillen Gebete und der Kamillensud hatten nichts geholfen. Selbst zum Husten, der zuletzt krampfartig und quälend war, hatte sie kaum mehr Kraft. Wie sollte die kleine Franzi, die gerade dreizehn Jahre alt war, ohne sie zurechtkommen. Der Vater war erst gestorben. Ein Armbrustbolzen des Grafen Moritz von Lohenroth hatte ihn voriges Jahr bei einer Treibjagd versehentlich getroffen. Er starb in den Armen von Lohenroth, der ihm versprach, sich um die Walli und ihr Kind zu kümmern. Walburga hatte die Apotheke ihres Mannes dann weitergeführt, sehr zu Missgunsten der wohlhabenden Herren. Eine Frau gehört nun einmal an den Herd, dachte man auch im Dorf. Auf das Heilwissen der Apothekersfrau kamen die Leute dennoch gerne zurück, etwa dann, wenn die Frauen von Unterleibsschmerzen oder die Männer von Pusteln am Arsch geplagt wurden.

Erst im November hatte Walburga der Bürgermeistersfrau Hermine geholfen. Auch sie hatte das Fieber gehabt, das im Herbst im Dorf umging. Jetzt hatte es die Walli selbst getroffen. Bereits seit einer Woche konnte sie das Bett kaum mehr verlassen. Immer schwächer wurde sie. Sie schaffte es kaum mehr auf den Abtritt. Die Franzi kochte ihr den mit Honig gesüßten

Brei, der etwas Wärme spendete. Es fiel ihr schwer zu essen. Jeder Bissen wurde zur Qual. Es schmeckte nichts mehr.

„Mutter, du musst doch etwas essen! Das wird dir Kraft geben!", flehte Franzi. Das Mädchen liebte sie abgöttisch, verehrte ihre Mutter, die ihr das Wissen um die Kräuter beigebracht hatte. Sogar Schreiben und ein wenig Latein hatte sie von der Walli gelernt.

„Ich weiß Franzi, mein Kind, aber ich kann nicht, ich bring es nicht hinunter", meinte die Walli mit Tränen in den Augen. Ihre Sorge galt nicht ihrer Gesundheit, sondern der Franzi, die sich so liebevoll um sie kümmerte.

Als Franzi am nächsten Morgen zu Ihrer Mutter kam, war alles anders. Das Husten hatte aufgehört.

„Mutter, bist du wieder gesund?" Walburga antwortete nicht, sie antwortete nie wieder. Sie war eingeschlafen und sah so friedlich aus, als ob sie die Engel geholt hätten. Franzi schossen die Tränen in die Augen. „Mutter, was ist, bleib bei mir!", Franzi schrie es fast und weinte laut. Doch alles Flehen half nichts. Die Mama war im Himmel und die Franzi allein, ganz allein. Wie viel Spaß sie doch mit ihrer Mutter gehabt hatte und wie gut sie sich verstanden hatten. Sie dachte auch an ihren Vater, mit dem sie viel gelacht hatte. Sie wurde unendlich traurig in ihren Gedanken.

Plötzlich klopfte es an der Tür. Dann wieder: Metall auf Metall.

„Franzi, bist du da?" Es war der fünfzehnjährige Peter vom Nachbarshof. Franzi stand mit verheulten Augen in dem Durchgang, schluckte und brachte kein Wort heraus.

„Was ist passiert?", fragte Peter, „wie geht es deiner Mutter?" Eine Antwort war nicht nötig. Peter spürte, dass sie tot war – dass nichts so war, wie früher. Peter und Franzi standen da, und hielten sich aneinander fest. Der Tod war nicht zu begreifen. Wenig später führte Peter Franzi zum Pfarrer, um Rat und Trost zu suchen.

Pfarrer Alois, ein Mann in den Sechzigern, der vor 20 Jahren zum lutherischen Glauben konvertiert war, wusste sofort Bescheid, als er die beiden Freunde vor sich sah. Auch er umarmte in seiner Güte Franzi.

„Wir werden einen schönen Gottesdienst ausrichten", sagte er. „Deine Mutter hat vielen Menschen geholfen und ist bestimmt im Himmel! Ich werde Graf Moritz informieren. Noch in der nächsten Stunde soll der Mesner zur Burg Windhaag gehen. Jetzt kommt erst einmal herein und trinkt ein Glas Würzwein. Er wird gegen die eiskalten Temperaturen helfen und euch ein wenig trösten."

Franziska und Peter sahen Pfarrer Alois dankbar an. Zusammen beteten sie ein Vaterunser. Wenig später suchten die Kinder und der Pfarrer das Haus der Apothekerin auf, das nur eine Minute entfernt war. „Den Kranken hatte sie zwar helfen können, nur sich selbst nicht", dachte sich der Pfarrer und schüttelte den Kopf. Er sah Walburga in ihrem Bett liegen. Sie war immer noch wunderschön aber jetzt leichenblass. Ihre blauen Augen und das rot gelockte Haar hatte sie ihrer Tochter Franzi vererbt, – ja und die Herzensgüte, die sie gelebt hatte. Franzis beide Brüder waren schon im Alter von zwei und vier Jahren verstorben.

„Herr Pfarrer, glaubt Ihr, dass die Mutter jetzt im Himmel ist, oder muss sie im Fegefeuer entsetzliche Qualen leiden?", fragte Franzi.

„Ach Franzi, hab' keine Angst. Deine Mutter war ein guter Mensch. Sie hat keinem ein Leid angetan und sich immer für andere eingesetzt. Außerdem hat unser großer Gelehrte, Martin Luther, vom vergebenden Gott gepredigt. Das mit dem Fegefeuer und der Hölle ist Unsinn, nur um die Leute gefügig zu machen!" Franzi und Peter saugten die tröstenden Worte in sich auf. Aber was sollte jetzt werden, wo würde Franzi jetzt wohnen? Im Apothekerhaus alleine konnte sie nicht bleiben.

„Schon übermorgen werden wir deine Mutter auf dem Friedhof gleich neben deinem Vater beerdigen", sagte Pfarrer Alois und ergänzte, „heute Nacht kannst du erst einmal bei mir im Pfarrhaus schlafen. In der Dachkammer ist noch ein Bettchen frei."

Die Köchin des Pfarrers, die Frieda Schinnerl, nahm sich der Franzi an. Wie zart das Kind doch war, aber wache Augen hatte sie. „Magst du einen in Gänsefett herausgebackenen Bauernkrapfen haben?", fragte sie das Mädchen, das schon fast einen Tag nichts mehr gegessen hatte. Franzi spürte erst jetzt ihren Hunger und nickte verschämt. Die Köchin nahm die Krapfen aus der Pfanne. Sie schwammen richtig im Fett. Die Frieda ließ die Krapfen abtropfen und legte sie auf den Teller. Mit einem großen Löffel Sauerkraut würden sie eine richtig gute Mahlzeit abgeben. Auch Peter wurde zum Essen eingeladen. Die beiden Freunde waren glücklich. Noch nie hatten sie so gute Krapfen gegessen. Die Augen der Kinder strahlten richtig.

Franzi erzählte der Frieda und dem Peter vom Sommer: *Als sie mit ihrer Mutter in der Naarn, einem kleinen Flüsschen bei Pierbach, war. Sie hatte dort sogar einen Biber beim Bau seiner Burg aus Ästen und Zweigen beobachtet und Bachforellen geangelt, die sie mit ihrer Mutter über einem offenen Feuer gegrillt hatte. Dazu hatte sie einen Stock aus einem Weiden-ästchen geschnitten. Die Forellen schmeckten köstlich und das Brot dazu hatten sie erst am Vortag im alten Backhaus gebacken. Soweit erzählte sie,* wurde dann still und war in Gedanken.

Franzi holte ein keines Pferdchen aus Holz aus ihrer Tasche, streichelte darüber und zeigte es ihrer Mutter. „Das hat mir Peter geschnitzt. Weißt du, in gar nicht allzu langer Zeit wird Peter beim Binder Johann Katteneder anfangen. Sein Vater und er haben bereits miteinander geredet. Der Johann kann nicht nur Fässer herstellen, sondern auch Betten und Truhen fürs Haus. Er hat gesagt, dass Peter Talent hat und fleißig ist. Schau einmal her, wie schön das Pferdchen ist. Die Beine hat er extra geschnitzt und mit Leim am Körper befestigt."

„Das sieht wirklich sehr schön aus. Du magst Peter wohl sehr", sagte Walli. Sie schaute ihre Tochter an und musste plötzlich lächeln. „Willst du Peter einmal heiraten?", fragte Walli scherzhaft.

„Vielleicht, wenn er mich mag", antwortete die Kleine.

Danach gingen sie zur Burg Rothenstein, die Leonhard Helfried Graf von Meggau in Pfandbesitz hatte. Der Weg war weit und dauerte anderthalb Stunden. Die Sonne hatte den Zenit bereits überschritten. Die mächtige Burg gehörte zur Greinburg und war mit ihren großen Türmen an den Mauerecken eine riesige Verteidigungsanlage, die aus den umgebenden Wäldern ragte. Die hohen Herrschaften benötigten Kräuter und eine besondere Medizin, die die Walburga aus der Tollkirsche herstellte. Die Rezeptur war freilich ein gewagtes Unterfangen, nur hatte sie bei starken Schmerzen und richtiger Dosierung eine unglaubliche Wirkung.

Anfangs schlängelte sich der Weg in einer leichten Steigung durch den Wald. Dann gingen sie an gewaltigen Granitfelsen vorbei, die über die Burg zu wachen schienen. Unmittelbar unter der Burg standen zwei kleine Häuschen inmitten einer Wiese, auf der Schafe grasten. Dann ging der Weg in einem steilen Anstieg hinauf. Es schien so, als wäre sie für Feinde uneinnehmbar. Die Hussiten hatten erst gar nicht versucht, sie zu erstürmen. Die Abhänge waren zu steil und die Mauern viel zu hoch.

Die Burg war für Franzi wie ein riesiges Areal zum Spielen. Vom Turm konnte man weit übers Land ob der Enns schauen, im Norden sogar bis fast in die tschechischen Lande. Im Süden lag die Burg Clingenberg, die mit Rothenstein eine Art Verteidigungswall bildete.

In der Burg wurde Walli schon vom Vogt erwartet. „Na, habt Ihr es doch noch geschafft!", blaffte Siegesmund Krichbaumer. „Ich dachte schon, Ihr würdet nie mehr kommen. Der Sepp hat sich nämlich beim Holzziehen verletzt. Er ist auf einer frisch geschälten Rinde ausgerutscht und hat sich zwischen zwei Holzblochen eingeklemmt. Sein Bein sieht übel aus."

„Hättet Ihr das nicht gleich sagen können. Es hat nur geheißen, Ihr bräuchtet etwas gegen Schmerzen. Wo ist der Sepp jetzt?", fragte Walburga.

„Wir haben ihn in einem Raum im Burgpallas gelegt. Die Edeltraud passt auf ihn auf!"

„Franzi, du bleibst draußen und wartest dort. Und turn nicht wieder an den Mauern herum", sagte Walli eindringlich.

Die Verletzung sah wirklich schlimm aus. Der Fuß war zwar dick, aber nicht gebrochen. Walli reinigte die Wunde und verband sie neu mit Leinentüchern. Von dem Schmerzmittel, der Belladonna, brauchte der Sepp nichts.

„Reinigt die Wunde mehrmals täglich und bedeckt sie mit ausgekochten Tüchern", sagte Walburga zur Köchin.

„Wo ist die Herrschaft?", fragte Walburga nachdem sie Sepp versorgt hatte.

„Nicht hier", sagte Siegesmund. „Er ist in den nächsten Wochen bei Hofe in Wien. Der Graf steht in den Diensten des Kaisers."

Inzwischen hatte Franzi die Pferde im Innenhof der Burg gestriegelt und dem Knecht beim Füttern geholfen. Rudi war ein einfacher aber zuverlässiger Mensch. Er kannte Franzi bereits von früheren Besuchen auf der Burg.

Wie schön der Sommer doch war, aber leider lag er jetzt nahezu ein halbes Jahr zurück. Geblieben war Franzi nur mehr das Holzpferdchen und die Erinnerung an die warmen und glücklichen Tage. Jetzt war bereits kalter Winter.

Münzbach, 8. Dezember 1577

Pfarrer Alois ging in der Früh die verstorbene Walburga nicht aus dem Kopf. Wie ungerecht war doch das Leben, dachte er. Und dennoch glaubte er fest an Gott, auch wenn ihn die Geschehnisse oft zweifeln ließen. Er hörte Schritte von der Stiege tapsen. Die Stubentür öffnete sich knarrend. Die Sonne war gerade erst aufgegangen.

„Guten Morgen Herr Pfarrer", begrüßte Franzi den Pfarrer ehrfürchtig und etwas schüchtern.

„Na, hast du gut schlafen können?", fragte der Herr Pfarrer.

„Nicht gut", entgegnete Franzi traurig, „ich hab' immer an meine Mutter denken müssen und an meinen Vater."

Der Pfarrer traf Vorbereitungen für das Begräbnis. Ein Sarg musste hergerichtet werden. Eine Predigt musste verfasst werden. Schon heute

Abend wird eine Totenmesse für die Walburga abgehalten. Wo es ging half Franzi mit.

Der Schneefall hatte aufgehört. Die Sonne zeigte sich. Stille lag in der Luft. Der Tod der Apothekerin hatte sich schnell herumgesprochen.

Die Kirche war am Abend bis hinten voll. Alle schauten Franzi voller Mitleid an. Ganz hinten saß im Gestühl ein Mann, den alle nur allzu gut kannten. Graf Moritz war persönlich gekommen, um von Walli Abschied zu nehmen. Seine Wachen warteten draußen vor der Kirchentür. Trotz des Standesunterschiedes hatte er zum Vater des Kindes, dem Konrad, ein fast freundschaftliches Verhältnis gehabt. Der Tod tat ihm immer noch entsetzlich Leid. Jetzt war auch die Walli gestorben.

Bürgermeister Friedrich Semper saß ebenfalls in der Kirche, neben ihm in den ersten Reihen saß fast der gesamte Gemeinderat. Sempers Frau Hermine fühlte sich zwar noch schwach, war aber dem Tod knapp entronnen. Das Fieber hatte sie zwei Wochen lang gequält. Die beleibte Frau hatte fast vierzehn Pfund an Leibesfülle verloren. Unter den Augen zeigten sich immer noch tiefe dunkle Ringe.

„Der Walli habe ich mein Leben zu verdanken, jetzt ist sie selbst tot!", flüsterte Hermine der Ratsfrau Erna Reindling zu.

„Brave Leute von Münzbach. Wir haben heute einen schweren Verlust zu beklagen. Die Walburga ist vor zwei Tagen an der Grippe gestorben. Lasset sie in unseren Herzen wohnen. Ich bin mir sicher, dass sie bei unserem Herrn Jesus Christus im Himmel ist. Sie war eine gute Frau." So leitete Pfarrer Alois seine Predigt ein. Einige der Gottesdienstbesucher bekreuzigten sich.

„Ihre kleine Tochter Franzi ist tapfer. Für sie wird aber gut gesorgt werden. Ich habe Moritz Graf von Lohenroth bereits eine Botschaft zukommen lassen", sagte Pfarrer Alois.

Der Graf, der sich in der hintersten Reihe der Kirche aufhielt, nickte und stand auf. „Werter Herr Pfarrer, entschuldigt bitte, dass ich den

Gottesdienst störe. Wie ihr vielleicht wisst, war ich mit dem Vater des Mädchens eng befreundet. Dem Mädchen wird es an nichts mangeln, zudem ich die Vormundschaft übernehme. Ich habe bereits mit dem Abt des Klosters in Baumgartenberg Kontakt aufgenommen. Er wird sich um die Ausbildung und die Unterkunft von Franzi kümmern."

Franzi war durch den Tod ihrer Mutter so traurig, dass sie noch keine Gedanken an die Zukunft hatte fassen können. Sie fühlte sich überrumpelt und ausgeliefert. Peter kamen die Tränen in die Augen. Er ahnte die Tragweite der Entscheidung, „seine Freundin ging weg, einfach weg." Würden sie sich jemals wieder sehen?

Graf Moritz hatte also gesprochen. Durch das Volk ging ein leises Raunen. Hilfe war zwar gut, aber diese Ankündigung übertrieben und unangemessen, dachten sich einige Münzbacher. Aber der Graf musste es ja wissen.

„Bereits zu Neujahr wird Franzi nach Baumgartenberg gehen", schloss Moritz von Lohenroth seine Rede. „Einstweilen wird sie auf meine Burg kommen."

Einige Leute blieben nach dem Gottesdienst noch in der Kirche, um zusammen mit Franzi und Peter von Walburga Abschied zu nehmen. In den nächsten Tagen würde Franzi noch bei Pfarrer Alois wohnen.

Schon zwei Tage später wurde Walli beerdigt. Ein kleines Holzkreuz und die frisch aufgeschüttete Erde, die vom Schnee umrahmt wurde, erinnerten daran, dass erst kürzlich hier jemand begraben worden war. Ein paar Raben kreisten am Himmel und krächzten.

Münzbach, 12. Dezember 1577

Die Aussicht ins Kloster nach Baumgartenberg zu gehen, hatte das Mädchen verunsichert. Was würde sie dort lernen, würden sie die Oberin, die Nonnen und die anderen Kinder gut aufnehmen? Wann würde sie ihr altes Zuhause wieder sehen? Viele Fragen gingen Franzi durch den Kopf. Pfarrer Alois spürte die Unruhe der Dreizehnjährigen.

„Weißt du Franzi, es ist das Beste für Dich. Ich kenne die Oberin. Sie ist zwar eine strenge Frau aber auch gerecht. Du kannst dort viel lernen", meinte der Pfarrer.

„Werde ich den Pfarrer und Peter wieder sehen?", dachte sich Franzi.

„Ich komme einmal pro Monat nach Baumgartenberg. Die Orte sind bei guten Verhältnissen nur eine Reitstunde voneinander entfernt. Dann kannst du mir erzählen, wie es dir ergeht. Vielleicht kann ich Peter mitnehmen, wenn es seine Eltern erlauben. Mein Ross ist stark und wird uns beide tragen.

Die kleine Franzi ließ die Worte des Pfarrers auf sich nachwirken, aber die Unruhe blieb. Sie trank aus einem Häferl warme Milch, die mit Honig gesüßt war und aß ein Stück Brot mit Topfen. Gestärkt verließ sie den Tisch in der wohlig warmen Küche des Pfarrhauses und dankte der Köchin und dem Pfarrer.

„Darf ich nach dem Peter schauen?", fragte Franzi.

„Natürlich", meinte der Pfarrer Alois. „Geh´ nur und grüß´ mir die Eltern vom Peter."

In der Nacht hatte es geschneit, die Luft war herrlich klar und das Läuten von Glöckchen an einer Kutsche war zu hören. Franzi machte sich auf den Weg zum Hof der Bauersleut'. Sie kam beim Rathaus vorbei und am Dorfbrunnen, der in der Kälte dampfte. Ihr kamen Leute entgegen, die ihr freundlich zunickten. „Franzi, wenn du irgendetwas brauchst, melde dich bei uns", war öfter zu hören. Dann war sie endlich am Hof vom Peter angelangt.

Der wiederum sah Franzi bereits auf den Hof zugehen, zog sich seine Jacke an und lief ihr freudestrahlend entgegen. „Hallo Franzi. Ich habe dich schon vermisst! Hast du Lust, wollen wir Schlitten fahren gehen? Das wird bestimmt lustig!", sagte Peter.

Münzbach, 28. Dezember 1577

Franzi hatte noch die Weihnachtsfeiertage bei Pfarrer Alois verbracht. Am 28. Dezember 1577 holten sie zwei Männer von Graf Lohenroth ab. Es war der „Tag der unschuldigen Kinder" und es war ein eisiger Tag. Die Männer waren missmutig und ein wenig verkatert. Sie hatten am Vortag zu viel Würzwein genossen, um die Kälte aus den Knochen zu vertreiben.

„Fritz, ein warmes Tor zum Paradies und ein weiches Bett wären mir jetzt lieber, als hier durch den Schnee zu reiten! Stimmt's oder hab' ich Recht."

„Mir geht's genauso Karl. Die dicke Hanni wäre genau die Richtige. Stattdessen holen wir jetzt eine spindeldürre Jungfer ab!"

Während die Männer weiter in ihren Tagträumereien verfallen waren, erreichten sie schließlich den Pfarrhof in Münzbach. Köchin Frieda Schinnerl hatte gerade Knödel auf dem Herd stehen und rief die beiden ins Haus hinein.

„Grüß euch beide! Kommt erst einmal herein und wärmt euch am Ofen auf. Es ist ja mächtig kalt da draußen. Mögt ihr etwas essen? Ich hätt' auch einen Speck zu den Knödeln, die ich gerade gekocht habe", begrüßte Frieda die Abgesandten des Grafen.

Den beiden lief das Wasser im Mund zusammen. „So wird man gerne empfangen", freute sich Karl. „Ist das Mädchen schon reisebereit?"

„Sie ist noch oben in der Stube und packt ein paar Sachen zusammen. Jetzt setzt euch erst einmal. Der Herr Pfarrer wird gleich da sein. Die Pferde könnt ihr einstweilen in den Stall stellen."

Eine Stunde später saßen Fritz, Karl und Franzi auf ihren Pferden und bahnten sich einen Weg durch den Schnee nach Clingenberg. Die beiden hatten gehört, dass Franzi von ihrem Vater bereits reiten gelernt hatte. Die braune Stute, die sie mitgenommen hatten, war ein sehr ruhiges und gutmütiges Pferd. Wind und Schneefall hatten dennoch nicht nachgelassen. Man konnte keine fünfzig Schritt weit sehen. Die drei waren tief in ihre Umhänge eingehüllt. Die Spuren vom Herweg waren kaum noch zu erkennen.

Der Weg führte immer tiefer in den Wald hinein. Zumindest war der Wind nicht mehr so schneidend. Von anderen Menschen war nichts mehr zu sehen. Eine mächtige Kiefer hatte sich den Reitern in den Weg gelegt. Der Schneedruck war einfach zu groß geworden. Eine Windböe hatte den Riesen schließlich zum Fallen gebracht. Entlang des Weges sah es aus, als hätte ein Orkan gewütet. Stämme lagen kreuz und quer. Die drei mussten den Weg verlassen, um an den Bäumen vorbeizukommen.

Vor kurzem hatten sie noch ein Gehöft passiert, aus dessen Kamin Rauch quoll. Jetzt war auch nichts mehr zu hören. Der Schnee dämpfte das Klappern der Hufe. Dann plötzlich kam von vorne ein leises Knurren und Schmatzen. Franzi spürte ihren Herzschlag in den Ohren pochen. Sie umklammerte das kleine Holzpferdchen, das Peter ihr geschenkt hatte, mit den Fingern der rechten Hand. Plötzlich waren sie im Schneegestöber zu erkennen. Drei Wölfe waren zu sehen, wie sie gerade an einem Stück Rehwild herumrissen.

Fritz und Karl griffen nach den Steinschloss-Pistolen, die sie vom Grafen bekommen hatten und spannten die Abzüge. Sie wussten, dass sie jeweils nur einen Versuch hatten. „Ganz ruhig Franzi, die Tiere tun uns nichts. Sie haben Hunger!" sagte Karl. „Halte dich hinter uns." Die beiden wollten die Raubtiere nicht provozieren und hielten ihre Pistolen nur im Anschlag. Auf eine Abschussprämie von einem Gulden pro erlegten Wolf verzichten die Holzknechte, waren sie doch weder Jäger noch geübte Soldaten. Jetzt galt es klug zu sein. „Ganz ruhig!", sagte Fritz sanft zu den Pferden. Der Schreck ließ das Trio weder atmen noch schlucken. Franzi sah, wie der Leitwolf dem Reh in die Kehle biss und daran festhielt. Der Bock versuchte noch, seinem Jäger zu entkommen und wollte sich auf seine Läufe stellen, doch der graue Riese war zu stark und zu hungrig, um nur einen Deut nachzugeben.

Der Todeskampf dauerte für Franzi eine Ewigkeit an. Tatsächlich waren es aber nur ein bis zwei Minuten, bis das schreckliche Schauspiel vorbei war. Dann fletschte das Tier seine blutigen Zähne und knurrte die unfreiwilligen Besucher dunkel an. Die Schnauze und seine Brust waren von Blut durchtränkt, der Schnee verfärbte sich rot. Inzwischen versuchten die beiden anderen Wölfe sich dem Kadaver zu nähern. Franzi stellte sich vor, dass die Raubtiere sie und die beiden Männer angegriffen hätten und sie jetzt mit ihrem Hals in den Fängen des Tieres steckte. Ihr Gesicht wurde ganz bleich und die Galle stieg ihr auf. Sie schluckte den sauren Geschmack hinunter. So etwas Schreckliches hatte Franzi noch nie gesehen.

„Wir versuchen die Lichtung da links zu erreichen", schlug Fritz flüsternd vor. „Da können sich unsere Pferde besser bewegen und dann ab nach Hause." Die Pferde wurden zunehmend unruhig und trippelten mit den Hufen im Schnee. Die Holzknechte wussten, dass sich ihre eigene Nervosität auf die Tiere übertragen würde. Langsam hielten die Reiter auf die Lichtung zu und ließen die Wölfe ihr blutiges Spiel beenden.

Als sie in Sicherheit waren, ließ die Schreckstarre der Männer nach und Franzi brach leise in Tränen aus. Das Mädchen war tapfer geblieben. „Dafür hast du dir etwas verdient", meinte Karl und lächelte. „Wölfe sind gefährlich, nur hatten diese drei ihren Braten bereits erlegt. Es war sicherlich das Beste einen großen Bogen um sie zu machen."

Graf Moritz verweilte an diesem 28. Dezember auf seiner Burg Clingenberg, die sich trotzig gegen den Wind reckte. Nur in einem der Stockwerke waren wenige Räume mit offenen Kaminen beheizt. Den Weg zum Abort musste er zu Fuß durch die eisigen Gänge zurücklegen. Er hasste den Winter, der seinen Gliederschmerzen alles andere als gut tat. Er sehnte sich nach seinen Weinbergen bei San Giuliano in der Provinz Pisa. Wie gerne würde er sich jetzt in eine Therme begeben, um seinen Schmerzen den Garaus zu machen. Überhaupt war in San Giuliano alles viel sauberer. Die Leute waren reinlicher und stanken nicht so.

Wie köstlich doch die Fischgerichte und der Wein waren. Seine Weinbauern kelterten dort einen köstlichen Chianti, geprägt von Rubinrot,
brombeerig im Abgang, mit einer dezenten Süße. Dazu gab es köstliche
Trüffel und Wildschwein oder einen Seeteufel aus dem Meer. Dann
erfreute sich der Graf der zarten Haut und dem Duft der Kammerzofe
Ravenna. Besonders gerne hatte er es, wenn sich das Mädchen frisch
gebadet und mit Rosenwasser parfümiert hatte.

Hier war alles anders: Die jungen Frauen rochen oft streng und die
Männer erinnerten manchmal an einen Ziegenbock, der sich gerade
gepaart hatte. Der Wein aus der Wachau war zwar auch nicht schlecht,
verursachte beim Grafen aber heftiges Brennen im Magen, sodass er es
sich zweimal überlegen musste, davon reichlich zu trinken. Das Wasser
aus den Bächen war zumindest hierzulande köstlich und mit jenen der
Brunnen in Pisa oder Linz nicht zu vergleichen. Es lag schon eineinhalb
Jahre zurück, als er Pisa den Rücken gekehrt hatte, um nach der Burg Cin-
genberg zu sehen. Die Zeiten waren unruhig; immer wieder befürchtete
der Kaiser einen Einfall der Türken. Ein Kurier hatte ihn benachrichtigt
und ihn zu seinem Schloss zurückbeordert. Kaiserlicher Befehl war nun
einmal Befehl.

Im Mühlviertel gab es nichts anderes als Bier und Schweinsstelze und
vielleicht einmal ein Reh und ein paar Hasen. Wenigstens konnte man
hier jagen gehen, was den Bauern bei Todesstrafe verboten war. Er selbst
hatte gerade gestern einen jungen Mann begnadigt, der es wagte, seinen
kärglichen Mittagstisch mit einer Rehkeule aufzubessern. Jetzt musste
Alfred Enöckl eine Woche im Kerker bei Wasser und Brot sitzen. „Das
Leben war mehr als ungerecht", dachte sich der eingekerkerte Jüngling.
„Während es sich die hohen Herren bei Wildbret gut gehen ließen, musste
Seinesgleichen bei Kraut und Knödel hungern. Und dann wurde man
noch am Schlachtfeld verheizt!" Aber die Begnadigung rechnete der junge
Mann dem Grafen hoch an. Das würde er ihm nie vergessen. Und dass
er noch frisches Stroh und eine Fackel in das enge Loch bekam, musste

man ebenfalls anerkennen. Auch, dass ihm ein Kübel für die Notdurft in die Zelle gestellt wurde, fand Alfred aufmerksam. Frösteln musste er trotzdem in dem Keller, der von kalten Mauern umgeben war.

Lohenroth musste an seinen Freund, den Apotheker denken, der nach einem Jagdunfall, den er verursacht hatte, gestorben war. Wenigstens hatte er nicht leiden müssen. Der Armbrustbolzen war ihm direkt durchs Herz gegangen. Als er daran dachte, ging ein Stich durch seinen Körper. „Armer Franz", dachte Moritz. Wie oft hatte der Apotheker dem Grafen Tinkturen verabreicht, wenn ihn die Gliederschmerzen plagten oder andere Leiden zwickten. Von der Ansicht der Ärzte, dass sich die vier Körpersäfte – Gelbe Galle, Schwarze Galle, Blut, und Schleim – im Gleichgewicht befinden müssten, hielt der Graf nichts. Der Urinschau konnte er ebenfalls nichts abgewinnen. Den letzten Arzt, der diese Heilkunde der Körpersäfte nach Galen vertrat, und der einen Aderlass machen wollte, hatte Lohenroth hochkant aus seiner Burg werfen lassen. „Die wollen doch nur einen großen Reibach machen", dachte er.

Jetzt musste er dem kleinen Mädchen, der Franzi, einfach helfen. Das war er dem Apotheker schuldig. Hoffentlich würden die Holzknechte Karl und Fritz ihre Sache gut machen und die Franzi gut durch das Schneegestöber bringen. Mit Pfarrer Alois hatte er sich noch unterhalten und ihm Anweisungen gegeben. Sogar warme Kleidung für das Mädchen hatte er den beiden Holzknechten mitgegeben und ihnen eindringlich gesagt, dass sie gut auf Franzi aufpassen müssen. Hätte er das Mädchen doch selbst abgeholt, zudem sich gerade Vagabunden in der Gegend herumtrieben. Wo blieben die drei nur?

Es war bereits dunkel geworden, als im Innenhof der Burg Clingenberg Pferdehufe klapperten. „Gott sei gedankt", dachte sich Lohenroth, als er die drei erblickte. Karl, Fritz und Franzi waren vom eisigen Wind durchgefroren. Die Raunächte hatten diesem 28. Dezember alle Ehre gemacht. Daran änderte auch die körperliche Anstrengung, die die kleine Gruppe hinter sich hatte, nichts. Die Torwache hatte die drei Ankömmlinge gleich erkannt, als sie sich dem Tor näherten und die Zugbrücke herunter gelassen. Erst im Sommer hatten sie das Tor verstärkt und mit Gegengewichten ausgerüstet, die es ermöglichten, dass ein Mann allein die schwere Konstruktion öffnen und schließen konnte. Das Eichenholz war mit Eisen beschlagen, das einem Feuerangriff standhalten sollte und so manche Kanonenkugel abhalten konnte. Fackeln, die links und rechts vom Eingang steckten, hatten es möglich gemacht, Fritz und Karl zu erkennen. Zwischen den beiden Männern ritt ein zierliches Mädchen.

„Grüß Euch, kommt herein und stellt die Pferde in den Stall. Ein Bursche wird sich um die Tiere kümmern!", sagte Hans. „Graf Moritz wartet schon, er hat schon zweimal nach Euch fragen lassen." Die Gewänder sahen so aus, als wären sie schon steif gefroren. Eis und Schnee bedeckte die Hauben und schweren Umhänge aus gewalkter Wolle. Die Pferde sahen ganz ähnlich aus. Der Atem dampfte aus den Nüstern.

„Habt Dank, lieber Johann, dass Ihr gleich aufgemacht habt und wir nicht lange warten mussten. Ich darf Euch vorstellen. Das ist die Franziska aus Münzbach, die Tochter des ehemaligen Apothekers", freute sich Karl die junge Dame vorzustellen. Franzi war glücklich, die Burg endlich erreicht zu haben

Auch Graf Moritz war froh, die drei in seinem Rittersaal empfangen zu können. Er hatte für das Trio die Tafel decken lassen. Aufgetischt waren Speisen und Getränke, die es für einfache Leute nicht gab. Der Hirschbraten duftete köstlich. Dazu wurden Knödel, Rotkraut und ein Rotwein aus den Gärten des Grafen aus San Giuliano gereicht. Als Vorspeise gab es eine kräftige Wildsuppe.

„Lasst es Euch schmecken und berichtet, ob auf dem Herweg nach Clingenberg alles gut verlaufen ist. Ihr kommt spät", stellte Graf von Lohenroth fest.

„Danke für den herzlichen Empfang! Es war in der Tat nicht einfach. Das Wetter machte uns alle Mühe voranzukommen. Wir mussten oft wegen umgestürzter Bäume vom Pfad durch den tiefen Schnee ausweichen und dann trafen wir auf ein kleines Rudel Wölfe, die gerade einen

Rehbock gerissen hatten. Wären wir nur einen Moment früher des Weges gekommen, hätten sie vielleicht uns statt das Reh verspeist. Franziska hat sich gut gehalten und wir brauchten uns nicht auf einen Kampf mit den Tieren einlassen. Es ist gerade noch einmal gut gegangen", berichtete Karl von der unheimlichen Begegnung.

„Ich habe schon gehört, dass Wölfe die Gegend unsicher machen. Außerdem sollen sich Räuber herumtreiben", sagte Lohenroth. „Aber jetzt lasst Euch erst einmal einen jungen Pater vorstellen. Es ist Jörg von Hohenstein. Er wird am Ostersonntag in St. Florian in den Orden der Dominikaner aufgenommen. Das ist der Wunsch seines Vaters Max von Hohenstein. Jörg ist der zweite Sohn der Familie und hat noch einen weiteren Bruder und drei jüngere Schwestern."

Franzi machte einen Knicks und schaute in Jörg's blaue Augen. Dieser lächelte zurück und reichte ihr seine Hand. Der achtzehnjährige Jüngling war von dem jungen Mädchen so fasziniert, dass er nur mit Mühe die richtigen Worte fand und verlegen stotterte. Jörg entschuldigte sich bei den Anwesenden. „Verzeiht bitte, aber ich bin die Anwesenheit von jungen Damen nicht gewöhnt. Mir geht gerade das Leben als Dominikaner durch den Kopf."

„Ein wenig dick aufgetragen", dachte sich Graf Lohenroth. „Aber, was soll's. Ich bitte zu Tisch!" Der Weg nach Clingenberg hatte sich zu einem Abenteuer mit einem guten Ausgang entwickelt.

Jänner 1578

Im Jänner 1578 trat eine ungewöhnliche Warmzeit ein. Der scharfe Winter hatte an Kraft verloren. Extrem starke Stürme begleiteten diese Umstellung und hinterließen zusammen mit dem Schneebruch der vorangegangenen Tage ein Bild der Verwüstung. Einige Dächer der Bauerhöfe waren von Windböen abgedeckt und die Bäume der Waldesränder lagen zerstreut zwischen den anderen Stämmen, die noch standen. Etliche Apfelbäume hatte es ebenfalls getroffen und sogar eine große Buche unterhalb der Burg Clingenberg war einer kräftigen Böe zum Opfer gefallen. Bauern und Holzknechte hatten alle Hände voll zu tun, um die Dächer ihrer Dreikanthöfe zu reparieren und die Wege in den Wäldern von Fichten frei zu räumen. Viele Stämme der Kiefern waren auf halber Höhe einfach abgebrochen.

Das warme Wetter lockte Mitte Februar sogar Krokusse aus dem Boden und erste Blüten auf den Haselbüschen zeigten sich. Sowohl Bauern als auch adelige Herrschaften atmeten auf. Franzi war immer noch Gast auf Clingenberg. Das Mädchen hatte sich von den Geschehnissen erholt und bereitete nicht nur dem Grafen Lohenroth viel Freude, sondern auch dem zukünftigen Priester Jörg von Hohenstein. Er hatte sich ein wenig in Franziska verliebt. Zumindest schlug sein Herz in Gegenwart des jungen Mädchens heftiger als sonst. Es war so, als könnte er das Pochen seines Herzens in den Ohren spüren. Das war auch Köchin Mechthild nicht entgangen.

„Wollen wir ein wenig durch die Burg gehen und uns vom Burgfried die Gegend anschauen?", schlug Jörg der Franzi vor, wobei er seine Nervosität hinunterschluckte. Franzi errötete ein wenig, freute sich aber über den Vorschlag und fragte Mechthild: „Glaubt Ihr, dass der Graf etwas dagegen hat?"

„Geh nur, mein Kind, der Ausflug wird dir gut tun."

Jörg reichte Franzi die Hand und führte sie aus der Küche. Sie kamen am Rittersaal, der Waffenkammer und an der Schlosskapelle vorbei. Zum Burgfried war es nicht weit. Sie stiegen die aus dem Fels gehauenen Stein-stufen hinauf. Immer weiter ging es hinauf, bis zur höchsten Ebene, wo sie nur noch von den Zinnen des Turmes umgeben waren. Ganz oben stand eine Kanone. Daneben war eine Feuerstelle mit mehreren Fackeln zu sehen.

Etwas außer Atem geraten waren die beiden schließlich oben ange-kommen. Franzi hatte gar nicht gemerkt, dass Jörg sie immer noch an der Hand hielt. Es war so, als würden sie sich schon ewig kennen. Sie verstanden sich, ohne dass sie sich vorher richtig kennen gelernt hatten. Es war mehr als das Gefühl zwischen Schwester und Bruder. Es war etwas völlig Neues für sie und auch für ihn.

„Hoppla! Verzeiht bitte!", sagte Jörg, als ihm bewusst wurde, dass sie so eng beieinander standen. Jörg versuchte ihre Hand loszulassen, doch Franzi klammerte sich noch fester an ihn.

„Ihr müsst Euch nicht entschuldigen", meinte Franzi und lächelte verschmitzt. „Zum ersten Mal, seit meine Mutter tot ist, hat mich jemand berührt. Es war schön, Eure Wärme zu spüren. Aber schaut nur, wie schön es hier oben ist. In der Ferne kann man im Süden die Berge sehen. Der mächtige Berg da drüben ist der Ötscher und das da ist das Sengsengebirge. Rechts davon sieht man in der Ferne die Hohen Tauern."

„Erstaunlich, was Ihr alles wisst", gestand Jörg Franzi zu. „Das bin ich von einer jungen Dame gar nicht gewöhnt."

„Wisst Ihr, das Leben hat sich für mich mit dem Tod meiner Eltern verändert. Ich bin in die Obhut des Grafen Lohenroth gekommen und soll demnächst von Ordensschwestern in Baumgartenberg ausgebildet werden und Ihr verwirrt mich jetzt."

„Mir geht's da ähnlich Fräulein Franzi. Ich bin von meinem Vater und dem Bischof aus Linz für eine Ordenslaufbahn vorgesehen und soll zu Ostern meine Primiz feiern. Dabei hängt mein Vater dem neuen Glauben des Wittenberger Gelehrten Martin Luther an. Aber was tut man nicht alles für das Haus Habsburg und Kaiser Rudolf, der Österreich wieder katholisch machen will."

Franzi nickte. Sie wusste, dass eine gemeinsame Zukunft für sie schwierig werden würde. Aber jetzt wollte sie den Augenblick genießen und wollte nicht an die Zukunft denken.

Die beiden verfielen unter dem Anblick des Umlandes und der Berge in einen wunderbaren Tagtraum. Ein laues Lüftchen umwehte sie und ließ die Primiz und Ordensaufnahme vergessen. Sie fühlten sich hier oben in Sicherheit. Niemand würde sie ansprechen oder gar voneinander trennen.

Es war so, als ob sie sich im Himmel befänden. Sich in dieser Sicherheit wissend berührten sich die Lippen von Franzi und Jörg. Franzi spürte die durchtrainierten Arme und den muskulösen Oberkörper von Jörg. Seine Hand berührte die kleinen Brüste der jungen Frau. Sie fühlten sich so weich an. Die beiden umarmten sich zärtlich und küssten sich anfänglich zurückhaltend und dann immer heftiger. Zum Schluss verschmolzen sie so innig ineinander, als würden sie sich gegenseitig aufessen.

Kann denn Liebe Sünde sein? Erste Zweifel schossen den beiden durch den Kopf, waren doch beide für ein Leben in Keuschheit vorgesehen. Franzi wusste, dass sie bereits eine junge Frau war, hatte sie doch am Ende des Sommers ihre ersten Blutungen bekommen. Ihre Mutter, die damals noch lebte, hatte sie getröstet, dass das ganz normal wäre und sie jetzt fruchtbar sei. Es sei ein Geschenk des Himmels und keine Strafe, auch wenn es sich nicht so anfühlte, besonders dann wenn man im Unterleib Krämpfe bekommt. Die Priester wollten Franzi einreden, dass sie in diesen Tagen besonders unrein sei, dabei schöpfte das Leben neue Energien, wie ihre Mutter gesagt hatte.

„Jörg, glaubt Ihr, dass die Frau etwas Sündiges, etwas Verwerfliches ist. Glaubt Ihr dass die Frau mit dem Dämon im Bunde ist?"

„Franzi, wie könnt Ihr nur so etwas sagen. Eine Frau so liebreizend wie Ihr, kann unmöglich dem Teufel verpflichtet sein. Das sind alles Märchen einer längst vergangenen Zeit. Es gibt nichts Schöneres als Euer Antlitz und die Liebe! Diese Tage sind kostbar, sehr kostbar sogar. Ihr schmeckt so gut. Am 2. April werde ich in den Priesterstand gehoben werden. Ich bin meinem Vater, dem Grafen Max von Hohenstein, gegenüber verpflichtet, diese Weihe anzunehmen. Dabei würde ich gerne so predigen, wie es Martin Luther getan hatte. Ich glaube auch, dass Kaiser Rudolf etwas dagegen hätte."

„Wir sind beide so jung, glaubt Ihr an eine gemeinsame Zukunft?", fragte Franzi skeptisch.

„Ich glaube daran, dass wir von Gott eine Aufgabe bekommen haben. Ihr habt in letzter Zeit Schweres durchmachen müssen. Sehen wir die Tage, die auf uns zukommen, als eine Prüfung an. Ich weiß nicht, was dabei herauskommt, aber wir werden es meistern."

Jörg stand auf und schenkte Franzi ein Lächeln. „Nehmt diesen Ring an Euch und verwahrt ihn gut. Es ist der Ring meiner Mutter." Jörg zog den Ring von seinem kleinen Finger und steckte ihn auf Franzis Ringfinger der linken Hand. Franzi nickte sprachlos und freute sich.

Unweit vom Burgfried genoss ein anderer Mann die laue Winterluft, die den Frühling erahnen ließ. Es war niemand Geringerer als Graf Moritz, der an längst vergangene Tage dachte, als er selbst noch jung und voller Tatendrang gewesen war. Er hatte das Paar, das an den Zinnen des hohen Turmes stand, durch Zufall entdeckt. Er wollte die beiden jedoch nicht stören. Liebe muss doch schön sein, dachte der Adelige.

Als die beiden vom Burgfried herunterkamen, erwartete sie bereits Graf Moritz. „Na sieh an, wer da daherkommt. Junker Jörg und Fräulein Franzi! Wie hat es den beiden jungen Leuten denn gefallen?", fragte Moritz von Lohenroth jovial.

Jörg und Franzi waren komplett überrascht, den Grafen hinter sich zu sehen und zuckten zusammen.

„Wenn sich da nichts anbahnt und das bei künftigen Ordensleuten."

„Wir wollten nur den schönen Tag genießen", sagte Jörg schnell. Schließlich galt es Contenance zu wahren. „Ich habe Franziska den herrlichen Blick auf die Alpen gezeigt. Wir konnten auch sehen, was Schnee und Sturm im Winter angerichtet haben. Es wird lange dauern, die Schäden zu beheben."

„Ihr habt Recht junger Mann. Ich werde die Bauern und die Holzknechte dafür aber extra entlohnen. Jeder soll dafür einen Gulden bekommen. Außerdem bekommen die Bauern Stroh und Holz für ihre Dächer. Keiner soll leiden!", unterstrich der Graf. „Krieg und Pest haben genug gewütet.

Aber denkt dran, kommt Euch nicht zu nahe. Eine Beziehung zwischen Euch verspricht nichts Gutes."

Graf Moritz wollte die jungen Leute auf den Boden der Realität zurückholen. „Zum einen ist eine Verbindung zwischen Euch nicht standesgemäß, zum anderen würde das Haus Habsburg dem nie zustimmen, auch wenn Martin Luther Katharina von Bora geheiratet hat und von ihr reichlich Kinder bekam. Wenn es nach mir ginge, hätte ich nichts dagegen, aber helfen kann ich Euch nicht. Wir werden morgen nach Baumgartenberg aufbrechen und der Oberin des Klosters einen Besuch abstatten."

Franzi lief ein eiskalter Schauer über den Rücken. Ach ja, die Oberin, dachte sich Franzi. Wie würde ihr neues Leben nur werden? Täglich stundenlang beten, in einer kalten Zelle wohnen und noch in den Nachtstunden aufstehen, um das erste Gebet zu sprechen. Franzi hatte Angst. Was würde das Schicksal für sie bereithalten? Wäre sie doch nur Katharina von Bora, die selbst ihren Orden verlassen hatte, um ein anderes Leben kennen zu lernen und sich mit Martin Luther zu vermählen. Franzi war ganz durcheinander. Alles schien ihr so unwirklich zu sein.

Baumgartenberg, 28. Februar 1578

Äbtissin Edeltraud reichte der jungen Franzi die Hand und hieß sie im Kloster von Baumgartenberg willkommen. Die Nonnen hatten hier zusammen mit den Brüdern eine schöne Anlage aufgebaut. Einen Teil des Geldes dafür hatten sie selbst erwirtschaftet, so wie es bei den Zisterzienserinnen üblich war. Baumgartenberg verfügte über eine prächtige Kirche, die Otto von Machland im 12. Jahrhundert gestiftet hatte. Die Basis dafür bildete ein Testament, das er kurz vor seinem Tod hinterlassen hatte. Edeltraud war groß gewachsen und von schlanker Figur. Trotz ihrer hohen Stellung im Orden mochte sie keine fünfzig Jahre alt sein.

Franzi kniete zu Boden und küsste den Siegelring der Oberin. „Ihr seid also die Franzi, die Tochter der verstorbenen Apothekersleut von Münzbach? Ihr habt im Grafen von Lohenroth einen mächtigen Fürsprecher, der zudem viel von Euch hält. Enttäuscht ihn nicht. Das Leben in einem Kloster ist gerade für junge Menschen nicht ganz einfach. Wie Ihr vielleicht wisst, haben wir uns der Liebe zum Herrn und dem Gebet sowie der Arbeit verschrieben.

Ihr müsst wissen: Wir leben nicht vom Zehent der Bauern, sondern erwirtschaften unsere eigenen Erträge. Wir fühlen uns dem geistlichen Erbe des Mutterklosters Cîteaux in Frankreich verpflichtet. Die Abtei in Cluny beherbergte im 11. und 12. Jahrhundert die größte Basilika der Menschheit. Unsere Kirche ist zwar nicht so groß, dafür aber genauso prächtig wie jene in Waldhausen. Wohlgemerkt, die Schönheit der Gebäude ist nicht für uns Menschen da, sondern zu Ehren Gottes. Wir verwalten das Gebäude nur.

,Una caritate, una regula similibusque vivamus moribus.' Wir wollen in Liebe, unter einer Regel und nach einheitlichen Bräuchen leben. Wichtig ist für uns die Verehrung der Mutter Gottes und dass Ihr Euch, solltet Ihr in unserem Orden bleiben, ganz auf ein Leben mit Gott einlasst und wahrhaft Gott sucht. Ihr werdet Euch zunächst einige Wochen in Klausur des Klosters aufhalten. Danach entscheiden wir, ob Ihr für das Klosterleben geeignet seid. Wenn ja, bekommt Ihr am Anfang kleinere Aufgaben. Nach dem Profess werdet Ihr Euch drei Jahre an den Orden binden. Dann werdet Ihr als Nonne aufgenommen.

Jedes Kloster der Zisterzienser ist zwar eigenständig, die Grundsätze sind aber für alle gleich. Wir sind in Chorschwestern und Laienschwestern untergliedert. Die Hauptaufgabe der Schwestern ist der Gottesdienst. Wir fördern den Obst- und Weinbau, widmen uns den Stundengebeten und dem Kopieren von theologischen Handschriften. Graf Moritz hat mir gesagt, dass Ihr trotz Eures jungen Alters von Euren Eltern in der Heilkunde ausgebildet wurdet."

„Das stimmt ehrwürdige Mutter", sagte Franzi nicht ohne Stolz in den Augen.

„Nun denn, wenn es so sein soll. Vielleicht hat der Liebe Gott Euch zu uns geschickt. Der Graf hat uns eine kleine Spende zukommen lassen. Ihr bekommt mit Schwester Adelheid eine gemeinsame Zelle. Denkt dran, um vier Uhr in der Früh beginnt der Tag. Ihr verrichtet außerdem stündlich ein Gebet. Zudem werdet Ihr in Latein, Mathematik und Kräuterkunde unterwiesen. Solltet Ihr frauliche Probleme haben, so wendet Euch an Schwester Adelheid. Und nun geht, Gott zum Gruße."

Franzi hatte sich die Begrüßung durch die Oberin schlimmer vorgestellt. Dabei konnte sie ein leichtes Flackern in den Augen Edeltrauds erkennen. Sie wusste die Miene allerdings nicht zu deuten. Die Hand der Äbtissin war durchaus warm und zart. Sie hatte auch einen angenehmen Körperduft nach zartem Rosenwasser. Ihre Augen waren grün, wie jene einer Katze. Die Finger schlank und schmal, ihre Nase war ebenfalls schmal.

Die Ankündigung des harten Klosterlebens störte Franzi aber. Noch war sie nicht sicher, wie sie die erste Zeit im Kloster überleben sollte und was das Leben bringen würde. Franzi öffnete die schwere Tür des Zimmers. Adelheid wartete bereits auf den Neuankömmling.

„Grüß Gott, ich bin Adelheid de Blasenstein. Nennt mich bitte Adelheid. Ich bin seit zwei Jahren in diesem Kloster. Nun, wie hat Euch die Äbtissin gefallen? Die Leute sagen, sie sei sehr streng, aber ich denke, sie will nur das Beste für uns."

„Grüß Gott Adelheid!", sagte Franzi mit starker Stimme. „Ich finde die Oberin sehr nett. Ganz anders, als ich sie mir vorgestellt hatte. Habt Ihr schon das Gelübde abgelegt?"

„Nein, vielleicht in einem Jahr, aber was ist mit Euch?"

„Meine Eltern sind tot und Graf Lohenroth hat für mich die Obsorge übernommen."

„Offenbar ein ehrbarer Mann!", stellte Adelheid fest.

„Das ist er. Mein Vater ist auf der Jagd versehentlich durch einen Pfeil des Grafen ums Leben gekommen."

„Das tut mir Leid, aber hier habt Ihr ein neues Zuhause bekommen", tröstete Adelheid die Franzi.

Adelheid zeigte Franzi ihre Kammer. Auf den Holzbetten, die links und rechts an der Wand standen, lagen Strohsäcke. Darüber war Leinen ausgebreitet. Der Raum wurde von einer Kerze ausgeleuchtet. „Das hier ist Euer neues Kleid." Adelheid deutete auf eine schlichte Robe aus Leinen. „Die Äbtissin legt Wert auf größte Reinheit. Also wascht Euch täglich und haltet Eure Zähne sauber. Habt Ihr schon Eure monatlichen Blutungen?"

Franzi nickte: „Ja, seit einem Jahr!"

„Wenn Ihr Schmerzen habt, seid Ihr vom Dienst im Garten befreit, nicht aber von den Gebeten."

Baumgartenberg, 2. März 1578

„Nun Äbtissin Edeltraud, wie hat Euch das kleine Fräulein gefallen, stellt sie sich gut an?", fragte Moritz Graf von Lohenroth.

„Lieber Graf, sie ist ein ganz besonderes Mädchen. Schnell in der Auffassung und sehr schön im Antlitz. Ich wäre fast verführt zu sagen: Zu schade für ein Kloster. Aber mir erging es ja nicht anders. Sie macht sich durchaus gut, auch wenn sie bei ihrer ersten Laudes fast eingeschlafen wäre. Aber ich glaube, da müssen wir ein wenig geduldig sein. Gehorsam ist das junge Fräulein, aber dass sie ihren eigenen Willen hat, ist ihr anzusehen!", schmunzelte Edeltraud.

„Wollt Ihr ein wenig Rotwein?", fragte sie.

„Dass das junge Fräulein bei Euch gut ankommt, freut mich überaus", sagte Moritz. „Aber wollen wir uns für den Trunk nicht in Eure Räume zurückziehen?", schlug der Graf vor.

„Nun wenn Ihr wollt, ich habe heute keine dringenden Aufgaben mehr zu erledigen. Ihr seid zur Mette herzlich eingeladen", sagte Edeltraud.

Graf von Lohenroth reichte der Schwester seine Hand.

„Adelheid, ich wünsche in der nächsten Stunde nicht gestört zu werden", sagte Edeltraud.

In ihren Räumlichkeiten angekommen, umarmte Moritz die Äbtissin zärtlich. Ihr zarter Rosenduft machte sie noch unwiderstehlicher, als sie ohnehin schon war. Er zog ihre schwarz weiße Robe aus und bedeckte ihren Körper mit zahlreichen Küssen. Sein Mund wanderte von ihrem Mund abwärts zu ihren Brüsten, ihrem Bauch, zu den Innenschenkeln bis zu ihrer Scham. Dort verblieb er, spreizte ihre Schamlippen und umspielte ihre empfindlichste Körperstelle, die zu einer Knospe angeschwollen war. Der Graf nahm einen leicht nussigen Geschmack wahr. Er liebte diesen Geschmack und spürte ihre rhythmischen Bewegungen. Sein Glied war kräftig angeschwollen. Er wollte diesen Moment auskosten und sich ganz hingeben.

Edeltraud genoss das Liebesspiel ihres Gönners. So hatte sie sich immer den Himmel vorgestellt. Was sollte daran schon falsch sein? Und sie wusste, dass sie nicht mehr fruchtbar war. Ihre letzten Blutungen waren schon zwei Jahre her.

„Setzt Euch auf mich und verwöhnt mich ein wenig. Der Winter war lang genug!", sagte Moritz und schloss die Augen.

Er fühlte wie eine nasse warme Höhle sein Glied umklammerte. Wie sie eng miteinander verwachsen waren. Er wollte so weit in ihr sein, bis es nicht weiter ging. Ihr Unterkörper wiegte sich vor und zurück, hin und her. Edeltraud stöhnte auf, dann folgte bei beiden eine regelrechte Explosion. Sie hatten gleichzeitig den Höhepunkt erreicht. Er einmal und kräftig, sie zweimal. Das musste der Himmel sein, dachte sich Edeltraud. Sie war feucht zwischen den Beinen. Ob von ihm oder von sich selbst, das wusste sie nicht.

Der Graf küsste sie heftig, so wie er noch nie eine Frau geküsst hatte und dachte sich: „Wo hat uns das Leben nur hingeführt? Warum können wir nicht Mann und Frau sein und gemeinsam in der Toskana leben? Ich liebe diese Frau! Sie ist so sinnlich, intelligent, so verständnisvoll und doch so heftig." Der Akt hatte beinahe eine Stunde gedauert.

Es war schon fast dunkel draußen und Edeltraud hörte eine Stimme rufen: „Frau Äbtissin, entschuldigen Sie die Störung, aber die Gemeinschaft ruft bereits zur Vespa!"

„Danke, ich komme gleich!" Edeltraud verließ ihr Lager auf dem sie sich geliebt hatten und wusch hastig ihre Scham. „Lieber Moritz, ruht Euch noch ein wenig aus und verlasst dann meine Kammer", sagte sie schnell. „Wir sehen uns ja morgen nach der Mittagsstunde wieder. Niemand wird Euch sehen, wir sind alle beim Komplet. Gott zum Gruße!"

Der Graf kam sich wie ein kleiner Junge vor, so als hätte er etwas ausgefressen. „Ich liebe Euch mehr als alles andere auf der Welt", sagte er und schickte ihr einen Kuss nach. Sein Herz pochte noch kräftig und sein Glied war immer noch so steif, als würde der Geschlechtsakt niemals enden wollen. Auch er griff nach der Wasserkaraffe, dem Leinentuch und wusch sich. Er dachte sich: „Wenn ich jetzt sterben würde, wäre es auch schön. Die zugige Burg, der Kaiser und die Türken können mich einmal gern haben."

Womit Moritz nicht rechnete war, dass Adelheid ihn beobachtete, als er die Kammer verließ. Die junge Frau hatte ihr Gebetsbuch vergessen und im Kasten gestöbert, als Graf von Lohenroth den Raum verließ. Davon bekam er nichts mit, Adelheid aber sehr wohl.

In der Kirche hatte das Komplet bereits begonnen, als Edeltraud zur Glaubensgemeinschaft hinzukam.

„Ave Maria, gratia plena;

Dominus tecum;

benedicta tu in mulieribus,

et benedictus fructus ventris tui, Iesus.

Sancta Maria, Mater Dei,

ora pro nobis peccatoribus

nunc et in hora mortis nostrae.

Amen.

Gegrüßet seist du, Maria, voll der Gnade.

Der Herr ist mit dir.

Du bist gebenedeit unter den Frauen

und gebenedeit ist die Frucht deines Leibes, Jesus.
Heilige Maria, Mutter Gottes,
bitte für uns Sünder
jetzt und in der Stunde unseres Todes.
Amen."

Die Äbtissin blickte kurz tadelnd zu Adelheid herüber, die sich auf ihren Gang konzentrierte, um nirgends anzustoßen. Dann setzte sich Adelheid zwischen die Schwestern, die im Ave Maria versunken waren. Adelheid wusste das Erscheinen des fünfzig bis sechzig Jahre alten Mannes nicht zu deuten. Sie fragte sich: „War er vielleicht ein Dieb von besonders stattlicher Gestalt?" Er trug, soviel konnte sie noch erkennen, einen imperialen Kaiserbart, seine Haare waren schwarz, mit grauen Strähnen durchsetzt, glatt zurückfrisiert und schulterlang. Sein Gang wirkte trotz seines Alters jugendlich und geschmeidig. Er trug edle fast schwarze Kleidung und ein weißes Rüschenhemd.

„Nein, ein Dieb konnte das unmöglich sein, eher ein kaiserlicher Agent." Sie beschloss, sich der Äbtissin nach dem Komplet anzuvertrauen. Irgendwoher kannte sie den Mann, sie hatte ihn schon einmal gesehen. Was hatte der Fremde in den Räumen der Oberin zu suchen?

3. März 1578

Gleich nach der Laudes wandte sich Adelheid an die Mutter Oberin. Als sie ins Zimmer eintrat, räusperte sich Adelheid: „Verzeiht Mutter, ich habe Euch Meldung über ein seltsames Ereignis zu machen. Gestern habe ich einen Mann aus Euren Gemächern kommen sehen. Er sah aus wie ein Agent des Kaisers."

Edeltraud zuckte innerlich zusammen, ließ sich aber nichts anmerken. „Nun, der Mann, den Ihr gesehen habt, ist ein Gesandter des Kaisers. Er hat sich nur ein wenig von seinen Strapazen ausgeruht. Er ist zugleich ein Graf", beschwichtigte Edeltraud den unheimlichen Besuch in der

Vornacht. Dass sie ein wenig übertrieben hatte, sollte der Novizin den Wind aus den Segeln nehmen. Hoffentlich hatte sie vom Liebesspiel nichts mitgekommen.

„Übrigens, dieses Mal toleriere ich Euer Zuspätkommen zum Komplet. Ich hoffe jedoch, dass es nicht wieder vorkommt!"

Adelheid fiel ein Stein vom Herzen. Ihr Ausrutscher wurde nicht bestraft.

Franzi hatte unterdessen den ersten Tag ihres neuen Kosterlebens hinter sich. Der Graf hatte sie höchstpersönlich zur Äbtissin gebracht und ihr gut zugeredet. Es stellte sich auch heraus, dass ihre Tutorin mit Franzi gut auskam. Sie hatte ihr schnell die Grundsätze des Klosterlebens erklärt. Franzi konnte sich aber schwer vorstellen, als geweihte Nonne ihr weiteres Leben im Kloster zu verbringen. Dazu war das Mädchen zu erdverbunden. Außerdem hatte sie schon viel vom neuen Glauben mitbekommen. Katharina von Bora – Martin Luthers Ehefrau – ging ihr nicht mehr aus dem Kopf.

Aber dennoch ließ sich Franzi auf ihr neues Leben ein und hoffte als Laienschwester erst einmal hier leben zu können. Auch die Äbtissin war eine ständige Begleiterin ihrer Gedanken. Dazu kam, dass die Gegenreformation unter dem Habsburger Kaiser Rudolf II 1576 mit großer Schärfe eingesetzt hatte, und man sich nicht als Protestant zu erkennen geben durfte. Man durfte bestenfalls das Land verlassen und alles liegen und stehen lassen.

Franzi waren also Vater und Mutter genommen worden und für sie selbst gab es als Protestantin keine Zukunft in Österreich. Zudem war sie erst dreizehn Jahre alt. Ihr blieb also nichts anderes übrig als sich zu fügen, auch wenn sie auf Burg Clingenberg einen jungen Mann kennen gelernt hatte, den sie liebte. Franzi beschloss ihr Wissen um die Heilkräuter zu vertiefen und sich in Latein ausbilden zu lassen. Das Wissen ihrer Mutter um die Belladonna, den giftigen Eisenhut und das Bilsenkraut, das bei Fieber, Husten, Entzündungen und Schmerzen half, hatte sie immer schon fasziniert. Besonders die Samen des schwarzen Bilsenkrautes eigneten sich als Zugabe zum Bier, um einen rauschähnlichen Zustand herbei zu führen. Die Belladonna ließ sich richtig dosiert einsetzen, um die Menschen in einen scheintoten Zustand zu versetzen. Jetzt musste sie sich allerdings mit den Grundsätzen des Ordens vertraut machen.

Die Zeit der Hexenprozesse war immer noch zugegen, viele Menschen glaubten an Zauberei. Folter und peinliche Befragung waren durchaus üblich, um zu seinem Recht zu kommen. Die peinliche Befragung wurde auch angewendet, um Menschen zum rechten Glauben zu bewegen. Franzi hatte von ihrem Vater von dieser widerwärtigen Praxis gehört. Er hatte einem Mann einmal Bilsenkraut verabreicht, um wenigstens seine Schmerzen zu mildern. Er war dabei fast ertappt worden. Sein Mut hatte sich aber ohnehin nicht ausgezahlt. Der Mann war wenige Tage später hingerichtet worden.

Franzi hatte von Adelheid gehört, dass es hier im Kloster einen Kräutergarten gab, wo zahlreiche Pflanzen und Giftpflanzen angebaut wurden. Viele waren getrocknet und in der Apotheke zu Salben und Tränken verarbeitet worden; oft mischte man die Kräuter auch zu Tinkturen zusammen. Das faszinierte das Mädchen.

Sie fragte den Apotheker, den alten Severin, nach den Schätzen des Ordens: „Ich habe gehört, Ihr habt zahlreiche Heilpflanzen bei Euch, wie Fenchel und Kamille."

„Da habt Ihr Recht, junge Frau! Wir haben sogar sehr giftige Pflanzen. Wenn sie richtig eingesetzt werden, können sie helfen. Aber warum fragt Ihr?"

„Ach, ist nicht von Belang. Mein Vater war selbst Apotheker. Aber er ist seit einem Jahr tot. Ich möchte gerne in seine Fußstapfen treten, auch wenn ich ein Mädchen bin."

Severin lächelte und schaute sich Franzi genauer an. „Da schau her, dann könnt Ihr mir im Frühjahr vielleicht helfen und Kräuter im Garten anpflanzen. Aber das soll die Äbtissin entscheiden." Severin zwinkerte ihr zu. Franzi war beeindruckt von den vielen Tinkturen und Salben, die im Regal standen.

4. März 1578

Nach dem Mittagsgebet war der edle Mann, den Adelheid nächtens im Kloster gesehen hatte, wieder aufgetaucht. Mit dabei waren der Bürgermeister von Baumgartenberg, Josef Pleimer und Junker Jörg. Die drei gingen schnurstracks auf die Kanzlei der Schwester Äbtissin zu.

Die vier begrüßten sich freundlich und kamen gleich zur Tagesordnung. „Hat sich das junge Mädchen mit ihrem neuen Wohnort schon vertraut gemacht? Ihr wisst, die Franziska Birker liegt mir sehr am Herzen. Ich darf Euch übrigens Junker Jörg, den Sohn von Max Graf von Hohenstein, vorstellen. Er wird demnächst seinen Dienst im Augustiner Chorherrenstift St. Florian antreten und das Dekanat Enns Lorch mitbetreuen. Er ist ein sehr begabter und vielversprechender junger Mann. Nun, die Zeiten sind derzeit sehr unruhig. Kaiser Rudolf II hat es sich zur Aufgabe gemacht, die Gegenreformation mit allen Mitteln voranzutreiben, um die Menschen wieder zum rechten Glauben zurückzubringen. Ihr und Franziska seid zu seiner Primiz zu Ostern in St. Florian herzlich eingeladen."

„Danke, ich werde gerne kommen. Aber dass die Franzi auch dabei ist, ist eher unwahrscheinlich", meinte Äbtissin Edeltraud.

„Die beiden haben sich auf meiner Burg Clingenberg kennen gelernt. Ich glaube, wir sollten diese Feier zum Anlass nehmen, eine weitere Bande zwischen den Orden zu schmieden. Ihr, werter Bürgermeister, seid auch eingeladen zu kommen", schloss Lohenroth seine Rede.

„Wenn es so sein soll, werden wir gerne Euren Wünschen nachkommen", meinte die Äbtissin. Sie musste insgeheim schmunzeln, als sie gerade an das Liebesabenteuer denken musste. Sie spürte mit einem angenehmen Pochen noch immer den Grafen in sich. Der Graf hatte eine Sehnsucht in ihr erweckt, die sie nicht mehr loslassen sollte. Daran würden auch ihre keuschen Gebete nichts ändern. Mit dieser Sünde der angenehmen

Wollust musste sie jetzt leben. Noch nie hatte sie sich so wohl gefühlt. Statt zu bereuen, betete sie zu Gott und dankte ihm für diese wunderbare Erfahrung. „Wer weiß schon, was aus der Bande der Klöster Baumgartenberg und St. Florian entsteht?"

„Noch etwas, lieber Bürgermeister: Was haltet Ihr davon, wenn wir an den Hängen der Randgebirge zum Mühlviertel den Weinbau mit Sorten aus der Toskana erweitern? Die Taleinschnitte sind windberuhigt und sonnig und eignen sich gut dafür. Das eher windige Donautal ist für die Pläne nicht der richtige Standort. Die Gebiete in den Tälern sind zwar nicht groß aber dennoch gut", meinte Graf von Lohenroth.

„Eine gute Idee! Die Wachau könnte etwas Wettbewerb vertragen und wir hätten unseren eigenen, schmackhaften Wein. Ihr habt ja in der Toskana schon Erfahrung gemacht. Ich werde auch mit der Herrschaft von der Burg Clam, dem Grafen Martinic, reden, wenn Ihr gestattet", schlug Bürgermeister Pleimer begeistert vor. „Und Euer Kloster bekommt einen guten Messwein und zusätzliche Einnahmen. Wir können die ersten Reben noch in diesem Frühjahr anpflanzen, sollten Eure Pläne Zustimmung finden."

„Sehr gut," meinte Äbtissin Edeltraud", aber lasst uns nun zur Primiz unseres jungen Mannes zurückkommen. Junker Jörg, was meint Ihr dazu? Der Schritt sollte wohl überlegt sein!"

„Nun, ehrwürdige Mutter. Ich habe mich seit langer Zeit auf diesen Schritt vorbereitet. Ich bin zwar noch jung, kenne mich aber in Fragen des Glaubens bestens aus, zudem ich ein Anhänger von Thomas von Aquin bin. Ich habe auch eifrig Aristoteles gelesen. Die Zeiten sind schwer und der Wittenberger Gelehrte Martin Luther hat mich zudem verwirrt, aber ich werde den Auftrag von Rudolf II annehmen und mich dem Katholizismus verschreiben."

Edeltraud war beeindruckt. „Wenn Ihr wollt, werde ich Euch bei Euren Absichten unterstützen, zudem Graf von Lohenroth viel von Euch hält. Meinen Segen sollt Ihr haben", sagte Edeltraud, „wann wollt Ihr nach St. Florian aufbrechen?"

„Kommende Woche!", sagte Graf Lohenroth. „Der Prior des Stiftes erwartet uns bereits. Ihr könnt zu Ostern gerne nachkommen, ich werde alles vorbereiten." Insgeheim dachte Lohenroth an die Worte von Jörg und dem Zugeständnis zum Katholizismus. Er spürte, wie schwer Jörg diese Entscheidung gefallen sein musste. Er spürte auch, wie die Äbtissin einen leichten Anflug von Zweifel an ihrem Glauben hatte und allmählich zu schwanken begann. Und er hatte auch wahrgenommen, wie sehr sie sich über den erweiterten Weinanbau gefreut hatte. Lohenroth träumte, wie schön es doch wäre, mit Edeltraud auf seinem Landsitz in der Toskana zu leben.

Franzi dachte indessen an die Begegnung mit Jörg auf Clingenberg. Zum ersten Mal hatte sie andere Lippen gefühlt und geschmeckt. Dieses Erlebnis war schöner, als sie es sich jemals vorgestellt hatte. Jetzt war Jörg so nah und doch so weit entfernt von ihren Wunschträumen. Der junge Mann schien ihr zu entgleiten. Er sollte schon kommende Woche nach St. Florian abreisen, um in eine Ordensgemeinschaft aufgenommen zu werden. Ihr wurde ganz schwindlig bei dem Gedanken, hatte sie doch vor kurzem ihre Eltern verloren und jetzt jenen Mann, der ihr nie gehören würde.

Jörg hörte sich unterdessen fasziniert die Pläne an, die um ihn herum geschmiedet wurden. Baumgartenberg sollte einen Weinberg mit erlesenen Reben und Trauben erhalten, er selbst würde nach St. Florian gehen und dann war da noch Franzi. Auf einmal tat ihm die junge Frau leid. Sein Herz verkrampfte sich bei dem letzten Gedanken. „Liebe ich sie oder ist es nur der Anflug einer törichten Vorstellung?", schoss es durch seine Gedanken. Er war sich sicher, dass ein wenig Abstand ihm guttun würde. Die nächsten Tage oder Wochen würden zu einer Prüfung werden. Er hatte aber auch das Gefühl, eine wichtige Rolle in der Politik zu spielen.

Clingenberg, Au an der Donau, 10. März 1578

Es war noch dunkel, als die Stallknechte in Clingenberg die Pferde vor die Kutsche von Lohenroth anspannten. Zwei Rappen und zwei Schimmel waren es. Die Kutsche selbst war in schlichtem Schwarz gehalten. Der Kutscher hatte das Notwendigste für die Fahrt aufgeladen. In einer Truhe befand sich Ersatzkleidung für seine Herrschaft und Junker Jörg. Sein Vater Max Graf von Hohenstein war von Kaiser Rudolf II nach Prag abkommandiert worden, um ihn dort in seinen Amtsgeschäften zu unterstützen. Er hätte seinen zweitältesten Sohn Jörg gerne selbst nach St. Florian begleitet. Jetzt musste er die Aufgabe dem Grafen von Lohenroth überlassen, von dem er wusste, dass sein Sohn bei ihm in den besten Händen wäre. Bereits in drei Wochen würde Karfreitag sein.

Graf Lohenroth hatte in der Nacht zuvor schlecht geschlafen. Ein übersäuerter Magen und wirre Gedanken hatten ihn gequält. Aber er wusste, dass er in der Nacht keine Lösungen für die Probleme des Alltags herbeiführen konnte. Also beschloss er, den Burgfried zu erklimmen und in die Sterne zu sehen. Die Nacht war klar und lau. Auf einmal raschelte etwas neben ihm. Es war Jörg.

„Eine schöne Nacht, nicht wahr?", fragte Jörg.

„Für wahr, junger Herr. Schaut dort, wie ungewöhnlich für diese Jahreszeit, eine Sternschnuppe. Ihr könnt Euch jetzt etwas wünschen!", sagte der Graf.

„Das ist nicht so leicht. Ihr wisst, Kaiser Rudolf II erwartet etwas von mir, was für mich nicht so einfach ist, zudem mir die Schriften Martin Luthers nicht aus dem Kopf gehen. Soll ich ein Vertreter der Gegenreformation werden? Verrate ich mich damit nicht selbst?"

„Das ist eine Frage, die Ihr nur für Euch selbst beantworten könnt!", stellte Lohenroth fest. „Aber wenn Euch Euer Leben lieb ist, und die Güter Eures Vaters etwas wert sind, tut ihm und Euch den Gefallen. Lasst uns nun schlafen gehen. Der morgige Tag wird anstrengend werden."

Jörg blieb noch eine Weile auf dem Burgfried und dachte an Franzi, das zarte aber selbstbewusste Mädchen, das jetzt unter der Obhut der Zisterzienserinnen stand. Auf der einen Seite brachte die Fahrt nach St. Florian eine neue Aufgabe mit sich, auf der anderen Seite freute sich Jörg, dass auch Franzi eingeladen war, mitzukommen. Jörg beschloss in Andacht zu gehen und betete zu Gott ein Vaterunser. Er sprach die Worte ganz langsam und dachte dabei über die Bedeutung nach.

„Vater unser im Himmel,

geheiligt werde Dein Name.

Dein Reich komme.

Dein Wille geschehe, wie im Himmel so auf Erden.

Unser tägliches Brot gib uns heute.

Und vergib uns unsere Schuld, wie auch wir vergeben unseren Schuldigern.

Und führe uns nicht in Versuchung, sondern erlöse uns von dem Bösen.

Denn Dein ist das Reich und die Kraft und die Herrlichkeit in Ewigkeit. Amen."

Er dachte daran, dass Jesus dieses Gebet vor fast eintausendsechshundert Jahren selbst das erste Mal gesprochen hatte, wohl wissend, dass er wenig später eines qualvollen Todes sterben würde. Er dachte sich: „Warum müssen die Menschen so grausam sein? Dabei hatte Jesus doch nur Liebe und Vergebung gepredigt." Jörg stellte fest, dass er geweint und nun ganz feuchte Augen hatte.

Die Nacht war kurz gewesen und die Pferde schon angespannt. Der Weg brachte das Gespann direkt nach Baumgartenberg, wo sie schon von der Äbtissin und Franzi erwartet wurden. Auf die Kutsche wurde eine zweite Truhe geladen. Fritz und Karl, die Holzknechte des Grafen, die sich im Winter durch besonnenes Handeln ausgezeichnet hatten, begleiteten die kleine Reisegruppe. Sie waren mit Pistolen und einer Muskete bewaffnet worden, um auf unliebsame Überraschungen vorbereitet zu sein. Die Holzknechte hatten vom Grafen zwei Pferde bekommen.

Au an der Donau, 11. März 1578

In Au an der Donau machte das Ensemble im Gasthof „Zum Flößer"
halt. Es war bereits später Nachmittag.

„Herr Wirt, habt Ihr Fisch und Fastenbier?", fragte der Graf. „Sehr
wohl, Euer Durchlaucht!", kam zur Antwort. Das Fastenbier hieß nur
so. Man konnte sich ein eher dünnes Gebräu vorstellen, tatsächlich war
es aber sehr stark. Die Äbtissin hatte nichts dagegen und freute sich auf
einen kräftigen Schluck. Franzi wurde aber schon nach wenigen Schlucken
schwindlig und Jörg wurde nach dem ersten Humpen sehr ruhig. „Genießt
das Bier zum Fisch", sagte der Graf und lächelte.

Der Nachbartisch war von zwei Fährleuten und einem unbekannten
Reisenden aus Regensburg besetzt. „Wollt Ihr über den Fluss übersetzen?
Nur zu, wir haben Zeit, wenn ihr wollt?", fragte einer der Fährleute den
Grafen. Der Graf spürte die Wirkung des dunkeln Bieres, das überaus
süffig schmeckte. Er sah sich die drei genauer an. Einer der Männer hatte
eine hässliche Narbe auf der Wange. Er hatte überaus flinke Augen und
musterte seine Umgebung ständig, so als wäre er auf der Flucht. Von
Statur her war er eher schmal, wirkte aber durchtrainiert. Der andere
der beiden Flößer war gut einen Kopf größer und hatte kaum Haare auf
dem Kopf. Der Mann im schwarzen Mantel wirkte wie einer, dem man
nachts besser nicht begegnen wollte.

„Nun denn, dass ist freundlich von Euch", antwortete Graf Lohenroth.
„Die Donau ist hier sicherlich nicht zu unterschätzen! Aber ich glaube, dass
wir erst morgen übersetzen werden. Herr Wirt, habt Ihr einige Kammern
frei?"

Der Wirt gab sogleich zur Antwort: „Ihr seid herzlich willkommen.
Ich habe Leinentücher erst gestern mit frischem Stroh gefüllt. Ein wenig
Rast wird Euch gut tun, hoher Herr. Die Pferde bekommen einen Platz
in meinem Stall."

Jörg und Franzi waren froh, sich noch ein wenig ausruhen zu dürfen.
Äbtissin Edeltraud nickte dem Grafen erleichtert zu, war ihr das starke

Bier doch in den Kopf gestiegen. Fritz und Karl hatte der Trunk weniger ausgemacht, aber irgendwas hatte die beiden alarmiert. Der Unbekannte aus Regensburg schluckte, wurde doch sein Angebot, die Reisegruppe auf der Donau übersetzen zu können, vorerst abgeschlagen. Der schwarz gewandete Mann aus Franken lächelte zwar ein wenig und prostete der Reisegruppe zu, den beiden anderen war aber anzumerken, dass sie sich das Gespräch anders vorgestellt hatten. Sie mussten sich also in Geduld üben und noch eine Nacht an der Donau in Kauf nehmen.

Graf Lohenroth ließ sich das Angebot der Fährleute noch einmal durch den Kopf gehen, wollte die Leute aber nicht vor den Kopf stoßen. Vor der Strömung der Donau hatte er durchaus Respekt, auch wenn sie hier nicht so verwirbelt war, wie im Strudengau bei Grein. Dort waren die Städter und Kaufleute wegen der Flößer zu Wohlstand gekommen. Auch hier in Au waren die Leute an den Treidelpfaden zu Geld gekommen. Außerdem wurde hier ständig Holz nach Wien und Budapest in großen Flößen getrieben. Die Städte lechzten schon damals nach Brennholz, das aus dem Mühlviertel und den Alpen südlich von Steyr kam.

„Ich werde es Euch morgen nach dem Frühstück wissen lassen, ob wir Eure Dienste benötigten, wenn Ihr noch da seid. Gehabt Euch wohl und danke für Euer Angebot, uns übersetzen zu wollen!", sagte Graf Lohenroth.

Der Äbtissin wurde das beste Zimmer des Gasthauses „Zum Flößer" zugewiesen. Lohenroth hatte es verlangt und Franziska diese Nacht in einem eigenen Bett an ihrer Seite schlafen lassen. Die beiden berieten sich lange nach dem Mittagessen über die bevorstehende Flussüberquerung. Eigentlich hätten sie ja bis ins nahe gelegene Mauthausen weiterreisen können, auch wenn man dort vielleicht mehr verlangt hätte. Franzi und Edeltraud sprachen auch über persönliche Dinge.

„Schwester Äbtissin, darf ich Euch etwas fragen?" Edeltraud nickte. „Wie seid Ihr in den Orden gekommen und dann zur Oberin geworden? Die nächste Frage wäre: Ist so eine Überfahrt gefährlich?"

„Meine Geschichte ist von vielen Kriegen geprägt. 1541 eroberten die Osmanen Buda und besetzten weite Teile Ungarns und Kroatiens. Mein

Vater war ein Edler und als Feldherr in Buda mit dabei. Er kam bei der Schlacht ums Leben. Ich war damals dreizehn Jahre. Meine Mutter war bei ihm in Buda. Ich habe nie wieder etwas von ihr gehört.

Ich selbst bin ein Kind dieser Zeit und lebte damals auf unserem Anwesen bei Melk. Ich bin froh von den Zisterzienserinnen aufgenommen worden zu sein. Der Orden hat es sich zur Aufgabe gemacht, das Land urbar zu machen und sich um das Seelenheil der Menschen zu kümmern. Durch Fleiß bin ich schließlich zur Äbtissin geworden, auch wenn es mich ärgert, nicht die Weihen des Priesterstandes erhalten zu haben und ich einen Mann als Beichtvater benötige. Aber ich habe in Pater Laurentius einen verständnisvollen Zuhörer gefunden, mit dem ich stundenlange Gespräche führen kann, die weit über die Lehre der Kirche hinausgehen. Leider ist der Pater schon weit in den Siebzigern. Aber solange er lebt, ist auf ihn Verlass. Er wohnt in einer Kartause, unweit vom Kloster in Baumgartenberg. Die Zeiten ändern sich vielleicht einmal. Irgendwann einmal wird ein vatikanisches Konzil die Rolle der Frau stärken und Frauen zu gleichberechtigten Partnerinnen machen, so wie es Martin Luther gepredigt hatte.

Und nun zu deiner zweiten Frage: Die Überfahrt über die Donau stellt immer eine Gefahr dar. Besonders im Strudengau bei Grein ist das der Fall, hier in diesem Gebiet aber nicht. Der Strom ist hier breit, fließt aber immer noch schnell genug, sodass man mitgerissen wird. Ich hoffe doch, du kannst schwimmen!", sagte die Äbtissin.

„Meine Mutter hat mir gezeigt, worauf es beim Schwimmen ankommt, dennoch habe ich vor dem großen Fluss Respekt. Ins Wasser gestoßen werden möchte ich nicht! Glaubt mir Äbtissin", sagte Franziska und erzählte weiter, „ich bin einmal bei Pierbach in die Naarn gefallen, als ich den Bach über einem Baumstamm überqueren wollte. Ich bin eine viertel Meile abgetrieben worden, bis ich mich ans Ufer retten konnte. Meine Kleider waren durchweicht und schwer. Daher kann ich mir vorstellen, was es heißt, in die Donau zu fallen."

„Franziska, lass uns beten gehen, dass uns nichts passiert! Ich habe ganz in der Nähe eine kleine Kapelle gesehen", meinte die Äbtissin.

Franzi und die Oberin machten sich auf den Weg. Sie fanden das Kleinod einhundert Schritte neben dem Gasthaus. Im Rosenkranz versunken, hörten die beiden Stimmen, die ihnen bekannt vorkamen. „Ein seltsames Gespann, der Graf mit der ehrwürdigen Mutter, der jungen Frau und ihren Begleitern. Ich glaube, dass es sich bei der Frau um eine Ketzerin handelt. Was meint Ihr Aloisius?", fragte der Mann im schwarzen Mantel.

„Da könnt Ihr Recht haben. Wir werden diese Schmeißfliegenbrut schon ausräuchern." Der Mann mit dem unruhigen Blick nickte. Die beiden beschlossen weitere Tatsachen über die Gruppe mit dem Grafen in Erfahrung zu bringen. „Ich werde gleich morgen eine Nachricht an Kaiser Rudolf II per Brieftaube schicken!", war noch zu hören, bevor die Gruppe an der kleinen Kapelle, die dem heiligen Christophorus gewidmet war, vorbei gegangen war.

Trotz ihrer Vertiefung ins Gebet hatten sowohl Franziska, als auch die Äbtissin das Gespräch mitbekommen. Die beiden waren betroffen und verunsichert, drohte doch eine unmittelbare Gefahr. Die drei Männer waren Schergen des Kaisers, auf der Suche nach Sympathisanten Luthers oder gar Ketzern. Sie mussten diese Nachricht so schnell wie möglich an den Grafen von Lohenroth weiterleiten. Franziska und Edeltraud bekreuzigten sich und gingen langsam zur Tür. Ums Eck sahen sie zwei der drei Männer, die auf ein Boot zugingen, das an den Palisaden am Ufer festgebunden waren. In der Mitte des Bootes befand sich eine Holzhütte, die den Männern Unterschlupf bot. Dort erwartete sie der dritte Mann, der sie begrüßte. Edeltraud und Franziska nutzten den Augenblick, um unerkannt zu entkommen. Die Männer waren im Gespräch vertieft.

Die beiden traten auf das Zimmer des Grafen zu und klopften leise. „Graf Moritz, seid Ihr da?", flüsterte Edeltraud. Kurz darauf öffnete sich die Tür. „Kommt herein Ihr beiden, auch wenn es unschicklich ist", bat

Lohenroth die beiden Frauen in sein Gemach. „Setzt Euch bitte an den Tisch dort im Eck!" Junker Jörg bot den Frauen leicht verdünnten Weißwein an. Ungeduldig, aber mit gedämpfter Stimme platze die Äbtissin mit den Neuigkeiten heraus: „Stellt Euch vor, die drei Männer, die am Nachbartisch saßen, sind möglicherweise Agenten von Kaiser Rudolf II. Sie haben die Vermutung, dass wir Anhänger des Wittenberger Predigers sind. Was sollen wir jetzt tun?"

„Ich habe es vermutet. Wir werden sie im Glauben lassen, dass wir nur über Martin Luther geredet hatten, weil er ein Spalter des Glaubens ist. Wir werden sie zu unseren Verbündeten machen, statt zu unseren Feinden. Künftig müssen wir Acht geben, was wir sagen. Wir werden noch heute Abend die Männer ansprechen, um ihre Gedanken in die richtige Richtung zu lenken. Ich glaube, ich lade die drei zu einem Glas Wein ein, um die Überfahrt zu besprechen. Dann fragt Ihr mich, was ich von den Gedanken des Wittenberger Gelehrten halte", sagte Graf Lohenroth und fuhr fort, „ich werde sagen, dass der Gedanke, die Kirche zu reformieren an sich gut ist, aber die katholische Kirche unser Zuhause ist und ein Konzil darüber entscheiden soll. Und ich sehe eine Gefahr für Österreich darin. Das dürfte die Herrschaften besänftigen. Seid Ihr einverstanden Schwerster Oberin?"

„Ich stimme Euch zu. Die Situation ist mehr als gefährlich und es ist gut, seine Feinde zu kennen und im Auge zu behalten. So können wir steuernd auf sie einwirken und vor allem rechtzeitig auf ihre Vorhaben reagieren. Luther hat gesagt, dass er die Kirche nur reformieren und schon gar keinen Glaubenskrieg vom Zaun brechen wolle. Dass es dann anders gekommen ist, mussten wir schmerzhaft erleben. Ich bitte hier um Zurückhaltung. Das gilt besonders für Euch beiden, Franziska und Junker Jörg. Ihr dürft Euch nur über Glaubensfragen unterhalten, wenn Ihr sicher sein könnt, dass Euch niemand hört." Edeltraud hatte das Letztere in aller Entschlossenheit gesagt.

Franzi und Jörg nickten zustimmend. „Ihr könnt Euch auf uns verlassen", versicherte Jörg. „Nichts wird nach außen dringen! Wir werden brav katholisch bleiben, auch wenn es nicht immer leicht fällt. Und eine Lutherbibel haben wir ohnehin nicht dabei. Mein Exemplar ist noch in gutem altem Latein geschrieben. Sic fiat! So soll es sein!"

Draußen auf dem Gang waren Schritte zu hören. Der Graf meinte zu Jörg: „Lasst uns vor dem Essen noch einmal über die morgige Überfahrt sprechen. Ich glaube, wir sollten auf das Angebot der Fährleute zurückkommen. Vielleicht machen sie uns einen guten Preis. Ich mache mir allerdings über die Kutsche und die Pferde Sorgen."

Die Schritte hatten sich entfernt. Wenig später pochte es an die Tür. „Euer Erlaucht, ich bin es, der Karl. Darf ich eintreten?"

„Kommt herein, wir haben ohnehin eine kleine Zusammenkunft, um über den morgigen Tag zu beraten", sagte Graf Lohenroth. „Die Männer, die am Nachbartisch gesessen haben, sind übrigens gefährlich. Wir werden nur so tun, als ob wir ihre Dienste gerne in Anspruch nehmen. Haltet Euch mit Euren Waffen bereit."

Am Abend war die Gaststube mit Besuchern gut gefüllt. „Habt Ihr über unser Angebot noch einmal nachgedacht?", fragte der Mann im schwarzen Mantel, der auf den Tisch der Reisenden zutrat.

„Nun ja, wir werden es gerne annehmen. Aber wie stellt Ihr es Euch vor, die Kutsche und die Pferde hinüber zu bringen?"

„Wir haben Planken der großen Zille gut mit Moos abgedichtet und fest zusammengefügt. Wenn wir das Gewicht gleichmäßig aufteilen, müsste alles gut gehen. Macht Euch keine Sorgen. Die Pferde transportieren wir mit einer eigenen Überfahrt. Das Boot wird außerdem von einem Gierseil gehalten, das über den Fluss gespannt wird", erklärte der Mann in Schwarz, der sich als Meister Wallsee vorgestellt hatte. „Nun denn, dann soll es so sein, wir gehen morgen das Abenteuer an. Der Wasserstand der Donau dürfte derzeit nicht allzu hoch sein", meinte der Graf, der sich zuvor beim Wirt über die Fährleute erkundet hatte. Dieser gab an, sie schon seit zwei Monaten zu kennen, sie hätten bislang zuverlässig gearbeitet und er hätte keine Klagen gehört. „Dann lasst uns auf die Überfahrt anstoßen", sagte Lohenroth.

Die Reisegruppe feierte ihr bevorstehendes Vorhaben. Der Graf und die Äbtissin zogen sich ein wenig zurück, setzten sich aber so hin, dass sie für feine Ohren immer noch zu hören waren. Die beiden begannen mit ihrer Posse: „Ich halte die Ideen dieses fetten Mönches aus Wittenberg für überaus gefährlich, seine Ideen werden letztlich nur die heilige römische Kirche spalten und das Reich schwächen. Ich kann Kaiser Rudolf II verstehen, wenn er dagegen vorgeht!", meinte die Äbtissin.

„Ich kann Euch da nur zustimmen! Lasst uns aber an die bevorstehende Primiz in St. Florian denken. Glaubt Ihr, dass Junker Jörg dafür schon bereit ist?", fragte der Graf.

„Ich bin zuversichtlich, zudem braucht die Kirche guten Nachwuchs dringender denn je." Jörg konnte beobachten, wie diese angeblichen Meinungen von den Flößern aufgenommen wurden.

„Meister Wallsee, ich glaube wir haben uns geirrt", flüsterte Aloisius.

12. März 1578

Die Kutsche war gerade auf der Fähre, einer Wiener Zille oder auch Ulmer Schachtel, wie man spöttisch sagte, festgemacht. Die Reisegruppe hatte sich auf den Bänken, die provisorisch errichtet worden waren, gesetzt, als am Himmel die ersten Wolken aufkamen. Den ganzen Vormittag hatten die Fährleute gebraucht, bis es endlich so weit war.

Aloisius blickte besorgt in den Himmel, sagte aber nichts. Wären sie jetzt umgekehrt, wäre die ganze Arbeit umsonst gewesen. Also kam der Befehl: „Ablegen!" Bis zum anderen Ufer waren es etwa fünfhundert Schritt. „Wir können es getrost riskieren", dachte sich Aloisius. Auch Meister Wallsee hatte die dunklen Wolken im Blickfeld gehabt, den Gedanken zur Umkehr aber wieder verworfen. Die Pferde standen immer noch am Ufer und wieherten ungeduldig.

Die Gruppe hatte sich entlang des Gierseiles bis in die Donaumitte vorgearbeitet, als der Sturm mit heftigen Windböen und Hagelkörnern so groß wie Kirschen losbrach. „Haltet Euch fest", rief Meister Wallsee. Aus dem zuvor ruhigen Fluss wurde ein brodelnder Kessel. Die Reisegruppe versuchte sich nicht nur festzuhalten, sondern auch ihre Köpfe vor den Eiskörnern zu schützen.

Es war, als wäre Satan persönlich der Hölle entstiegen. Die kräftigen Wellen rüttelten an den Schnüren des hundert Fuß großen Holzgefährtes. Ein plötzlicher Ruck ließ das Boot schlingern. „Passt auf: Das Gierseil ist aus der Verankerung gerissen!" rief Aloisius. Das Boot nahm Fahrt auf und trieb immer schneller auf das andere Ufer zu. Alles Gegenhalten mit den Steuerrudern half nichts mehr. Die Gruppe prallte heftig am andern Ufer auf.

Die Oberin begann einen Rosenkranz zu beten, Graf Lohenroth und Junker Jörg packten am Gierseil mit an, um nicht vollends vom Strom abgetrieben zu werden. Die Holzknechte Fritz und Karl konnten nur mit ansehen, wie die Leute auf der Donau um ihr nacktes Überleben kämpften. Sie waren am anderen Ufer geblieben, um auf die Pferde aufzupassen. Jetzt schnappten sie sich eine Zille und legten in den brodelnden Strom ab. Sie mussten möglichst schnell ans andere Ufer, um zu retten, was noch zu retten war. Die Plätte hatte bereits gefährliche Schieflage bekommen. Fritz und Karl ruderten, als ginge es um ihr eigenes Leben.

Nach wenigen Augenblicken landete die Fährgesellschaft mit der Plätte auf einer dem Ufer vorgelagerten Sandbank. Aloisius wurde vom Ruder ins Wasser gestoßen. Der Graf und Wallsee konnten sich gerade noch an der Plätte festhalten und die Oberin betete immer noch: „Bitte Mutter Gottes hilf uns!" Franzi hatte bei Jörg Schutz gesucht. Zum zweiten Mal waren sie ganz nahe beieinander, nur dass es diesmal um ihr Leben ging. Franzi fühlte sich bei Jörg aber so sicher, als könne ihr nichts passieren.

Derweil stießen Fritz und Karl ihre Ruder immer heftiger ins Wasser. Aloisius wurde immer weiter in die Strommitte getrieben. Er schlug mit den Armen immer heftiger um sich. Lange würde er nicht mehr durchhalten. Dann wurde es ganz still. Die Wellen hatten ihn verschluckt, er hatte nie schwimmen gelernt. Nur mehr das brausende Wasser war zu hören. Ein kleiner Rockzipfel schaute noch aus den Fluten, gerade so viel, dass sie ihn zwischen den schäumenden Wellen noch sehen konnten. Die Zille hatte den Fetzen Stoff erreicht und Karl packte ihn mit einem Haken an einem langen Stiel, der sonst genommen wurde, um einen Waller oder Frachtgut aus der Donau zu ziehen. Sie bekamen den absinkenden Körper zu fassen und zogen ihn hoch. „Karl, ich habe ihn. Pass auf, dass wir nicht selbst ins Wasser fallen!" Karl fasste vorsichtig an der Jacke des ins Wasser gefallenen Fährmannes an. Es war der kleine drahtige Aloisius, der jetzt wie ein nasses Bündel am Haken hing. Den großen anderen Mann hätten sie nie im Leben aus dem Wasser gebracht. Zu zweit hievten sie den Körper in das Boot.

Sie legten den Mann auf den Boden der Zille, der auf einmal wie von den Toten erwachte und kräftig zu husten begann. Die beiden hatten ihr Leben nicht umsonst aufs Spiel gesetzt. Sie beschlossen zur Plätte umzukehren und erreichten das Ufer, wo sie die Zille auf einem Treidelpfad zur Fähre schleppten. Völlig erschöpft erreichten sie die Reisegruppe, von der sie bereits erwartet wurden.

„Gut gemacht!", rief Wallsee den Rettern entgegen, „Gott vergelt's euch!" Auch der große, glatzköpfige Pankraz war von der Rettung beeindruckt. „Wie sollen wir es Euch nur danken?", meinte der Mann im schwarzen Mantel. „Mit einem warmen Essen wäre es schon getan", meinte der Graf. „Aber lasst uns vorher überlegen, wie wir samt Kutsche ans Ufer kommen und wie wir die Pferde herüber bekommen."

„Nun, wir werden es morgen noch einmal versuchen, sie auf das Boot zu bringen", sagte Wallsee. „Die Donau ist hier zu breit und das Wasser zu hoch, um sie in einer Furt zu durchwaten. Es ist der einzige Weg, ansonsten müssen wir auf die Pferde verzichten."

„Wir werden es probieren und hoffen, dass das Wetter besser wird. Lasst uns dort in dem Dorf nach eine Unterkunft und einem warmen Essen fragen", beschloss Lohenroth.

Am anderen Ufer, 13. März 1578

Tatsächlich, der Himmel hatte sich am nächsten Tag aufgeklart. Die Gebete hatten offensichtlich geholfen und das Wetter hatte sich zum Reisen gebessert. Dem kleinen Flößer ging es nach dem Schreck besser, auch wenn er einige blaue Flecken von der Ruderstange davongetragen hatte. Die Donau jagte dem Mann aber immer noch Angst ein. Aber heute sah sie so ruhig aus, als wäre nie etwas passiert.

Die Männer gingen zum Boot zurück und richteten das Gierseil neu aus. Es musste mit der Zille neu über die Donau gebracht und dort neu vertäut werden. Die Arbeiten nahmen den ganzen Vormittag in Anspruch. Wallsee traute sich aber nicht, über den Preis für die Überfahrt neu zu verhandeln. Zu schlecht war sein Gewissen, auf das Unwetter nicht rechtzeitig reagiert zu haben.

Endlich konnten die Pferde, die nervös hin und her trippelten, verladen werden. Diesmal durfte aber kein Fehler passieren. Die Plätte bekam gewaltigen Tiefgang. Die Männer mussten aufpassen, dass kein Wasser in das Boot hineinschwappte. Sie zogen kräftig aber vorsichtig am Gierseil. Den Bug stellten sie leicht stromaufwärts. Selbst Graf Lohenroth und Junker Jörg ließen es sich nicht nehmen, mitzuhelfen. Oberin Edeltraud und Franziska beobachteten das Spektakel vom anderen Ufer aus. Dabei hatte Edeltraud heimlich Angst um den Grafen, den sie innig liebte und Franzi um Jörg, die ihr vertraut geworden waren. Das letzte Erlebnis hatte bei Franzi und Jörg das Verlangen nach gegenseitiger Liebe gestärkt. Diesmal erreichte die Gruppe das andere Ufer sicher.

„Wie seid Ihr eigentlich zu Fährleuten geworden und woher habt Ihr die Plätte?", fragte der Graf Wallsee.

„Ich habe sie Bauern aus der Region abgekauft." Dass mehr dahinter steckte und er in geheimer Mission unterwegs war, wollte Wallsee nicht verraten. „Ich wollte schon in Regensburg einen Fährbetrieb aufnehmen, aber hier ergab sich die Möglichkeit. Die Bauern waren alt und nicht mehr kräftig genug. Einer der Männer ist sogar ertrunken." Dass Wallsee dem Schicksal nachgeholfen hatte, verschwieg er, doch Lohenroth hatte bereits seine Schlüsse gezogen und ahnte, dass der Bauer nicht freiwillig aus dem Leben geschieden war. Jetzt aber war der Graf einen wichtigen Schritt voraus. Er dachte sich noch: „Hätte ich mich bloß nicht auf dieses Abenteuer, die Donau mit der Plätte zu überqueren, eingelassen. Es wäre besser gewesen, die Donau bei Mauthausen zu überqueren und dafür einen saftigen Zins zu zahlen." Aber von nun an würde er vorsichtiger sein. Wallsee hingegen dachte sich: „Glück gehabt."

Die Reisegruppe hatte ihr Abenteuer geistig zu verdauen. Wallsee stieß mit seinen Leuten an und feierte mit Aloisius dessen zweiten Geburtstag, Fritz und Karl prosteten den dreien zu und berichteten stolz ihre Heldentat, der Graf und Edeltraud dachten über ihr Leben und ihre neuen Chancen nach und Franzi war mit Jörg glücklich, dass sie erneut zusammengefunden hatten. Die beiden werteten das als einen Wink des Schicksals und dachten daran, gemeinsam ein Leben zu führen, so wie Martin Luther und Katharina von Bora es taten. Sie fühlten sich wieder ganz nah beieinander, doch musste ihre heiße Liebe noch warten.

St. Florian, 14. März 1578

Am nächsten Tag wurden die jungen Leute von der Realität sehr schnell eingeholt. Die bevorstehende Feier in St. Florian wurde ihnen wieder bewusst. Der Graf verabschiedete sich von Wallsee und bezahlte ihn mit acht Kreuzern. Nach Wien wurde keine Brieftaube geschickt. Wallsee war die Geschichte zu peinlich und beschloss, darüber ein wenig Gras wachsen zu lassen, wollte aber noch nicht ganz aufgeben.

Nach einem weiteren Stundengebet wurde die Kutsche angespannt. Die Pferde hatten die Überfahrt über die Donau überaus gut überstanden und freuten sich auf den Auslauf auf dem Weg nach St. Florian. Das Stift erreichten sie schließlich ohne Probleme. Die Sonne zeigte den frühen Nachmittag an.

Der Stiftskämmerer und der Abt erwarteten die Kutsche des Grafen bereits. „Ihr kommt später als vermutet. Ich hoffe, Ihr seid wohlauf", sagte der Abt in seiner Begrüßung. „Ich habe die Zimmer bereits herrichten lassen. Wenn es Recht ist, darf ich Euch heute Abend auf Wildschwein, Wachteln und einen Tokaier einladen." Der Graf wusste, dass das Stift St. Florian begütert war, aber eine so überschwängliche Bewirtung hatte er nicht erwartet. Dennoch konnte eine gute Speise nach den Strapazen der letzten Tage nicht schaden. Auch Jörg, Fritz und Karl fühlten sich ausgemergelt und in Franzi steckte eine kleine Erkältung. Daher ließ sie sich gleich ein wenig Salbeitee verabreichen, um einem Husten vorzubeugen.

Bis Ostern war noch mehr als zwei Wochen Zeit. Es war auch eine Zeit, um mehr über den Orden der Augustiner zu erfahren. Sie hatten sich nicht nur der Seelsorge verschrieben, sondern kümmerten sich auch um die Pilger, Kranken und paktierten wohl oder übel mit dem Kaiser. Dem Abt war deutlich anzusehen, dass er zudem den kulinarischen Genüssen nicht abgeneigt war. Außerdem verfügte das Stift über eine umfangreiche Bibliothek.

Das Kloster war in der Umgebung angesehen. Die Predigten der Messen verliefen in Latein und die Bevölkerung hielt sich zu den Feierlichkeiten im Hauptschiff der Kirche auf, während sich die Brüder des Ordens im vorderen Teil, im Chor, befanden. Die Messen muteten besonders gottgefällig an, waren sie doch in Latein gesprochen und gesungen. Obwohl die Leute kaum ein Wort bis auf das Pater Noster und das Ave Maria verstanden, fühlten sie sich besonders dem Herrn im Himmel nah. Latein, das war nun einmal so, war jene Sprache, in der man sich Gott zuwandte.

Den Gläubigen wurde regelmäßig die Beichte abgenommen. Dafür gab es gleich mehrere Beichtstühle. „So hält man also die Leute unter Kontrolle", dachte sich der Graf, der bei den Messen zu Gast war. Und: „Während das Volk hungert, schlagen sich die Kirchenoberen den Bauch voll."

Jörg versuchte sich in das Kirchenleben einzuleben. Zumindest so gut es ging. „Sollte er bei diesem armseligen, vorgegaukelten Spiel tatsächlich mitmachen und einer der ihren werden?" Franzi und Edeltraud ging es nicht anders. Im Chorgestühl hatten zwei Dutzend Patres Platz genommen, unter ihnen der Abt und der Kämmerer und eine Person, die zwar den Habit des Ordens trug, aber neu dabei war. Sie trug die Kapuze tief ins Gesicht gezogen. Bei genauer Betrachtung konnte man auch erkennen, dass sie vor kurzem noch einen Bart getragen hatte, denn dort wo vor einem halben Tag noch die Haare gewesen waren, war die Haut deutlich bleicher. Es war bei der Vesper an diesem Abend kein anderer als der Fährmann Wallsee.

Er war nach der Abreise des Grafen mit seiner Gruppe von der Donau umgehend auf einem Ross nach St. Florian geritten. Den Verdacht der Ketzerei gegenüber der Äbtissin und dem Grafen hatte er also nicht aufgegeben und sich insgeheim gedacht: „quo probare esset"; also „was zu beweisen wäre!" Wallsee wollte nach seiner Pleite auf der Donau dem Kaiser doch noch eine Trophäe präsentieren. Und was wäre da geeigneter als eine Äbtissin und ein Graf, die man auf frischer Tat ertappen würde. Außerdem ließen sich Beweise sammeln, die für eine Befragung ausreichen würden. Für dieses Vorhaben musste er Verbündete suchen und die würde er vielleicht hier im Kloster finden.

Der Auftrag von Rudolf II war eindeutig: Die Menschen müssen wieder katholisch werden, in einem römischen Reich deutscher Nation und dem Kaiser Gehorsamkeit leisten. Und Menschen ließen sich nun einmal gefügiger machen, wenn es einen strafenden und keinen verzeihenden Gott gibt, wie es der Wittenberger Gelehrte gepredigt hat, aber der war 1546 in Eisleben gestorben und seit über dreißig Jahren tot. Seit dem stritten die Reichsfürsten um den wahren Glauben.

Es war bereits dunkel, als sich der Abt mit seinen Gästen im Stiftskeller versammelte. „Nun Euer Erlaucht, hat Euch die Messe gefallen?", fragte Abt Erhart und schmunzelte dabei.

„Sehr gut, lieber Abt, ich konnte dabei auch gleich meine Lateinkenntnisse auffrischen. Das gesungene Ave Maria war ein besonderer Genuss.

„Nun denn, lieber Graf, langt kräftig zu und lasst es Euch schmecken!", sagte Abt Erhart, der auf Franziska und die Äbtissin Edeltraud schielte und sich am Kinn kratzte. Die Speisen waren wahrlich fürstlich. Bei den Wachteln langte der Augustiner gleich dreimal zu. Auf die Wildsau hatte sich der Kirchenmann besonders gefreut.

Im Nachbarraum ließ es sich der kaiserliche Agent ebenfalls ganz besonders schmecken. Er hatte sich eine köstliche Schweinshaxe, die im eigenen Fett herausgeschmort war, servieren lassen. Das übermäßige Essen führte bei ihm aber zu heftigen Gallenkoliken. Wallsee wand sich auf einer Bank, auf der er sich niedergelegt hatte und verfluchte sich selbst. Bitteres Aufstoßen kam dazu. Ein herbeigeeilter Mönch flößte dem verkleideten Mitbruder einen Tee aus Gelbwurz, Kümmel, Pfefferminzblättern und Fenchel ein. Wallsee standen dicke Schweißtropfen auf der Stirn. Er dachte sich: „Werde ich jetzt an dem Essen sterben oder am Tee?" Stiftskämmerer Eberhard, der das Schauspiel verfolgte, wunderte sich keineswegs. Er war über die Aufgabe des hungrigen Gastes vom Abt eingeweiht worden und sagte zu sich: ‚superesse tibi', also ‚du wirst es überleben'.

Wallsee jedenfalls wusste nicht, ob er den Tag überleben würde, und so verordnete ihm der Mönch, der überaus sachkundig erschien, einen Einlauf nach Hippokrates, um das Gleichgewicht der Körpersäfte wieder herzustellen. Dem Einlauf fügte der Mönch Weißwein, Honig, Bergamotteöl und Kräuter hinzu. Der kaiserliche Spion musste sich auf der Seite liegend den Klistier in den Enddarm einführen lassen, was zusätzliche Krämpfe im Darmbereich auslöste. Er lag schließlich in einer nach Kot stinkenden Lache und musste vom Mönch wie ein Säugling gesäubert werden. Nach dem Einlauf ging es dem Patienten aber wesentlich besser. Wallsee schwor sich an diesem Abend, keinem Menschen von seinem peinlichen Abenteuer zu erzählen und es schon gar nicht dem Kaiser zu berichten. Er wollte nur seine Ruhe haben und begab sich in das einfache Bett in seiner Mönchszelle.

Unterdessen ging im Stiftskeller das Gelage weiter. Der Graf erzählte von der Donauüberfahrt und dem erst kürzlich bestandenen Wolfsabenteuer bei Clingenberg und Jörg und Franzi warfen sich heimliche Blicke zu, die weit mehr versprachen als nur ein G'spusi zwischen zwei jung verliebten Leuten. Die beiden spürten erneut, wie sehr sie zusammen gehörten und fieberten der bevorstehenden Nacht entgegen.

Aber wie sollten sie es anstellen, sich zu treffen? Ein wenig später entschuldigten sich die beiden, dass der Tag anstrengend gewesen sei, und sie sich zum Abendgebet zurückziehen wollten. Der Graf und die Äbtissin lauschten noch den Jagdgeschichten des Abtes und begaben sich schließlich zur Ruhe. Unterwegs kam ihnen ein lächelnder Mönch mit einem Nachttopf entgegen.

Vor der Stiftskapelle trafen die beiden auf ein eng umschlungenes Pärchen, das im Schatten saß und sich leidenschaftlich küsste und von den Geschehnissen rundherum nichts mitbekam. Die beiden kamen ihnen nur allzu bekannt vor, sie waren aber selbst in leidenschaftliche Gedanken verfallen und wollten die Gunst der Stunde selbst genießen. Edeltraud bekreuzigte sich, küsste ihr Kreuz, das sie um ihren Hals trug und sprach leise zur Mutter Gottes: „Liebe kann doch nicht falsch sein, ist sie doch das Kostbarste, das uns gegeben wurde!" Sie nahm die Hand des Grafen und drückte sie kräftig. Der Weg führte sie an der Kapelle vorbei in die Räumlichkeiten von Lohenroth.

Im Zimmer angekommen küsste er Edeltraud so, wie er es noch nie getan hatte. Zuerst berührte er sie mit der Zungenspitze hinter den Ohren, dann strich er mit ihr über ihre Augenlider und zu guter Letzt umspielten sich beiden Zungen. Edeltrauds Herz begann heftig zu schlagen und sie sagte leise: „Im Himmel muss es so ähnlich sein." Seine Hände berührten ihre Brüste und sie bat ihn: „Zieht mich bitte aus! Ich möchte Euch ganz tief in mir spüren, aber seid vorsichtig!"

„Zu Befehl!", meinte Lohenroth. Er wusste, dass sie ein ganz besonderes Geschenk war, das es galt, ganz behutsam auszupacken. Er streifte ihre Kleidung ab und legte sie sorgsam auf einen Stuhl. Unter ihrer Robe hatte sie nichts an. Kein Mieder, wie sonst die meisten Frauen. Auch unter ihrer Kleidung war sie nackt, nur ihre Scham zeigte einen dunklen Flaum. Und so ganz ohne Kopfbedeckung, sah sie noch jünger aus als sonst. Ihre Haare waren kurz geschoren aber das machte sie zugleich attraktiv. Zudem war kein graues Haar zu entdecken. Trotz ihres Alters war sie noch immer eine schöne Frau. Ihre Brüste waren eher klein aber fest. Die sparsame Kost im Kloster hatte ihren Körper schlank bleiben lassen. „Wie schön Ihr doch seid!", meinte der Graf und dachte gleichzeitig daran, wie bedauerlich es war, dass sie sich nicht schon früher begegnet waren. „Nehmt mich, das alles gehört Euch!", sagte Edeltraud und lächelte vielversprechend. „Mein Innerstes ist ganz geöffnet und feucht." Edeltraud fühlte sich wieder wie eine junge Frau.

Auch Franzi und Jörg waren sich näher gekommen. Neben der Kapelle befand sich der Meierhof des Klosters, zu dem auch eine Tenne gehörte. Die beiden waren dort hingegangen und hatten aufgepasst, dass sie niemand beobachtete. Jörg breitete auf dem Stroh eine Decke aus, die unweit der Ställe abgelegt war. Der junge Pater nahm Franzi bei der Hand und bettete sie darauf.

„Franzi, ich liebe Euch! Die heutige Nacht soll uns ganz allein gehören! Wollt Ihr mich? Der liebe Gott wird ein Auge zudrücken."

„Ja Jörg! Ich verzehre mich nach Euch. Auch wenn die nächsten Tage unsere Liebe wahrscheinlich für immer beeinflussen werden und Ihr in den Priesterstand gehoben werdet. Lasst diese Nacht für immer die unsere sein. Ihr wisst, es ist für mich das erste Mal."

„Für mich auch. Ich werde ganz sanft zu Euch sein."

Franzi und Jörg legten sich zueinander. Zuerst fröstelte es sie in der kühlen Märzluft, aber die Tiere im benachbarten Stall hatten den Raum ein wenig erwärmt. Dann wurde dem jungen Paar selbst warm. Jörg hatte seinen Habit abgelegt und Franziska ihrerseits ihre Kutte. Franziska nahm Jörg zwischen ihre Beine und begann sich zart auf und ab zu bewegen.

Anfangs tat es noch ein wenig weh, dann wurde sie immer lustvoller. Sie wollte ihn in sich spüren. Sie beugte sich vor und küsste ihn. In ihren Augen waren Tränen, aber nicht vor Schmerz, sondern vor Glück. Jörg fühlte sich von Wärme umgeben und ließ sie in ihren Bewegungen gewähren.

Es sollte niemals aufhören. Er spürte, wie sie sich rhythmisch verengte und er schien zu explodieren. Er wünschte sich, dass dieses Gefühl, das zugleich schmerzte und ihn befreite, nie aufhören würde. Ihm wurde ein wenig schwindlig vor den Augen. In dieser Nacht hatten sie beide für immer ihre Unschuld verloren. Die Glocken läuteten zwölf Mal. Es war Mitternacht und zugleich der Beginn eines neuen Tages. Franzi dachte an ihren Vater und an ihre Mutter, die für immer gegangen waren. Sie hoffte, sie im Himmel eines Tages wieder zu sehen. Im Moment, so glaubte sie, den Himmel bereits erreicht zu haben.

15. März 1578

Äbtissin Edeltraud, Franzi und Jörg feierten an diesem Morgen die Laudes gemeinsam. Auch Graf Lohenroth war vom Abt eingeladen worden. In knapp zweieinhalb Wochen war die Fastenzeit vorbei. Den Vieren war es ein Anliegen, Gott dafür zu danken, dass die Überfahrt über die Donau gut ausgegangen war.

Nur ein Mitbruder sah im Gesicht ein wenig blass aus. Es war der in seinem Aussehen veränderte Meister Wallsee, der immer noch an den Einlauf, den er am Vortag erhalten hatte, denken musste. Der kaiserliche Spion, der sich extra seinen Bart abgenommen hatte und eine Tonsur rasieren ließ, wirkte ein wenig gequält. Neue Erkenntnisse gegen den Grafen und die Äbtissin hatte er keine erlangen können, denn er hatte sich ja selbst außer Gefecht gesetzt.

Die Mitglieder der kleinen Reisegesellschaft machten einen ausgesprochen fröhlichen, wenngleich unausgeschlafenen Eindruck, was Wallsee auf die Ereignisse der vergangenen Tage zurückführte. Die Liebesabenteuer der Nacht kamen dem kaiserlichen Agenten nicht in den Sinn, er dachte vielmehr an die Schweinshaxe, was zu einem Würgen führte. Nachdem Wallsee ohnehin nichts im Magen hatte, führte dieses Würgen aber nur zu einem sauren Aufstoßen.

Die anderen mussten an ihre Rollen als verliebte Kirchenleute, beziehungsweise Adelige denken. Lohenroth dachte einerseits an seine Konkubine in San Giuliano in der Toskana und anderseits an die wunderschöne aber nicht mehr so junge Edeltraud. Er wünschte sich zur Ruhe zu kommen und mit Edeltraud den Rest seines Lebens zu verbringen. Edeltraud wiederum hatte die Freuden des Lebens kennen gelernt und wirkte wie in einer anderen Welt. Genau so ging es Franzi und Jörg, die die verbotene Frucht des Baumes gekostet hatten. Sie dachten aber auch an die bevorstehende Primiz und wie sie in Zukunft als keusche Ordensleute überleben sollten. Die Liebe hatte einfach zu viel Freude gemacht. Sie dachten aber auch daran, nicht einfach als protestantische Kirchenleute weiter zu leben. Abt Erhart wiederum dachte an das fulminante Essen des Vortages und freute sich bereits auf ein ausgiebiges Mittagsmahl. Er dachte an Fisch in Weinsoße und Apfelstrudel als Nachspeise und meinte am Ende der Laudes: „Amen!"

Der Abt traf sich kurz vor dem Mittagsgebet mit dem kaiserlichen Agenten, der in seinem Habit gar nicht mehr so mächtig aussah wie zuvor. Abt Erhart hatte sogar Mitleid mit dem Mann, er war allerdings darauf gespannt, was Wallsee in seinen ersten Recherchen herausgefunden hatte.

„Nun, was könnt Ihr berichten", fragte Erhart neugierig, „ich habe von Eurem gestrigen Missgeschick erfahren, Euch soll es nicht so gut gehen?"

„Nun ja, in der Tat hat das abendliche Mahl einen schmerzhaften Anfall ausgelöst und zu heftigen Gliederschmerzen geführt. Der darauf folgende Einlauf war auch nicht so angenehm, aber ich habe dann recht gut geschlafen und fühle mich schon besser", sagte Wallsee.

Wallsee sah aber immer noch ein wenig blass aus.

„Ich werde Euch ein leicht bekömmliches Mahl zubereiten lassen. Aber nun berichtet, was Ihr herausgefunden habt. Hat sich der Verdacht erhärtet, dass Graf Lohenroth dem lutherischen Glauben angehört oder gar ein Ketzer ist und die Äbtissin mit ihm unter einer Decke steckt?"

„Der Verdacht besteht zwar nach wie vor, aber Beweise habe ich keine. Ich werde dem Kaiser aber auf jeden Fall eine Nachricht zukommen lassen. Die Angelegenheit scheint mir zu wichtig zu sein."

„Nun denn, ich wünsche Euch auf jeden Fall alles Gute, vergesst nicht, wir brauchen gerade in diesen Zeiten Leute, die dem katholischen Glauben dienen können. Wir haben schon genügend Abtrünnige. Aber nun wünsche ich Euch erst einmal guten Appetit!", sagte der Abt.

Im Stiftskeller wurden dem kaiserlichen Agenten mit Honig glasierte Täubchen serviert. Was Wallsee allerdings nicht wissen konnte, dass genau diese Täubchen seine kaiserlichen Postillione waren. Das Essen schmeckte prächtig. An den Vögeln war einiges dran. Die Tiere mussten ausgezeichnet gehalten und gefüttert worden sein. Das Fleisch war zart und massig. Als Wallsee mit Hilfe von Johan und Nepomuk wenig später eine Depesche per Luftweg abschicken wollte, waren die Brieftauben aus ihrem Schlag verschwunden und Wallsee dämmerte, dass etwas Unvorhergesehenes passiert war.

Johan und Nepomuk waren irrtümlich Opfer eines Fleischermessers des Kochs geworden. Dieser wiederum hatte sich schon gewundert, dass das Kloster einen neuen Taubenschlag angeschafft hatte. Aber letztlich waren die Vögel nun einmal da und Bruder Benedikt hatte den Auftrag vom Abt höchstpersönlich bekommen, eine leicht bekömmliche und zugleich kräftigende Mahlzeit herzurichten. Für die Weinsoße nahm er den besten Burgunder, der im Hause war.

Wallsee machte einen kräftigen Rülpser und wollte sich schon auf den Weg zu seinen Täubchen machen, als er vor vollendete Tatsachen gestellt wurde: Der Käfig war leer. Dass die Tauben zusammen mit dem Heiligen Geist davongeflogen waren, konnte sich der kaiserliche Agent nicht vorstellen, zudem er in unmittelbarer Nähe ein noch blutiges Beil fand, das in einem Hackklotz steckte. Wallsee konnte eins und eins zusammenzählen und ihm wurde schon wieder flau im Magen. Der Gast ließ sich von einem Pater in seine Ruhestätte bringen. So wurde aus der kaiserlichen Depesche erneut nichts.

Gut zwei Stunden später traf Wallsee zur Audienz beim Abt ein. „Nun, wie geht es Euch, lieber Wallsee? Haben Euch die Täubchen geschmeckt? Was habt Ihr von Euren Recherchen bezüglich Eures Verdachtes der Ketzerei zu berichten?"

„Das Essen war köstlich, nur waren die Vögel die falschen. Johan und Nepomuk waren nämlich meine Kuriere!", meinte Wallsee erbost.

„Verzeiht, Kuriere? Ich verstehe nicht, was Ihr meint?", erwiderte der Abt.

„Der Koch hat irrtümlich meine kaiserlichen Brieftauben als Speise zubereitet", meinte Wallsee verdrossen. „Die Tiere haben ein Vermögen gekostet, jetzt muss ich mir Ersatz besorgen. Außerdem ist die Angelegenheit mit dem Grafen und Äbtissin Edeltraud immer noch dubios. Ich fürchte, wir werden bis nach Ostern warten müssen."

Abt Erhart winkte ab und dachte sich: „Armer Wallsee. Dann muss er es sich eben in seiner Klosterzelle ein wenig gemütlich machen und weiter die Rolle eines Paters spielen."

In den Tagen bis Ostern lernte Jörg das Leben im Stift kennen. Besonders die Reinheit war vortrefflich und begeisterte Jörg. So war der Abort keine stinkende Grube, sondern verfügte über eine Art Wasserspülung, die die Exkremente nach draußen brachte. Und einmal pro Woche wurde hier sogar in einem Holzzuber gebadet. Die Zutaten fürs Badewasser kamen aus dem eigenen Kräutergarten. Was Jörg außerdem begeisterte, waren die vielen Bücher und Pergamente der Bibliothek. Die Werke von Thomas von Aquin waren hier genauso zu finden wie Werke von Sokrates, Hippokrates und Hildegard von Bingen, was besonders der Franzi gefiel.

Was Jörg auch auffiel war, dass hier im Kloster ausgezeichnet gespeist wurde, während die Bauern oft nicht wussten, wie sie den nächsten Tag überstehen sollten und von Brot und Kohlsuppe leben mussten und ihr Mahl durch ein paar Mehlknödel und Eier aufwerteten. Dafür wurde den Bauern aber der Himmel versprochen, wenn sie nur ihren Zehent oder den Ablass zahlten. Es war für die Chorherren nicht leicht, die Leute vom katholischen Glauben zu überzeugen, wie es ihnen der Kaiser aufgetragen hatte.

Während andere darüber nachdachten, wie sie das Volk zum Katholizismus zurückführen sollten, nutzte Franzi die Zeit und machte sich in der Apotheke des Klosters über die Wirkung von Kräutern schlau. Sie wandte sich auf Empfehlung des Abtes an den etwa siebzigjährigen Gelehrten Pater Blasius, der sich selbst gerade einen Tee aus Birkenrinde machte, um sich Erleichterung beim Harnlassen zu verschaffen. „Seht her, junge Frau, bereits harmlos wirkende Rinde kann wahre Wunder bewirken. Ich kombiniere das fein zerstoßene Pulver aus Birkenrinde mit ein wenig Fleckenschierling. Wohlgemerkt, der Kaltauszug des Schierlings kann bei falscher Dosierung tödlich sein. Er muss daher sehr stark verdünnt werden. Zwei Esslöffel auf einen halben Liter Wasser reichen vollkommen aus. Viele alte Männer haben Probleme beim Wasserlassen!", meinte Blasius und grinste.

„Warum gerade Männer?", fragte Franzi und verzog ihr Gesicht ein wenig.

„Ihr Frauen werdet davon Gott sei Dank verschont, wenngleich ihr andere, weit größere Probleme habt. Ich denke nur daran, dass ihr Kinder bekommen müsst, was für viele kein Honiglecken ist und oft tödlich endet. Die Menschen wurden leider aus dem Paradies verstoßen. So wirken Beifuß und Frauenmantel bei Frauenleiden. Mit äußerster Vorsicht ist hier das Gnadenkraut anzuwenden." Pater Blasius nahm einen kräftigen Schluck von seinem Tee und meinte: „Wohl bekomms!" Dabei grinste der alte Mann schelmisch.

Franzi war von der Kenntnis des Paters fasziniert und sah sich in der Apotheke um, in der viele Flaschen mit allerlei Essenzen und Kräuterpackerl standen. So viele verschiedene Mittel hatte sie noch nie gesehen, wenngleich auch die Apotheke in Baumgartenberg sehr gut bestückt war. Nur schade, dass es im Garten noch kaum Kräuter gab. „Ihr könnt die Pflanzen übrigens in unserer Bibliothek sehen. Ich habe viele von ihnen gezeichnet und ihre Heilwirkung dazugeschrieben", meinte Pater Blasius, der in Franzis Miene gelesen hatte.

Gründonnerstag, 30. März 1578

Wallsee hatte sich bis Gründonnerstag wieder ein wenig erholt. Die vorösterliche Fastenzeit hatte ihm zwar geholfen, seine Teekuren besser zu ertragen, weil er selbst die Abstinenz von Portwein und Burgunder als göttliches Opfer betrachtete, aber dem Bockbier, das gerade zu derlei Fastenzeiten gebraut wurde, hatte er zugesprochen. Er befand sich im alkoholischen Dauerrausch und hatte es gerade noch geschafft, neue Brieftauben anzufordern. Wann diese allerdings eintreffen würden, stand in den Sternen. So war er gezwungen sich seinem halbkomatösen Zustand zu fügen. Die regelmäßigen Gebete der Chorgemeinschaft gingen ihm gehörig auf die Nerven.

Die Chorherren waren während der Laudes in ein Lied des Franziskanermönchs Michael Weiße aus Breslau vertieft.

1. „Aus tiefer Not lasst uns zu Gott
von ganzem Herzen schreien,
bitten, dass er aus seiner Gnad
uns woll vom Übel befreien
und alle Sünd und Missetat,
die unser Fleisch begangen hat,
als Vater uns verzeihen.

2. O Gott und Vater, sieh doch an
uns Arme und Elenden;
die wir sehr übel han getan

mit Herzen, Mund und Händen;
verleih uns, dass wir Buße tun
und sie in Christus, deinem Sohn,
zur Seligkeit vollenden..."

Nach der zweiten Strophe der Komposition schlief der kaiserliche Agent schließlich ein und ging in ein leichtes, kaum hörbares Schnarchen über. Die letzten fünf Strophen hörte er nicht mehr.

Graf Lohenroth und Äbtissin Edeltraud und Franzi genossen zusammen mit Junker Jörg die Gebete und Gesänge, wenngleich sie sich über den seltsamen Mitbruder wunderten. Ihre Aufmerksamkeit war auf die bestehende Primiz gerichtet, die unmittelbar bevorstand. Lohenroth und die Äbtissin hatten den Aufenthalt in St. Florian aber auch genutzt, um ihre Pläne in Sachen Weinanbau in Baumgartenberg auszuarbeiten. Die Bibliothek gab hier auch wichtiges Wissen weiter und Lohenroth konnte auf seine Erfahrungen in der Toskana zurückgreifen. Der Graf forderte hier durch einen Boten auch einige Rebstöcke an, die als Setzlinge in das Land ob der Enns geschickt werden sollten. Alles in allem verliefen die Pläne recht viel versprechend, wäre da nicht ein kleiner Stolperstein in der weiter wachsenden Liebe der beiden Paare gewesen.

Jörg arbeitete indessen weiter an seiner Antrittspredigt. Es bereitete ihm aber Mühe, die Ideen Martin Luthers nicht einfließen zu lassen. Nach der Auferstehungsmesse am Karsamstag war es schließlich soweit. Jörg trat am Ostersonntag zum ersten Mal vor die Gläubigen.

Ostersonntag, 2. April 1578

In der Kirche von St. Florian hatten sich die gesamte Chorgemeinschaft, Graf Lohenroth, Äbtissin Edeltraud, Franzi, die beiden Holzknechte aus Clingenstein, der kaiserliche Agent, der sich nach wie vor inkognito gab und sogar der Pfarrer von Münzbach eingefunden. Adelheid musste derweil weiter in Baumgartenberg ausharren und dort Ostern feiern.

Auch Jörgs Vater, Max Graf von Hohenstein, war in Prag verpflichtet. Die Kirche war trotzdem zum Bersten voll. Viele Leute aus der Umgebung hatten sich eingefunden, um den Ostersegen entgegen zu nehmen.

Abt Erhart war sichtlich stolz, den Grafen zu begrüßen und die Primiz von Jörg leiten zu dürfen. Der Linzer Bischof hatte sich entschuldigt, war doch in Linz genug zu tun.

„Liebe Festgäste! Ich darf heute einen jungen Mann, den ich in den vergangenen Tagen als äußerst klugen und umsichtigen Mann kennen gelernt habe, in den Priesterstand erheben. Wir wissen, dass wir gute Leute in unseren eigenen Reihen brauchen und dass wir auch ein enges Band mit der Abtei der Zisterzienserinnen in Baumgartenberg schmieden wollen. Jörg von Hohensteins wichtigste Aufgabe wird es sein, Äbtissin Edeltraud zur Seite zu stehen und auch das Amt als ihr künftiger Beichtvater zu übernehmen. Pater Laurentius, der die Äbtissin derzeit betreut, ist nicht mehr der Jüngste. Gott sei mit Euch, lieber Jörg!", meinte Abt Erhart zu Beginn seiner Predigt. Von dieser Ankündigung, dass Jörg seinen weiteren Werdegang in Baumgartenberg verbringen wird, waren die Anwesenden freudig überrascht. „Nun lasst uns ein Hosianna singen!"

Jörg ging in seiner Antrittspredigt auf den wieder auferstandenen Heiland ein. Auch er freute sich, bei Franzi bleiben zu können. Die Rolle als Edeltrauds Beichtvater verunsicherte den jungen Mann allerdings, war die Äbtissin doch um so vieles erfahrener als er selbst. Äbtissin Edeltraud war über die Ankündigung des Abtes äußerst erfreut. Für sie war es kein Problem, dass ein junger Mann diese Aufgabe übernehmen sollte. Sie hatte vielmehr Junker Jörg als klugen, verständnisvollen Mann schätzen gelernt. Wie sie aber ihre Liebesabenteuer mit dem Grafen beichten sollte, stand noch in den Sternen.

Jörg bestand seine Antrittspredigt in der Stiftskirche von St. Florian mit Bravour, wenngleich sie ein wenig philosophisch angehaucht war. Wie es die Kirche verlangte, war sie in Latein verfasst, obwohl er sie lieber in Deutsch gehalten hätte, wie es Martin Luther in Wittenberg gelehrt hatte. Nun denn; von der Bevölkerung hatte die Worte keiner verstanden.

Was Jörg tatsächlich gesagt hatte, wussten zumindest die Mitglieder der Chorgemeinschaft und die Äbtissin und der Graf Lohenroth, der sich allerdings die größte Mühe geben musste, alles zu verstehen.

Der kaiserliche Agent war diesmal nicht eingenickt, wie während so mancher Laudes, sondern hörte aufmerksam zu. Er suchte nach Hinweisen eines verdeckten Protestantismus, musste sich aber eingestehen, in den Worten der Antrittspredigt des jungen Kirchenmannes nichts entdeckt zu haben. Wallsee war des Lateinischen mächtig und fand sowohl den Inhalt als auch die Formulierungen für außerordentlich gelungen. Er beschloss Rudolf II eine positive Nachricht zu schicken, sobald seine verspeisten Brieftrauben Ersatz gefunden hatten und er eine neue Depesche nach Wien schicken konnte. Am Klosterleben und den regelmäßigen Einläufen fand Wallsee zunehmend Gefallen. Sein Zustand wurde besser und besser.

Das Misstrauen gegenüber dem Grafen von Lohenroth und Äbtissin Edeltraud blieb allerdings bestehen. Zu oft hatte er die beiden bei vertieften Gesprächen beobachtet. Franzi hingegen blieb weitgehend aus seinem Blickfeld. Das einzige was Wallsee auffiel, war, dass sie sich oft in der Nähe des Apothekers aufhielt und sich offenbar für allerlei Kräuter interessierte. Wallsee hielt Junker Jörg für einen Intellektuellen, der sich für die Lehren von Thomas von Aquin und die Werke des griechischen Philosophen Aristoteles interessierte. Aber das war für einen jungen Kirchengelehrten nichts Außergewöhnliches. Im Gegenteil: Bei den Nachwuchssorgen, die die katholische Kirche derzeit hatte, konnte ein kluger Kopf gebraucht werden. Dass Jörg von Hohenstein heimlich des Abends in den Schriften Martin Luthers las, bekam der kaiserliche Agent nicht mit. Was Wallsee aber genoss, waren die zahlreichen Gespräche mit Abt Erhart, der selbst so manches Essen dabei verschlang. Wallsee hingegen hielt sich zurück. Die Erinnerung an seine Gallenkolik war noch allzu gegenwärtig.

Franziska war von den Liturgien der Chorherren fasziniert, wenngleich ihre Gedanken meist bei ihrem Geliebten waren. In ihren Träumen sah sie sich an der Seite des jungen, klugen Mannes.

Der kaiserliche Agent hatte viel Zeit zum Nachdenken gehabt. Zum einen zeigte ihm sein körperlicher Zustand, dass er nicht so unbesiegbar war, wie er sich selbst gehalten hatte, zum anderen war er sich nicht mehr sicher, auf welcher Seite er wirklich stand – auf der katholischen des Kaisers, oder auf der protestantischen. Dass sich die Brüder des Stiftes so liebevoll um ihn gekümmert hatten, flößte ihm aber tiefste Demut ein. Körperlich ging es ihm so gut, wie schon lange nicht mehr, geistig aber war er verwirrt.

Dennoch musste er an den Auftrag des Kaisers denken, der vorhatte die Protestantenbrut aus dem Land zu vertreiben. Mit selbstständig denkenden Menschen ließ sich nun einmal kein Land regieren, das von kriegerischen Auseinandersetzungen umringt war. Schon die Türkenkriege saßen Wallsee in den Knochen. Im Westen lauerten die Franzosen und die deutschen Fürsten. Auch die Engländer bauten ihr Großmachtstreben aus, das weit über die Lande hinausging. Auf dem neuen Kontinent hatte Königin Elisabeth gerade neues Land entdeckt. Die Welt schien aus den Fugen zu geraten.

Wallsee wusste aber auch, dass er als Agent nur einer unter Vielen war und sich allein auf seine Aufgabe im Land ob der Enns konzentrieren musste. Dafür war er da und für nichts anderes. Also besann er sich darauf, das Übel der Welt hier auszumerzen. Es durfte kein Aufbegehren geben, es musste einen wahren Glauben geben, auch wenn Papst Gregor VIII weit entfernt in Rom saß. Das Volk, so war sich Wallsee sicher, würde leichter regierbar sein, solange es an den Teufel und die Hölle glaubte, wenngleich er selbst das nicht tat. Der Agent der Krone beschloss, weiter Jagd auf den Grafen Lohenroth und die Kirchenfrau zu machen. Gleich morgen sollte es weitergehen. Er musste einen Ort finden, um die beiden unauffällig zu belauschen.

Es dämmerte bereits, als sich Graf Moritz und Äbtissin Edeltraud in ihre Räumlichkeiten zurückzogen. Durch ihre Fenster schien Kerzenlicht und das Flackern des Kaminfeuers. Während die Brüder des Stiftes in ihren kalten Räumen schlafen mussten, waren die Unterkünfte von hohen Besuchern beheizt. Edeltraud und Moritz trafen sich in den Räumen des Grafen, um ihr Sündenregister erneut anzufüllen.

„Pater Laurentius wird nicht begeistert sein, was ich zu berichten habe und er wird ebenso wenig begeistert sein, wenn ich ihm erzähle, dass er als Beichtvater von Pater Jörg abgelöst wird", vertraute sich die Äbtissin Moritz an. „Aber was soll's, der Lauf der Zeit geht nun einmal weiter." Graf Moritz streichelte Edeltraud übers Gesicht und nahm langsam ihre Robe ab. Dann zog auch er sich aus und küsste sie zuerst auf den Hals dann auf den Mund und schließlich auf die Brüste.

Auf der gegenüberliegenden Seite des Wohntraktes, versah der kaiserliche Agent im Dunklen seine Dienste. Er hielt sich an einem Sims im ersten Stock eines Gebäudes fest, das auch als Stall benutzt wurde. Durch das Fenster des Grafen konnte er ungenau erkennen, dass die beiden zu einem weiteren Liebesabenteuer angesetzt hatten. Die beiden hatten die Fenster leider offen gelassen, sodass man hineinblicken konnte. Wallsee kam aus zwei Gründen ins Schwitzen: Zum einen sah er zum ersten Mal, was er schon längst vermutet hatte, nämlich eine Liebschaft. Zum anderen war sein Aufenthaltsort alles andere als bequem. Er verfluchte sich, keine Handschuhe angezogen zu haben. Seine Hände wurden in der Hitze des Aktes feucht und er konnte sich kaum noch halten.

Ein kleiner Nieser und dann passierte es: Seine linke Sandale kam vom Sims ab und seine Hände konnten sich nicht mehr halten. Er ruderte kurz in der Luft und kippte nach hinten weg. Zwei Sekunden später hörte man einen Stock tiefer ein sattes Platschen und ein infernalisches Fluchen. Der Agent war zwar weich gelandet, musste aber den kräftigen Gestank von vergorener Gülle im Kauf nehmen: Er war mitten in der halb abgelassenen Grube gelandet. Die schweren Bohlen waren von den Mönchen am Tag zuvor abgedeckt worden. Sie hatten ihre schweißtreibende Arbeit noch nicht beendet und darauf vertraut, dass ohnehin nichts passieren würde.

Der kaiserliche Agent ruderte um sein Leben, musste aber feststellen, dass er unter seinen Füßen auf glitschigem Untergrund Halt fand. Er tastete an der Wand der Grube nach etwas, an dem er sich anhalten konnte, glitschte aber mit den Händen ab. Er brauchte eindeutig Hilfe. Aus der Grube ertönten Hilfeschreie. „Hört Ihr das, da ruft jemand, als ginge es um das nackte Überleben!", meinte Edeltraud, die jäh aus ihrer Lust gerissen wurde. Graf Moritz nickte. Wenig später erwachte der Hof zum Leben. Mehrere Patres eilten zur Grube: „Verdammt, wir hätten die Grube schließen müssen", sagte einer von ihnen. „Du sollst nicht fluchen!", war eine Antwort. „Schnell, lasst uns die Leiter holen." Der Graf beobachtete die merkwürdige Szene und schüttelte den Kopf. „Irgend ein Idiot ist in die Güllegrube gefallen", meinte er und wandte sich Edeltraud zu.

Wallsee konnte trotz aller Schmach von Glück reden, dass ihm nicht mehr passiert war. Nichts war gebrochen, außer sein Stolz. Er hatte auch Glück gehabt, keine Gülle geschluckt zu haben, was sein sicherer Tod gewesen wäre, außerdem hatten sich die Gärgase aus der Grube zu großen Teilen verflüchtigt. Die Brüder hatten ihn gerettet und danach heiß gewaschen. Dennoch roch er am nächsten Tag trotz eines neuen Habits recht seltsam. Der Abt empfing Wallsee nach der Laudes in seinen Räumlichkeiten. Er musste unweigerlich die Nase rümpfen, sagte dann aber: „Da habt Ihr noch einmal Glück gehabt! Habt Ihr bei Eurem Gang etwas herausfinden können?"

„Nun denn, verzeiht bitte, ehrwürdiger Abt, dass ich Euch soviel Ärger bereitet habe! Aber ich habe in der Tat etwas herausgefunden, was Euch interessieren wird. Der Graf und die Äbtissin haben ein Liebesverhältnis. Ich glaube kaum, dass das einer Frau des Glaubens zukommt. Die beiden haben sich abends nicht nur bei einem Krug Wein vergnügt, sondern auch körperlich geliebt. Was sie gesprochen haben, konnte ich leider nicht verstehen, dafür waren die Fenster zu weit weg. Aber gesehen habe ich es kurz, bis ich schließlich vom Sims abgerutscht bin."

„Lieber Wallsee, der Fehltritt war übel, aber sagt, habt Ihr wegen der vermutlichen Ketzerei noch etwas herausgefunden?"

„Nun, leider nicht, aber ich werde die beiden weiter beobachten."

„Ihr wisst, dass die Äbtissin und der Graf morgen wieder abreisen. Wann wollt Ihr das weiter tun?"

„Ich werde ebenfalls die Rückreise antreten und die Reisegesellschaft an der Donau erwarten. Es wird sich schon eine Gelegenheit ergeben!"

Unterdessen nahmen auch Pater Jörg und Franzi Abschied von St. Florian. Die beiden berührten sich an den Händen, passten aber auf, keine Aufmerksamkeit auf sich zu richten. Franzi hatte in St. Florian viel gelernt und sich weiter in die Kräuterkunde vertieft. Mit Pater Blasius hatte sie eine tiefe Freundschaft geschlossen. Jörg wiederum hatte nicht nur die Primiz hinter sich gebracht, sondern sich auch in seine Rolle als neuer Beichtvater eingefunden, wobei er immer noch glaubte, dass es nicht leicht werden würde, die Sünden einer Äbtissin zu erfahren und zu vergeben. Es fühlte sich irgendwie falsch an.

Mauthausen, 6. April 1578

Graf Lohenroth entschied sich, den Rückweg diesmal über die Mauthausener Brücke zu nehmen. Das Abenteuer mit Fährmann Wallsee hatte Moritz gereicht. Außerdem war die Brücke nach dem vergangenen Hochwasser wieder hergerichtet. Lohenroth stellte sich auf hohe Mautkosten ein. Der Winter mit seinen Stürmen und großen Niederschlägen forderte auch im Nachhinein seinen Tribut. Dennoch war Lohenroth erfreut, die kleine Stadt Mauthausen wieder zu sehen. „Seht Schwester Äbtissin, das Schloss Pragstein. Es wurde von Ladislaus Prager errichtet und gilt als Bollwerk gegen die Türken. Der Kaiser hat dort Truppen stationiert. Wir werden im "Goldenen Schiff" unweit vom Stadtturm unterkommen", sagte der Graf.

Der Weg von St. Florian hatte sich ohne Vorkommnisse gestaltet, zudem das Wetter diesmal zu den Reisenden gnädig war. Im Abstand von einer halben Meile folgte der Kutsche ein Leiterwagen mit einem Mönch drauf. Beim „Goldenen Schiff" angekommen, wurde die Kutsche von Wirt Albrecht persönlich empfangen, der seine besten Zimmer offerierte. In Mauthausen verwandelte sich Wallsee erneut in den Fährmann. Die Tonsur, die er noch hatte, wurde durch ein schwarzes Barett verdeckt. Der Spitzbart war allerdings noch nicht nachgewachsen, sondern angeklebt.

„Seht dort: Ein alter Bekannter, wenn ich mich nicht täusche!", sagte Edeltraud, die auf Wallsee aufmerksam wurde. „Seltsam, ihn hier und heute wieder zu sehen. Findet Ihr nicht, Graf Lohenroth?"

„Ihr habt Recht, offenbar ist der kaiserliche Agent unser treuer Begleiter. Wollen wir einmal sehen, was er uns diesmal vorschlägt. Über die Donau können wir ja nicht mehr fahren."

Wallsee war der Reisegesellschaft auf der Spur, so wie ein Dachshund, der sich am Stiefel, oder an der Hose seines Opfers verbissen hatte und sich nicht losschütteln ließ. „Gott zum Gruße!" sagte der Agent, der sich hoch erfreut gab. „Seid Ihr in St. Florian erfolgreich gewesen?", fragte Wallsee.

„Wir können nicht klagen und unterhaltsam war es unerwarteter Weise auch. Stellt Euch vor, einer der Mönche ist in einer Güllegrube um sein Leben geschwommen. Der Arme musste von den Brüdern des Chorherrenstiftes gerettet werden", sagte der Graf Lohenroth mit einem schelmischen Zwinkern in den Augen. „Der Bruder stank auch am Tag danach erbärmlich."

Wallsee stieg vor lauter Ärger die Galle auf, ließ sich aber nichts anmerken, dass ihn dieses Schicksal ereilt hatte.

„Dürfen wir Euch auf ein Stück Braten und ein Glas Wein einladen?", fragte Lohenroth.

„Ich muss noch mein Quartier in Schloss Pragstein beziehen, dann komme ich gerne."

„Gut, ausgemacht, treffen wir uns nach dem Abendläuten im Goldenen Schiff."

Die Mitglieder der kleinen Reisegesellschaft lächelten und freuten sich schon darauf, was sich Wallsee diesmal ausdachte. Es würde sicherlich ein köstlicher Abend werden. Lohenroth und Äbtissin Edeltraud wussten aber auch, dass sie ein gefährliches Spiel betrieben.

Auf Pragstein angekommen, erstattete Wallsee dem Kommandanten, Hauptmann Peter Eichinger, einen ausführlichen Bericht. „Wir müssen die beiden bei einer heimlichen Messe erwischen", meinte Eichinger. „Das Liebesabenteuer reicht kaum für eine Anklage aus und lässt sich schwer beweisen. Vielleicht könnt Ihr eine von Luther übersetzte Heilige Schrift beschlagnahmen. Ein lutherisches Gesangbuch würde auch ausreichen! Erst dann können wir die beiden im Schlosskerker gefangen nehmen und ihnen die Instrumente zeigen."

„Vielleicht kann ich schon heute Abend mehr erfahren. Der Graf wohnt mit seiner Gesellschaft im Goldenen Schiff. Er hat mich zum Essen eingeladen", grinste Wallsee. Eichinger runzelte die Stirn: „Vielleicht können wir dem Schicksal der Liebenden ein wenig nachhelfen!" Eichinger stand auf, ging zu einer großen eisenbeschlagenen Kiste und steckte einen Schlüssel in ein großes Schloss. Der Riegel schnappte auf, schließlich kramte er zwischen einigen Büchern herum. Auf einmal erhellte sich seine Miene. In der rechten Hand hielt er ein in Leder eingebundenes Buch, das er Wallsee stolz zeigte. „Heilige Schrift" stand darauf. „Wir haben diese Bibel vor zwei Tagen bei einem Großbauern konfisziert. Er behauptete, dass sie ihm nicht gehören würde. Leider wurde er einen Tag später samt Frau und Sohn des Landes verwiesen. Ich glaube das Buch sucht einen neuen Besitzer. Wer wäre dafür besser geeignet als eine Äbtissin, die mit einem Grafen buhlt."

Wallsee nickte. Vielleicht könnte man dem Liebespaar so auf die Schliche kommen, eben mit ein wenig Nachhilfe. Wallsee nahm das Druckwerk, das aus der Werkstätte eines gewissen Johannes Gensfleisch stammte, an sich und packte es in eine Umhängetasche. „Habt Dank werter Hauptmann, das ‚Newe Testament Deutzsch' wird seinen neuen Besitzer finden." Die beiden nahmen jeweils ein Glas Wein und prosteten sich zu. „Ich glaube, das wird der Beginn einer wunderbaren Freundschaft. Wir können uns bei unserem Aufstieg gegenseitig helfen!", meinte der Kommandant. Wallsee grinste und sah sich schon als Chef der Spionage in der Wiener Hofburg.

„Lieber Wallsee! Ich darf Euch einen Vertrauten des Kaisers vorstellen: Konrad Graf von Eisenstein. Er ist gestern in Mauthausen eingetroffen, um die Bauarbeiten an der Donaubrücke zu überwachen. Er ist bei Hofe auch für die Rekatholisierung des Landes zuständig. Und wenn wir schon einen Grafen anklagen wollen, brauchen wir auch einen anderen Grafen", meinte Eichinger. Eisenstein nickte erfreut.

Im Goldenen Schiff erkundigte sich der kaiserliche Agent nach Graf Lohenroth. Zeitgleich traf er seinen Flößer Jakobus, der schon eine Stunde auf ihn gewartet hatte. „Seine Erlaucht befindet sich gerade bei der Vesper in der Kirche. Er wird in einer halben Stunde erwartet", meinte der Wirt des Hauses. Albrecht deutete auf ein Kästchen, in dem der Schlüssel fehlte. Damit wusste Wallsee zugleich, wo Lohenroth logierte.

„Habt Dank, ich werde pünktlich zum Abendessen wieder hier sein." Der Agent nütze die Zeit, um sich unbemerkt in die Unterkunft einzuschleichen. Jakobus hatte die Aufgabe, die Augen offen zu halten, damit sich Wallsee ungehindert in die Räumlichkeiten von Graf Lohenroth schleichen konnte. Er nahm die Bibel aus seiner Umhängetasche und versteckte sie unter dem Bett. Nach verrichteter Arbeit ging Wallsee in die Gaststube und gab Jakobus ein Zeichen, dass sich das Newe Testament Deutzsch jetzt unter dem Bett von Lohenroth befand. Was Wallsee allerdings nicht ahnte, war, dass die Tat von Fritz, dem Holzknecht Lohenroths, beobachtet wurde.

Einen Katzensprung weiter war die Vesper gerade zu Ende. Die Äbtissin hatte zuvor noch ein Beichtgespräch mit Pater Jörg geführt. Der junge

Mann nickte und erteilte die Absolution: „Patris et filii et spiritus sancti in nomine. Es gebührt mir nicht, über Euch zu urteilen. Aber im Sinne der katholischen Kirche sind die Anschuldigungen schwer. Auch nach Martin Luther hättet ihr zuerst heiraten müssen, was aber für eine Äbtissin unmöglich erscheint. Aber wie sagte Jesus auf dem Ölberg: Wer von euch ohne Sünde ist, werfe als Erster einen Stein auf sie." Edeltraud nickte und war froh, dass Jörg ihre Fehltritte nicht verdammte und Verständnis zeigte.

Nach der Vesper fand sich die Reisegesellschaft im Goldenen Schiff ein, um zu speisen. Der Wirt deckte Fasan, Portwein und andere Köstlichkeiten auf. Die Anwesenden wurden bei ihrer Feier aber von Wachleuten, die Pragstein zugehörig waren, unsanft unterbrochen. „Herr Graf, wir müssen Euch leider stören. Uns ist zu Ohren gekommen, dass Ihr in Eurer Unterkunft das ‚Newe Testament Deutzsch' versteckt! Also folgt uns bitte!"

Edeltraud wurde schwarz vor Augen, auch Franzi war leichenblass, als Graf Lohenroth von den Wachen mit Hellebarden umstellt wurde. Moritz von Lohenroth blieb allerdings ruhig und lächelte. „Wer erhebt diese Anschuldigung, ich verlange zudem Beweise."

„Ich komme auf Befehl Graf von Eisenstein. Wir werden die Beweise in Eurer Unterkunft schon finden. Also folgt uns!", sagte der Fähnrich harsch.

Während Franzi, Edeltraud und Jörg im Gastraum zitterten, wurden ihre Zimmer durchsucht. Die Wachen stellten alles auf den Kopf, was auf den Kopf zu stellen war. „Nichts", meinten die Wachleute. „Absolut nichts!"

„Ja dann verzeiht Herr Graf. Die Durchsuchung Eurer Räumlichkeiten muss einem Irrtum unterliegen." Dem Fähnrich war die Durchsuchung mehr als nur peinlich.

„Dann gehabt Euch wohl." Lohenroth war zufrieden, dass seine Leute das Finden der Lutherbibel verhindert hatten. Wie knapp das Vorhaben war, wurde Lohenroth erst jetzt bewusst. Das Buch musste weg, weit weg.

Die Bibel kostete trotz des Buchdruckes zwar ein Vermögen, aber das bloße Vorhandensein des Werkes birgt große Gefahren. Als das heilige Buch am nächsten Tag in Flammen aufging, standen Edeltraud Tränen in den Augen. „Besser das Buch, als wir!", sagte Pater Jörg.

Wallsee war es unverständlich, dass sich der Plan in Luft, oder besser gesagt, in Rauch aufgelöst hatte. Dennoch wussten Konrad Graf von Eisenstein, Wallsee und Peter Eichinger, dass Graf Lohenroth auf die Bibel aufmerksam wurde. Nur jetzt blieb keine Zeit mehr, den fingierten Fehltritt zu erhärten. Lohenroth entschied sich am nächsten Tag mit seiner Reisegesellschaft Mauthausen den Rücken zu kehren.

In Baumgartenberg angekommen, erkundigte sich der Graf gleich nach den Weinreben, die er in der Toskana via Kurier geordert hatte und siehe da, die erste Lieferung war schon angekommen. Die Nonnen waren gerade dabei, die Setzlinge auf sonnigen Plätzen unterhalb der Burg Clam anzupflanzen. Die Frauen wurden dabei von Bauern aus der Umgebung unterstützt.

Baumgartenberg, 8. April 1578

Dass der Kaiser die Jagd auf Glaubensabtrünnige verschärft hatte, hatte sich allseits herumgesprochen. Auch dass in Mauthausen unlängst eine deutsche Bibel bei Bauern beschlagnahmt worden war, die Bauern alles verloren hatten und in ein anderes Land verschickt worden waren. Das einzige, was ihnen geblieben war, war ein Leiterwagen, ein alter Ackergaul, etwas Hausrat, ein wenig Speck und Würste, die Kleidung auf dem Leibe und das blanke Leben. Der Bauer namens Sepp Großhammetner war nach Androhung der Folter mit einem blauen Auge im wahrsten Sinne des Wortes davongekommen. Die Bauersleut hatten sich in den frühen Morgenstunden mit ihren beiden Kindern auf den Weg gemacht, um nach Thüringen zu gelangen. Bei Jena hatte Sepp einen Schwager.

Der Sepp war ein recht liebevoller Ehemann und Vater, dem die Ausweisung seiner Familie unendlich Leid tat. „Du wirst sehen, mein Schatz, die Stadt ist ein blühender Marktflecken, wo es uns gut ergehen wird. Jena ist eine alte Weinbauernsiedlung und vor allem kommt jetzt der Sommer auf uns zu, was uns vieles erleichtern wird." Trotz der tröstenden Worte brach Zenzi in Tränen aus. Ihre Familie würde sie nie mehr wieder sehen.

Die beiden waren sich sicher, den richtigen Schritt getan zu haben. „Dort können wir unseren Glauben endlich frei ausleben, ohne stets Angst haben zu müssen", sagte Sepp, der seinen Arm um Zenzi legte.

„Du weißt, dass ich geschickt bin und viel vom Handwerk verstehe. Ich kann auch zimmern und tischlern."

Graf Lohenroth und Äbtissin Edeltraud hofften, dass dieses Schicksal ihnen selbst erspart blieb. Also mussten sie noch vorsichtiger sein. Es hatte bereits weh getan, das ,Newe Testament Deutzsch', das den Großhammetners gehört hatte, zu verbrennen. Für Edeltraud war klar, dass die Bibel Unglück über Menschen gebracht hatte, die nichts anderes wollten, als das Wort Gottes zuhause zu lesen und in gegenseitiger Wertschätzung zu leben. Dieses Schicksal hatte die Familie mit Tausenden von Menschen, dessen Hab und Gut von der Obrigkeit eingezogen wurde, zu teilen.

Lohenroth sah besorgt aus und fragte die Äbtissin, wie sie mit ihrer neuen Erkenntnis zurecht kam. „Ich bin besorgt, dass die Menschen nicht das glauben dürfen, wovon sie überzeugt sind und dass sie die Heilige Schrift nicht in ihrer eigenen Sprache lesen dürfen. Immerhin handelt es sich um einen christlichen Glauben. Unterdessen haben es die Jesuiten übernommen, die Leute in den Schoß der Katholischen Kirche zurückzuführen und die Repressalien gegen evangelische Landesfürsten und deren Untertanen werden immer größer. In einigen Orten brennen bereits die Gotteshäuser der Protestanten und die Pfarrer werden vertrieben. Es war übrigens schon seltsam, sich einem viel jüngeren Pater Jörg bei der Beichte anzuvertrauen. Aber Pater Jörg ist philosophisch gebildet, und ich habe gemerkt, dass er für meine Lage Verständnis hat."

Graf Lohenroth war über die neue Fügung, die sich in St. Florian ergeben hatte, erfreut. Er nahm die Hand der Schwester und küsste sie. „Liebe Äbtissin Edeltraud, ich liebe Euch und werde alles tun, was in meiner Macht liegt, um Euch zu schützen."

Franzi freute sich, Bruder Severin wieder zu sehen. Er war gerade damit beschäftigt neue Kräuter im Garten anzubauen. „Grüß Gott Franzi! Schön Euch bei mir anzutreffen. Wie hat es Euch gefallen, was habt Ihr zu berichten?"

„St. Florian war ein Erlebnis. Ich habe dort vom Apotheker unendlich viel gelernt. Er hat mir auch ein Kräuterbuch leihweise zur Verfügung gestellt. Ich kann es Euch zeigen, welche Wunder in der Natur stecken, aber auch welche Gefahren. Wie Ihr wisst, bei manchen Pflanzen reicht eine bloße Berührung aus und das Gift wandert in Euren Körper."

Severin zog die Augenbrauen hoch und runzelte die Stirn: „Da habt Ihr völlig Recht. Schaut, ich streue gerade die Samen des Eisenhuts ins Erdreich. Die Pflanze bringt zum einen Segen aber auch den Tod zugleich. Die blaue Blume wird auch Teufelswurz genannt. Heilkundige kennen sie unter dem Namen Apolloniakraut. Eine Tinktur aus den getrockneten und geriebenen Wurzeln hilft gegen Zahn- und bei Gliederschmerzen. Der Eisenhut ist entzündungshemmend und fiebersenkend. Wenn die Dosierung zu hoch ist, treten Lähmungen und Schweißausbrüche auf, die Atmung und das Herz werden schwächer. Schließlich tritt der Tod ein. Bereits das Pflücken der Pflanze verursacht Hautentzündungen und schwere Vergiftungen. Nur kundige Menschen dürfen mit dem Kraut umgehen."

Bei der Vesper traf Franzi auf Schwester Adelheid, die zwischenzeitlich die Aufgaben der Apothekerstochter übernommen hatte. „Ein interessantes Gebiet, so viel über Kräuter zu lernen!", grinste Adelheid. Franzi erzählte der Novizin von ihren Erlebnissen in St. Florian. Ihre Liebschaft mit Junker Jörg ließ sie aber aus. Das sollte ihr Geheimnis bleiben.

Baumgartenberg, 9. April 1578

Es war so, als hätten die Erlebnisse zwischen der Äbtissin und Franzi ein neues Band geschmiedet. Zum einen waren es die gemeinsamen Erfahrungen, zum anderen die Liebschaften der beiden, die sie zu einer eingeschworen Gemeinschaft machten. Die beiden waren sich über die Liebeserlebnisse der jeweils anderen nicht sicher, ahnten aber etwas. Der überstandene Schrecken auf der Donau und das nur Erahnte machten sie zu Schwestern in der Erfahrung.

Novizin Adelheid spürte, dass sich etwas ereignet hatte, die Deutung ging aber in eine völlig falsche Richtung. Sie glaubte nämlich, dass die Schwester Äbtissin und Franzi eine Liebschaft hatten. Sie wusste, dass Sodomie, die gleichgeschlechtliche Liebe, die Exkommunikation bedeuten würde, im schlimmsten Fall sogar, dass sie auf dem Scheiterhaufen brennen würden. Aber was sollten all diese Überlegungen, denn nur Adelheid allein hatte ihrer Ansicht nach das Vorrecht, die Schwester Äbtissin lieben zu dürfen.

Die junge Frau hatte nach ihrem Verdacht eine unruhige Nacht gehabt. Die ursprüngliche Liebe zu Franzi schlug in Hass um. Sie sah Franzi in ihren Träumen schon am Pranger stehen und im Kerker eingesperrt. Der Kerkermeister gab dem Mädchen nichts anzuziehen. Sie musste schimmliges Brot essen. Sie lag angekettet in ihren eigenen Exkrementen. Sie träumte sogar, dass man sie auf die Streckbank gespannt hatte und ihre Schultergelenke aus den Gelenkskapseln sprangen. Adelheid wachte schweißgebadet auf, während Franzi neben ihr ruhig schlief. „Wo war sie hingeraten?", dachte sich Adelheid. „War der Traum eine Sünde, die sie beichten musste, um nicht in die ewige Verdammnis zu kommen?" Es war etwas geschehen, das ihr Vertrauensverhältnis unwiederbringlich unterband. Sie schaute der schlafenden Franzi noch eine Zeitlang zu, um sie dann zum Morgengebet zu wecken. Und, sie musste unbedingt zur Beichte, um ihre Seele zu erleichtern. Eine Stunde später traf sie auf Pater Jörg, und vertraute sich ihm an.

„Gott zum Gruße Schwester, was belastet Euch so?"

„Ich habe gesündigt. Ich fürchte, dass ich einer Mitschwester Böses will. Ich habe mir in meinen Träumen gewünscht, dass sie gefoltert und schlimmsten Erniedrigungen ausgesetzt wird. Ich fand Gefallen daran."

„Die Gedanken im Schlaf führen oft zu Situationen, die für uns unvorstellbar sind. Wollt Ihr mir den Namen der Schwester nennen?"

„Es ist die Apothekerstochter Franziska Birker."

Jörg wurde bleich im Gesicht. „Wenn das kein schlechtes Omen ist!", dachte er sich.

„Warum hat man sie der peinlichen Befragung unterzogen?"

„Sie wurde der Sodomie mit der Schwester Äbtissin angeklagt."

Jörg versetzte diese Aussage einen gehörigen Schrecken. Er versuchte sich aber nichts anmerken zu lassen.

„Ich kann zwar keine Sünde entdecken, aber gehet hin und betet drei Rosenkränze, ein Ave Maria und ein Vaterunser." Jörg wusste jetzt, dass er umso mehr aufpassen musste. „Gott wird Euch vergeben!" Was würde geschehen, wenn dieses bigotte Mädchen tatsächlich etwas von seiner Liebschaft mit Franzi erfahren würde.

Nach dem Mittagessen bat Pater Jörg Franzi zu sich. Der Pater begrüßte die junge Frau herzlich aber auch besorgt. „Ich glaube, Adelheid hat etwas mitbekommen, auch wenn sie in ihren Vermutungen falsch liegt. Sie dichtet Euch und der Schwester Äbtissin eine Liebesbeziehung an. Wir sollten auch Schwester Edeltraud in dieses Wissen einweihen und den Grafen. Die Angelegenheit könnte gefährlich werden. Hat Adelheid irgendetwas zu Euch gesagt oder sich anders verhalten?"

Franzi reagierte verstört. Dann wurde ihr klar: „Adelheid war heute Morgen wortkarg. Ich konnte mir darauf keinen Reim machen. Jetzt wird mir aber einiges klar. Was meint Ihr, wie soll ich mich verhalten?"

„Lasst Euch nichts anmerken, gebt aber acht auf ihr Verhalten und gebt vor allem acht darauf, was Ihr sagt. Besonders soll sie nicht wissen, dass wir insgeheim Anhänger Martin Luthers sind. Und bindet Adelheid nur wenig in Euer Kräuterwissen ein."

Nach diesem ersten Schrecken beruhigten sich die Gemüter in den nächsten Wochen. Franzi ging weiter dem Pflanzen von Kräutern und der Herstellung von Salben und Tinkturen nach und saugte weiter alles Wissen auf diesem Gebiet in sich auf. Graf Lohenroth und die Äbtissin kümmerten sich vorrangig um den Weinanbau. Die Sprösslinge aus der Toskana hatten auch im kühleren Mühlviertel gewurzelt und entwickelten sich gut. Bürgermeister Pleimer sah Baumgartenberg schon als Weinbauort mit hervorragenden Sorten und freute sich auf den ersten Tropfen aus dem Hause Lohenroth, auch wenn er wusste, dass das Vorhaben einen guten Wein zu keltern wohl noch ein bis zwei Jahre dauern würde.

Die Türken ließen im Land ob der Enns auf sich warten. Die Burgen wurden aber weiter befestigt, schließlich wollte man ja gewappnet sein. Den Bauern brachte diese Angst ein leichtes Zusatzeinkommen, auch wenn sie als Untertanen von den Burgherren als Leibeigene behandelt wurden.

Baumgartenberg, 30. April 1578

Adelheid war inzwischen als geweihtes Mitglied in den Orden der Zisterzienserinnen aufgenommen worden. Wallsee blieb in seiner Jagd nach glaubensabtrünnigen Adeligen weiter erfolglos und Franzi wurde immer mehr eine kundige Apothekerin. Der Orden machte sich in der Heilkunde zunehmend einen Namen, was die Äbtissin besonders freute. Sie erhielt weiter vom Grafen regelmäßige Besuche, die natürlich nur „rein geschäftlich" waren. Tatsächlich bauten die beiden aber ihre Liebesbeziehung aus. Zwischen Jörg und Edeltraud blieb das ein unausgesprochenes Geheimnis. Ein Geheimnis blieb auch, dass sich Franzi regelmäßig mit Jörg traf und sich die beiden immer näher kamen.

Trotz des Beichtgespräches mit Pater Jörg gärte es in Adelheid weiter. Sie hatte den Eindruck gewonnen, dass etwas nicht stimmte. Und sie musste sich eingestehen, dass die Eifersucht immer noch in ihr arbeitete. Die Schwester Äbtissin kam ihr zudem verändert, ja erfüllt, vor. Soviel sie sich auch Mühe gab, ihre Liebe zu ihr wurde nicht erwidert. Edeltraud verhielt sich höflich, sogar mütterlich zu ihr, aber nicht mehr. Die Sünde der Eifersucht ließ sich einfach nicht abstreifen, so sehr sie es auch versuchte. Auf der anderen Seite erlebte sie eine erfüllte, zufriedene Franziska, die offenbar nicht nur in ihrer Arbeit aufging. Neid, das war klar, war eine der sieben Todsünden und sie war neidisch auf Franzi.

Das Frühjahrsfest in Baumgartenberg stand bevor. Die Bewohner des ganzen Ortes und aus Clam halfen mit. Sie wollten dabei sein, wenn dieses Ereignis stattfand. Sogar aus Perg und Mauthausen waren einige Leute gekommen, um mitzumachen.

Die Feier gab Franzi und Jörg auch die Möglichkeit, sich näher zu kommen. Sie versteckten sich hinter den Bäumen und tauschten Küsse aus. Womit sie allerdings nicht rechneten war, dass ausgerechnet Adelheid sie beobachtete, die stockstarr hinter einem Stamm stand, an den sie sich zum Ausruhen angelehnt hatte. Jetzt wurde ihr der Irrtum bewusst: „Nicht die Äbtissin und Franziska haben eine Liebesbeziehung zueinander, sondern ausgerechnet ihr Beichtvater ist darin involviert."

Aber warum hatte sich die Äbtissin so verändert. Es musste etwas anderes sein, was die Oberin des Klosters beschäftigte. Damals vor der Vespa war ein Mann im Kloster, vielleicht hatte der damit etwas zu tun.

Adelheid dachte nach, kam aber zu keinem Ergebnis. In Adelheids Interesse standen jetzt Jörg und Franzi, die sich offenbar bestens verstanden. Sie zog sich weiter hinter den knorrigen Apfelbaum zurück, trat aber auf einen trockenen Ast. Das Knacken war so deutlich zu hören, dass das Liebespaar in seinen Küssen erschrak. Das Herz von Franzi begann zu rasen. Aber nicht nur das Paar hatte einen Schrecken davon bekommen. Ein Hase ergriff in unmittelbarer Nähe die Flucht.

Jörg beruhigte Franzi: „Meister Lampe hat hier auch Rast gemacht. Lasst uns nun gehen, bevor wir noch entdeckt werden. Das Fest muss noch weiter vorbereitet werden. Ich freue mich schon auf das Ereignis." Jörg half Franzi von ihrem Lager auf und streifte trockenes Gras von ihrem Gewand ab.

Da war sie wieder, die Eifersucht. Adelheid spürte sie stärker denn je. Sie schwor sich insgeheim sogar Rache. Ihre Gefühle konnte sie diesmal nicht beichten, schon gar nicht gegenüber Jörg. Sie musste mit dieser Sünde also leben und beschloss sich selbst eine Strafe aufzuerlegen. Gleich heute Abend würde sie das tun. Nur so könnte sie vor dem Teufel bestehen. Sie erspähte einen Busch mit Brennnesseln und rupfte ein paar der Pflanzen ab: „Warum heute Abend und nicht gleich?" Sie hob ihren Habit und peitschte ihre Beine mit Brennnesseln, bis Tränen in ihren Augen standen. Die Oberschenkel waren geschwollen und rot und brannten wie die Hölle. Sie wollte nicht als gefallene Nonne in die Verdammnis kommen. Sie begann sofort einen Rosenkranz zu beten. Das würde sie vor Luzifer bewahren. „cur me ita peccatum – warum bin ich so sündig?", dachte sich Adelheid. Aber was war mit Franziska, der Äbtissin und mit Pater Jörg? Würden nicht auch sie aus dem Paradies geworfen werden.

Auf dem Fronhof wurde inzwischen eifrig gearbeitet und gesungen. Der Most des Vorjahres musste zum Ausschank hergerichtet werden. Dieses Jahr musste man noch mit dem alten Wein vorliebnehmen. Aber Graf Lohenroth war sichtlich zufrieden: Das Vorhaben im Land ob der Enns

Wein aus Toskana anzubauen hatte sich schon jetzt gelohnt. Die Trauben würden gut schmecken. Das Ergebnis würde man aber erst viel später sehen, erst dann, wenn die Gärung abgeschlossen ist. Schwester Edeltraud freute sich schon über eine neue Einnahmequelle für das Kloster. Nur eine junge Dame stand verbittert im Innenhof des Vierkanters: Es war Adelheid. Ihre Augen waren vom Weinen immer noch gerötet, ihre Beine schmerzten. Sie wagte kaum, sich hinzusetzen.

Am Abend wurde fröhlich gefeiert. Graf Lohenroth hatte die Bevölkerung zu Most und Spanferkel eingeladen. Der Bürgermeister und die Ratsherren ließen den Grafen und die Äbtissin hochleben. „Wer hätte das gedacht, dass Baumgartenberg ein Weinbauort wird! Ich nicht, aber das Risiko wird sich lohnen. In zwei Jahren oder mehr werden wir vielleicht schon die ersten Fässer Chianti anschlagen können!", freute sich der Bürgermeister. „Ein dreifaches Hoch auf das mutige Vorhaben!"

Einer, der sich nicht freute, war Meister Wallsee. Er war zur Feier vom Bürgermeister eingeladen worden und hatte die Niederlage in Mauthausen immer noch nicht verkraftet. Er hatte sogar vom Kaiser eine Rüge bekommen und wurde aufgefordert, Augen und Ohren offen zu halten. Ein paar Bauern waren ihm zwar in die Falle gegangen, dem Grafen konnte er jedoch weiter nichts anhaben. Er versuchte daher, seinen Kummer in einigen Krügen Most zu ertränken. Er musste aber gute Miene zum bösen Spiel machen und stieß mit Bürgermeister Pleimer an und wünschte für die nächsten Jahren eine gute Ernte mit süßen Trauben, die ihm selbst offenbar zu hoch hingen.

In der Nacht hörte Franzi Schwester Adelheid jammern. „Adelheid, ist Euch nicht wohl?", fragte Franzi. „Macht Euch keine Sorgen! Es wird schon wieder." Franzi sah Adelheid im Licht einer Kerze an. Die Nacht wurde für Adelheid zur Hölle. „So oder noch schlimmer muss es sein, wenn man sich mit dem Teufel einlässt", dachte sie.

Baumgartenberg, 1. Mai 1578

Am nächsten Morgen hasste Adelheid, die ihr anvertraute Mitschwester stärker denn je. Bei der Beichte blieb sie so wortkarg, als wäre nichts passiert. Jörg spürte zwar, dass etwas nicht in Ordnung war, stellte aber keine Fragen. Ihm fiel auf, dass Adelheid ihm nicht in die Augen schauen konnte. Es war nicht mehr so wie früher, als die beiden noch offene Worte miteinander austauschten; zwischen ihnen schloss sich eine Art Vorhang, der sich nicht so leicht wieder öffnen ließ. Adelheid war verbittert, aber Jörg wusste nicht, was passiert war.

Der Pater zog die Schwester Oberin zu Rate. „Wisst Ihr, was Adelheid hat? Sie ist so schweigsam geworden und wirkt fahrig und verunsichert." Die Äbtissin runzelte die Stirn: „Ich kann es Euch auch nicht sagen, aber es muss etwas mit der Weinlese zu tun haben. Ich würde empfehlen, sie weiterhin zu beobachten."

Beim Mittagsgebet saßen die Schwestern in der Apsis der Kirche zusammen. Edeltraud beobachtete Adelheid, Franziska und Pater Jörg. Irgendwie kam es ihr so vor, als umkreise ein Wolf eine Schafsherde. Was der Wolf, in diesem Fall Adelheid, wollte, war ihr aber nicht klar. Die junge Schwester wirkte verschlossen.

Am Nachmittag streifte Adelheid durch die Apotheke und schaute sich Medizin aus verschiedenen Kräutern an. Sie nahm sich harmlose Tinkturen auf der Basis von Kamille und Rosmarin. Aus dem Augenwinkel sah sie Ingredienzien, wie Tollkirsche und Bilsenkraut. Adelheid ließ sich aber nicht anmerken, dass sie sich auch für die giftigen Kräuter interessierte. In einem unbeachteten Augenblick steckte sie ein Fläschchen ein und wandte sich dem Apotheker zu: „Pater, ich nehme mir Kamille und Echinacea mit. Ich hoffe, sie wirken gegen Husten."

Sie ging zu Franziska, die gerade dem Ratsherren Vinzenz Geyrhofer Medizin gegen Husten und Fieber reichte. „Das wird deiner Frau helfen", sagte Franziska. Geyrhofer wollte den Raum verlassen, als ihm Adelheid nacheilte und ihm das Fläschchen zusteckte. „Verzeiht guter Mann, das hat

Schwester Franziska vergessen, gebt Eurer Frau abends ein Schlückchen davon."

Mauthausen, 1. Mai 1578

Sepp Großhammetner sah seine Frau Zenzi und seine beiden Kinder, den zweijährigen Johann und die dreijährige Frida besorgt an. „Wie geht es dir?" Zenzi blinzelte zurück und lächelte verschmitzt. „Wie soll es schon gehen, allein auf der Straße, nahezu vogelfrei, mit zwei Kindern. Dafür haben wir kein Dach über dem Kopf und fühlen uns wirklich frei."

„Wir werden uns morgen in Passau Heimatvertriebenen aus Salzburg anschließen, sie haben auch ihre Höfe verloren und suchen ein neues Zuhause. Wir versuchen uns dann über Regensburg entlang der Naab und der Saale nach Jena durchzuschlagen. Der Weg ist beschwerlich und nicht ungefährlich. Aber wenn wir uns in Passau zusammenschließen, haben wir bessere Aussichten, dass es gelingt."

Sepp und Zenzi hatten bis jetzt Glück gehabt. Nur einmal hatten sie eine Horde von Landsknechten der Ferne gesehen, blieben aber unbemerkt. Die Bauern entlang des Weges hatten Verständnis gezeigt und ihnen sogar eine warme Suppe und einen Kanten Brot gegeben. Nun stand die Stadt Passau, wo sich Inn, Ilz und Donau trafen, kurz bevor. Die Donau floss gemächlich dahin, ab und an winkten ihnen ein paar Flößer zu, die Salz, Stoffballen aus dem fernen Venedig und andere Kostbarkeiten geladen hatten. Die Flöße würden sie an ihrem Zielort zerlegen und das Holz verkaufen. Die meisten von ihnen fuhren nach Wien, das nach Holz hungerte. Einige von ihnen hatten eine andere Ladung geladen: Es waren meist Mädchen, die sie an ihrem Ziel verkauften.

Die Umgebung war nicht sicher und die Landesherren ließen sich ihre Wege mit Zoll bezahlen. Also galt es, die Zollstellen nach Möglichkeit zu umgehen, denn Sepp und Zenzi führten nur einen Münzbeutel mit sich, der nur wenige Pfennige beinhaltete, aber dennoch waren sie zuversichtlich, an ihrem Ziel anzukommen. Endlich erreichten sie Passau. Beim Goldenen Hirschen hatte der heimatvertriebene Pfarrer Hans Wehrenpfennig sein Lager aufgeschlagen. Die Torwächter ließen Sepp Großhammetner mit dem Leiterwagen in die Stadt ein. Bei der feschen Zenzi machten sie zwar große Augen, beruhigten sich aber wieder, als sie die Kinder sahen. Sie nahmen an, dass die Bauern auf den Markt der Stadt wollten, um ihre Waren feilzubieten und winkten den Leiterwagen durch.

Beim Goldenen Hirschen angekommen wandte sich Hans Wehrenpfennig den Neuankömmlingen zu: „Wohl schon lange unterwegs, ihr schaut so aus als wäret Ihr Leidensgenossen aus dem Land ob der Enns. Sepp Großhammetner sah Pfarrer Wehrenpfennig verblüfft an. „Wie konntet Ihr das erraten? Habe ich etwa ein Namensschild auf der Brust? Aber Ihr habt recht, wir sind des Landes verwiesen worden und bringen nur mit, was wir erlernt haben und unseren Fleiß."

„Nun Euer Hut und die Tracht Eurer Frau verraten Euch."

„Lasst uns erst einmal den Markt entlang der Donaulände besuchen, dann werden wir sehen, was ich für Euch tun kann", sagte Wehrenpfennig. „Das ist meine Truppe. Sie sind Leute, die ebenfalls vom kaiserlichen Hause vertrieben wurden. Manche sind gefoltert worden und die Frauen entehrt. Es sind Menschen, denen Ihr vertrauen könnt. Dafür lege ich meine Hand ins Feuer." Wehrenpfennig zeigte seine rechte Hand, die Brandnarben aufwies. Sepp Großhammetner nickte und fragte: „Wer hat Euch das angetan?"

„Wohl jemand, der anderen Glaubens war. Ich bin froh, dass es nur meine Hand war. Man hat mich überzeugt, meine Heimat zu verlassen." Pfarrer Wehrenpfennig war nicht der einzige Mann, den man mit Nachdruck überzeugen musste.

Sepp Großhammetner atmete auf. Die vergangenen Tage hatten an seiner Kraft gezehrt. Seiner Frau Zenzi konnte er sich nicht anvertrauen, es gab auch keinen Freund, dem er sein Herz ausschütten konnte. Er wusste, dass er kaum noch Geld hatte, die Essensvorräte gingen zu Ende und der Leiterwagen war auch nicht für lange Reisen geeignet. Zudem zeigte ihm die reiche Stadt Passau, wie heruntergekommen sie wirklich waren. Es war so, als hätte sie ein Engel zu Pfarrer Wehrenpfennig geführt. Kein anderer, so schien es Sepp, würde ihn besser verstehen, als er.

„Wir müssen bereits morgen aufbrechen", sagte Wehrenpfennig. „Ich habe ein Floß gefunden, das Waren nach Regensburg bringt. Von dort geht es entlang der Naab in Richtung Norden. Wir brauchen noch jemanden, der am Treidelpfad kräftig zupacken kann. Wir haben ein paar gefährliche Strudel in der Donau." Dabei sah er Sepp an, der grinste. „Wenn's nicht mehr als das sein soll. Ich bin dabei!" Die Gruppe kaufte am Markt noch die wichtigsten Lebensmittel ein und begab sich dann zur Donaulände.

Passau, 2. Mai 1578

Das Wetter hatte sich am nächsten Morgen geändert. Es war zu einem Kälteeinbruch gekommen. Dennoch wollte der Floßführer aufbrechen. Die Ware war gut verstaut, die Pferde seitlich des Floßes vorgespannt. Die Leute auf dem Floß kamen in einer Hütte unter, die am Tag zuvor errichtet worden war. Während der kleine Johann und die dreijährige Frida alles für ein Abenteuer hielten, sah man Zenzi die Sorge an. „Hoffentlich kommen wir gut in Regensburg an!"

Am frühen Morgen legte das Floß in Passau ab. Zenzi sah noch den großen Dom und sprach ein Stoßgebet. Sepp hatte sein Pferd zu den anderen Zugtieren gespannt und ging voraus. Es hatte ein leichter Regen eingesetzt, der Sepp aber wenig ausmachte. Ein breitkrempiger Filzhut schützte seinen Kopf und ein Lodenmantel den Körper. Das Floß kam in einem gemächlichen Schritttempo voran. Von Passau bis Regensburg waren es etwa fünfzig Meilen, wenn sie straff gehen würden, ließ sich die Strecke in dreißig Stunden bewältigen. Sepp rechnete sich insgesamt fünf Tage dafür aus.

Gegen Mittag klärte sich der Himmel auf, erste Sonnenstrahlen blinzelten durch die Wolkenlöcher. Die Mannschaft machte eine Pause und

vertäute das Floß am Ufer. „Na, Sepp, schon Löcher in den Socken?",
scherzte Floßmeister Erlenbacher. „Dampfen tun sie auf jeden Fall",
scherzte der Bauer aus dem Land ob der Enns. „Ich geb' einen Kanten
Brot, Speck und Schmalz aus. Ihr habt mit Eurem Pferd gute Dienste
geleistet", meinte Erlenbacher großzügig. „Einen Krug Bier aus Passau
habe ich ebenfalls dabei." Die Männer stießen miteinander an. Auch
Pfarrer Wehrenpfennig war zufrieden. Den Kindern hatte die Fahrt auf
der Donau bislang Spaß gemacht und Zenzi hatte sich vom Rattern der
Räder erholt.

Regensburg, 8. Mai 1578

Nach sechs Tagen erreichte das Floß Regensburg. Die Stadt sah noch
prächtiger als Passau aus. Die Donau wurde von einer steinernen Brücke
überspannt. „Kaiser Barbarossa hat der Stadt 1182 höchstpersönlich ein
Brückenprivileg ausgestellt. Das Bauwerk gilt noch immer als ein Wunder.
Konrad III brach hier zu seinem zweiten Kreuzzug auf!", erzählte Pfarrer
Wehrenpfennig in seiner Begeisterung. „Die Brücke hat Regensburg reich
werden lassen. Sie ist der letzte Übergang über die Donau vor Linz."
In Regensburg deckte sich Wehrenpfennig auf dem Stadtmarkt mit dem
Notwendigsten ein. Sepp Großhammetner half den Flößern noch beim
Abladen der Fracht und kaufte schließlich Schmiermittel für die Achsen
seines Leiterwagens ein. Zenzi sah sich nach eingemachtem Kraut, Brot,
Speck, Schmalz und Grammeln um. Für die Kinder kaufte sie noch ein
wenig Honig. Die kleine Gruppe erregte in der Stadt aber Aufmerksamkeit.
Ausgerechnet der kaiserliche Agent Wallsee hatte sie erspäht. Er erkannte
den Bauern aus dem Mühlviertel sofort wieder. „Grüß Gott Großhammetner, na wie geht es Euch?", fragte Wallsee nicht ohne Sarkasmus.
Sepp war überrascht, ließ sich aber nichts anmerken. „Leidlich gut!",
antwortete er. „Ich freue mich schon auf eine neue Heimat hinter den
Bergen. Vielleicht wollt Ihr mitkommen? Ihr könnt mir und meiner Frau
tragen helfen. Außerdem könnt Ihr Euch um meine Kinder kümmern

und ihnen katholisch beibringen. Da seid Ihr ja Fachmann, wie ich gehört habe?"

„Gerne, ich muss mir nur einen neuen Rohrstock kaufen, wenn sie nicht brav lernen."

„Das ist zu gütig von Euch, der Erzbischof und der liebe Gott im Himmel werden es Euch danken!" Großhammetner zog seinen Hut machte einen Kratzfuß. Wallsee lächelte schmal und dachte sich: „Dem werden wir es noch zeigen." Zenzi, die das Geplänkel zwischen den Männern mitbekommen hatte, trieb es die Zornesröte ins Gesicht. Inzwischen hatte Jakobus, der Begleiter von Wallsee ein Messer in Zenzis Tasche geschmuggelt.

„Seid Ihr Euch sicher lieber Großhammetner, das Euer Weib nur Kraut gekauft hat? Ich habe sie vorhin beobachtet und mitbekommen, dass sie beim Vorbeigehen beim Schmied ohne zu fragen und zu zahlen ein Messer eingesteckt hat. Ist das so Usus bei Euch? Ihr wisst, dass man Diebstahl mit der rechten Hand bezahlen muss."

Sepp wurde ganz blass im Gesicht. „Hatte Wallsee aus purer Bosheit eine Falle gestellt?"

Baumgartenberg, 2. Mai 1578

Am Morgen war die Ehefrau von Ratsherren Vinzenz Geyrhofer tot. Sie hatte die Medizin, die ihr von ihrem Mann mitgebracht wurde, getrunken. Die ganze Nacht hatte die Frau unter Wahnbildern gelitten und sich in ihrem schweißdurchtränkten Nachthemd gewälzt. Dämonenbilder hatten sie in ihrem Todeskampf begleitet. Kurzzeitig dachte Geyrhofer gegen fünf in der Früh, dass sie sich erholen würde. Dass sie jetzt an einer Erkältung gestorben war, konnte und wollte der Ratsherr nicht wahrhaben. Der aus dem Bett geholte Pfarrer konnte ihr nicht mehr helfen. Sie hatte ohne Beichte und ohne Sterbesakrament die Welt verlassen. Was war passiert? Neben dem Bett der Leiche stand ein leeres Fläschchen. Hilflosigkeit, Trauer und zugleich Wut standen in Geyrhofers

Gesicht geschrieben. Der Pfarrer beugte sich zu dem Fläschchen hinunter und schnupperte an dessen Inhalt: „Ich glaube, ich kenne den Geruch. Es dürfte die Belladonna sein, eine todbringende Pflanze. Woher habt Ihr sie?"

Vinzenz Geyrhofer traf die Aussage des Pfarrers wie ein Schlag: „Ich habe die Arznei in der Klosterapotheke der Zisterzienserinnen bekommen und meinem Weib davon zu trinken gegeben. Jetzt ist sie tot. Mein Gott, das wollte ich nicht!"

Wenig später klopfte ein aufgebrachter Ratsherr an die Klostertür. Die Ordensfrauen waren gerade im Morgengebet vertieft, als Geyrhofer in Rage Einlass verlangte. Der Ratsherr stürmte in die Kirche und schrie: „Verflucht sei die Schwester, die meiner Frau Medizin gegeben hat."

Unter den Ordensfrauen, die gerade aus ihrer Frühmeditation geholt wurden, geschah ein Durcheinander. „Wo ist es, das Teufelsweib?", setzte Geyrhofer nach.

Die Äbtissin war ebenso geschockt wie ihre Mitschwestern. „Herr Geyrhofer, nun beruhigt Euch bitte, Ihr seid hier an einem heiligen Ort." Franziska war ebenfalls völlig verwirrt. Sie konnte sich nicht erklären, was passiert war. Der Ratsherr stürmte auf die Schwester zu und nahm sie an ihrem Habit. „Ihr habt meine Frau auf dem Gewissen! Das werdet Ihr am Scheiterhaufen bereuen. Möget Ihr die Qualen der Hölle erleben."

Das Tor der Kirche war schon von den Stadtwachen umstellt, als Franziska das Gotteshaus, gestützt von der Äbtissin, verließ. „Schwester Äbtissin, ich bin mir keiner Schuld bewusst", sagte Franzi. Edeltraud konnte immer noch keinen klaren Gedanken fassen und meinte nur. „Eure Anschuldigungen sind schwer." Franziska wurde ihr dennoch entrissen. „Wir werden sehen, was der Rat dazu zu sagen hat." Wenig später wurde Franzi in den Stadtkotter gesteckt. „Da sollst du bleiben, bis wir dich nach Grein bringen, um dort über dich zu richten."

Bereits am nächsten Tag brachten die Stadtwachen das Mädchen in den Kerker, des erst vor hundert Jahren neu errichteten Wehrschlosses. Der

Kerkermeister meinte nur: „Na schau, wen haben wir denn da? Dem Vögelchen wird es bei uns schon gut ergehen. Du wirst Dir noch wünschen, selbst von der Belladonna zu kosten." Für Franzi brach eine Welt zusammen, als sie von den Wachen durch die feuchten Gänge geschleppt und in einer steinernen Zelle angekettet wurde. Aus einer Nebenzelle kam ein leises Stöhnen und Wimmern. Es roch nach verbranntem Fleisch. „Wir werden schon noch in Erfahrung bringen, ob du die Frau des Ratsherrn auf dem Gewissen hast. Da setz dich auf die Bretterpritsche, du kannst von Glück reden, dass du nicht auf dem harten Boden schlafen musst."

Franzi wurde an die Mauer des Verlieses angekettet. Sie konnte gerade noch aufstehen, durch eine kleine Maueröffnung drang in gut sechs Schritt Höhe ein wenig Licht. Neben ihr stand ein stinkender Kübel, in den sie ihre Notdurft verrichten konnte. Ihr war entsetzlich kalt. Der vorangegangene Winter hatte die dicken Mauern auskühlen lassen. Die Ordenstracht war ihr vor den Augen der anwesenden Männer abgenommen worden. Sie versuchte ihre Scham mit den Händen zu bedecken, erntete aber nur Gelächter: „Na warte nur, wenn wir dich besuchen kommen." Was ihr blieb, war ein Sack aus Leinen, den sie sich überzog. „So fein wie der Habit ist Euer Kleid zwar nicht, seid aber froh, dass Ihr nicht ganz nackt bei uns wohnen müsst", schalt einer der Männer.

Das Mädchen war verunsichert. Gott sei Dank wurde sie bis jetzt in Ruhe gelassen. Franzi wusste, dass Menschen Qualen viel länger aushielten, als sie dachten. Es könnte Wochen, wenn nicht gar Monate dauern, selbst mit hinzugefügten schlimmen Verletzungen. Da saß sie nun, umgeben von steinernen Mauern. Sie begann zu beten und fragte sich: „Wie hat mich Geyrhofer genannt: Teufelsweib? Die Medizin hatte offenbar bei seiner Frau nicht gewirkt. War sie etwa tot?"

Am Nachmittag erfuhr Graf Lohenroth von der Anklage. Er fuhr empört auf und beriet sich mit der Äbtissin. „Ich habe Franziska als eine gewissenhafte junge Kräuterkundige kennengelernt", überlegte sich

Lohenroth. „Die Anschuldigungen passen nicht zu ihr!" Lohenroth ging im Kreis herum und echauffierte sich. Schwester Edeltraud war ebenfalls ratlos: „Ich kann mir das auch nicht erklären."

„Ich muss nach Grein reiten und Protest einlegen!", sagte der Graf. „Hoffentlich haben sie Franzi nicht schon der peinlichen Befragung unterzogen." Edeltraud musste dagegen ankämpfen, nicht in Panik zu geraten. Jetzt galt es, einen klaren Kopf zu bewahren. Sie mussten mit den hohen Herrschaften in Grein in Kontakt treten. Doch zunächst galt es Bürgermeister Kurt Pleimer von der Unschuld Franzis zu überzeugen.

Als Pater Jörg von der Verhaftung erfuhr, war er entsetzt. Bei der Vesper war die Stimmung in Kloster getrübt und Adelheid wirkte verschlossener als zuvor. Die Schwestern tuschelten untereinander. Auch ihnen war nicht entgangen, dass Franziska in den frühen Morgenstunden von zwei Stadtwachen in Begleitung eines Ratsherrn abgeführt worden war. „Was ist passiert?", hatte Jörg noch gefragt. Ihm war klar, dass man Franzi hereingelegt hatte.

Regensburg, 8. Mai 1578

Die alarmierten Stadtbüttel hatten Zenzi nahe des Marktstandes eines Schmiedes gefasst. Gezeter und Unschuldsbeteuerungen hatten nicht mehr geholfen. Die Beweise waren eindeutig: Das vermeintlich gestohlene Messer, das im Korb der Bäuerin gefunden wurde, bezeugte für die Männer die Wahrheit. Zenzi war eine Diebin und gehörte an den Pranger gestellt. Daran konnten auch die Beteuerungen von Pfarrer Wehrenpfennig nichts ändern, dass Zenzi eine unbescholtene Frau sei.

Am frühen Nachmittag wurde Zenzi bereits von Regensburger Bürgern mit faulem Obst und Unrat beworfen. Die Balken des Prangers drückten im Genick. Ihre Notdurft konnte Zenzi nach Stunden der Erniedrigung nicht mehr halten. „Was machen die Leute mit mir? Ich habe doch nichts getan!" Wie lange würde diese Erniedrigung noch andauern? „Hackt ihr die Hand ab!", riefen die Leute. „Sie wird es sich überlegen, künftig noch einmal etwas zu stehlen!" Ihr Mann, Sepp Großhammetner, sah sich einem wütenden Pöbel ausgeliefert. Es wurde bereits dunkel, als Zenzis Knie immer wieder nachgaben. Nur die klammernden Balken des Prangers ließen sie in gekrümmter Haltung stehen. Zenzi wurde die Luft zum Atmen abgeschnitten. Um die zwei kleinen Kinder kümmerten sich Begleiter des Pfarrers. Sie sollten ihre Mutter so nicht sehen.

Gegen Mitternacht begann Zenzi entsetzlich zu frösteln. Die Wachen zeigten jedoch kein Erbarmen und meinten nur: „Du wirst schon sehen, wie du den morgigen Tag überlebst!" Aus dem angrenzenden Wirtshaus kam eine Magd, die den Bütteln eine Karaffe Würzwein spendierte: „Schöne Grüße vom Herrn Wirt, damit ihr euch nicht erkältet." Die beiden stießen miteinander an und gossen Zenzi etwas Würzwein und in den Mund: „Da, damit auch du dir nicht den Tod holst." Sepp Großhammetner und Pfarrer Wehrenpfennig hatten sich inzwischen überlegt, wie sie Zenzi aus ihrer misslichen Lage befreien konnten.

Grein, 3. Mai 1578

An den eisenverstärkten Türen der Greinburg dröhnte ein heftiges Klopfen. „Lasst uns ein, vor Euch steht niemand geringer als Moritz Graf von Lohenroth." Der Graf versuchte sich zu mäßigen, dennoch gelang es ihm nicht vollends. Er hoffte, dass der Greiner Folterknecht noch nicht mit der peinlichen Befragung begonnen hatte oder Franzi vergewaltigt hatte. Eine kleine Tür im schweren Tor öffnete sich. Heraus trat ein gut sechs Schritt großer Hüne mit einem finsteren Blick. „So, so ein Graf seid Ihr also. Warum so eilig?"

„Ich verlange die Herrschaft der Burg zu sprechen!"

Der Riese grinste: „Ich kann Eurem Ansinnen leider nicht nachkommen, aber mit dem Verwalter kann ich dienen, wenn Euch das hilft."

„Dann holt ihn!" Graf Lohenroth wurde ungehalten und hatte das Gefühl, nicht nur vor verschlossenen Türen zu stehen. Nach einer halben Stunde des Wartens stand schließlich der Burgvogt vor ihm.

„Gestatten, Winfried Karzer. Verzeiht, dass ich Euch warten ließ."
Lohenroth wusste genau, dass Karzer ein Spiel mit ihm trieb und ihn
hinhalten wollte.

„Wo ist das Mädchen, das gestern von Euch in den Kerker gesperrt
wurde?"

„Ihr sagtet es schon selbst, eben im Verlies."

Lohenroth blieb hart und verlangte Franzi zu sprechen. Der Graf war
entsetzt, wie man mit dem Mädchen umgegangen war. Sie hatte immer
noch ihr viel zu dünnes Büßerhemd an. Im Gesicht zeigten sich blaue
Flecken und ihr Körper erzitterte unter einem Schüttelfrost. Ihre Füße
steckten in rostigen Eisenfesseln. Franzis Knöchel waren blutig.

„Ich verlange, dass die Gefangene besser behandelt wird. Immerhin
ist ihre Schuld nicht bewiesen!", sagte Graf Moritz. „Also gebt ihr warme
Kleidung und etwas zu essen." Lohenroth konnte Franzi zwar nicht aus
ihrem Kerker befreien, aber immerhin gegen Geld für Hafterleichterung
sorgen.

Am Nachmittag kam Pater Jörg zu dem Mädchen, dem es deutlich
besser ging. Jörg hatte sich den Wachen als ihr Beichtvater vorgestellt.
In Grein glaubte der Verwalter fest daran, dass sie die Frau von Ratsherrn Geyrhofer vergiftet hatte. Geyrhofer war dem Burgvogt persönlich
vorstellig geworden und hatte Franzi sogar Hexerei vorgeworfen. Jörg
kniete sich vor Franzi auf den Boden und nahm ihre Hand. „Franzi, in
was seid Ihr da hineingeraten?" Jörg schüttelte den Kopf. Alles hatte so
gut ausgesehen, jetzt wusste er keinen Rat mehr. Inzwischen war Graf
Lohenroth nach Baumgartenberg zurückgekehrt. Er hatte Schwester
Edeltraud Bericht erstattet. Die Nachricht hatte sich schnell im Kloster
verbreitet. Die Schwesterngemeinschaft war entsetzt.

Adelheid zweifelte an ihrem Verrat und zog sich immer mehr zurück.
Am liebsten hätte sie ihrem Leben ein Ende gesetzt, aber das wäre
eine Todsünde. Einige Sünden hatte sie schon längst auf sich geladen.

„Wohin hatte sie ihre Eifersucht getrieben?" In der Vesper sprachen die Schwestern zahlreiche Fürbitten. Niemand glaubte daran, dass Franzi eine Mörderin war. Alle mochten ihre Mitschwester aus Münzbach.

Für den Burgvogt war die Sache klar. Die junge Zisterzienserin war eine Hexe und Mörderin. Schon bald würde sie brennen. Schon kommende Woche würde der Folterknecht mit der peinlichen Befragung beginnen. Gleich morgen würde man ihr Haupthaar rasieren und ihren Körper nach Hexenmalen absuchen. Jörg kannte die Vorgänge. Der schmale Körper des jungen Mädchens würde die Folter niemals aushalten. Die Belladonna, die der Frau des Ratsherrn das Leben gekostet hat, könnte die Rettung sein. Also hatte er sich vom Apotheker einen Trank mischen lassen, der Franzi in einen tiefen Schlaf versetzen sollte. Er wusste, wie gefährlich dieses Spiel war.

Jörg wandte sich an Franzi und flüsterte ihr zu: „Vertraut mir und trinkt das. Es wird Euch helfen." Franzi nickte ihm zu und ahnte, was Jörg vorhatte. Sie würde den Kerker niemals lebend verlassen. Die Aussichten, die Haft lebend zu überstehen, waren denkbar schlecht. Und, sollte sie an dem Trank sterben, war ihr Leben ohne Schuld und ohne die Schmerzen des Feuers beendet. „Mögen die Engel und der liebe Gott bei mir sein!", dachte sie. Jörg hatte die Kerkerzelle bereits verlassen, als Franzi die Tinktur einnahm. Sie tauchte in ein warmes Gefühl ein, und sah wie ihr Leben an ihr vorbeizog. Sie sah sich über ihrem Körper schweben und wie ihr ihre verstorbene Mutter die Hand entgegenstreckte.

Grein, 4. Mai 1578

Als der Kerkermeister Franzi zur peinlichen Befragung holen wollte, war diese bereits aus dem Leben geschieden. Jörg hatte noch am Abend das Kloster in Baumgartenberg aufgesucht und mit Äbtissin Edeltraud und Grafen Lohenroth geredet. Die drei waren sich im Klaren darüber, dass Franzi um Leben und Tod kämpfte. Sie wussten aber auch, dass schon die alleinige Anklage des Ratsherrn für ein Todesurteil ausreichte und wenn Hexerei ins Spiel käme, würde dieses Urteil unweigerlich den Scheiterhaufen bedeuten. Der Graf und Jörg mussten schnell nach Grein zurückkehren, um den Leichnam der Schwester einzufordern. Er sollte auf dem Friedhof der Ordensgemeinschaft beigesetzt werden.

Nach einem straffen Ritt kamen Moritz von Lohenroth und Jörg auf der Greinburg an. Der Kerkermeister holte die junge Frau gerade aus ihrem Verlies, als die beiden auftauchten.

„Wie geht es meinem Mündel?", rief der Graf.

„Seht selbst, ich glaube, die tut keinem mehr etwas", schalt der Hüne zurück.

„Seid Ihr von allen guten Geistern verlassen."

„Ich kann nichts dafür, dass sie die Nacht nicht überlebt hat."

„Händigt uns sofort den Leichnam aus!", befahl Lohenroth. „Ich werde Euer Herrschaft unverzüglich Bericht erstatten.

Lohenroth und Jörg ließen Franzi auf eine Bahre legen. Beim Kloster angekommen, ließ Jörg Franzi zur Salbung in seine Kammer bringen. Die Äbtissin wusch Franzi höchst persönlich.

Regensburg, 9. Mai 1578

Zenzi schmachtete immer noch am Pranger. Es war schon nach Mitternacht und Sepp wusste, dass sie nicht mehr lange durchhalten konnte. Ihm war zudem verboten worden, ihr etwas zu trinken oder zu essen zu geben. Die Stadtwachen hatten unterdessen weiter getrunken und wankten schon bedenklich. Was die Büttel nicht wussten war, dass der Wein mit einem starken Abführmittel verfeinert worden war.

Ein wenig später plagten die beiden im Unterleib Krämpfe. „Ich glaube, ich muss ganz dringend auf den Abort gehen, oder ich scheiß mir in die Hose!"

„Mir geht's da ganz gleich! Die Mätze stirbt ohnehin gleich, so wie sie da eingeklemmt ist. Scheißen wird man wohl gehen dürfen!"

Die beiden entfernten sich in aller Windeseile mit zusammengekniffenen

Beinen. Sepp und der Pfarrer hatten die Wachen beobachtet und nickten einander zu: „Jetzt oder nie, sagten sie zueinander!" Sie kamen hinter ihrem Versteck hervor und eilten zum Pranger. Pfarrer Wehrenpennig öffnete den Riegel und Sepp hielt seine Frau fest, die beinahe ohnmächtig war. Sie stützten sie gemeinsam und führten sie in das Dunkel der nächsten Gasse. Dabei rutschten sie fast auf Fäkalien und Unrat in einem Rinnstein aus. „Wir müssen schnell zur Donaulände und uns ein Boot schnappen. Durch das nahe gelegene Stadttor kommen wir nicht. Herr Pfarrer, ich bringe meine Frau dann zu einer der Hütten, die vor der Stadt stehen. Wir treffen uns morgen früh."

Als die beiden Büttel vom Abort erleichtert zurückkehrten, mussten sie feststellen, dass der Pranger leer war. Die beiden fluchten und sagten zu sich: „Das muss mit Hexerei zu tun haben." Den Rat oder den Bürgermeister wollten sie nicht aufwecken, also beschlossen sie, ihren Rausch erst einmal auszuschlafen. Gott sei Dank hatte das Bauchgrimmen nachgelassen. Nur die Ausscheidungsorgane juckten bei beiden Männern noch gewaltig.

Noch vor Sonnenaufgang bereitete sich die Reisegruppe vor, Regensburg zu verlassen. Das Notwendigste hatte sie am Markt eingekauft. Jetzt war es wichtig, die Stadt noch vor dem Alarm zu verlassen. Die Achsen des Leiterwagens waren frisch geschmiert. Das Pferd eingespannt. Zenzi war mit einer kräftigen Rindsbrühe gestärkt worden. Die junge Frau hatte sich nach der Tortur bei einer Hebamme, die nächtens alarmiert worden war, ein wenig erholt. Die Sonne stand schon am Himmel, als die Gruppe vor den Stadttoren stand und um Auslass bat. Die Wachen hatten von dem Zwischenfall am Pranger noch nichts mitbekommen.

Wenig später erzählten die Stadtbüttel dem Schultheiß der Stadt, dass es sich bei der Frau am Pranger um eine Hexe gehandelt haben musste, die sich selbst weggezaubert hat. Sie hätten kaum ihren Platz verlassen. „Wie sollte es sonst gewesen sein", meinte einer der beiden. Der Schultheiß sah die beiden zwar skeptisch an, ließ es trotz tobender Kopfschmerzen aber dabei sein. Er meinte nur: „Ich danke euch, abtreten!" Selbst der kaiserliche Agent Wallsee musste feststellen, dass ihm das Opfer entkommen war. Die Erklärung erschien Wallsee zwar hanebüchen, ließ es aber dabei sein. Schließlich plagten auch ihn heftige Kopfschmerzen nach einer durchzechten Nacht mit dem Schultheiß der Stadt. Er verfluchte den Alkohol.

„Wir werden uns ein Floß nehmen und ein wenig auf der Regen gegen Norden schippern. Dann müssen wir weiter zu Fuß entlang des Oberpfälzer Waldes gehen. Nachdem unsere Gruppe gut ein Dutzend Leute zählt, werden wir vor Räubern relativ sicher sein. Wenn wir Landsknechten begegnen, werden wir sagen müssen, dass wir Vertriebene sind und in Sachsen erwartet werden. Ich führe ein Schreiben des Grafen von Waldenfels mit mir, dass er uns erwartet und in seiner Heimat willkommen heißen will", sagte Pfarrer Wehrenpfennig. „Habt keine Angst, es wird mit Gottes Hilfe schon gut gehen!"

„Hilf dir selbst, dann hilft dir Gott!", antwortete Sepp Großhammetner mit einem Lächeln auf den Lippen. Er beugte sich zu Zenzi hinunter, die sich von der schrecklichen Nacht ein wenig erholte. Der Hals und die Armgelenke taten ihr immer noch weh. Dass sie von ihren eigenen Fäkalien gereinigt werden musste, trieb ihr die Schamröte ins Gesicht. Sepp wusste, was Zenzi sich dachte. „Mach dir nichts draus, du konntest nichts dafür. Die Hauptsache ist, dass du lebst!" Er drückte Zenzi einen Kuss auf die Stirn.

Der Wasserstand der Regen war nach dem Winter hoch. In den Pfälzer Bergen hatte es geschneit. Das machte den kleinen Fluss zwar unberechenbar aber auch schiffbar. Bei Regenstauf ging die kurze Schifffahrt schließlich zu Ende. Die Gruppe musste sich dann durch die Wälder in Richtung Nordwesten zum Bachlauf der Naab durchschlagen. Sie folgten den Wegen der Bauern.

Baumgartenberg, 4. Mai 1578

Am späten Nachmittag tupfte die Äbtissin verschorfte Blutreste von Franziskas Stirn. Auf einmal hörte sie ein leichtes Stöhnen. Edeltraud drehte sich erschrocken um, doch da war nichts als eine leere Kammer. Aber die Geräusche kamen von vorne, sie schaute neuerlich zu Franziska. Ja, sie kamen eindeutig von der Novizin. Edeltraud glaubte, ihren Ohren nicht zu trauen. Aber dann hörte sie wieder die Laute. Franzi kam zu sich. Sie hatte höllische Kopfschmerzen und musste erbrechen, doch aus ihrem Magen kam nichts als bittere Galle. „Mutter Oberin", waren ihre ersten Worte, „wo bin ich, was ist passiert? Ich träumte, dass ich Engel im Kampf mit dem Teufel gesehen habe."

Edeltraud war immer noch erschrocken, sagte aber: „Ihr seid bei mir, im Kloster. Alles wird gut!"

Edeltraud putzte den Mund der Novizin vom Erbrochenen ab und gab ihr einen Schluck Kamillentee zu trinken. „Ihr müsst sehr viel davon zu Euch nehmen. Aus Eurem Körper müssen sehr viele Gifte ausgeschwemmt werden. Danach bekommt Ihr eine leichte Hühnerbrühe, die Euch gut tun wird. Morgen wird es Euch wieder besser gehen."

Es klopfte an die Tür. „Schwester Äbtissin, Graf Lohenroth und Pater Jörg erbitten Einlass."

„Kommt herein!"

„Wie ich sehe, ist unsere junge Schwester wieder bei Bewusstsein", sagte Lohenroth leise. „Wir werden morgen eine Beerdigung feiern. Im Sarg wird aber keine Leiche sein, sondern nur Erde und ein Leichentuch. Pater Jörg wird alles Notwendige dafür tun. Ich schlage vor, keine weiteren Leute in den Plan einzuweihen."

Jörg nickte eifrig und sagte: „Ich werde noch heute Nacht hundert Pfund Erde in einen Sarg einfüllen. Karl, der Holzknecht des Grafen, wird dabei helfen, auf ihn ist Verlass."

Jörg war glücklich, Franzi am Leben zu sehen. Die Inhaftierung zeigte auch keine schweren körperlichen Folgeerscheinungen. Wie es allerdings in ihrer Seele aussah, konnte Jörg nur erahnen. Nach einer kulinarischen

Kräftigung schlief die junge Frau. Jörg berührte ihre Hand und hielt sie so fest als wollte er sie nie wieder loslassen. Sie war dem Sensenmann nur um Haaresbreite entgangen. Jetzt brauchte sie noch alle Liebe und Fürsorge, die ihre Freunde aufbringen konnten.

Franzi hatte einen heftigen Traum. Sie stöhnte leise, auf ihrer Stirn standen kalte Schweißtropfen. Sie schrie sogar auf: „Lasst mich gehen – nein – nicht – geht weg!" Hinter ihr griffen die Dämonen nach ihr. Sie erhaschten zunächst ihr rotblondes, gelocktes Haar, dann ihren Oberkörper, um sich mit ihrem Leib und ihrer Seele zu verschmelzen. Es war so, als würden gleich drei Teufel in sie eindringen. Und wieder rief sie: „Geht weg, geht weg!" Ihr Atem ging heftig. Dann fiel sie in einen tiefen Schlaf.

Jörg beugte sich zu ihr hinunter und flüsterte ihr zu: „Franzi, Ihr seid in Sicherheit! Das ist nur ein böser Traum. Sie haben Euch nichts angetan." Jörg glaubte aber seinen eigenen Worten nicht. Sie musste im Kerker schreckliche Angst gehabt haben. Die Wunden im Gesicht würden verheilen, ohne Narben zu hinterlassen, doch wie sah es in ihrer Seele aus? Jörg tupfte erneut ihre Stirn ab und summte ein Schlaflied:

„Schlaf, Kindlein, schlaf. Der Vater hüt die Schaaf, die Mutter schüttelts Bäumelein, da fällt herab ein Träumelein, Schlaf, Kindlein, schlaf.

„Am Himmel ziehn die Schaaf, die Sternlein sind die Lämmerlein, der Mond der ist das Schäferlein, schlaf, Kindlein, schlaf."
Jörg musste an seine eigene Mutter denken, die ihm oft das Lied vorgesungen hatte. Es tröstete ihn und er hoffte, dass Franzi ihn hören konnte. „Ach Franzi, Franzi", dachte er sich, ich wünsche dir alles Gute, wenn du doch bald wieder bei mir bist."

Baumgartenberg, 5. Mai 1578

Am nächsten Tag in der Früh läuteten im Kloster von Baumgartenberg die Glocken. Die Stiftskirche war gut besucht. In der Apsis stand ein schlichter Sarg. Pater Jörg eröffnete den Gottesdienst: „Brüder und

Schwestern, lasst uns der im Kerker der Greinburg zu Tode gekommenen Schwester Franziska gedenken." Er sah dabei dem Ratsherrn Vinzenz Geyrhofer tief in die Augen. „Ich bin mir sicher, dass Franzi unschuldig war, möchte aber auch der verstorbenen Frau des Ratsherren Geyrhofer gedenken. Was wirklich passiert ist, werden wir wohl nie erfahren." Geyrhofer ließ die Worte des Paters kommentarlos über sich ergehen. Die Äbtissin hörte den Worten Jörgs gespannt zu und dachte sich: „Gut gemacht."

„Also lassen wir die Toten ruhen!", schloss Jörg die kurze Andacht.

„Dominus vobiscum.

Et cum spiritu tuo.

Sit nomen Domini benedíctum.

Ex hoc nunc et usque in sæculum.

Adiutorium nostrum in nomine Domini.

Qui fecit cælum et terram.

Benedicat vos omnipotens Deus, Pater et Filius et Spiritus. Sanctus.

Amen.

Es segne euch der allmächtige Gott, der Vater und der Sohn und der Heilige Geist.

Amen."

Der Sarg wurde von vier Leuten aus der Kirche getragen. Es war anders als sonst. Die Äbtissin und Pater Jörg gingen voran. Die Leute murmelten und erhoben sich, um die Kirche zu verlassen. Da Franzi nicht nur des Mordes, sondern auch der Hexerei angeklagt worden war, hatte der Totengräber auf Anweisung der Äbtissin ein Grab außerhalb des Friedhofes ausheben müssen, sehr zum Wohlgefallen des Ratsherren Geyrhofer. Dieser meinte: „Dann soll es eben so sein!"

Der Sarg wurde in das Grab hinabgelassen. Pater Jörg sprach ein paar Worte und bekreuzigte sich. „Möge Euch Gott verzeihen!" Zur Feier war keine Musik zugelassen, die Leute mussten sich still von Franzi verabschieden. Auch der übliche Leichenschmaus fiel an diesem Tag aus. Wer bei der Beisetzung fehlte, war Graf Lohenroth. Er hatte bereits in den frühen

Morgenstunden die Abtei verlassen. Auf dem Kutschbock saßen Fritz und
Karl. Was allerdings keiner wusste, war, dass im Wageninneren auf dem
Weg zur Burg Clingenberg eine alte Bekannte mitgeführt wurde: Hinter
den zugezogenen Vorhängen saß die Apothekerstocher Franziska Birker.
Die Kutsche kam bei der Burg Clam vorbei, durchfuhr eine Buchenallee
und erreichte noch am Vormittag Clingenberg.

Die drei brachten die junge Frau in eine Kemenate, wo sie sich von
den Strapazen erholen konnte. Franzi war inzwischen wach, doch tat ihr
der Kopf höllisch weh. Die verabreichte Ingredienz aus Tollkirsche und
Bilsenkraut zeigte immer noch Nachwirkungen. Sie wollte sich ausruhen
und schlafen, fürchtete sich aber vor erneut auftretenden Albträumen, in
denen Dämonen mit seelenlosen Gesichtern nach ihr griffen. Die Frauen-
kammer auf Clingenberg hatte ein Himmelbett mit samtenen Vorhängen
in einem königlichen Blau gefärbt. Durch das Fenster, das mit Butzenglas
ausgekleidet war, fielen Sonnenstrahlen der untergehenden Sonne. „Das
ist jetzt Euer Bett, liebe Franzi. Es hatte meiner Frau gehört", sagte der
Graf. „Schlaft so viel, wie ihr wollt, Fritz und Karl werden über Euch
wachen." Und noch jemand passte auf Franzi auf: Es war ein riesiger,
pechschwarzer Hund mit großen Tatzen, der selbst dem Teufel glich. Das
Tier hatte sich vor das Bett gelegt, in dem jetzt die Novizin schlief.

Graf Moritz hatte sich inzwischen Gedanken über das weitere Schicksal von Franziska gemacht. Sie war zwar vorerst außer Gefahr, dennoch
konnte eine kleine Unvorsichtigkeit über ihr weiteres Schicksal entscheiden. Moritz beschloss, den Pfarrer von Münzbach, Alois Höllrigl, zu
kontaktieren und sich mit ihm zu beratschlagen. Fritz setzte sich auf ein
Pferd und galoppierte in die Pfarrei. Stunden später erzählte der Graf von
den neuesten Ereignissen. „Ich bin beeindruckt, von dem, was vorgefallen
ist! Eine Lösung zu finden, ist nicht so leicht, zudem auch bei mir das
Haus Habsburg angeklopft hat. Ich wurde ermahnt zum alten Glauben
zurück zu kehren. Mir wurde in Aussicht gestellt, das Land zu verlassen.
Auch ich bin vor der peinlichen Befragung nicht gefeit."

„Ich sehe für Franzi auch keine andere Möglichkeit, als das Land zu verlassen", sagte der Graf. „Ich werde ihr Papiere ausstellen lassen, die sie als meine Tochter ausweisen. Ich werde sagen, dass meine verstorbene Frau sie in der Toskana auf die Welt gebracht hat. Wir werden ihr in den nächsten Wochen italienisch beibringen. Da sie des Lateinischen mächtig ist, dürfte das nicht schwer sein." Der Pfarrer schaute den Grafen an und nickte: „Das könnte gehen. Helfried Baron von Weidenfels hat mich wissen lassen, dass er gedenkt, über Tschechien ins Deutsche auszuwandern. Er stellt gerade eine Reisetruppe zusammen, an der sich auch zahlreiche Untertanen beteiligen werden."

In Baumgartenberg wurde Schwester Adelheid vom schlechten Gewissen geplagt. Die Schwester kniete in einem Seitenschiff der Kirche und betete ein Ave Maria. Im Rosenkranz vertieft, bereute sie ihre Sünden. Durch den Kopf der Schwester gingen trübe Gedanken, die zu keiner Lösung zu führen schienen. Adelheid hatte sich ihrem Kampf um Liebe und Eifersucht so sehr verrannt, dass es für sie keine Absolution geben konnte. In ihrer Zelle angekommen, holte sie ein kleines Fläschchen aus dem Sekretär und setzte zu einem kräftigen Schluck an.

Unteres Mühlviertel, 10. Mai 1578

Pfarrer Alois Höllrigl war sich noch nie in Leben so sicher gewesen, sein Leben grundlegend zu verändern. „Jetzt oder nie!", sagte er zu sich und seinen Anhängern aus Münzbach. „Wir werden in ein neues Leben aufbrechen, ohne ständig Angst haben zu müssen, bei unserer Glaubensausübung von den Kaiserlichen ertappt zu werden. Wir lassen uns nicht andauernd gängeln und unsere Häuser und Kirchen abbrennen." Am Marktplatz von Münzbach trafen sich gut 20 Familien, die in eine ungewisse aber auch hoffnungsvolle Zukunft aufbrachen. Die Route hatten sie zuvor besprochen. Sie schlossen sich einem kleinen Trupp Weidenfels' an. Ziel war eine Gegend westlich von Tschechien. In Tschechien peilte der Baron als wichtige Station die Stadt Winterberg an.

Die ersten Meilen durch das Hügelland des Mühlviertels waren die schwierigsten. Die Wege schlängelten sich durch das Hügelland. Hier konnte man leicht die Orientierung verlieren und sich in Windeseile verlaufen. Franzi war als Nichte des Pfarrers aus Münzbach getarnt unterwegs. Sie wurde der Reisegesellschaft trotz ihres jungen Alters als kundige Kräuterfrau vorgestellt, die bei verschiedenen Wehwehchen helfen konnte. In Zell bei Zellhof machte die Gruppe eine erste Station. Dominikaner hatten hier bei einem Schlösschen der Jörger einen Trakt mit mehreren Zellen errichtet. Außerdem gab es hier eine Wirtsstube, einen Fischteich und eine Schmiede. Die Reittiere und das mitgeführte Vieh der Aussiedlergruppe wurden für ein paar Pfennige versorgt.

Unweit des kleinen Burgkomplexes war das Hedwigsbründl zu finden, dessen Wasser man Heilkräfte nachsagte, die besonders bei Augenleiden halfen. Franzi hielt mit den Frauen eine kleine Andacht. Die Heilige Hedwig soll hier einst auf einem Pilgerweg nach Rom halt gemacht haben. Die Gläubigen benetzten ihre Augen mit dem kühlen Wasser, das aus einer kleinen Quelle am Rand des Waldes kam. Die Leute hatten um sie eine kleine Kapelle gebaut. Viele nahmen sich Wasser in Lederschläuchen oder Holzkübeln mit nach Hause. Es galt zudem als besonders rein. Wenig später gesellte sich Pfarrer Alois Höllrigl zur Frauengruppe und erkundigte sich nach dem Befinden.

„Glaubt Ihr an die Heilkräfte des Wassers und daran, dass die Hl. Hedwig hier Station gemacht hat?", fragte Franzi den Pfarrer. „Nun, was wir jetzt brauchen, ist Hoffnung, Hoffnung in eine gute Zukunft. Da kann es nicht schaden, dafür zu beten. Augenbründl gibt es hier mehr. Ich bin mir sicher, dass das Wasser bei allerlei Leiden helfen kann. Es ist so wie in Eurer Apotheke der Natur. Das Wissen um die Heilkraft hat sich in Jahrhunderten angesammelt. Ich glaube, dass die Menschen auch dann noch das Bründl besuchen werden, wenn wir schon längst tot sind." Während sich die Frauen auf die Heilwirkung der Quelle konzentrierten, wurde die Gruppe aus dem Dunkel des Waldes von mehreren Augenpaaren beobachtet.

Oberpfälzer Wald, 9. Mai 1578

Es setzte bereits die Nacht ein, als die Reisegruppe ihr Lager am Rande des Waldes aufschlug. Die Leute waren durch die Erlebnisse in Regensburg gezeichnet. Todmüde schlugen sie ihre Zelte auf und ließen sich von Sepp erzählen, wie sie Zenzi vom Pranger „wegzaubern" konnten. Der Bericht um das Bauchgrimmen der Stadtwachen sorgte bei den Zuhörern zunächst für Ungläubigkeit und dann für Erheiterung, die in schallendes Lachen überging. „Seht ihr, so ist das mit dem Hokuspokus! So manches wird erklärbar, wenn man die Hintergründe kennt. Auf jeden Fall müssen sich die Stadtbüttel jetzt keine Gedanken mehr um eine gute Verdauung oder Verstopfungen machen."

„Ein riskanter Plan", sagte Pfarrer Wehrenpfennig. „Aber das Glück gehört mit Gottes Hilfe dem Tüchtigen. Ich hoffe, dass wir das Schicksal nicht allzu oft herausfordern müssen und gut durch die Wälder kommen. Wir müssen uns nicht nur vor den Menschen, sondern auch vor den Wölfen und Bären in Acht nehmen." Was die Menschen betraf, so war allen klar, was der Pfarrer meinte. An seiner verbrannten Hand war deutlich zu sehen, was das Kirchenoberhaupt bei der peinlichen Befragung erlebt hatte. Der Folterknecht wollte wissen, wie und wo er seine deutsche Bibel versteckt hatte und wer die heimlichen Gottesdienste besucht hatte. Trotz der Schmerzen, die dem Pfarrer das Feuer zugefügt hatte, gelang es den Folterknechten nicht, Wehenpfennig zu einer Aussage zu bewegen. Die Herrschaft bestand aber darauf, dass der Pfarrer seine Heimat verlassen müsse. Er meinte nur: „Verzeiht mir, dass ich mich nicht gegen den Kaiser stelle und meine Ländereien verliere."

Zenzi und Sepp waren froh, ihren Peinigern entkommen zu sein. Dennoch blieb das Gefühl zurück, beobachtet zu werden, so als hätte der Wald Augen. Jeder Blick in das Dunkel der Bäume blieb aber erfolglos. „Zenzi, ich habe dir doch gesagt, dass da nichts ist!" Wieder war im Holz ein leichtes Knacken zu hören. An eine ruhige Nacht war trotz aller Müdigkeit nicht zu denken. In der Ferne war Wolfsgeheul zu hören. Das mitgeführte Vieh und die Ziegen wurden unruhig. „Ich übernehme die erste Wache!", sagte Sepp. „Die werden mich kennen lernen, wenn sie kommen. Mit mir ist nicht gut Kirschen essen." Sepp schnappte sich eine Fackel und die Radschlosspistole des Pfarrers. Dass die Gruppe tatsächlich von jemandem beobachtet wurde, nahm jedoch niemand wahr. Der Ruf eines Käuzchens lud die ersten zum Schlafen ein.

Sepp war trotz seiner Müdigkeit hellwach. Er traute der Ruhe im Wald nicht. Der Mond warf gespenstische Schatten. In der Nähe war das Plätschern eines Baches zu hören und das Grunzen und Schmatzen eines Dachses. Es war kein Luftzug zu spüren. Ein Bock fegte an einem Baum seinen Bast von den Krücken. Sepp dachte an seine Heimat, an seinen Hof im Mühlviertel, daran, wie er Zenzi beim Kirtag in Perg das erste Mal geküsst hatte. Die Erinnerungen waren so nah und doch so fern. Er wusste, er würde seine Heimat niemals wieder sehen. „Na, ist es schwer, alles hinter sich zu lassen?", hörte er auf einmal den Pfarrer hinter sich sagen. „Ihr habt recht, verdammt schwer", antwortete Sepp.

Am nächsten Morgen wurden die Reisenden durch die warmen Strahlen der aufgehenden Sonne geweckt. Sepp kam mit frischer Ziegenmilch zu Zenzi und den beiden Kindern. Der Tag brachte das Antlitz einer neuen, wunderbaren Welt. Die beiden Kinder wurden durch einen jungen Mann abgelenkt, der mit Nüssen jonglierte. Alles schien so, als wären die Bauern ihren Häschern endgültig entflohen.

Auf einmal hörte Sepp ein helles Klicken hinter sich. „Guten Morgen, Euer Fürstlichkeit!", war zu hören. Hinter Sepp standen drei Männer, die so aussahen, als hätte sie schon lang nichts mehr gegessen. Ihre Kleidung war schäbig, die Füße steckten in zerfledderten Schuhen. „Ah schau sich einer das Täubchen an! Vielleicht hat sie ein wenig Zeit für uns?" Der Mann zählte etwa vierzig Lenze und hatte eine Nase, wie ein Falke. Er schnappte sich Zenzi, die wild um sich schlug. Ein anderer Mann bedrohte die anderen Anwesenden mit einer Pistole.

„Gebt mir zuerst Eure Stiefel und Euer Geld, dann werde ich mich persönlich um das Täubchen kümmern."

Sepp spürte, wie er immer zorniger auf den Mann wurde. Als er eingreifen wollte, wurde es ihm schwarz vor Augen. Einer der Männer hatte ihn mit einem Knüppel niedergeschlagen. Seine Knie wurden weich, schließlich ging er zu Boden. „Ich nehme mir die Stiefel, halt du nur die Kleine fest!" Der Mann holte noch einmal mit dem Knüppel aus und wollte abermals auf den zu Boden gegangen eindreschen. In diesem Moment ertönte ein ohrenbetäubendes Knallen. Der Mann mit der Falkennase wurde zurückgeschleudert, ein blutiges Loch klaffte seiner Brust.

Pfarrer Wehrenpfennig steckte die Waffe in sein Wams und hielt eine zweite in der Hand. „Glaubt nicht, dass wir Männer des Glaubens nicht handeln können!" Der zweite Mann ließ Zenzi erschocken los. Die beiden Räuber flohen in den Wald und ließen ihren Kameraden tot zurück. „Der tut keinem mehr was!", meinte der Pfarrer, der auf Sepp zuging. Auf seinem Hinterkopf bildete sich bereits eine mächtige Beule. Der Bauer kam wenig später wieder zu sich. „Was ist passiert?", fragte er. Er konnte sich an nichts mehr erinnern, auch nicht daran, dass Zenzi an den Pranger gestellt worden war.

„Du hattest gestern recht, wir wurden beobachtet", sagte Wehrenpfennig. „Ich kann mir selbst leider keine Absolution gewähren, ich habe den Angreifer erschossen." Der Geistliche deutete auf den toten Mann im Gras. „Wir müssen ihn trotzdem begraben und die Spuren verwischen, wenn wir nicht noch mehr Ärger bekommen wollen. Wir werden so schnell wie möglich aufbrechen und unseren Weg fortsetzen. Aber du, Sepp, brauchst jetzt erst einmal Ruhe."

Die Leute hatten sich vom Schrecken erholt und kümmerten sich um die Familie des Bauern. Jetzt waren sie beide verletzt, die Zenzi und der Sepp. Dem Bauern dröhnte der Schädel und die Wunde schmerzte. Das Paar wurde auf den Leiterwagen gelegt und in Stroh gebettet, um die heftigsten Stöße der Wagenräder abzufangen. Der Weg schlängelte sich durch den Wald, immer in Richtung Norden. Die Gruppe kam nur langsam voran. Schließlich hatten sie das Vieh im Schlepptau. Aber die Tiere ernährten die Leute mit Milch. Geschlachtet werden konnten sie allerdings nicht, zu essen gab es Dörrfleisch und Speck. Brot mussten sie auf dem nächsten Markt kaufen, der sich ihnen anbot. Sepps Kopf schmerzte noch drei Tage. Der Schlag war sogar so heftig gewesen, dass er einen Tag lang Doppelbilder sah, seine Erinnerungen kehrten nur langsam zurück. Die anderen Leute kümmerten sich um die Kinder des Bauernpaares.

In Weiden in der Oberpfalz fand die Reisegruppe einen geschlossenen Platz vor einer riesigen Kirche. In der kleinen Stadt wurde gerade Markt abgehalten, als die Gruppe eintraf. Die Häuser hatten über die Giebel hochgezogene Fassaden und waren säuberlich aneinandergereiht. Die Weidener waren wohlhabend und führten Handelskontakte mit Regensburg, Nürnberg und Orten in der benachbarten Tschechei, wo Glas hergestellt wurde. Gegenüber der Reisegruppe wirkten die Bürger aufgeschlossen. Pfarrer Wehrenpfennig wurde sogar vom Bürgermeister der Stadt begrüßt und in das vornehmste Gasthaus der Stadt, des Goldenen Fass, eingeladen. Von der Auseinandersetzung mit den Räubern ahnte das Stadtoberhaupt nichts.

„Wie geht es Euch auf Euren Wegen Hochwürden? Ich hoffe Ihr kommt gut voran, was ist Euer Ziel?", fragte Bürgermeister Siegfried Scholz.

„Danke der Nachfrage. Wir haben hier zwei Zimmer bezogen, die anderen Mitglieder unserer Reisegesellschaft verweilen auf dem Stadtanger. Wir wollen weiter gen Norden. Graf Herfried von Waldenfels hat uns nach Erfurt eingeladen." Der Pfarrer reichte dem Bürgermeister das Schreiben, das seine Angaben bestätigte.

„Ich habe gesehen, dass es zwei Mitreisenden unter Euch nicht sehr gut geht. Sie schauen ein wenig mitgenommen aus."

„Nun, sie sind bei einer Flussquerung fast ertrunken!", log Wehrenpfennig. „Die beiden müssen sich ein wenig ausruhen, um wieder zu Kräften zu kommen. Bis dahin können wir uns ein wenig in Weiden nützlich machen. Einige von uns sind recht gute Handwerker. Ich habe gesehen, dass Eure Brücke vor der Ortseinfahrt einige Ausbesserungen vertragen könnte. Wir werden die Arbeiten als Entgegenkommen für Eure Gastfreundschaft machen, wenn Ihr gestattet."

„Ich stimme Euch in der Tat zu. Der Zimmermann ist vor Kurzem Räubern zu Opfer gefallen. Einer der Männer soll eine falkenartige Nase gehabt haben."

„Das bedauere ich sehr, wie geht es dem Zimmermann?", erkundigte sich der Pfarrer.

„Er lebt nicht mehr. Der Räuber hat ihm glatt die Kehle durchgeschnitten. Er hinterlässt eine Frau und sieben Kinder. Nach dem Mörder wird bereits Ausschau gehalten. Wir haben einen Syndikus in Regensburg benachrichtigen lassen. Er wird nächste Woche bei uns eintreffen. Der Mann heißt Wallsee und soll recht erfahren sein."

Wehrenpfennig musste schlucken, ließ sich aber weiter nichts anmerken. „Ausgerechnet Wallsee", dachte er.

„Nun denn, lieber Wehrenpfennig. Dann können wir bereits morgen mit der Arbeit beginnen. Wie lange, glaubt Ihr, braucht Ihr?"

„Ich denke, bis Wallsee hier einlangt, dürfte die Arbeit erledigt sein."

Die beiden nahmen sich einen Schoppen Wein und stießen miteinander an. „Auf gutes Gelingen!", sagte Bürgermeister Scholz.

Zenzi und Sepp wollten sich gerade ins Bett legen, als es an der Tür klopfte. „Ah, Pfarrer Wehrenpfennig, so kommt herein", sagte Zenzi. „Schaut nur, wie schön das Zimmer ist, das uns der Wirt gegeben hat. Dann wird Sepp ganz schnell wieder gesund."

„Schön, zu hören, dass es Euch beiden wieder gut geht. Die Kinder sind bei der Familie Schneider untergebracht. Sie kümmern sich gut um sie. Wir werden übrigens eine Woche in Weiden bleiben. Es gibt hier eine Brücke zu reparieren. Aber es gibt auch eine schlechte Nachricht: Wallsee wird hier demnächst eintreffen. Er ist auf der Suche nach jenen Räubern, die auch uns überfallen haben. Er ist im Auftrag des Schultheißes von Regensburg unterwegs. Er führt einen Trupp von etwa sechs Leuten an.

Wir sollten Weiden vorher verlassen haben, bis er eintrifft. Aber nun ruht Euch erst einmal aus. Wir werden morgen sehen, wie es Euch geht."

Am nächsten Tag packten die Männer um Wehrenpfennig kräftig mit an. Morsche Bohlen auf der Brücke und ein Geländer mussten ausgetauscht werden. Der verstorbene Zimmermann hatte das Holz hergerichtet. Es musste also nur noch ausgetauscht werden. Für die Männer, die selbst viel vom Handwerk verstanden, war das kein Problem. Die Bürger von Weiden waren dankbar, dass sie so kurzfristig einspringen konnten. Sie brachten den Reisenden reichlich Essen. Es gab Braten, Kraut und Knödel. Das frische Brot duftete herrlich, hatten sie in den letzten Tagen doch nur von hartem Gebäck, Dörrfleisch und Speck leben müssen. Die Nachricht, dass Wallsee hierher unterwegs war, ließ sie noch schneller als sonst arbeiten. Über Glaubensfragen redeten sie mit den Einheimischen nicht. Einen Streit konnten sie jetzt auf keinen Fall brauchen. Sepp ging es immer besser. In seinem Gedächtnis gab es zwar Lücken, aber die Arbeiten lenkten ihn ab. Er war zwar noch nicht vollkommen zu gebrauchen, aber leichtere Arbeiten gingen im gut von der Hand.

Regensburg, 15. Mai 1578

Sechs Mann wurden dem kaiserlicher Agenten vom Schultheiß der Stadt Regensburg mitgegeben, um der Räuberbande im Oberpfälzer Wald den Garaus zu machen. Die Räuber trieben schon seit einem Jahr ihr Unwesen. Gegen acht Uhr in der Früh ließ der Truppführer die Zügel schnalzen. Die Männer, alles sehr gut ausgebildete Landsknechte, folgten ihrem Anführer in einem leichten Trab. Sie trugen Helm und einen leichten Brustpanzer, um beweglich zu bleiben. Wallsee ritt neben dem Truppführer an vorderster Front.

„Ich habe gehört, dass Euch über Nacht eine Hexe davon geflogen sei", meinte der Truppführer.

„Wenn Ihr meint, so wird es schon stimmen. Vielleicht hat auch jemand nachgeholfen. Auf jeden Fall reiten wir nach Norden, eine Richtung, die vielleicht auch die Hexe eingeschlagen hat. Vielleicht ist sie mit den Räubern im Bunde. Also passt auf, dass sie Euch nicht verzaubert, und Euch nicht als Kaninchen dem Wolf zum Fraße vorlegt."

Der Sergeant lächelte: „An derartige Ammenmärchen glaube ich schon lange nicht mehr."

Nach einem Tagesritt fand die Gruppe einen Lagerplatz vor einem Waldrand.

„Schaut her, unser Nachtlager ist schon hergerichtet. Ich glaube, den Platz verwenden wir."

Wallsee nickte erfreut und meinte: „Zwei Mann sollen die Umgebung erkunden, damit wir keine unliebsamen Überraschungen erleben."

Die beiden machten sich auf den Weg und schauten sich nach allem um, was nicht in die Landschaft passte. In der Nähe entdeckten sie eine frisch ausgehobene Latrine, die von Ästen umgeben war, etwa hundert Fuß weiter weg frisch umgegrabene Erde. Die beiden holten sich einen Holzspaten, dessen Schneide mit einer Metallkante versehen war und fingen an zu graben, bis sie auf etwas Weiches stießen. Ein süßlicher Leichengeruch stieg den Männern in die Nase.

Wenig später hatten sie die Leiche aus ihrem Grab befreit. Etliche Maden hatten sich schon an dem Fleisch des Mannes fettgefressen. Von den Augen waren nur noch dunkle Höhlen zu sehen. Aus dem Kopf sickerte Gehirnflüssigkeit. Dort, wo einmal ein Herz gewesen war, prangte ein tiefes Loch in der Brust. Die Weste des Mannes verriet, dass es sich um einen ehemaligen Soldaten gehandelt haben musste. Nur die Stiefel, die sich in einem denkbar schlechten Zustand befanden, wiesen den Mann als einen Fahnenflüchtigen aus. Um seine Brust trug der Mann noch einen Gurt für einen Säbel.

„Ich glaube, wir haben einen guten Fund gemacht", sagte einer der beiden Männer zu Wallsee und dem Truppführer. „Einer der Räuber dürfte seine jüngste Tat nicht überlebt haben. Wir haben sein notdürftiges Grab nicht unweit von hier gefunden. Der Körper war nur ein bis zwei Fuß tief in der Erde ohne ein Leichentuch verscharrt. Die Maden haben sich an ihm schon gelabt."

Wallsee schaute sich die Leiche genauer an, wobei er ein Würgen nicht unterdrücken konnte. Als die Männer den Kopf mit Wasser abspülten, war immer noch die habichtsartige Nase zu erkennen. „Das ist der Anführer der Räuber. Aber wo sind seine Spießgesellen?", fragte Wallsee, ohne auf eine Antwort zu hoffen.

„Die Spuren führen entlang eines Wildwechsels in den Norden. Das Gras ist ziemlich niedergetreten und Wagenspuren haben wir auch gefunden."

„Wir werden heute hier übernachten und unsere Suche morgen fortsetzen", sagte Wallsee. „Vergrabt die Leiche wieder, wo ihr sie gefunden habt, sie verbreitet nur einen entsetzlichen Gestank und kann uns ohnedies nicht mehr dienen. Und nun gebe ich einen Extrahumpen Bier für euch aus. Das habt ihr euch verdient!"

Wallsee war sichtlich stolz, und die anderen würde man auch noch kriegen. Aber was war wirklich passiert? Dass hier ein Überfall vereitelt worden war, war offensichtlich. Aber wer war daran interessiert, die Tat zu vertuschen?

Die Nacht wurde für die Männer kein Honiglecken. Einem Rudel Wölfe war der Aasgeruch der Leiche in die Nase gestiegen. Das nächtliche Heulen der Tiere war kaum eine Meile entfernt. Es war nur eine Frage der Zeit, bis die Raubtiere das Lager erreichen würden. Die Soldaten waren in höchste Alarmbereitschaft versetzt, zudem die Pferde bereits unruhig wurden. Der Trupp fühlte sich am Lagerfeuer zwar ziemlich sicher, nur mussten die Männer auch ihre Pferde schützen. Das Heulen war verstummt, also konnten man sicher sein, dass die Wölfe Lunte gerochen hatten und sich ihrem Schlafplatz geräuschlos näherten.

Kurz nach Mitternacht war als kurze Vorwarnung ein Knurren zu hören. Einer der Männer hatte das Lager verlassen, um sich zu erleichtern. Er befand sich gerade in Hockstellung als sich lange Reißzähne in seinen Hals gruben. Ein kurzer Aufschrei, dann lag der Mann schon am Boden und kämpfte verzweifelt um sein Leben. Ein zweiter Wolf hatte ihn schon am Arm gepackt, ein dritter am Bein. Der Angriff geschah in Windeseile. Vom Söldner kam nur ein hilfloses Röcheln, während sich die Tiere in ihn verbissen. Er hatte nicht einmal mehr die Zeit gehabt, seine Kameraden zu warnen. Das Einzige, was zu hören war, war ein Gurgeln und Rascheln im Laub der Bäume, das vom Vorjahr liegen geblieben war.

Baumgartenberg, 13. Mai 1578

Der Querbalken hatte gehalten, als er der jungen Klosterschwester das Genick brach. Ihre Beine zappelten kurz in der Luft, ihre Blase ließ das Wasser laufen, es war nicht einmal ein Stöhnen zu hören. Das, was blieb, war ein lebloser Körper und eine Lacke Urin auf dem Boden. Der Tod trat sofort ein. Adelheid hatte das Rucken des Seiles nicht einmal richtig gespürt. Sie spürte auch nicht, wie ihre Beine ganz nass wurden. Stattdessen geleitete sie ein gleißendes Licht in die Ewigkeit. Ihr Leben ging ein letztes Mal vor ihrem inneren Auge vorbei.

Die letzten Tage hatten Adelheid immer ruhiger werden lassen. Sie redete mit ihren Mitschwestern kaum mehr. Bei den zahlreichen Gebeten war sie in sich gekehrt. Danach zog sie sich in ihre Klosterzelle zurück. Sie dachte daran, wie Franziska in nicht geweihter Erde begraben wurde und sie Verrat an ihr begangen hatte. Sie dachte an den Zorn des Ratsherrn, der die Mitschwester zur peinlichen Befragung in den Kerker des Wehrschlosses in Grein gebracht hatte. Nächtens konnte Adelheid aus Seelenqual kaum noch schlafen. Sie kasteite sich, indem sie kaum noch etwas aß. Sie dachte daran, dass sie die Äbtissin verdächtigt hatte, mit Franziska ein Liebesverhältnis gehabt zu haben. Ihrem Beichtvater vertraute sich Adelheid aus Scham nicht mehr an. Statt in den erhofften Himmel würde sie direkt in die Hölle kommen. Die Absolution würde ausbleiben. Sie war aus der Gnade Gottes gefallen.

Um halb sechs in der Früh fanden sie die Mitschwestern in ihrer verschlossen Zelle. Sie hatten an die Tür geklopft und gerufen. Aber Adelheid antwortete nicht, sie antwortete nie mehr. Der Atriensibus hatte mit einem Nachschlüssel die schwere Tür aufgemacht. Was der Hausmeister vorfand, war eine Klosterfrau, die zwar gewaltsam, aber mit einem glücklichen Ausdruck im Gesicht aus dem Leben geschieden war. Die Mitschwestern waren durch die Kunde vom Tod Adelheids erschüttert. Die Schiedsnachricht verstand niemand so recht: „Ego amare!" – „Ich gehe in Liebe!" Nur die Äbtissin ahnte etwas. Schon zum zweiten Mal innerhalb weniger Tage läutete im Kloster von Baumgartenberg die Totenglocke. Zum zweiten Mal wurde auf nicht geweihtem Boden ein Sarg neben einem frischen Grab beigesetzt.

Pater Jörg und Äbtissin Edeltraud gedachten der jungen Schwester in Abgeschiedenheit der Klostermauern. Graf Lohenroth war hinzugetreten: „Das Leben spielt uns oft seltsame Streiche! Dass Adelheid jetzt aus dem Leben getreten ist, mag wohl mit Liebe, Eifersucht und etwas, das nie ausgesprochen wurde, zusammenhängen. Lasst uns die junge Schwester trotzdem in guter Erinnerung behalten. Der Apotheker hat mir gesagt, dass er Franziska und Adelheid zuletzt zusammen in seinen Räumen gesehen hatte. Und dann wurde Franziska des Mordes an der Ratsfrau verdächtigt. Was wirklich geschehen ist, werden wir wohl nie erfahren."

Edeltraud und Jörg stutzten. „Lasst uns noch einmal Bruder Stefan befragen. Vielleicht hat er etwas beobachtet", meinte Jörg.

Pater Stefan konnte sich noch gut an die Begebenheit in der Apotheke erinnern: „An diesem Tag war viel los. Viele Leute kamen, um nach allerlei Medizin gegen verschiedenste Leiden zu fragen. Franziska kam, um sich harmlose Kräuter und Tinkturen gegen Erkältungen zu holen. Adelheid half, um den Andrang zu bewältigen. Ich sah nur aus dem Augenwinkel, wie sich Adelheid eine Ingredienz abfüllte. Was es genau war, kann ich allerdings nicht sagen, dafür hatte ich zu wenig Zeit." Pater Stefan hielt inne, bis ihn ein schrecklicher Gedanke traf: „Mein Gott, meint Ihr etwa, dass Adelheid mit dem Mord an der Frau vom Ratsherrn Geyrhofer etwas zu tun hat?"

„Gebeichtet hat sie mir jedenfalls nichts. Aber ich ahnte, dass sie mit sich nicht im Reinen war. Sie kam zum Schluss, nicht mehr zur Beichte zu gehen und wirkte verschlossen", sagte Jörg. „Aber man kann nicht immer in die Menschen hineinschauen. Jetzt hat sie das Geheimnis mit in ihr Grab genommen."

Graf Lohenroth konnte sich in seinen Gedanken ausmalen, was in dem Kopf der jungen Nonne vor sich gegangen war. Es auszusprechen, wagte er dennoch nicht. Es war offensichtlich, dass ein schwarzer Schatten über dem Kloster lag. Er ging mit Edeltraud und Jörg in die Abtei des Klosters, um sich zu beraten. „Ich kann mir gut vorstellen, dass Adelheid das Gift an die Ratsfrau über ihren Mann weitergereicht hat. Diese Tatsache würde jedoch nichts daran ändern, dass Franziska angeklagt wurde und jetzt offiziell tot und begraben ist. Es würde nur unsere Situation erheblich verschlimmern. Also lassen wir es dabei beruhen!", meinte Lohenroth.

Jörg und Edeltraud stimmten dem Grafen zu. Franziska würde wahrscheinlich nie mehr nach Baumgartenberg zurückkommen. Dafür war zu viel passiert. Jörg stand hier in Baumgartenberg eine sichere Laufbahn bevor und die Weichen für Franziska waren ebenfalls gestellt. Nur Graf Lohenroth dachte darüber nach, was ihm die Zukunft bringen würde. Sollte er wieder nach Siena zurückgehen und sich dort sein Rheuma aus den Knochen treiben lassen. Etwas mehr Sonnenschein und gesunde Kost könnten ihm bestimmt nicht schaden. „Wie kompliziert war doch hier alles!", kam es Lohenroth in den Sinn. Er dachte auch daran, dass er nicht mehr der Jüngste war und seine letzten Jahre noch genießen wollte – am liebsten mit Edeltraud.

Die Burg in Clingenstein war für einen etwaigen Angriff der Türken wieder wehrhaft gemacht worden. Nur bis dato hatten die Osmanen noch nichts von sich hören lassen. Und so verfiel die Burganlage wieder in einen Dornröschenschlaf. Graf Lohenroth lehnte sich bei dem Gedanken zufrieden zurück in seinen Stuhl und schaute Jörg tief in die Augen: „Pater Jörg, habt Ihr schon einmal über Euren weiteren Weg nachgedacht, seid unbesorgt, Ihr könnt ganz offen reden, auch vor der Äbtissin! Fühlt Ihr Euch wohl hier? Glaubt Ihr, dass Ihr Euch verwirklichen könnt? Ihr seid ein kluger Kopf."

„Ich glaube, dass ich unter den Habsburgern wenig Aussichten auf eine gute Laufbahn haben werde. Ihr wisst, dass ich insgeheim ein Anhänger Martin Luthers bin und an den verzeihenden Gott glaube. Wenn ich vor den Leuten in der Kirche predige, so kann ich das nicht aus Überzeugung tun. Ich muss aufpassen, dass ich mich nicht verspreche. Ich ertappe mich immer wieder dabei, dass ich Halbwahrheiten spreche. Genau genommen kommt das einer Lüge gleich. Und wie heißt es im achten Gebot: ‚Du sollst nicht falsch Zeugnis reden wider deinen Nächsten'. Ich fühle mich oft matt und niedergeschlagen. Zudem muss ich oft an Franzi denken, die wir offiziell begraben haben. Ich weiß offen gestanden nicht, wie lang ich so leben kann. Ich glaube, dass der Preis dafür zu hoch ist, auch weil mein Vater mich bereits als katholischen Abt oder gar als Bischof sieht."

Edeltraud hörte Jörg ebenfalls aufmerksam zu: „Ich glaube nicht, dass Ihr mit dieser Maskerade glücklich werdet. Ich selbst sehe Euer Seelenheil in Gefahr. Mir geht es übrigens ganz ähnlich: Ich spiele den Gläubigen und den Mitschwestern etwas vor. So etwas nennt man Wiener Hof ‚aus Staatsraison'."

Graf Lohenroth nickte: „Ich stimme Euch völlig zu. Das Possenspiel muss ein Ende haben. Ich habe daran gedacht, auf meine Besitztümer in Italien zurückzukehren. Für Euch ist der Schritt, das Kloster in Baumgartenberg zu verlassen, ein weit härterer. Ihr könnt aber beide vorspielen, eine Reise zum Heiligen Stuhl in Rom anzutreten. Eine Pilgerreise zum Petersdom wäre glaubhaft, und dass Ihr nicht alleine fahren wollt ist aus

Sicherheitsgründen ebenfalls nachvollziehbar. Wie gesagt, ich kann meine Besitztümer in Clingenstein verlassen. Ich werde meinen Vertrauten Karl zum Burgvogt ernennen, er hat mir getreu gedient. Ich werde ihm Fritz zur Seite stellen."

Die drei standen sich in Gedanken gegenüber, bis der Graf das Schweigen brach und sagte: „Lieber Jörg, lasst mich Euch ein Geschenk machen. Ich habe im Stall einen Rotfuchs, die junge Stute ist überaus gutmütig und zäh. Sie wird Euch durch die Hügel des Mühlviertels bringen. Besucht Franzi und schaut nach, wie es ihr und Pfarrer Alois Höllrigl geht. Sie kann noch nicht weit sein. Ich vermute, dass sie derzeit in Zell bei Zellhof oder in Gutau verweilt."

Jörgs Augen leuchteten auf. „Aber was soll ich den Gläubigen in Baumgartenberg sagen?"

„Nun, dass Ihr Euch auf eine Pilgerreise zur Heiligen Hedwig begebt und bei ihr für die Leute ein Gebet sprechen werdet. Begebt Euch gleich am Vormittag auf den Weg, dann werdet Ihr mit Gottes Hilfe am Abend in Zell sein. Ihr könnt mich die erste Strecke begleiten. In Clingenstein bekommt Ihr dann das Pferd." Der Graf fühlte sich so, als ob er Schicksal spielen würde und die Weichen für gleich mehrere Leben neu stellen würde. Die Entscheidungen fühlten sich gut an.

Weiden in der Oberpfalz, 15. Mai 1578

Die erste Brückenüberfahrt mit einem schwer beladenen Fuhrwerk war gelungen. Die neuen Balken hatten nicht einmal geächzt, als die Räder des Wagens hinüberrollten. Das Werk war also gelungen, die Probe geglückt. Endlich hatte Weiden wieder eine stabile Brücke. Für die Stadt war das wichtig, denn der Handel konnte fortgesetzt werden und der Magistrat Stapelgebühren verlangen. Der Bürgermeister war derart erfreut, dass er der durchreisenden Gruppe anbot, zu bleiben.

„Ihr könnt Euch gerne hier in Weiden niederlassen, wir brauchen tüchtige Leute, es soll nicht Euer Schaden sein."

„Dank Euch herzlich, Bürgermeister Scholz, aber wir müssen weiter", sagte Pfarrer Wehrenpfennig und dachte dabei an die Gefahr, vom Schultheiß von Regensburg oder gar vom kaiserlichen Agenten entdeckt zu werden. In Jena würden sie sicher sein. Inzwischen hatten sich Sepp und Zenzi auch wieder erholt und waren kräftig genug, neue Abenteuer zu bestehen. Die beiden Kinder Frida und Johann waren froh, wieder bei ihren Eltern zu sein.

Der kleine Treck setzte sich noch am Vormittag in Bewegung. Die Leute hatten als zusätzlichen Lohn reichlich Lebensmittel bekommen. Das neue Ziel lautete Lobenstein an der Saale. Die Stadt war den Reisenden von Bürgermeister Siegfried Scholz wärmstens empfohlen worden. Der Ort lag an einer Handelsroute von Bamberg nach Leipzig. Über ihr thronte eine gewaltige Burg, von der die Straße bewacht werden konnte.

„Das kleine Städtchen Weiden hätte mir schon gefallen!", meinte Sepp zum Pfarrer.

Pfarrer Wehrenpfennig machte ein nachdenkliches Gesicht: „Vergesst nicht, Weiden liegt zu nah bei Regensburg, es wäre also nur eine Frage der Zeit, wann wir entdeckt werden würden. Ich bin froh, dass wir in Weiden so viel Unterstützung bekommen haben. Ich gebe zu, das Angebot des Bürgermeisters, uns hier nieder zu lassen, war sehr verlockend. Aber die Rekatholisierung hätte uns auch hier eingeholt. Wir brauchen die Hilfe eines starken protestantischen Fürsten, der uns hilft und auch künftig fördert. In Sachsen regiert derzeit Augustus, den das Volk liebevoll ‚Vater August' nennt. Er ist ein Feind des Calvinismus, der von der Schweiz ausgeht und sich in der anglikanischen Welt und in den Kolonien in der Neuen Welt jenseits des Ozeans festgesetzt hat."

Der Weg nach Lobenstein betrug etwa achtzig Meilen. Der Ort müsste in fünf Tagen zu Fuß zu erreichen sein, wenn nichts Größeres passierte. Die Wälder blühten in einem satten Hellgrün auf. Die Temperaturen waren jetzt angenehm, was ein gutes Vorankommen garantierte. Die Menschen dachten darüber nach, wie sie künftig ihren Lebensunterhalt verdienen konnten.

Zwei Tage später traf in Weiden ein kleiner Trupp ein. Die Hufe der Pferde donnerten über eine neue Brücke. „Endlich, da ist die Stadt. Lasset uns zunächst unsere Kehlen mit köstlichem Bier befeuchten!", meinte der Truppkommandant. Der kaiserliche Agent freute sich über diese Aussicht. „Wir werden hier im Schwarzen Adler übernachten. Haltet Ausschau nach dem Bürgermeister des Ortes!" Der Trupp hatte sich vor wenigen Tagen um einen Mann, der den Wölfen zum Opfer gefallen war, verkleinert. Die Suche nach den Räubern, hatten sie vorerst aufgegeben, nachdem ihr Anführer ums Leben gekommen war.

Das Bier im Schwarzen Adler schmeckte ausgezeichnet. Die Stimmung der Männer war nach dem Tod ihres Kollegen getrübt: „Auf den Benni, den armen Hund!", sagte einer der Landsknechte. „Er wird es jetzt im Himmel sicher besser haben, auch wenn ich nicht glaube, dass man ihn gleich durch Himmelstor eingelassen hat. Lasst uns morgen für eine Messe zahlen." Der Mann, der dies vorschlug, erntete unter seinen Kameraden volle Zustimmung. „Zum Wohlsein", meinte ein anderer. „Der Benni hat zum Glück weder Frau noch Kinder gehabt." Dabei dachte er an seine eigenen sieben Bälger daheim. Er genoss es, nicht immer zu Hause zu sein und die Obsorge seinem Weib zu überlassen. Eines seiner Jüngsten bekam gerade Zähne und greinte deshalb ständig. An Schlaf war ohnehin nicht zu denken.

Unterdessen setzten sich die Reisenden unter der Führung von Pfarrer Wehrenpfennig weiter in Bewegung. Bis zur Burg in Lobenstein würde es keinen Tag mehr dauern. Die Gruppe kam an mehreren Höfen vorbei und wurde von Knechten, die am Feld arbeiteten, freundlich begrüßt. Ein Bauer lud sie sogar zu mehreren Krügen Most und einem Kanten Brot ein. Die Tiere durften auf der Weide grasen.

Am nächsten Tag tauchten die Mauern der Burg Lobenstein auf. Die Festungsanlage erhob sich gerade aus einem Frühnebelfeld, das kurz davor war, sich aufzulösen. Aus der Ferne war das Schlagen des Hammers eines Schmiedes auf seinen Amboss zu hören. Von der Burg aus konnte man weit ins Land einsehen und die Handelsstraße gut überwachen. Bei einer Mautstelle musste die Reisegruppe ihr Ziel angeben. Zu zahlen hatte sie nichts, nur von Händlern verlangte die Wachmannschaft einen Obolus.

Die Leute machten gerade auf dem Marktplatz eine Pause, als eine unheimliche Stille eintrat und sich der Himmel verdunkelte. „Sepp, ich glaube, dass wir die Zelte nicht aufstellen", sagte Zenzi, die auf den Himmel deutete. Nach der Flaute brach über Lobenstein der Sturm herein. Die Reisegruppe hatte alle Mühe, das Vieh zu bändigen und die Pferde zu zügeln. Der Wolkenbruch brach in Sekundenschnelle über den Ort herein. Das Wasser fiel wie eine Regenwand herab. Innerhalb weniger Augenblicke schossen die Fluten durch die Gassen des Ortes und verwandelten sie in reißende Bäche. Die Saale wurde zu einem gefährlichen Wildfluss, der alles mit sich riss, was sich ihm in den Weg stellte.

Der Ruf eines Falken war zu hören. „Artur komm zu mir, hab keine Angst." Anna wickelte sich fest in ihren Umhang ein. Zugleich hielt sie auf dem Lederhandschuh der linken Hand den Vogel, der aufgeregt flatterte, so als wolle er sagen, „lass uns die Lichtung verlassen, es wird gleich die Hölle über uns hereinbrechen!" Anna hatte alle Mühe, sich auf ihrem Pferd zu halten. Doch das Reiten hatte sie schon als Kind gelernt. Die siebzehnjährige Grafentochter sah sich von dicken Wolken umgeben, die sich zu einem Sturm aufbäumten. Sie musste so schnell wie möglich nach Hause reiten. Dass sie nass werden würde, störte sie nicht. Anna dachte nur noch an Artur und ihren Schimmel, den ihr Vater Heinrich zu Lobenstein vor einem Jahr zum Geburtstag geschenkt hatte. Er hatte ihr damals gesagt, dass sie damit auch Verantwortung für ein wunderschönes Tier übernommen habe.

Der Weg zur Burg ging durch einen Mischwald, dessen Tannen und Kiefern sich schon bedenklich im Sturm bogen. Von den Eichen und Buchen wurde das Laub von den kräftigen Windböen bereits heruntergerissen. Die Regentropfen vermischten sich mit den querfliegenden Blättern der Bäume. Anna trieb ihre Stute an. Der Regen hatte sich bereits in eine

Wand aus Wasser verwandelt. So einen Guss hatte sie noch nie erlebt. Obwohl sie bereits fast zu Hause war, konnte sie den großen Burgturm kaum erkennen. Die Saale war zu einem gewaltigen Fluss angeschwollen, der alles mitriss, was sich ihm in den Weg stellte.

Anna versuchte über die Brücke zu kommen, aber die Fluten packten sie, ihr Pferd und den Falken. Der wiederum flatterte auf und schaffte es gerade noch auf den Ast einer nahe stehenden Buche. Für ihr Pferd und sie selbst kam jede Hilfe zu spät. Die beiden wurden von den Fluten der Saale mitgerissen. Um sie herum wirbelten Baumstämme, Kutschen und allerlei Gegenstände. Anna hielt sich an einem Baumstamm fest und versuchte Luft zu bekommen. Sie kämpfte um ihr Leben und sie schrie aus Leibeskräften um Hilfe. Doch ihre Stimme ging im Tosen des Wassers unter. Sie hörte nur mehr ihre Stute wiehern. Als Anna wieder zu sich kam, lag sie in den Händen eines jungen Mannes.

Sepp hatte Zenzi bei einem Wirtshaus in Sicherheit gebracht. Doch aus den Augenwinkeln sah er in den Fluten der Saale eine junge Frau um ihr Leben kämpfen. „Zenzi, bleib hier, ich muss sie retten!" Sepp sprintete los, als ginge es um seinen letzten Erdentag. Seine Beine waren bereits bis zur den Hüften im Wasser, dann bekam er einen Ast jenes Baumes zu fassen, an dem Anna hing. Sepp stemmte sich mit aller Kraft gegen die reißenden Fluten. Er konnte den kleinen Baum aus der Mitte des Flusses in Richtung Lände ziehen. Er bekam Anna zu fassen und trug sie mit beiden Armen aus dem Fluss und legte sie auf eine Bank. Anna hustete, Wasser kam aus ihrem Hals. Sie war dem Tod gerade noch entkommen.

Eine Minute später eilte ein großer Mann mit einem wohl gepflegten Bart auf Anna zu: „Meine Tochter, mein Gott, du lebst. Wie habe ich mir Sorgen um dich gemacht, als ich hörte, dass du unmittelbar vor diesem gewaltigen Unwetter in den Wald geritten bist und die Regenfront auf uns zukam. Lasst Euch danken, edler Retter. Ihr habt Euch selbst in Gefahr gebracht." Einen Augenblick später war das Unwetter genauso schnell beendet, wie es gekommen war. Die Straßen am Fluss hatten sich in kleine Bäche verwandelt und eine Schlammlawine hinterlassen. Erst, als das Wasser abgeflossen war, waren die Schäden deutlich zu sehen. Sogar ganze Planwagen mit Handelsgütern hatte das Wasser mitgerissen. Frauen schrien nach ihren Kindern, eine beklagte den Tod ihres Mannes, den die Saale verschlungen hatte. Er hatte versucht, seine Zugtiere zu retten. Annas Schimmel hatte das Wasser ebenfalls erfasst. Die Stute wurde unterhalb von Lobenstein an einer Furt gefunden. Der Falke hatte das Schauspiel im Schutz des Baumes überlebt. Sein Rufen war vom Baum zu hören.

„Ihr habt mit Eurem Mut ein Wunder vollbracht", sagte der Graf, der sich als Heinrich zu Lobenstein vorstellte. „Ich werde Euch zu Ehren heute Abend ein Fest geben. Ich hoffe sehr, dass Ihr und Eure Freunde kommen werdet. Die Bürger von Lobenstein sind ebenfalls eingeladen."

Die Freude des Grafen ließ aber nicht vergessen, dass ein Mann im Unwetter umgekommen war und die Fluten einen erheblichen Schaden in der Stadt und an Handelsgütern angerichtet hatten. Aber das Leben ging weiter. Der Pfarrer des Ortes sprach während des abendlichen Gottesdienstes dankende Worte, das im Vogtland nicht noch mehr passiert sei.

Zell bei Zellhof, 15. Mai 1578

Jörg hatte die kleine Abtei bei Zell erreicht. Es war bereits später Abend geworden. Sein Herz klopfte und er konnte seinen Puls in den Ohren pochen hören, als er an den Toren klopfte. Hoffentlich war Franzi noch zugegen.

Er spürte, dass er die junge Frau mehr liebte, als sein eigenes Leben. Ohne sie sah er für sich keine Zukunft mehr, das wusste er jetzt. Es war mehr, als nur ein Anflug des Verliebtseins. Franzi gehörte zu ihm, so wie er zu ihr. Er hatte einen straffen Ritt hinter sich. Als Mann des Glaubens war er das Reiten nicht gewöhnt, obwohl er es in seiner Kindheit von seinem Vater gelernt hatte. Was würde dieser wohl sagen, wenn er wüsste, dass Jörg seine Laufbahn als Pfarrer und vielleicht sogar als künftiger Abt verlassen hatte. Jörg mochte sich diese Vorstellung gar nicht ausmalen.

Die Tür der kleinen Benediktinergemeinschaft öffnete sich. Ein kleiner Mönch schaute aus der Tür heraus. Als er Jörg seinem Orden zuordnete, winkte er ihn herein. Das Pferd wurde von einem Mitbruder versorgt. „Ich bedauere, die Schwester, die dieser Tage bei uns war, hat das Haus bereits heute Morgen verlassen. Sie hat sich von ihrer Gruppe getrennt und ist mit einem Mann alleine weitergeritten", sagte der Abt der Gemeinschaft. „Aber kommt erst einmal herein und stärkt Euch." Jörg hatte beschlossen, das Angebot anzunehmen, zumal es bereits dämmerte und die Nacht bald hereinbrechen würde. Das Pferd und auch sein Hintern brauchten dringend Erholung.

Jörg erkundigte sich nach der Vesper nach ein wenig Ringelblumen-salbe, die seinem Hintern sicher gut tun würde. Ihm wurde eine Zelle zugewiesen, wo er bis zum nächsten Morgen blieb. Der Ritt war so anstrengend gewesen, dass er gleich in einen tiefen Schlaf fiel. In seinen Träumen begegnete er seinem Vater Max von Hohenstein, der Franzi den Hof machte. Jörg schenkte er kaum noch Beachtung, so sehr war er in seine Avancen vertieft.

Am nächsten Morgen sattelte Jörg seinen Braunen und machte sich auf den Weg nach Gutau. Er kam am Hedwigsbründl vorbei und durchstreifte den Marktplatz von Zell mit seiner gotischen Kirche und dem darauf-folgenden Pranger und der Hoftaverne. Der Weg führte ihn eine Straße hinauf. Er ließ einige gaffende Leute hinter sich, grüßte aber freundlich. Die Straße führte ihn an einem Friedhof vorbei. Nach Lanzendorf ging es durch einen dichten Wald in ein Tal hinab. Unten in Tal erkundigte er sich nach dem Weg nach Gutau. „Da müsst Ihr die Straße verlassen und nach Westen reiten, sonst kommt Ihr zur Burg nach Reichenstein", sagte ein Bauer.

Die kleine Straße ging wieder den Berg hinauf, bis sie schließlich einen Weiler erreichte. Die Bäuerin nickte freundlich, als sie den Pater sah und meinte, dass erst vor kurzem eine Reisegruppe mit einem Pfarrer vorbeigekommen sei. „Bis Gutau ist es nicht weit!", sagte die Alte, die gerade die Wäsche zum Trocknen aufhängte. Jörg zügelte sein Pferd. Der Weg führte ihn schließlich wieder hinunter bis zu einer Kirche mit vier gegenüberliegenden Wirtshäusern. Jörg beschloss sich an die Pfarrei zu wenden.

Die Kleider einiger Frauen waren hier mit Blaudruck kunstvoll gefärbt. Auch die Kopftücher hatten die Indigofarben. Gutau muss ein reicher Ort sein, dachte sich Jörg. „Verschaut Euch nicht!", meinte ein Einheimischer, der insgeheim lächelte. Es stellte sich heraus, dass es sich um den Bürgermeister der Färbergemeinde handelte. Jörg fühlte sich ertappt, meinte aber: „Ihr habt in der Tat schöne Frauen unter Euch, aber Ihr habt nichts zu befürchten." Jörg deutete auf seine Soutane. „Das ist kein Grund, nicht auf unsere Frauen zu schielen", meinte der Mann.

Im Pfarrhof angekommen, sagte die Köchin: „Den Pfarrer findet Ihr in der Kirche!" Jörg wendete und ritt zurück. Im Gotteshaus spielte eine Orgel. Jörg hoffte hier Pfarrer Höllrigl und Franzi zu finden. „Wo waren die beiden?" Jörg betrachtete den Altar der Kirche, der über kunstvolle Schnitzereien verfügte. Er setze sich in die erste Reihe und schaute zum Heiland hinauf, betrachtete den heiligen Stefan, dessen Holzkorpus von Pfeilen durchbohrt wurde. Das aufgetragene Blattgold passte so gar nicht zu der leidenden Person, die das Martyrium durchleben musste. Jörg dachte auch an die Jesusdarstellungen auf dem Kreuzweg. „Was hast du für deinen Glauben alles erleiden müssen?" Jörg fühlte sich selbst schwach und war gleichzeitig erbost, was Menschen einander alles antun konnten. Er betrachtete auch das gotische Gewölbe der Kirche, das so gar nicht zum Turm mit seiner Rundspitze passte. Der junge Priester ließ die Töne der Orgel auf sich einwirken, nur den Pfarrer traf er nicht.

Jörg stand wieder auf und begab sich zum Ausgang. Er beschloss, beim Gasthaus Höller um ein Zimmer zu fragen. Der straffe Ritt hatte ihm zugesetzt. Ihm tat nicht nur der Hintern weh, sondern auch sein Kreuz, so als hätten ihn und nicht den Hl. Stefan die Pfeile getroffen. Als er vom Pferd absetzte, verbesserte sich sein Zustand nicht. Er konnte nur schwer aufrecht gehen und hielt sich an der Eingangstür fest. Eine dicke Wirtin kam ihm entgegen und lächelte breit: „Mein Gott, was hat Euch geritten Hochwürden?", meinte sie in einem schwer verstehbaren Mühlviertler Dialekt. „Kann ich Euch helfen, vielleicht mit einem Kräuterwickel oder etwas Johannisöl. Ihr braucht Euch nicht zu schämen, zu mir kommen oft Menschen mit allerlei Leiden."

Das Angebot der Wirtin war verlockend, aber vielleicht gab es hier in Gutau einen Bader. Jörg lehnte den Vorschlag der wohlbeleibten Frau dankend ab und fragte nach einem Zimmer. „Wenn Ihr mein Pferd in den Stall bringt und ihm Hafer und Heu gebt, wäre mir schon geholfen!" Die Frau nickte und sagte: „Wir haben am Rande des Ortes einen guten Knocheneinrichter, der wahre Wunder vollbringt. Unser Knecht kann Euch gerne hinbringen." Jörg schaute zwar immer noch skeptisch, meinte aber: „Gerne, ich werde versuchen, bei ihm Linderung zu bekommen!"

Wenig später saß Jörg auf einer Kutsche, von der er nicht wusste, wie er jemals wieder herunterkommen sollte, so sehr fuhr der Schmerz in seinen Rücken ein. Der Knocheneinrichter half dem Priester, sich aus seiner misslichen Lage zu befreien: „So, so, ein Priester mit Hexenschuss, wie passt denn das zusammen? Legt Euch auf diese Bank, mein Gehilfe und ich werden Euch schon wieder zurechtziehen." Sich auf die Bank zu legen war ein Vorschlag, den Jörg gar nicht so leicht erfüllen konnte. Dem jungen Priester trieb es die Tränen in die Augen und er konnte sich nicht vorstellen, wie ein Mensch die peinliche Befragung auf der Streckbank aushalten konnte.

„Ihr müsst jetzt tapfer sein, aber ein kleiner Ruck und es ist vorbei!" Die beiden packten Jörg, einer an der rechten Hand, der andere am linken Fuß. Es machte einen Knacks, aber wie durch ein Wunder, war der Schmerz plötzlich weg. „So und jetzt lasst Euch noch ein wenig mit Johannisöl von der Wirtin massieren, und passt besser beim Reiten auf. Diese Art der Fortbewegung will gelernt sein." Die Obsorge durch die kräftige Wirtin schien dem Priester also nicht erspart zu bleiben. Jörg freute sich aber, den Schmerz los zu sein und hoffte, dass er nicht mehr wieder kommen werde.

Beim Höller angekommen trat Jörg durch einen dunklen Gang in eine überraschend freundliche Wirtsstube ein. Am Tisch saßen Bürgermeister und Pfarrer bei einer Kartenpartie. Die dicke Wirtin war gerade hinter der Ausschank beschäftigt, als Jörg eintrat und auf die beiden Männer zuging. Er vermutete bereits, dass es sich bei der einen Person um den Pfarrer handeln musste, war aber überrascht, dass dieser ins Kartenspiel vertieft war. Seine Priesterrobe hatte ihn verraten. Der Bürgermeister war mit einem farbigen Wams mit blauen und roten Streifen bekleidet. Er trug einen Knebelbart, ein schwarzes Barett und eine Amtskette. Die Männer tranken dunkles Bier aus einem Humpen, der über einen Zinndeckel verfügte. Jörg schätzte beide auf jeweils fünfzig Jahre.

„Grüß Gott, Hochwürden, Herr Bürgermeister! Gestattet, dass ich mich zu Euch setze!" Jörg stellte sich kurz vor und fragte, ob durch Gutau eine kleine Gruppe Reisender mit einem Pfarrer an der Spitze gezogen sei. „Ach ja, ich erinnere mich. Sie sind gleich weiter nach Freistadt gezogen. Aber genießt erst einmal einen Krug Bier auf Kosten der Gemeinde", sagte der Bürgermeister. Wieder einmal wurde Jörg enttäuscht. Er hatte Franziska und den Pfarrer nur um Haaresbreite verfehlt. Außerdem musste er daran denken, dass er sich jetzt ein wenig erholen musste. Die Schmerzen hatte er nur allzu gut in Erinnerung. Einen Rückfall wollte der junge Priester nicht riskieren. Also bat Jörg die Wirtin um ein Zimmer und eine Einsalbung mit Johannisöl.

Die Wirtin lachte: „Dachte ich es mir und hat Euch der Knochenein-richter helfen können?" Jörg nickte. „Dann kommt in den Nebenraum und entkleidet Euren Oberkörper, ich werde Euch schon nicht etwas wegschauen." Jörg folgte der Wirtin in den Nebenraum und spürte, wie das Johannisöl auf seinem Rücken eine wohlige Wärme hinterließ. Er bedankte sich und bezog schließlich sein Zimmer. Er würde bis morgen warten müssen, um seinen Weg fortsetzen zu können. Die Nacht war sternenklar, der Mond blinzelte durch die Butzenscheiben des Fensters. Jörg sprach sein Nachtgebet und legte sich schlafen.

Gutau, 17. Mai 1578

Jörg fühlte sich am nächsten Tag, als hätte man ihn durch eine Wäsche-mangel gedreht, wenngleich der stechende Schmerz in der Lende wie weggezaubert war. „Weggezaubert", dachte er. Der Heiler hatte wirklich ein Wunder getan und das Johannisöl, mit dem ihn die Wirtsfrau eingerieben hatte, fühlte sich immer noch warm an. Jörg bewegte vorsichtig seine Beine. Den linken Fuß streckte er nach unten, dann folgte das rechte Bein. Der Schmerz war weg. Dann musste er an Franzi und Pfarrer Höllrigl denken: „Wo waren sie wohl, wie weit hatte sie der Weg geführt." Jörg hatte die beiden nur um Haaresbreite verpasst. In der Schenke wurde dem Pater ein Frühstück mit warmem Haferbrei, der mit Honig gesüßt war, gereicht. Dazu gab es ein dunkles kräftiges Bier. „Das wird Euch Kraft geben!", sagte die beleibte Wirtin fröhlich lächelnd. „Na, haben Euch meine Knetbewegungen geholfen?"

„Ich kann es kaum erwarten, wieder von Euren kräftigen Händen angefasst zu werden", schmunzelte Jörg. Der Wirt lachte und stellte sich gar Unschickliches vor. Er wusste aber, dass es bei seiner Vorstellung blieb. „Mein Weib hat gar Wunderhände." Jörg genoss seinen Haferbrei. Er mundete ausgezeichnet. Er genoss auch das frischgebackene Laugen-gebäck. Nach dem Frühstück ließ der Pater sein Pferd satteln und machte sich auf den Weg in das etwa zehn Meilen entfernte Freistadt. Der Ort war durch sein Stapelrecht wohlhabend geworden. Die Bürger hatten das Vorrecht, die durch die Stadt geführten Waren als erste zu erwerben.

Der Weg führte zunächst im Tal hinauf und fiel schließlich leicht ab. Nach einer Stunde Ritt erreichte Jörg Kefermarkt. Oberhalb des Ortes lag Schloss Weinberg, wo er nach Franzi und dem Pfarrer fragte. Die

Schenke war gut besucht, nur von Franzi und dem Pfarrer fehlte jede Spur. „Wenn Ihr einen Pfarrer sucht, dann geht hinab zur Kirche. Sie verfügt über einen wertvollen Flügelaltar. Vielleicht findet Ihr den Kirchenmann dort", meinte ein Händler, der offenbar aus dem Ort stammte. Er biss gerade von einer Schweinshaxe ab und schmatzte glücklich vor sich hin. Jörg verließ die Wirtsstube und eilte mit seinem Pferd zur Kirche. Der Mann hatte Recht: „Warum war er nicht gleich darauf gekommen?" Der Altar war weit über Kefermarkt hinaus berühmt. Er wurde Ende des 15. Jahrhunderts geschaffen. Vielleicht würde er die beiden dort finden. Jörg spürte, wie sein Herz pochte.

„Hat sich ein Benediktiner nach Kefermarkt verirrt?" Der Mann, der Jörg ansprach, trug die Soutane eines Pfarrers. Jörg erschrak ein wenig, war er doch in die Schnitzereien des Altars vertieft. Der Altar war riesig, seine Höhe maß über zwanzig Fuß. Die Figuren waren aus Lindenholz geschnitzt. Sie stellten die Heiligen Petrus, Wolfgang und Christophorus dar. Auf den Flügeln des Altars waren Szenen aus dem Leben Marias zu sehen. Jörg erkannte die Heilige Barbara, Katharina und Agnes. Der Altar war ein wahres Meisterwerk. „Er ist eine Schenkung des vor einhundert Jahren verstorbenen Burgherrn Christoph von Zelking", sagte der Pfarrer sichtlich stolz.

„Es überrascht mich hier so ein Prachtstück zu sehen. Ist Euch übrigens ein weiterer Pfarrer mit einer jungen Frau begegnet, die sich ebenfalls diesen Altar ansehen wollte?", fragte Jörg.

„Die beiden waren etwa eine Stunde lang hier in der Kirche und betrachteten den Altar und das gotische Kreuzrippengewölbe." Der Pfarrer wurde im Gesicht ein wenig blass. „Ich habe ihnen auch die Beichte abgenommen. Wie Ihr wisst, darf ich darüber nichts sagen. Nur so viel: Die junge Dame hat einiges hinter sich. Als sie in Richtung Freistadt davon ritten, folgten ihnen in einigem Abstand zwei Männer, die ihre Gugeln tief ins Gesicht gezogen hatten. Mehr kann ich nicht sagen. Möge Gott Euch auf Eurem Weg beschützen!" Der Pfarrer schlug ein Kreuz und verabschiedete sich freundlich.

Jörg nahm sein Pferd und ritt in Richtung Norden. Der Weg verlief ohne größere Steigungen, führte an kleinen Höfen vorbei und erreichte einige Meilen vor Freistadt eine Schenke. Die Sonne hatte bereits einen tiefen Stand eingenommen. Jörg beschloss, in der Schenke nach einer Übernachtungsmöglichkeit zu fragen. Den Rat der Wirtin, seinen Rücken mehr Ruhe zu gönnen, wollte der junge Priester nicht ausschlagen. Den Hexenschuss hatte er noch allzu gut in Erinnerung, außerdem regte sich sein Magen. Kaum in der Schenke angekommen traten die zwei Männer ein. Ihre Gugeln hatten sie weit nach vorne gezogen. Die beiden wirkten kräftig gebaut. Im hinteren Eck der Schenke konnte Jörg zwei gute Bekannte entdecken. Es waren Pfarrer Höllrigl und Franziska, die gerade an einem Becher nippte.

„Ah, da schau her, haben wir Euch!", rief einer der beiden kräftigen Männer. „Weit seid Ihr ja nicht gekommen!" Am Griff zur Pistole sah man deutlich, dass es sich hier um keinen Spaß handelte.

Baumgartenberg, 16. Mai 1578

Graf Lohenroth und Äbtissin Edeltraud haben sich im Kloster von Baumgartenberg in eine Kammer zurückgezogen. „Ich muss morgen nach Wien aufbrechen. Der Kaiser hat nach mir gerufen", sagte der Graf.

„Wisst Ihr, was er will?"

„Es ist wahrscheinlich nur eine Lagebesprechung am Hof seiner Durchlaucht. Ich werde ihn anschließend um die Entlassung nach Italien bitten, um auf meinen Gütern nach dem Rechten zu sehen. Nach der Audienz mit dem Kaiser komme ich wieder zurück und werde Euch mitnehmen. Ich schlage vor, Ihr gebt an, auf eine Pilgerreise nach Rom zu gehen. Ich würde mich freuen, wenn Ihr mir Euer Vertrauen schenkt und meinem Plan zustimmt."

Edeltraud wusste von den Plänen des Grafen, seine Güter in der Toskana zu besuchen und nickte mit einer gewissen Freude aber auch mit einer Verunsicherung. „Was Ihr wollt, will auch ich, mein Liebster." Sie umarmte Moritz von Lohenroth und küsste ihn. Nun endlich würde ein lang gehegter Traum wahr werden. Sie würde aus den Mauern des Klosters ausbrechen und ihre Wünsche würden zur Wirklichkeit werden. Endlich würde Leben in ihr Leben einkehren, das in vergangenen Jahren nur auf geistiger Ebene stattfand. Aber zum Menschen gehören Geist und Körper, wie schon Aristoteles sagte: „Die Seele ist kein eigenständiges Wesen, das unabhängig vom Körper existiert, sondern dessen Form. Daher ist sie vom Körper nicht trennbar." Edeltraud würde Geist und Körper wieder vereinen. Und Moritz würde ihr dabei helfen. Edeltraud lächelte bei ihrem Gedanken und sagte: „Es ist das größte Geschenk, das Ihr mir machen könnt!" Die beiden prosteten sich mit zwei Gläsern Messwein zu.

Sie träumten an diesem Abend von einer Zukunft, die ihnen allein und jenen Menschen, die sie liebten, gehören würde. Ohne Zwist, ohne Neid, ohne Verfolgung und ohne die Machtgier jener, die andere für ihre Zwecke unterdrückten. Moritz erzählte von den Ländereien in der Toskana, vom angrenzenden Mittelmeer und dem Bolsenasee, der Rom vorgelagert sei. Das Meer sei so groß, dass man das andere Ufer nicht sehen könne und man sich nach der Sonne und den Sternen orientieren müsse. Er erzählte von Tieren und Fischen, die unglaublich groß seien. Die Temperaturen in der Toskana seien milder, als im Land ob der Enns, die Gewitter aber auch kräftiger.

Am nächsten Tag brach Lohenroth nach Wien auf, um seine Absichten durchzusetzen. Karl und Fritz begleiteten ihn. Auf die Kutsche verzichteten sie, um schneller voran zu kommen. Drei bis vier Tage würden sie brauchen, um ihr Ziel zu erreichen. Der Weg führte sie über Grein und die Wachau. Jenseits der Donau sahen sie das gewaltige Stift Melk. In Dürnstein machten sie einen ersten Halt. Die Burg war als Gefängnis für den englischen König Richard Löwenherz bekannt. Der Burgherr lud sie allerdings nur zum Übernachten ein und kredenzte ausgezeichneten Wein aus der Wachau. Zwei Tage später erreichten sie die Hofburg in Wien.

Der Kaiser selbst war zwar nicht zugegen, Lohenroth wurde aber von einem Oberhofmeister empfangen. Rudolf II hatte gerade eine wichtige

Besprechung mit seinem Kämmerer Leonhard Helfried Graf von Meggau. Es drehte sich wie üblich um Kriegsfinanzierungen für die Auseinandersetzungen mit den Türken, die sich über Europa ausbreiten wollten und Österreich als unerschütterliches Bollwerk vor sich hatten. Lohenroth konnte den hohen Beamten von der Wehrhaftigkeit seiner Burg Clingenberg als Fluchtburg, die mit Rothenstein in Sichtverbindung stand, aber von der wirtschaftlichen Notwendigkeit, den Besitz in der Toskana zu besuchen, überzeugen. „Nun denn, Euer Vorhaben wird ja zum Vorteil des Hauses Habsburg sein. Dann wünsche ich Euch eine gute Reise und viel Erfolg!", meinte der kaiserliche Beamte, nachdem Lohenroth einen kleinen Beutel Gulden hinterlassen hatte. „Auf dass Ihr mir den Kaiser recht herzlich grüßt!", verabschiedete sich der Graf.

Lohenroth trat zu Fritz und Karl und lächelte schelmisch. „Nun das wäre geregelt. Auf zu neuen Ufern!" Die drei ritten am mächtigen Stefansdom vorbei und kehrten in einer Schenke ein.

Unterdessen gingen in der Hofburg die Gespräche weiter. Die Türkenkriege waren aber nicht das einzige Thema, das den hohen Beamten Rudolfs Kopfzerbrechen machte. „Die andauernden Auseinandersetzungen haben Österreich in mehrfacher Hinsicht kräftig zugesetzt. Kaiser Rudolf II ist auf der Suche nach dem Stein der Weisen, der ihm Gold in die Kriegskasse sprudeln soll. Auch der Papst und der König von Frankreich sollen danach suchen. Dann hat dieses Wittenberger Mönchlein, Martin Luther, den Ablasshandel versaut und die Fürsten zu Unabhängigkeitsbestrebungen getrieben. Alles in allem, die Situation ist wenig zufrieden stellend. Wir müssen schauen, dass das Geld hierzulande bleibt und nicht verpulvert wird. Ich setze ganz auf die Einnahmen einer verschärften Gegenreformation. Die könnten nicht nur dem Papst Gregor VIII helfen, sondern auch dem Hause Habsburg als Verteidiger des wahren Glaubens."

„Auf dass es in den Kassen sprudeln möge. Ich glaube, wir haben den Stein der Weisen gefunden, ohne dabei unedles Metall in Gold zu verwandeln. Wir werden es den Fürsten und deren Untertanen aussuchen lassen, ob sie das Land verlassen oder ihren Kopf verlieren wollen. Und dabei tun wir der Kirche Gutes. Es ist also ein heiliger Akt!", war dem Gespräch zu entnehmen. „Wir werden auf jeden Fall auf der Seite der Gewinner stehen, ohne dabei großartige Erfinder zu sein, die aus Unedlem Edles machen."

„Was meint Ihr, wie viel wir in kurzer Zeit einnehmen können?", meinte der andere Beamte.

„Ich schätze viel, sehr viel."

Der 18. Mai 1580 wurde für viele Menschen zum Schicksalstag, wenn gleich sie die Auswirkungen der Entscheidungen, die in der Hofburg beschlossen wurden erst viel später am eigenen Leibe spüren würden. Allein im Salzkammergut würden die Menschen zu gegebener Zeit ihre Bibeln an den geheimsten Plätzen, ja sogar im Hallstättersee verstecken. Ja, es gab sogar Plätze, an denen Pfarrer heimlich den Gottesdienst im Wald feiern würden. Die Menschen hatten Wachen aufgestellt und sich mit geheimen Verständigungszeichen abgesprochen.

Graf Lohenroth beschloss, sich heimlich mit seiner Geliebten, der Äbtissin Edeltraud von Perg nach Italien für kurze Zeit abzusetzen. Er kehrte Wien einen Tag später mit Fritz und Karl den Rücken. In Baumgartenberg berichtete Lohenroth von der kaiserlichen Permis. Edeltraud glaubte zunächst ihren Ohren nicht zu trauen, langsam wurde ihr aber klar, dass ihr Traum wahr werden würde. Am nächsten Tag informierte Edeltraud die Priorin Walburga von ihren Plänen, auf Walfahrt nach Rom zu gehen und voraussichtlich erst wieder in einem Jahr zurückzukehren. Die Zeit sei jetzt ideal, die Wege frei von Schnee und sonstigen Behinderungen, die Weichen für das Kloster Baumgartenberg gestellt.

Am 25. Mai machten sich Lohenroth und die Äbtissin auf den Weg nach Italien, an ihrer Seite waren Fritz und Karl. Sie hatten sich überlegt, eine Route über Tirol und den Brenner, den Lago di Como in die Toskana zu nehmen. In Tirol würden sie Begleitschutz von wehrhaften Männern bekommen, die sie über den Brenner bringen würden. In Kufstein kam die Reisegruppe Anfang Juni an. Die Fahrt war überaus gut verlaufen.

Als die Kutsche des Grafen bei der wehrhaften Festung Kufstein eintraf, waren in der Stadt Trommeln zu hören. Am Stadtplatz war ein großer Scheiterhaufen errichtet worden, zu dem eine Gruppe von Leuten transportiert wurde. Karl zählte zweiundzwanzig Personen, denen nichts Gutes drohte. Die Menschen waren in Büßerhemden gekleidet. Einigen waren die Schmerzen der Folter anzusehen. Bei einigen waren die Zähne ausgeschlagen und die Finger- und Fußnägel ausgerissen. Andere hatten geschwollene Augen, ein unterdrücktes Jammern war von den Frauen zu hören. „Was ist hier los?", fragte der Graf einen der Stadtbüttel. „Das sind Wiedertäufer. Sie waren nicht zum rechten Glauben zu bekehren. Die Folterknechte haben es fast eine Woche lang probiert, denen ist nicht zu helfen! Jetzt werden sie brennen."

Edeltraud wurde blass im Gesicht. Die Brutalität der Menschen hatte nichts mit Gott zu tun. Sie wollte noch etwas sagen, aber Lohenroth hielt sie an der Schulter fest. Jetzt in dieser aufgeheizten Stimmung könnte das ihr Todesurteil bedeuten. Einige Leute warfen alten Kohl und faule Eier auf die Gefangenen in ihren vergitterten Wagen. Die Delinquenten spürten die auf sie herabfallenden Gegenstände nicht. Sie hatten mit ihrem Leben bereits abgeschlossen. Nur einer schrie: „Nur weil wir uns erneut mit der Taufe zu Gott bekennen, müssen wir sterben. Wir haben doch keinem etwas getan, im Gegenteil, wir verabscheuen die Anwendung von Gewalt!"

„Aber ihr ignoriert die heilige katholische Kirche und ihre Fürsten!", dachte sich Lohenroth. „Diese Menschen werden einen grausamen Tod sterben und ich kann nicht helfen, das zu verhindern", sagte er zu Edeltraud leise. „Hoffentlich dauert es nicht lang." Auf dem Stadtplatz hielten die Wagen an. Die Verschläge wurden geöffnet, und die Leute wurden in Ketten zu ihrer Richtstätte geführt. Einige von ihnen konnten kaum mehr selbst gehen, da ihnen die Beine zerschlagen worden waren. Sie wurden von den Folterknechten an den Armen zum Scheiterhaufen geschleppt. Leute, die früher ihre Freunde waren, spotteten sie aus und bespuckten sie. Ein Mann bestrich die Büßerhemden mit Pech und sagte: „Damit du besser brennst!" Die Menschen johlten noch mehr. Edeltraud musste schlucken. Was sie schmeckte war bittere Galle.

Wenig später brannten die ersten Scheiterhaufen. Die in Pech getauchten Holzstücke knisterten heftig. Die Flammen leckten an den Körpern, die sich vor Pein krümmten. Selbst die Fesseln vermochten sie kaum zurückhalten. Es stank nach verbranntem Fleisch, dann hörten die gellenden Schreie auf und Lohenroth wusste: „Sie haben es hinter sich." Edeltrauds Knie wurden weich und Fritz und Karl mussten sie beidseitig stützen. Nicht alle Leute hatten sich dieses Spektakel zur Unterhaltung angeschaut. Viele waren gezwungen worden, um ihnen einzubläuen, den wahren Glauben niemals zu verlassen.
„Hat Euch das Spektakel gefallen?", kam eine Frage von hinten. Graf Lohenroth drehte sich langsam um und erblickte einen Mann in kostbarer schwarzer Kleidung mit einem Hermelinkragen. Er mochte etwa fünfzig Jahre alt sein und trug eine goldene Amtskette. „Gestatten Manfred Baron von Friedhoff, Burgherr der Festung Kufstein."
Graf Lohenroth war von dem traurigen Schauspiel noch so verwirrt, dass er kaum antworten konnte. Er sagte nur: „Erfreut, Moritz Graf von Lohenroth." Er musste das Erlebnis erst verdauen. „Glaubt mir, wir mussten ein Exempel machen", sagte Friedhoff und schniefte die Nase. „Ich kann das selbst nicht riechen, aber was soll's. Wir haben heute Abend übrigens Fasan. Darf ich Euch einladen?" Lohenroth war zwar nicht danach zu essen, aber er nahm das Angebot vorsichtshalber an: „Es wird mir eine Ehre sein."

Der Baron ließ am Abend ein Festmahl kredenzen. „Ich hoffe, das wird den Wiedertäufern endgültig eine Lehre sein. Dieses andauernde Aufbegehren geht einem wirklich auf die Nerven, zudem ist der Erlass des Kaisers unmissverständlich: Die Leute haben sich dem Willen des Papstes zu unterwerfen. Die Besitztümer der Familien sind übrigens eingezogen worden."

„Ah ja, wieder einmal ein gutes Geschäft gemacht", dachte sich Lohenroth, dem es schwer fiel, sich den Fasan schmecken zu lassen. Auch Edeltraud aß nur widerwillig, wollte aber nicht weiter auffallen und spülte das Fleisch mit einem kräftigen Schluck Bier ihre Kehle hinunter. Zur Ehre des hohen Gastes – immerhin war ein Graf zugegen – trat eine Gruppe Spielleute auf und gaben ein Minnelied zum Besten. Edeltraud machte gute Miene zum bösen Spiel, das einer Verhöhnung jener armen Menschen glich, die heute im Feuer sterben mussten.

„Ihr wollt also nach Rom fahren: Dann richtet seiner päpstlichen Hoheit meine besten Grüße aus", meinte Friedhoff, der sich einen zweiten Fasan servieren ließ. „Schmecken gut, die Vögelchen, was meint Ihr?"

Graf Lohenroth dachte sich: „Wenn doch schon morgen wäre. Er bewunderte Edeltraud, die dieses Schauspiel über sich ergehen ließ. Diese wiederum lächelte nur verlegen und dachte sich, dass auch dieses Mahl vergehen werde. Auch sie wollte die Burg so schnell wie möglich zu verlassen.

Am nächsten Morgen banden Fritz und Karl ihre Pferde hinter die Kutsche. Am Stadtplatz lag immer noch dieser beißende Geruch nach Feuer und der Gestank nach verbranntem Fleisch in der Luft. Der Äbtissin Edeltraud wurde erneut schlecht. Die Erlebnisse waren noch allzu nah. Karl schnalzte mit der Zunge und setzte die Kutsche in Bewegung. In Rattenberg traf Lohenroth auf den bestellten Begleittrupp, der sie über den Brenner bis nach Bozen bringen würde. Die Männer wirkten athletisch und waren braungebrannt. Sie trugen einen leichten Lederharnisch und einen Morion, einen Helm mit einem hohen Helmkamm und einer Krempe aus geschmiedetem Eisenblech. Ihre Mienen wirkten entschlossen. Sie sprachen einen harten Tiroler Dialekt, nickten aber zum Gruß freundlich. Bereits am nächsten Tag ging es weiter nach Innsbruck, um dann den Aufstieg nach Matrei und in weiterer Folge Gries am Brenner zu wagen.

Die Gruppe bewegte sich auf einer alten Straße, die bereits die Römer angelegt hatten. Sie hatten schon vor 1500 Jahren diesen Weg über das Zentralmassiv der Alpen genommen. Der Weg führte immer weiter hinauf und die verschneiten Gipfel der Berge wirkten im Tiefblau des Himmels klar aber auch bedrohlich. Fritz und Karl hatten ihre beiden Pferde noch zusätzlich vor die Kutsche gespannt, um den Anstieg des Passes besser bewältigen zu können. Die Sonne strahlte grell vom Himmel und aus dem Wipptal kam ein Fönsturm, der die Temperaturen ungewöhnlich warm machte.

Auf einmal war vom Berg ein dumpfes Grollen zu hören. Die Pferde scheuten und wenig später querte eine Lawine die Straße, wobei sie die Kutsche nur um Haaresbreite verfehlte. Sie riss Bäume mit sich und vergrub die Straße unter mehreren Metern Nassschnee. Wäre sie nur etwas früher heruntergedonnert, hätte sie die Reisegruppe mitsamt Kutsche und Pferden mit in die Tiefe gerissen. Fritz und Karl hatten alle Mühe, die Pferde zu bändigen. Die beiden Begleitsoldaten bekreuzigten sich und meinten: „Des isch no a mal guat ganga!" Die Gruppe beschloss, bei der nächsten Schutzhütte stehen zu bleiben und den Weg am nächsten Tag fortzusetzen. Die Wärme könnte weitere Lawinen abgehen lassen. Erst die Kühle der Nacht würde die Schneelage beruhigen. Eine Meile später erreichten sie schließlich eine kleine Hütte, deren Dach mit Steinen gegen Schnee und kräftige Windböen bewährt war.

In der Hütte wurden gerade Kasnudeln zubereitet. Die Wirtin war dabei, einen kräftigen Graukäse über die Nocken zu reiben. „Hab ich's mir gedacht, dass jemand daherkommt!", sagte die Wirtin. Sie erkundigte sich neugierig nach der Lawine, die den Weg ins Inntal abgeschnitten hatte: „Nit des erschte Mal." Jetzt würde es wieder Tage dauern, bis die Route freigeschaufelt war, was ihr wieder Geld einbrachte, da mehr Leute aus dem Süden bei ihr übernachten würden.

Graf, Äbtissin und die Männer bekamen eine Kammer oberhalb der Stube. Sie mussten alle zusammenrücken, denn in der Stube schliefen Männer aus Italien, die auf dem Weg nach Innsbruck waren. Das

Matratzenlager wurde nur durch einen Vorhang abgetrennt. So konnten Männer und Frauen voneinander unbehelligt schlafen. Die Äbtissin traf auf eine Signora Caprese aus Milano. Sie begrüßten sich kurz in Latein, denn das war jene Sprache, in der sich die beiden verständigen konnten. „Bonus dies madam. Edeltraud nomen meum." Die Signora lächelte und sah, dass es sich bei Edeltraud um eine höhergestellte Ordensschwester handelte. „Bonus dies, Praeposita!" Sie machte einen leichten Hofknicks und küsste ihre Hand.

Die Frauen besprachen die Lage. Sie sagten, dass sie jetzt Schwestern in der Not sein würden. Der Weg über Matrei sei frei aber nicht ungefährlich. Die Schneeschmelze sei voll im Gang. Signora Caprese schilderte, dass die Fahrt über das Zentralmassiv eben kein Spaziergang sei und sie schon auf tote Passgänger gestoßen sei. Sowohl für die Pferde als auch für die Begleiter, die immer wieder in die Speichen der Räder greifen mussten, sei der Aufstieg kein Vergnügen.

Auch wenn sich der Name der Frau, wie ein italienischer Salat zur Vorspeise anhörte, so musste man ihr zugestehen, dass sie ausgezeichnetes Latein sprach und einer höheren Schicht angehören musste. Das sah man nicht nur an ihrem Latein, sondern auch wie sie sich verhielt. „Was wollte sie nur in Innsbruck?", fragte sich Edeltraud. Die Signora wirkte zudem ein wenig nachdenklich und vorsichtig. Edeltraud lächelte sie an und ließ sich zwei Becher Wein bringen. „Salute!", sagte die Äbtissin und dachte sich: „Offenbar trägt jeder ein Geheimnis mit sich." Die Frauen stießen miteinander an und freuten sich, dass keiner in die Lawine geraten war, denn es hätte auch Frau Caprese treffen können. Edeltraud erzählte nur soviel, dass sie auf Wallfahrt zum Petersdom sei.

Die beiden Frauen waren sich gegenseitig sympathisch. Die Mailänderin war etwa dreißig Jahre alt und trug ein dunkelgrünes Samtkleid, das mit ihren blonden Haaren und den grünen Augen harmonierte. Wie sich später herausstellte war sie die Begleitung eines jungen Mannes namens Giacomo. Sie wollten Stoffe nach Innsbruck bringen. Graf Lohenroth begegnete den beiden höflich aber auch misstrauisch. Giacomo gab sich in italienischer Gelassenheit. Er sprach allerdings kein Wort Latein, sondern nur italienisch. Er hatte aber in seiner Partnerin eine ausgezeichnete Übersetzerin. Er erzählte, dass er sich als Kaufmann einen guten Ruf erworben habe und bei ihm neben Samtstoffen auch Seide zu bekommen sei. Sie kommen direkt aus Venedig, in Mailand arbeite er mit einer Weberei zusammen.

Die Ereignisse des Tages hatten Edeltraud müde gemacht. Sie wünschte ihren Mitreisenden und Lohenroth eine gute Nacht. Das Stroh war frisch aufgeschüttelt und neue nach Lavendel duftende Laken darüber ausgebreitet. Edeltraud fragte sich, wann die Irrfahrt wohl ein Ende haben werde und sie sicher in Italien seien. Sie ahnte aber auch, dass das Schicksal noch einiges für sie parat haben musste. Sie dachte noch an Moritz, wobei sie zwischen den Beinen feucht wurde und ihre Gelüste genoss. Dann fiel sie in einen tiefen, tiefen Schlaf. Sie erwachte erst am Morgen, nachdem sie einen Druck in ihrer Blase spürte.

Signora Caprese war schon auf und hatte ihr Lager verlassen. Sie half der Hüttenwirtin das Frühstück herzurichten. Es gab Getreidemus, das mit Honig verfeinert wurde und Vinschgerl. Edeltraud benützte einen zur Seite gestellten Nachttopf, um sich zu erleichtern. Auf die weitere Morgentoilette verzichtete sie in der Enge der Schlafkammer. Die frisch gebackenen Vinschgerl lockten Edeltraud zum Frühstück. Sie hatte auch darauf verzichtet, die Laude abzuhalten. Am Tisch begrüßte sie die Anwesenden und lud sie zu einem Vaterunser ein. Graf Lohenroth lächelte sie an und auch Fritz und Karl grinsten über das ganze Gesicht. Nur die beiden Männer der Begleitmannschaft blieben ernst und betrachteten Signora Caprese und Giacomo, die in ein Gespräch vertieft waren und hin und wieder zur Äbtissin und dem Grafen schauten.

Die Blicke der beiden waren auch Fritz und Karl nicht entgangen, die aber kein Wort verstehen konnten, da sie weder des Italienschen noch des Lateinischen mächtig waren. „Über was mochten die beiden wohl reden?", fragte sich Karl. Die Belegschaft dachte zudem an die Abreise und beeilte sich mit dem Frühstück fertig zu werden. Sie wollten noch am Nachmittag Steinach erreichen und am nächsten Tag den Brennerpass queren. Die beiden Männer aus der Gefolgschaft erhoben sich, um einen Blick nach draußen zu wagen. Über ihnen erhoben sich die Gipfel des Zentralmassivs, die sich deutlich vor dem Blau des Himmels abhoben.

Der Fönsturm hatte sich immer noch nicht gelegt und die Temperaturen blieben weit über dem Gefrierpunkt. Unter ihren Füßen spürten sie ein Zittern des Bodens, eine Druckwelle erreichte ihre Ohren und Lungen. Erneut ging von den Bergen eine gewaltige Lawine ab, die alles mitriss, was sich ihr in den Weg stellte. Nur diesmal war es südlich und nicht im Norden. Fritz und Karl wurden zu Boden geschleudert, die Schneemassen gingen aber in gut dreihundert Fuß Entfernung an ihnen vorbei. Fritz musste husten und griff sich an den Kopf, der gegen irgendetwas gestoßen war. Ein dumpfer Schmerz ging durch das Haupt des Mannes. Karl war unterdessen gegen die Holzwand der Hütte geschleudert worden und hatte sich beinahe den Arm ausgerenkt. Die Wirtin und der Graf verließen die Hütte, um nach dem Rechten zu sehen. Sie eilten zu Fritz, den es offenbar schwer getroffen hatte und befreiten ihn aus seiner misslichen Lage. Eine Kutsche war umgestürzt und die Deichsel hatte ihn verletzt. Von seiner Stirn sickerte Blut in den Schnee, aber er lebte noch. Es zeichnete sich bereits am Kopf eine dicke Beule ab. Fritz war benommen. Karl stöhnte vor Schmerzen als die Wirtin zu ihm kam. Wie sich herausstellte, hatten die beiden Männer noch Glück gehabt. Die Hütte selbst verbarg sich hinter einem Felsen, der die Lawine um sich herum geleitet hatte.

An eine Abreise war nicht zu denken. Zuerst mussten die beiden versorgt werden. Edeltraud konnte ein wenig ihre Heilkünste anwenden, die sie aus der Klosterapotheke mitbekommen hatte. Fritz wurde Eis auf die Stirn gelegt und Karl die Schulter geschient, soweit es ging. Bei ihm hatte der pochende Schmerz bereits nachgelassen und war in ein wärmendes Gefühl übergetreten. Ein aufgelegter Topfenverband würde das weitere tun, um für Besserung zu sorgen. „Ich dachte schon, es hätte euch erwischt", gestand der Graf. „Doch dann war ich froh, euch noch lebend anzufinden."

Signora Caprese und Giacomo gesellten sich zu den Verletzten und schenkten ihnen ein Stamperl Grappa aus der kostbaren Flasche von der Insel Murano bei Venedig ein. „Salute!", sagte Giacomo und nickte. Der Grappa durchfloss die Kehlen der Männer und wärmte die Mägen. „Sono contento che non sia successo niente di brutto!" – „Ich bin froh, dass nichts Schlimmes passiert ist!" Bei Fritz bildete sich eine Beule und um das rechte Auge ein Veilchen. Aber sonst war bis auf einen Brummschädel alles in Ordnung. Graf Lohenroth beschloss, noch zwei bis drei Tage abzuwarten, um weiterreisen zu können.

Unterdessen schnappten sich die beiden Tiroler Begleiter eine Schaufel, um den Weg von den Schneemassen zu befreien. Giacomo schloss sich ihnen an und sogar Lohenroth half ein wenig. Die Arbeit war schwer, zudem der zusammengepresste Schnee hart wie römischer Zement war. Die Tiroler waren so dankbar, dass sie beschlossen, am nächsten Tag auch die andere Seite der Straße vom Schnee der ersten Lawine frei zu schaufeln. „Des ischt nur recht", meinten sie. Zur Belohnung gab es in der Hütte eine Extraportion Hirsebrei und dazu Wildbret von einer Gams, die aus der Lawine geborgen wurde. Giacomo holte eine Laute aus seinem Sack und stimmte ein italienisches Lied an. Der Abend endete fröhlich und die Menschen kamen sich näher. Derjenige, der an diesem Tag keine Beute machte, war der Bartgeier, der am Himmel kreiste und auf Beute hoffte. Die Männer hinterließen dem Tier aber ein paar Innereien.

Am nächsten Tag gab es einen Wetterumschwung. Es schien so, als wäre der Winter erneut zurückgekehrt. Der Wind hatte auf Nord gedreht und rüttelte erneut an den Türen. Diesmal war er aber nicht warm, sondern schnitt eisig ins Gesicht. An ein Weiterkommen war auch an diesem Tag nicht zu denken und so nahmen das die Männer zum Anlass zu würfeln. Karls Schulter machte kaum noch Beschwerden, aber das Gesicht von

Fritz schmerzte noch. Das Veilchen hatte seine Farbe von blau in grünlich geändert. Signora Caprese gab erneut einen Grappa aus, der den beiden, die unter die Lawine gekommen waren, sichtlich gut tat.

Die Wirtin entführte einen der beiden Tiroler vor dem Schlafengehen in ihre Kammer auf ein kurzes Stelldichein und meinte: „Weißt eh Bursch, so einen feschen Mann kann man schwer auslassen!" Dem Soldaten kam das Angebot gelegen, es plagte ihn bereits die Lendenpein. Über Nacht wütete ein kurzer Schneesturm, der die Berge in ein frisches Weiß tauchte. Die Reisegruppe rund um den Grafen wartete noch bis zum Tag, um ihren Weg fortzusetzen.

Gries am Brenner 13. Juni 1578

Der Tag begann so, also wäre nichts geschehen. Die Berge warfen zwar noch einen Schatten auf die kleine Hütte, aber der Tag lud zum Reisen ein. Die Dohlen kreisten bereits am Himmel und die Bartgeier waren ebenfalls aufgestiegen, um nach Beute Ausschau zu halten. Ein Adlerpaar hatte seinen Horst verlassen und spähte nach Hasen, Murmeltieren und Mäusen. Sie mussten den Sommer so früh wie möglich nützen, um sich für die Wintermonate wieder stark zu machen. Hin und wieder war das Pfeifen eines Murmeltieres zu hören, wenn die Adler zu nah kamen. Die Tiere verschwanden blitzschnell in ihren Bauen, wenn es zu gefährlich wurde. Andere Tiere, die sich das Gebirge als Heimat ausgesucht hatten, waren mächtige Rothirsche, Gämsen und Steinböcke, die auf den steilen Berghängen herumsprangen, als ob sie sich auf einem Spaziergang durch die Wiese befänden.

Während Fritz und Karl von ihren Beobachtungen nicht genug bekommen konnten, war das Treiben des Wildes für die Tiroler Landsknechte etwas ganz Normales. Sie achteten vor allem auf den Weg. Bereits der Fehltritt eines Pferdes konnte für die gesamte Gruppe den Tod bedeuten. Im Tal hörten sie das Rauschen eines Wildbaches, dessen Wasser jetzt in der Schneeschmelze kräftig angeschwollen war. Drei Stunden später erreichten sie den Brennersee, der nur knapp unterhalb des Passes lag. Bis zum Scheitelpunkt hatten sie nur noch eine halbe Stunde Wegreise. Am See konnten Pferde und Menschen eine Pause einlegen und sich am köstlich kühlen Wasser laben. Edeltraud hatte von der Wirtin einen Laib Ziegenkäse und ein Brot mitbekommen.

„Vergelt's Gott!", sagte einer der beiden Tiroler, als er vom Brot abbiss. Hinter dem Brenner würde unweigerlich der Frühling anfangen, dachte sich Edeltraud, die diesen Gedanken nicht nur auf die Jahreszeit bezog, sondern auch auf die dunkeln Erlebnisse der vergangenen Tage. Die Sonne würde ihren Körper und ihre Seele erwärmen. Und auch vom Grafen wusste sie, dass das milde Klima Italiens die Gliederschmerzen austreiben würde. Ob sie sich auf eine etwaige Begegnung mit dem Papst freuen sollte, wusste sie nicht. Früher, dachte sie, wäre eine Audienz bei seiner Heiligkeit die Erfüllung ihrer Träume gewesen, doch jetzt, da sie auch die Lehre Martin Luthers kannte, war sie entzaubert. Das entsetzliche Geschehen um die Wiedertäufer, steckte noch in ihren Knochen. Sie beschloss, alles auf sich zukommen zu lassen.

„Es wird alles gut werden", meinte Lohenroth, so als hätte er ihren Gedanken erraten. Er hielt ihre Hand. Sie fühlte sich so warm an, als wollte er ihr ein Zuhause in seiner Seele geben. Dabei dachte er sich: „Ich werde dich immer lieben, nichts kann uns trennen." Die Brotzeit am Brennersee tat der Gruppe gut. Noch ein paar Schritte und sie hatten den breiten Kamm über das Hochgebirge überwunden. „Wir werden Euch bis zu unserem Stützpunkt nach Bozen bringen", sagte einer der beiden Landsknechte. Karl und Fritz ließen sich die Jause schmecken und tranken dazu Most. Sie waren noch nie so weit von daheim weg gewesen und erkannten in der gewaltigen Bergwelt die Schöpfung Gottes. „Da oben muss der Schöpfer wohl wohnen", dachte sich Fritz.

Eine Stunde später waren sie wieder unterwegs, um den letzten Anstieg zu wagen. In Sterzing würde die Gruppe erneut Pause machen. Die Pferde könnten sich dann erholen. Südwestlich würde es über den Jaufenpass nach Meran gehen, südöstlich nach Brixen und schließlich über Kastelruth nach Bozen.

Die Fahrt den Berg hinunter war nicht ungefährlicher als hinauf. Sie mussten stets aufpassen, damit die Kutsche nicht zu schnell wurde. Das Gewicht des Gefährtes schob an der Deichsel und damit an den Pferden. Hin und wieder war der Weg ausgespült und die Räder ratterten gefährlich über den schroffen Steinpfad. Karl und Fritz legten sich ins Zeug, um die Kutsche zu bremsen. Sie mussten des Öfteren die Holz-Bremsklötze wechseln, die auf das nackte Metall des Wagenrades drückten.

Schließlich erreichten sie Sterzing, eine kleine Stadt, die sich einen Namen gemacht hatte. Sie wurde sowohl von Händlern als auch von Pilgern, die nach einer Unterkunft suchten, besucht. Sterzing war eine Bergbaustadt mit Silberminen und genoss dadurch ein altes Handelsrecht. Die Häuser am Marktplatz zeigten den Reichtum der Stadt. Graf Meinhard II von Tirol hatte die Stadt 1280 zu einem wichtigen Handelsort erhoben. Als sie die Stadt erreichten, fiel Edeltraud ein Stein vom Herzen. „Wir können hier in einem Hospiz unterkommen, das Pilgern Unterkunft und Versorgung anbietet. Wir werden uns beim Zwölferturm erkundigen, wo wir Hilfe finden können."

Beim Stadtplatz angekommen wurden Graf Lohenroth und seine Begleiter von einem Trupp schwarzer Gestalten mit Hellebarden verfolgt. Die Männer hielten sich unweit einer Häuserzeile auf. Auf einmal traten sie aus dem Schatten und überholten die Kutsche. „Halt, stehen bleiben!", rief einer der Männer in einem kräftigen Ton, „seid Ihr Graf Lohenroth? Dann folgt mir! Ihr werdet von Graf Meinrad erwartet." Meinrad von Tirol hatte die Szene aus dem Erkerfenster seines Stadthauses in der Silbergasse beobachtet. Er grinste und nahm einen kräftigen Schluck des schweren Rotweins, den ihm sein Diener eingeschenkt hatte.

Lobenstein, 23. Mai 1578

Graf Heinrich zu Lobenstein war in den nächsten Tag immer noch nachdenklich. Er führte sich vor Augen, was hätte in dem Unwetter alles passieren können. Aber Anna, seine einzige Tochter, lebte. Zu verdanken hatte er das einem Mann aus dem Land ob der Enns. Aber er dachte auch an jenen Menschen, den die Saale mitgerissen hatte. Die Uferstraßen des Ortes waren immer noch verschlammt und an den Hausmauern zeigte sich eine braune Schicht, die das Hochwasser hinterlassen hatte. Der Schlamm reichte teils bis zu drei Fuß hinauf. Die Menschen schöpften immer noch Wasser aus ihren Stuben.

„Nun Anna, wie geht es dir heute?", fragte zu Lobenstein. „Die Fluten waren so gewaltig. Ich dachte, meine letzten Atemzüge zu machen. Dann kam dieser Mann und hielt mich mit starken Armen fest. Er kam mir wie ein Engel vor, nur hatte er keine weißen Flügel, sondern eine speckige Lederhose, eine Lodenjacke an und einen Schlapphut auf. Und seit wann tragen Engel einen gezwirbelten Schurrbart und einen Vollbart?" Anna grinste. Sie war froh, einen Retter in der Not gefunden zu haben. „Wisst Ihr schon, um wen es sich bei diesem Mann handelt?"

„Er stammt aus dem Land ob der Enns und nennt sich Josef. Er ist mit seiner Frau und seinen Kindern unterwegs. Anscheinend ist er ein fahrender Handwerker, der sein Geld mit der Bearbeitung von Holz verdient. Er wird heute Mittag im Bürgmeisterhaus zum Speisen anwesend sein. Die Stadt will ihm eine Anerkennungsmedaille für seine kühne Tat überreichen. Ich möchte dich bitten, mich bei diesem Akt zu begleiten." Die Bitte sah Lobenstein ohnehin als Befehl an. Anna machte einen Hofknicks und meinte schelmisch: „Sehr wohl, werter Herr Vater." Insgeheim freute sie sich aber darauf, ihren Retter wieder zu sehen.

Anna zog sich ihr liebstes Kleid an. Es war aus smaragdgrünem Samt geschneidert. Darunter trug sie eine weiße Seidenbluse, um ihren Hals trug sie eine Kette mit einem goldenen Kreuz, das Anna von ihrer verstorbenen Mutter geerbt hatte. Sie wollte sich besonders schön machen. Die Festgesellschaft versammelte sich im Prunksaal des Rathauses. Bürgermeister, Ratsherren, Pfarrer, der Graf mit seinen besten Männern und ein besonderer Gast namens Wallsee waren versammelt, um den Retter auszuzeichnen. Einer jedoch kam nicht: Es war Sepp Großhammetner. Er hatte von Pfarrer Wehrenpfennig erfahren, dass der kaiserliche Agent zur Feier geladen worden war. An der Abwesenheit Großhammetners konnte auch die Fanfaren nichts ändern. Er blieb verschwunden.

Auf einmal öffnete sich die Tür des Festraumes. Hereinstürmte ein Bub von etwa sieben Jahren, der aufgeregt rief: „Er kommt nicht. Er muss die Welt retten!" Zwei Wächter folgten nach, wobei der eine außer Atem stotterte: „Verzeiht, er ist uns glatt durch die Lappen gegangen." Die Blicke des Bürgermeisters wechselten zwischen dem Jungen und den Wachen und meinte nur: „Wer muss die Welt retten und wer ist durch die Lappen gegangen?"

„Na, der Junge. Er ist uns glatt zwischen den Beinen durchgelaufen." Der Bub meinte wiederum: „In Saalburg wollte eine Vogtstochter ein Kind auf die Welt bringen und da ist er hastig hin!" Er deutete aufgeregt nach Nordwest. „Es war bereits höchste Zeit und der Sepp hat Wunderhände, so scheint's."

„Der Mann ist offenbar ein Tausendsassa, jetzt ist er auch noch als Hebamme unterwegs, möge man ihm vergeben, dass er zu seiner eigenen Belobigung nicht gekommen ist", sagte Lobenstein, der Anna einen Blick zuwarf. „Aber warum kommst du erst jetzt?", fragte Heinrich.

„Ich musste noch Kühe hüten", sagte der Junge naiv.

„Na, wenn das so ist."

Lobenstein zuckte mit den Schultern und tätschelte den Buben. „Dann müssen wir wohl auf ein Treffen mit dem beinahe unbekannten Mann verzichten. Lasset uns trotzdem auf die mutige Tat, die meiner Tochter die Rettung brachte, anstoßen!"

Wallsee schaute ein wenig belämmert drein, kratzte sich am Kopf und dachte sich: „Wenn der Josef nicht der Sepp Großhammetner ist, fresse ich einem Besen. „Aber was soll's, ich werde schon dahinter kommen."

Die Gesellschaft versammelte sich um die Festtafel, und die Musik fing an zu spielen. Es wurde Wildschwein, Kraut und frischgebackenes Brot serviert. Anna war froh, dass sie durch ihre Reitausflüge in guter körperlicher Form war. Sie wurde andauernd zum Tanzen aufgefordert. So lernte sie auch den kaiserlichen Agenten näher kennen. Schnell musste sie feststellen, dass es sich bei ihm um einen Gecken handelte, der es liebte, näselnd zu sprechen, aber im Umgang durchaus galant war. Er erschien ihr keineswegs abstoßend, aber auf ein kleines Abenteuer mit ihm wollte sie sich auch nicht einlassen. Also bewahrte sie ihm gegenüber eine leichte Kühle und nahm Bedacht darauf, ihm keine Avancen zu machen. Der Abend verlief allgemein fröhlich, wenngleich Anna traurig war, sich bei ihrem Retter nicht bedanken zu können, aber das würde sich ja nachholen lassen.

Sepp hatte bereits in der Früh das Städtchen Lobenstein verlassen. Der Pfarrer hatte von einem Amtskollegen den Tipp bekommen, dass sich Wallsee annähern würde. Auf die Belobigung verzichtete man gerne. Auf keinem Fall dürfe man mit Wallsee zusammenstoßen. Zenzi musste unbedingt von hier verschwinden. Um nicht gefasst zu werden, würden sie den kurzen Vorsprung dringend brauchen. Es galt also eine falsche Fährte zu legen. Die Niederkunft der Vogtstochter in Saalburg konnte also nur eine kurzfristige Ausrede sein. Wieder bewahrheitete sich der Spruch: „Lügen haben nur kurze Beine." Zu Fuß konnte die Gruppe unmöglich weiterreisen.

Sepp und der Pfarrer erwischten glücklicherweise ein Floß, das noch keine Reisegesellschaft hatte. Die Saale führte nach dem Regen genug Wasser, dass das Floß die Ladung aufnehmen konnte. Sepp und seine Männer betätigten sich selbst als Flößer und ergänzten die Mannschaft. So schafften sie es am ersten Tag gut zwanzig Meilen zurückzulegen. Den

Leiterwagen hatten sie in kürzester Zeit zerlegt und verladen. Die Gruppe teilte sich. Während die einen per Floß unterwegs waren, folgten die anderen ihnen mit den Pferden und den anderen Tieren, ihr gemeinsames Ziel lag bei Bad Blankenburg. Bei einer Flussbiegung zwischen Lobenstein und Blankenburg blieb das Floß hängen.

„Obacht, haltet euch fest!", rief einer der Flößer. Es rumpelte, aber die aus Haselnussstauden gefertigten Seile, die die Holzstämme zusammenhielten, blieben unversehrt. Nur einer der Flößer hatte seinen Fuß fast zwischen die gewaltigen Stämme bekommen. Der Warnruf seines Kameraden hatte ihn jedoch wachgerüttelt. Zenzi und ihre Kinder hielten sich fest, nur Pfarrer Wehrenpfennig ging über Bord, konnte sich aber an einem Holzstamm festhalten. Die Männer zogen ihn wieder aus dem Wasser. Einer lachte: „Ich wollte schon immer einen pudelnassen Pfarrer sehen."

Wenig später setzten die Flößer ihr Gefährt mit Hebelwirkungen der Staken wieder in Bewegung. Der Pfarrer nahm bei Zenzi auf einer Bank Platz. „Ihr seht wirklich sehr nass aus!", meinte Zenzi, die erleichtert war, dass dem Pfarrer nicht mehr passiert war. Sie holte eine Wolldecke heraus und legte sie Hans Wehrenpfennig um, der sichtlich froh war, sich unter der Decke ein wenig wärmen zu können. Ihr Mann Sepp hatte sich beim Aufprall an einer Stake abgestützt. Er sagte zum Pfarrer: „Offenbar steckt Ihr mit Euren Schutzengeln unter einer Decke."

Am Abend erreichte das Floß Blankenburg. Die Burg Greifenstein war bereits zu erkennen. Am nächsten Tag trafen die anderen Männer, die mit den Tieren unterwegs waren, an ihrem Ziel ein.

Lobenstein, 24. Mai 1578

Der kaiserliche Agent wachte am Morgen mit heftigen Kopfschmerzen auf. Neben ihm lag noch ein Weib, das sich nicht regte. Als er im Bett mit der rechten Hand nach links griff, spürte er eine weiche, warme und nackte weibliche Brust. Erst jetzt erinnerte er sich an den Vortag: Eine Feier, die zu Ehren eines Mannes ausgerichtet worden war, der selbst gar nicht zugegen war und Josef hieß. Er musste sauer aufstoßen und spürte das Hämmern in seinem Kopf. „Aber was soll's", dachte sich Wallsee. Er hatte zwar kurzzeitig die Fährte verloren, aber in seinem Zustand könnte er ohnehin keine Wunder bewirken. „Also, warum sollte er die Anwesenheit einer jungen, hübschen Maid nicht auskosten."

Er schwang seine Beine aus dem großzügigen Himmelbett und erleichterte seinen Blasendruck im Nachttopf. Das Mädchen wachte auf, rekelte sich zur Seite, um den Geliebten zu suchen und fand ihn schließlich. Sie zog Wallsee wieder ins Bett und deckte seinen Körper mit feuchten Küssen zu. Dieser wiederum ließ sich das Liebesspiel trotz Kopfschmerzen gefallen und schob sich unter ihre Decke, wo er in ihr warmes Himmelstor eintauchte. Er dachte sich: „Wie schön kann das Leben trotz Kater doch sein." Erst gegen Mittag war Wallsee wieder so einsatzfähig, dass er anderen Menschen begegnen konnte.

Wie sich herausstellte, war am Vortag in der Nachbarburg ein Kind zur Welt gekommen, doch Wallsee fand keinen Geburtshelfer. Angeblich war bei der Geburt ein fahrender Bader zugegen. Dieser war schon wieder weg. Ihm wurde gesagt, dass er nach Hof an der Saale weitergereist sei. Wallsee hatte seinen Brummschädel immer noch nicht verloren und beschloss einen weiteren Tag am Hof von Lobenstein zu bleiben. „Na, hat Euch Magda erfreut?", fragte Heinrich zu Lobenstein. Das Gesicht des kaiserlichen Agenten wurde von einem wonnigen Grinsen überzogen und Lobenstein wusste: „Ja, Magda hatte wunderbare Dienste geleistet."

Anna war inzwischen schon wieder auf den Beinen. Sie hatte aber von ihrer Zofe erfahren, dass Großhammetner nicht nach Hof, sondern nach Blankenburg unterwegs war. Sie hielt einen kleinen Brief in der Hand, der ihr mehr erklärte: „Liebe Comtesse, verzeiht mir, wenn ich zu Eurem und meinem Ehrentag nicht anwesend sein kann, aber es ist besser so. Ich verbleibe mit aufrichtigen Grüßen. Verbrennt bitte gleich diese Nachricht, Sepp Großhammetner." Anna ging nachdenklich aus ihrer Kemenate. Was sollte diese Heimlichtuerei, warum sollte der Brief vernichtet werden. Eines war sicher, das Geheimnis sollte bei ihr bleiben und nicht weitergegeben werden. Gleich morgen wollte sie nach Blankenburg reiten, das war sicher. Ihr Schimmel hatte sich von dem Abenteuer mit dem Hochwasser erholt. Also sagte sie ihrem Vater, dass sie ihre Tante auf Burg Greifenstein besuchen wolle. Graf Heinrich war zwar nicht begeistert, aber Anna bettelte so lange, bis ihr Vater einwilligte. „Aber nimm Konrad als Aufpasser mit", sagte der Graf.

Am nächsten Tag machte sich Wallsee auf den Weg nach Hof. Anna wartete solang, bis sie sicher sein konnte, dass er auch wirklich die Burg in Lobenstein verlassen hatte. Eine Stunde später brachen Anna und der Konrad auf. Konrad war zwar schon ergraut, aber immer noch bei guter Gesundheit. Anna war für ihn wie eine Enkelin.

Auf dem Weg nach Blankenburg durchquerten sie den Thüringer Wald und hielten sich an der Saale. „Auf dem Weg musste erst kürzlich Vieh getrieben worden sein. Die Dunghaufen sind deutlich zu sehen!", sagte Konrad. Auf den Pferden kamen die beiden gut voran. Konrad hielt die Augen besonders wachsam offen, um keine unliebsame Überraschung zu erleben. Aber im Dickicht der Bäume hätte sich jeder verstecken können. Anna dachte an ihren Falken, den sie hatte zuhause lassen müssen. Hin und wieder kamen sie an einer Köhlerhütte vorbei. Eine Mühle an der Saale lud schließlich zur Rast ein. Einer der Müllergesellen trug gerade einen schweren Sack auf dem Rücken, hatte aber noch die Zeit freundlich zu grüßen. Der Müller selbst war gerade damit beschäftigt mit Hammer und Meißel einen Mühlstein zu schärfen.

„Gott zum Gruße!", meinte Anna. „Habt Ihr ein paar Durchreisende gesehen?"

„Grüß Euch, Jungfer. Vor wenigen Stunden ist ein Floß die Saale hinuntergefahren und auf dem Treidlweg war eine Gruppe mit Ziegen und anderen Tieren unterwegs. Außerdem führten die Leute einen Leiterwagen mit sich. Sie waren guter Dinge und sprachen einen bayerischen Dialekt, glaube ich."

„Können wir bei Euch kurz Rast machen?", fragte Anna.

„Kommt nur herein!", meinte der Müller, der sich über ein wenig Abwechslung freute.

Lasberg, 17. Mai 1578

Franzi, Pfarrer Alois Höllrigl und Jörg zuckten zusammen, als sie die tiefen Stimmen hörten, die keinen Zweifel an ihrer Absicht erkennen ließen: Die Häscher waren gekommen, um sie zu fangen. Sie konnten den Augenblick ihrer Wiedersehensfreude gar nicht genießen. Die beiden Männer gingen unbeirrt auf sie zu, der eine die Pistole im Anschlag, der andere hielt eine Pike in der rechten Hand, bereit, seine Waffe seinem Gegner in den Bauch zu stoßen. Jörg, Franzi und der Pfarrer verblieben in Schockstarre und dachten sich, dass jetzt alles vorbei wäre. Sie hatten den Kerker vor Augen und rochen bereits den Fäulnisgeruch nach altem Stroh, Urin und Fäkalien. Die Männer gingen auf ihren Tisch zu und warfen einen Hocker um, der im Weg stand und gingen schließlich knapp vorbei. Jörg erwartete, dass sie jetzt von hinten angreifen würden. Er wagte es nicht, sich umzudrehen, musste aber doch einen Blick hinter sich werfen.

Franzi war ganz blass geworden. Sie fragte sich, ob sich die Geschehnisse in Baumgartenberg und in Grein jetzt wiederholen würden. Den Kerker würde sie nicht durchstehen, ihr wurde schlecht. Sie roch die strengen Ausdünstungen der Wachen nach Schweiß, die offenbar hierher geeilt waren. Aber die Franzi interessierten die Männer gar nicht. Sie packten hinter ihr einen Mann, der am Tisch eingeschlafen war und der sie jetzt in Todesangst anstarrte. Er versuchte noch aufzuspringen, um davonzulaufen, doch es war zu spät. Der Mann mit der Pike setzte seine Waffe an der Kehle des Mannes an, die scharfe Spitze ritzte seine Haut auf. Der andere hielt ihm seine Pistole an die Schläfe und sagte: „Du bist verhaftet, du Hund. Dir wird vorgeworfen, die Frau des Stadtschreibers missbraucht zu haben. Sie hat sich daraufhin erhängt, weil sie die Schande nicht ausgehalten hat. Du kannst von Glück reden, wenn dir der Kopf abgeschlagen wird. Ich selbst würde dich ja lieber pfählen."

Während die Männer die Taverne verließen, waren die Gäste immer noch schockiert. Jörg, Franzi und Pfarrer Höllrigl stand der Scheck immer noch im Gesicht. Die Schankfrau brachte ihnen einem großen Humpen Bier und meinte: „Das wird Euch gut tun!" Erst jetzt hatten die drei eine Möglichkeit, sich zu begrüßen. Jörg meinte: „Ich komme mit Euch, wo immer Ihr auch hingehen möget! Lasst uns uns aber erst einmal stärken. Der Weg wird uns weit von hier fortführen."

Alles Gezeter des Mannes half nichts. Er hatte aus Lust sein Leben verwirkt. Das wusste er. „Wir werden dich dem Schultheiß von Freistadt übergeben." Der Mann mit der Pistole holte einen dicken Strick heraus und band dem Delinquenten die Hände auf den Rücken. So traurig der Anlass doch war, Franzi fiel ein Stein vom Herzen. Jetzt wusste sie, dass die Festnahme nicht ihr galt. Jörg bekreuzigte sich und Pfarrer Höllrigl schaute verdutzt.

Freistadt, 18. Mai 1578

Als die drei in Freistadt ankamen, war in der Stadt die Hölle los. Sie waren über das Nordtor in die Stadt gekommen. Die Büttel erkannten, dass es sich bei den Reisenden um Geistliche handelte. Zumindest hatte einer seinen Habit an. Sie nahmen an, dass der Delinquent seine letzte Ölung bekommen sollte, auch wenn er es nicht verdient hatte. Der Mann hatte noch in der Nacht seine Tat gestanden und um Gnade gefleht. Die Folter war für das Geständnis gar nicht notwendig gewesen, also hatte der Schultheiß ein mildes Urteil gefällt. Der Henker schärfte gerade sein Schwert, als sein Gehilfe den Mann zum Richtblock führte.

Der Bürgermeister begrüßte Jörg: „Ah, Ihr kommt gerade recht. Könnt Ihr dem Mann die Beichte abnehmen. Er hat heute Nacht seine

Tat gestanden. Er hat die Frau des Schreibers von Kefermarkt geschändet und sich danach der Ortskassa bemächtigt."

Jörg war von der Anfrage des Bürgermeisters überrascht, wollte aber kein Aufsehen erregen. Die Stimmung der Leute war ohnehin schon angeheizt. Er meinte nur: „Wenn Ihr meint, werde ich ihm selbstverständlich sein Gewissen erleichtern lassen. Der Richtblock stand hinter dem Stadtplatz vor der Burg. Jörg ging zum Missetäter und beugte sich zu dem Mann hinunter, der seinen Kopf schon auf den Block gelegt hatte. „Erhebe dich mein Sohn und lege die Beichte ab!" Jörg gab dem Henker einen Wink, ein wenig innezuhalten.

Das Schwert des Scharfrichters durchtrennte den Hals mit einem einzigen Hieb, der Kopf fiel in einen Korb. Die Menge johlte, ein paar Frauen weinten. Der Bürgermeister kam auf Jörg zu und bedankte sich. Er wollte ihn noch zum Essen einladen, aber Jörg lehnte dankend ab. Jörg nahm sich sein Pferd und führte es neben Franzi und dem Pfarrer aus der Stadt hinaus. Vor den Toren Freistadts hielten die drei bei einem Gutshof an und kauften sich zwei weitere Pferde, um schneller voranzukommen. Zaumzeug und Sättel gehörten dazu und der Gutsbesitzer freute sich über den geistigen Segen für sein Haus und ein paar Gulden, die sich Jörg und der Pfarrer erspart hatten. Die Gruppe beschloss zunächst Prag zu besuchen. Der Weg dorthin würde sie entlang der Moldau über Rožmberk, Krumau und Budweis führen.

„Ich bin darauf gespannt, wie mein Vater auf den Besuch reagieren wird", sagte Jörg, als sie sich bei Wullowitz der tschechischen Grenze näherten. „Er wird sicher nicht erfreut sein", antwortete Hans Höllrigl. „Werdet Ihr ihm erzählen, dass Ihr den Lutheranern beitreten wollt?"

„Ich werde behutsam vorgehen müssen. Es wird zweifellos eine Enttäuschung für ihn werden, aber wie soll ich ihm in die Augen sehen können, wenn ich ihm nicht die Wahrheit sage. Ich schlage vor, dass wir heute bis Rožmberk reiten. Ich kenne dort den Burggrafen. Es handelt sich um eine große Burg, die inmitten einer Moldauschlinge liegt und als nahezu uneinnehmbar gilt."

Franzi war von dem Vorschlag nur geteilt glücklich. Zum einen wäre es auf dem Schloss Krumau sicherlich gemütlicher gewesen, doch erschien der Ritt zu weit und wie sie von Jörg erfahren hatte, musste er auf seinen Rücken aufpassen. Wie sich schließlich herausstellte, gehörten beide Burganlagen dem gleichen Adelsgeschlecht. Als sie in Rožmberk eintrafen, war die Sonne bereits am Untergehen. Auf dem Weg zu ihrem Ziel wurden sie mehrfach kontrolliert. Nach einem kurzen Gespräch mit Jörg wurden sie von den Wachen durchgewunken. Jörg ließ dabei die eine oder andere Münze springen. Auf der Burg war eine Garnison stationiert. Die Anlage versprach äußerst wehrhaft zu sein. Auf jeder Seite fielen die Felshänge viele Fuß hinab. Die Burg war nur über eine schmale Zugbrücke und einen steilen Weg erreichbar. Die Burg war geistig mit dem Zisterzienserklosters Vyšší Brod verbunden, was Franzi ein Heimatgefühl vermittelte.

Der Burggraf empfing Jörg und seine Begleiter persönlich. „Ich gehe davon aus, dass Ihr recht hungrig seid", meinte Graf Zrinski, „aber jetzt trinkt erst einmal einen Schluck!" Graf Zrinski bot seinen Gästen köstliches Bier an. „Ich kenne Ihren Vater, den Grafen Max von Hohenstein gut. Ich habe ihn bei einer Ständesitzung in Prag getroffen. Er kam mir als sehr besonnener Mann vor, der versucht hat, zwischen den tschechischen Ständen und dem Kaiser zu vermitteln. Ihr müsst wissen, dass wir selten einer Meinung sind. Aber was soll's." Zrinski erhob seinen Humpen und trank ihn mit ein paar großen Schlucken aus.

Jörg hatte nicht das Gefühl, das Zrinski mit seinem Vater erzürnt war. Aber dennoch verunsicherte ihn etwas. War es der Gesichtsausdruck des etwa fünfzigjährigen Grafen, der an seinem dunklen Schnauzbart herumzwirbelte? Der Graf wirkte dynamisch und war offensichtlich bei guter körperlicher Gesundheit. Seine Füße steckten in Reitstiefeln, die mit Sporen bewährt waren. Er war offenbar erst vor kurzem in seine Burg zurückgekehrt. Jörg konnte seine Frage nicht verkneifen: „Glaubt Ihr, dass es mit den Ständen zum Aufstand kommen wird?" Zrinski erhob seinen Kopf: „Zum Aufstand zwar nicht. Aber wer weiß das schon?"

Der junge Priester hatte plötzlich das Gefühl, nicht ganz willkommen zu sein. Er erhob dennoch seinen Krug und prostete dem Burggrafen zu. Die Gruppe wurde von einem Diener schließlich in den Speisesaal geführt, wo Wachteln, Knödel und Kraut serviert wurden. Der Geschmack des Essens kam bei den Gästen gut an. „Ihr könnt natürlich hier im Schloss übernachten, ich habe bereits einen Boten zu Wilhelm von Rosenberg, dem Oberstburggrafen von Krumau und dem böhmischen Oberstkämmerer geschickt. „Das ist zuviel der Ehre!", sagte Jörg. Jörg nahm sich vor, jetzt besonders vorsichtig zu sein.

Die Nacht verbrachten die Gäste in den Unterkünften des Schlosses in Rožmberk. An einen Gang in den Ort, der unterhalb der Burg lag, dachte keiner von ihnen. Gegen Mitternacht suchte Jörg Franzi auf. Es fühlte sich wie ein Lausbubenstreich an, aber er musste sie sehen, ihre Nähe spüren. Franzi verzehrte sich nach ihm, hatten sie sich doch schon so lange nicht mehr gesehen. Danach lagen sie keuchend im Bett: „Weißt du, ich habe solche Angst um dich gehabt", sagte Jörg. „Jetzt bist du endlich bei mir und ich lasse dich nie wieder gehen."

Pfarrer Höllrigl konnte trotz bleierner Müdigkeit nicht einschlafen. Die Bilder der vergangenen Tage gingen ihm durch den Kopf. Die Verhaftung bei Lasberg, die Hinrichtung in Freistadt und der Kopf, der auf einer Pike vor dem Stadttor aufgespießt war. Dann dachte er an seine ehemalige Kirchengemeinde und schließlich daran, was die Zukunft bringen würde. Schon morgen würden sie nach Krumau aufbrechen und dem obersten Kämmerer Böhmens begegnen.

Krumau, 19./20. Mai 1578

Jörg und seine Begleiter blieben noch einen Tag in Rožmberk beim Burggrafen Zrinski. Die Pause tat ihnen gut. Sie stärkten sich bei allerlei Köstlichkeiten rund um die böhmische Küche. Ein kleines Ritterturnier, das auf der Burg stattfand, sorgte für ein wenig Abwechslung. Jörg durfte auf einem Pferd die Lanze halten, was einen pittoresken Eindruck machte: ein Priester mit einer Lanze auf einem Pferd. Dabei hatte Jörg in seiner Jugend gelernt, wie man bei einem Turnier kämpft. Aber das war schon vier bis fünf Jahre her.

Ein Edelmann half dem Priester schließlich vom Pferd und sagte, dass er keinen schlechten Eindruck machen würde. Dass er dabei seinen Spaß hatte, konnte man ihm ansehen. Jörg bedankte sich und meinte: „Das Kämpfen möchte ich lieber einem Ritter überlassen, der sich damit auskennt." Franzi hatte sich bereits Sorgen um ihren geliebten Priester gemacht.

Ein Musikant stimmte schließlich ein fröhliches Lied an und sang Lobeshymnen über die tapferen Ritter, die um die Gunst der einen oder anderen Maid kämpften. Zrinski war an diesem Tag zwar ebenfalls frohen Mutes, gab sich aber bedeckt, was Glaubensfragen betraf. Kaum ein Adeliger wollte sich bekennen – ob er nun Protestant oder Katholik war. Man wollte es sich mit dem Kaiser nicht verscherzen. So blieb offen, was Zrinski nun wirklich dachte. Man lächelte sich einfach zu und nickte mit dem Kopf. Franzi bekannte sich auch nicht dazu, dass sie eine Zisterzienserin war. Dass sie kräuterkundig war, deutete Jörg aber an, als sich einer der Turnierkämpfer an der Schulter verletzte. Pfarrer Höllrigl trat schließlich als Bader in Erscheinung.

Bereits am nächsten Tag waren Jörg und die anderen nach Krumau unterwegs. Der Weg verlief entlang der Moldau. Etwa zehn Meilen sollten es sein, sagte Zrinski. Der Burggraf gab ihnen zwei Soldaten mit, die sie begleiteten. Die Männer hatten gleichzeitig den Auftrag, Nachrichten zwischen Rožmberk und Krumau auszutauschen. Auf kleinere Scharmützel wollte sich offenbar niemand einlassen.

Hinter der Flussbiegung tauchte schließlich das Schloss von Krumau auf. Es wirkte imposant und königlich. Die Festung erstreckte sich über einen Bergrücken und wurde von der Moldau in einer Schlinge umgeben. Der Turm war rund und mächtig. Fassadenmalereien zeugten vom

Reichtum des Besitzers. In der Höhe erstreckte sich ein Rundgang, der auf allen Seiten einen guten Ausblick garantierte. Unterhalb des Schlosses lag die Stadt, die ebenfalls von der Moldau geschützt wurde. Angreifer mussten also das Wasser überwinden, um hier Beute zu machen. „Hier lässt es sich wahrlich gut leben", meinte Jörg. „Die Handwerker müssen hier ziemlich wohlhabend sein." Die Bauten an der Burg verschlangen ein Vermögen.

Es läutete grade zwölf Uhr, als die Gruppe auf dem Stadtplatz eintraf. Wilhelm Graf von Rosenberg war gerade in der Stadt, um Steuern einzutreiben. In der Ferne sah Jörg einen Mann, den er nur allzu gut kannte. „Halt, weist Euch aus!", hieß es auf einmal. Die Wachen schauten sich die Passierscheine genau an. Einer blickte hoch und sagte: „Podle toho se budeme zabývat katolickou smečkou!" – „Ihr seid festgenommen!" In Windeseile packten sie Jörg und die anderen an den Handgelenken und drehten ihnen die Arme schmerzhaft auf den Rücken. Die Wachen dankten den Männern, die sie von Rožmberk nach Krumau geleitet hatten und sagten auf Tschechisch: „Wir werden mit dem katholischen Pack entsprechend umgehen!" Die drei konnten die Sprache zwar nicht verstehen, ahnten aber Ungutes. Die Pferde und alles, was sie dabei hatten, wurden kurzerhand konfisziert. Ein paar Minuten später befanden sich Jörg, Franzi und Pfarrer Höllrigl im Kerker Krumau. Die Kreuze, die sie trugen, wurden ihnen vom Hals gerissen. „Die braucht Ihr nicht mehr!" Die Tür wurde knallend zugeworfen, die schweren Riegel schlossen sich. Urplötzlich war alles um sie herum still, bis auf das Ziepen einer Maus, die sich erschrocken in ihr Loch zurückzog.

Hof in Oberfranken, 29. Mai 1578

Als der kaiserliche Agent aufwachte, läutete die Glocke des Doms zum Mittag. Er hatte erneut entsetzliche Kopfschmerzen. An die Liebesnacht mit dem jungen Mädchen neben sich konnte er sich nur mehr marginal erinnern. Er ließ das Mädchen links liegen und raffte sich aus dem Bett. Wallsee fühlte sich um Jahre gealtert und konnte sein Spiegelbild in seinem polierten Dolch nur undeutlich erkennen. Was er sah, war ein Spitzbart, den ein gezwirbelter Schnurrbart zierte. Seine Haare waren seit seinem Abenteuer in St. Florian wieder nachgewachsen. Im Gegensatz zu früher zeigten sich in ihnen aber graue Strähnen.

„Verdammt!", dachte sich Wallsee, „ich habe sie erneut verloren." Alles Nachfragen bei den Stadtwachen vom Hof nach einer jungen Frau und einem Mann, die einen Mühlviertler Dialekt sprachen, hatte nichts gebracht. „Was für einen Dialekt?", war die Nachfrage. „Einen ausländischen eben", antwortete Wallsee ungehalten. Eines war sicher: Er hatte sie verloren, auf die falsche Richtung gesetzt. In Hof, so war sicher, waren sie nicht. Also beschloss Wallsee, seine letzte Brieftaube nach Wien zu schicken: „Bin den Flüchtigen auf den Fersen und versuche sie zu fangen. Ihr alleruntertänigster Wallsee." Mehr hatte auf dem kleinen Briefchen nicht platz. Er verabschiedete die Taube damit in die Lüfte und hoffte, dass sie weder Falken noch Bussarden zum Opfer fallen würde.

Von seinen Begleitern hatte sich Wallsee bereits in Lobenstein getrennt. Nur ein Sergeant war bei ihm geblieben. Für dessen Sold musste er jetzt selbst aufkommen, würde ihn aber vom kaiserlichen Kämmerer zurück verlangen. Er gestand seine Niederlage ein: „Ottokar, wir müssen eine andere Richtung einschlagen! Immerhin haben wir den Führer der Räuberbande gefunden." Ottokar nickte und meinte: „Sehr wohl!", wie immer. Ottokar war sozusagen zur persönlichen Leibwache, die die Vorlieben mit seinem Herrn teilte, geworden. Auch Ottokar tat an diesem Donnerstag die Rübe höllisch weh. Er fühlte sich aber ansonsten entspannt.

Wallsee überlegte sich eine neue Strategie: Wohin sollte er gehen? Eines war klar, wenn schon nicht nach Osten, dann weiter nach Norden, dorthin wo er ursprünglich hin wollte. Wallsee hatte die Verfolgung der Flüchtigen zu seiner persönlichen Aufgabe gemacht, koste es, was es wolle. In Ottokar hatte der kaiserliche Agent einen treuen Begleiter gefunden, der offenbar sein Anliegen teilte. Auch er wollte sich nicht entgehen lassen, was er fast einmal in der Hand gehabt hatte. Also beschlossen die beiden zurückzukehren, aber nicht mehr in Lobenstein zu verweilen. Diese Blöße wollten sie sich nicht geben. Am nächsten Tag setzten sie ihre Pferde in Bewegung.

Burg Greifenstein, 30. Mai 1578

Anna hatte die Burg Greifenstein erreicht. Ihr Schimmel trabte über den aus Eichendielen gepflasterten Weg im Torbogen. Der Wachmann wollte Anna gerade aus dem Sattel helfen, als sie selbst mit einem großen Schwung vom Pferd absaß. „Wo ist Tante Gerda?", fragte Anna. Anna hatte die Comtesse so lieb gewonnen, als wäre sie ihre eigene Schwester. Gerda war nur zwei Jahre älter als sie selbst.

Sie hörte sie bereits aus der Nähe rufen: „Ach Anna, wie schön, dass du da bist. Ein Bote hat bereits angekündigt, dass du kommst." Gerda befand sich auf einem Balkon des Innenhofes.

„Das ist übrigens Konrad, mein Begleiter", sagte Anna und deutete auf den stattlichen Mann, den ihr ihr Vater Heinrich zu Lobenstein mitgegeben hatte. Konrad verbeugte sich und sagte: „Hoch erfreut, gnädigste Comtesse!" Anna und Konrad wurden von einem Diener in den Saal geleitet. Er empfahl sich und meinte: „Die gnädige Frau kommt gleich. Wenn Ihr bitte Platz nehmen würdet." Er deutete auf zwei Stühle, die vor einem Tisch standen. Dazu kamen sie aber nicht mehr. Die junge Gräfin stürmte herein und umarmte Anna. Der Diener räusperte sich verlegen: „Was darf ich Euch anrichten?" Gerda grinste und meinte: „Wein und Erdbeeren!"

Konrad erkannte gleich, dass sich Anna und ihre Tante Gerda mehr als gut verstanden. Es war eine Seelenverwandtschaft zwischen den beiden Frauen. Anna schwärmte sogleich von ihrem Retter. „Der Josef hat mich unter Einsatz seines Lebens gerettet. Zur Belobigung kam es gar nicht mehr. Er war von einer Stunde zur anderen verschwunden. Angeblich musste er bei einer Niederkunft helfen."

Anna erzählte Gerda von ihren Erlebnissen zu Hause, von dem verheerenden Unwetter und dass sie nur knapp dem Tod entgangen sei. „Welch ein Held", meinte Gerda. „Das hört sich alles so an, als würde es einem Minnelied des Walther von der Vogelweide entstammen. Gestern sind übrigens in der Tat Leute in Blankenburg angekommen, zu denen deine Beschreibung passt. Ein Wachmann hat mir davon berichtet: Mehrere Leute und zwei Kinder auf einem Floß und ein Viehtrieb auf der Straße. Sie haben sich auf einem Bauernhof vor den Toren der Stadt einquartiert."

„Also doch, sie sind hier", dachte sich Anna. Ihr Herz pochte auf einmal. Sie wollte sofort nach Blankenburg aufbrechen, wusste aber, dass sie die Gastfreundschaft nicht enttäuschen durfte und sagte zu sich, dass sie gleich morgen früh aufbrechen wolle. Sie freue sich jetzt, mit Gerda über das Neueste zu plaudern.

„In Blankenburg wird morgen eine Synode der Lutheraner tagen. Der ganze Ort ist in Aufregung. Wenn das nur gut geht!", sagte die Comtesse. „Unsere Soldaten sind in höchster Alarmbereitschaft. Ich habe gehört, dass auch kaiserliche Soldaten nicht weit weg von hier sein sollen. Wir versuchen, dass es zu keinen Reibereien kommt. Ein Konflikt könnte sich leicht zu einem Flächenbrand ausweiten."

Anna und Konrad waren nach den neuesten Informationen besorgt. Auf einmal trat für Anna ihr persönliches Interesse, ihren Retter zu suchen, in den Hintergrund. Konrad war alarmiert. Er wusste, wie wichtig es sei, die junge Gräfin aus den Unruhen herauszuhalten und er wusste auch, was Soldaten mit einem schönen Mädchen machen würden, wenn sie es in die Hände bekämen. Er würde sie mit seinem Leben schützen, immerhin hatte er sie aufwachsen sehen. Er hatte auch erlebt, wie sie reiten gelernt hatte, hatte mit ihr geübt, wie sie mit ihrem Falken umgehen sollte. Anna war für ihn so, als wäre sie sein eigenes Kind.

Abends saßen Gerda, Anna, Martin Graf de Jourez und Konrad im Palas der Burg. Sie beratschlagten die derzeitige Situation. Der Graf hatte schon eine Warnung bekommen, dass die kaiserlichen Truppen in Blankenburg eingreifen könnten. An den Stadtmauern wurden die Wachen bereits verdoppelt. Den Männern war klar, dass es auch um ihren Glauben und damit um ihr Leben ging. Sie waren mit den neuesten Musketen ausgerüstet worden. Die Soldaten waren hoch motiviert, Jourez wusste aber auch, dass Motivation alleine nicht half. Die kaiserlichen Truppen waren bestens ausgebildet und diszipliniert. Er wusste auch, dass er gegenüber den Familien der eigenen Soldaten eine Verantwortung hatte und Frauen und Kinder nicht ins Unglück stürzen wollte.

„Ich werde morgen nach Blankenburg reiten, um dort nach dem Rechten zu sehen. Und ich werde sowohl den Adel als auch die Kirchenmänner warnen, dass Gefahr droht", sagte Jourez.

Burg Greifenstein, 31. Mai 1578

Jourez machte sich noch vor dem Frühstück um fünf Uhr in der Früh auf den Weg. In seiner Begleitung waren fünf gute Kämpfer von der Burgwache. Jetzt kam es auf jede Minute an. Der Graf hatte schon am Vortag zwei Männer nach Blankenburg geschickt, um die Teilnehmer der Synode zu warnen. Jourez glaubte zwar nicht wirklich, dass der Kaiser seine Soldaten eingreifen lassen würde, aber Vorsicht sei in Zeiten wie diesen vonnöten. Immerhin gestand der Augsburger Religionsfriede vom 25. September 1555 den lutherischen Reichsständen eine freie Religionsausübung zu. Aber manchmal schien das eben nur auf dem Papier zu stehen.

Mit der Gründung des Jesuitenordens wurde gerade in Wien ein deutliches Zeichen für eine Rekatholisierung gesetzt. Der Fronleichnamsumzug der Jesuiten am 29. Mai war gerade vorbei und hatte in einem Milchkrieg gegipfelt. Kaiserliche Soldaten hatten an diesem Donnerstag am Graben in Wien den Marktplatz für eine zuvor angekündigte Fronleichnamsprozession frei gemacht und dabei mehrere Marktstände und Milchkannen umgeworfen. Katholische Geistliche ließen den Baldachin fallen und flüchteten in den Stephansdom. Kaiser Rudolf II schritt ein und sorgte dafür, dass die Prozession ein glückliches Ende fand.

Davon wusste Jourez natürlich nichts, aber er hatte ein unangenehmes Gefühl im Bauch. In Blankenburg wurde der Graf mit seinen Männern von den Wachen der Stadt empfangen. Die Teilnehmer der Synode nahmen die Nachricht des Grafen mit großer Empörung entgegen: „Soll das etwa heißen, dass uns der Kaiser am Gängelband führt!", rief ein evangelischer Geistlicher. Die anderen Besucher stimmten ein und einer meinte: „Wir werden uns nicht vertreiben lassen und die Synode abhalten." Unter den Besuchern des Treffens befanden sich auch Pfarrer Hans Wehrenpfenning und Sepp Großhammetner. Sie waren am Vortag in Blankenburg eingetroffen und hatten sich zur Veranstaltung angemeldet. Sie wollten in Blankenburg ihren Protest zum Ausdruck bringen.

Keiner konnte voraussagen, wie sie am Ende des Tages dastehen würden. Pfarrer Wehrenpfennig berichtete, warum er seine Heimat verlassen musste und dass eine Gruppe mit ihm die Heimat verlassen habe. Pfarrer Wehrenpfennig hob seine verbrannte Hand und sagte, dass man ihn gefoltert und weitere Repressionen angedroht habe. Er erzählte auch die Geschichte von Sepp Großhammeter, der sich mit seiner Frau und seinen Kindern in deutschen Landen eine neue Zukunft aufbauen wolle. Sepp sagte: „Ich suche einen Landesherren, der mich mit meinem Glauben so leben lässt, wie ich es mir wünsche. Dafür stelle ich ihm gerne meine Handwerkskunst und meine Erfahrung als Großbauer zur Verfügung."

„Ich finde es schlimm, dass wir aus der Heimat vertrieben werden, nur weil wir etwas anderes glauben!", war aus der Runde zu hören. „Dabei haben wir alle den Religionsfrieden unterschrieben." Im Saal gab es ein Aufjohlen der Anwesenden. „Nieder mit dem Haus Habsburg!" Jourez beschwichtigte: „Lasst uns keine schlafenden Hunde wecken! Wir müssen weiterhin klug und besonnen sein. Einen Krieg können wir nicht brauchen! Er würde alles zerstören, was wir aufgebaut haben."

Alle Versuche des kaiserlichen Agenten, nicht entdeckt zu werden, schlugen fehl. Eine Nuss, die ihm im Hals hinter der rechten Mandel stecken geblieben war, hatte daran Schuld. Aus der hintersten Reihe im Saal kam zunächst ein leichtes Würgen, das schließlich in ein Husten, ein verzweifeltes Schnappen nach Luft und dann in ein weiteres Würgen überging. Er beugte sich vor, um dann aufzuspringen und anschließend im Kreis zu laufen. Die Atmung ging in ein Japsen über und hörte schließlich mit einem Pfeifton auf. Dann hämmerte jemand mit der Faust auf seinen Rücken. Der „Geprügelte" spuckte nach einigen Hieben ein Stück Wallnuss aus.

Die Diskussion im Saal war inzwischen verebbt. Alle blickten gespannt den Mann in Schwarz an, der sich krümmte und um jeden Atemzug kämpfte. Ottokar war froh, dass Wallsee wieder atmen konnte und meinte: „Willkommen unter den Lebenden!" Die angespannte Lage im Saal ging in ein fröhliches Lachen über. Wallsee räusperte sich und meinte klein-laut: „Verzeiht mir bitte, ehrenwerte Leute von Blankenburg!" Der Agent hoffte dennoch, nicht erkannt worden zu sein, rechnete aber damit, dass Sepp Großhammetner spätestens zu jenem Zeitpunkt wusste, um wen es sich handelte, als er den Mund aufmachte und sich in einem breiten Regensburger Dialekt entschuldigte.

„Darf ich fragen, wer Ihr seid, wenn Ihr ausgehustet habt und wieder ins Leben zurückgekehrt seid?", fragte einer der Blankenburger Ratsherrn. Wallsee räusperte sich und sagte schließlich: „Ein Händler aus Regensburg." Dass er ein Agent des Kaisers war, verschwieg Wallsee.

„Seid Ihr Euch da sicher!", sagte Großhammetner. „Ich kenne Euch vielmehr als Mann seiner kaiserlichen Hoheit, dem Erzherzog Rudolf II. Wollt Ihr Euch nicht zu erkennen geben?" Wallsee beschloss auf Angriff zu gehen und sagte: „Da täuscht Ihr Euch gewaltig. Es stimmt, ich habe einen Zwillingsbruder, der in seinen Diensten steht." Durch die Anwesenden ging ein Raunen. Der Vorsitzende der Synode sagte schließlich: „Offensichtlich ist es besser, Ihr verlasst den Raum!" Er deutete auf die

Tür am Saalende und befahl den Wachen, in abzuführen. „Nehmt ihn in Gewahrsam! Wir werden uns mit ihm später befassen."

Wallsee hatte keine Wahl: Zwei Männer schnappten den Agenten mit harten Griffen und schleppten ihn vor die Tür. Ottokar gab sich bedeckt und griff nicht ein, stattdessen hielt er sich zurück und wartete eine Minute, bevor auch er aufstand. Draußen vor der Tür war noch der Protest Wallsees zu hören: „Das wird für Euch Konsequenzen haben, Ihr Gesindel. Wartet nur, dann werde ich Euch zeigen, wie ihr mit einem rechtschaffenen Händler umzugehen habt." Wallsee feixte wie eine Waschfrau. Ottokar Tannen war innerlich amüsiert. Er wusste dabei nicht, ob sein Befehlshaber nur Spaß machte, oder ob es ihm ernst war. Die Szene glich einer Posse in einem Theaterstück. Die Männer verschwanden mit Wallsee durch einen Stiegenabgang. Sekunden später knallte eine Tür zu. Die beiden kamen zurück, rieben sich die Hände und gingen in jenen Saal, aus dem sie gekommen waren. Ottokar nützte die Gunst der Stunde, um abzuhauen und nach Wallsee zu sehen.

Krumau, 21. Mai 1578

Der Kerkermeister hatte für die Insassen des neuen Schlosskerkers einen Topf mit Gerstensuppe in der Hand. Dazu gab es einen Kanten harten Brotes, auf dem sich schon leichter Schimmel zeigte. Franzi nahm die Speisen und zwei Holzlöffel entgegen. „Wohl bekomm's Euch, und passt ja auf, dass Ihr den Boden nicht verunreinigt." Die Tür knallte wieder zu. Durch das schmale Kerkerfenster kam ein wenig Licht. Franzis Augen hatten sich an die Dunkelheit bereits gewöhnt. „So habe ich mir die böhmische Gastfreundschaft nicht vorgestellt", meinte Jörg, dessen Rücken wieder ein wenig schmerzte. Der Hexenschuss, an den er sich noch allzu gut erinnerte, war aber nicht zurückgekehrt. „Wir können froh sein, dass wir nicht noch schlechter behandelt wurden und beieinander geblieben sind!"

Wenige Augenblicke später schob sich erneut der Riegel der Tür zurück. Sie öffnete sich quietschend: „Na schau an, wer da ist. Der Herr Sohn mit einer hübschen Jungfer und einem Pfaffen in Begleitung." Wer da eintrat, waren niemand anderer, als Max Graf von Hohenstein und Wilhelm Graf von Rosenberg, der meinte: „Kost und Logis werden wir Euch aber verrechnen." Rosenberg grinste über beide Ohren. „Ihr müsst entschuldigen. Die Männer hatten euch verdächtigt, fromme Katholiken zu sein. Ich hoffe, der Boden war nicht zu hart!"

Jörg stand auf und klopfte sich die Kleidung ab, in der noch Stroh hing. „Grüß Gott Vater, ich wünschte, wir könnten uns unter anderen Umständen sehen!" Es hatte ihn nicht getäuscht, die Person, die er am Vortag gesehen hatte, war tatsächlich sein Vater gewesen. Jörg und die anderen Gefangenen begrüßten auch den Burgherren mit einer tiefen Verbeugung. „Burggraf Zrinski hatte euch verdächtigt, dass ihr heimlich im Namen von Erzherzog Rudolf II unterwegs gewesen wäret. Erst Euer Vater hat mir erzählt, wer Ihr tatsächlich seid."

„Ich muss gestehen, dass mein Vater auch nicht alles weiß: Verzeiht mir bitte! Ich habe mehr von den Lehren Martin Luthers erfahren und wollte meine Gemeinde nicht länger anlügen müssen. Ich kann Luther einiges abgewinnen, aber ich bin noch nicht offiziell konvertiert. Im Gegenteil, ich bin erst vor kurzem als katholischer Priester ins Amt berufen worden."

Hohenstein hatte es die Sprache verschlagen, meinte aber: „Du musst deinem Gewissen nach handeln, mein Sohn. Aber wer sind deine beiden Begleiter?"

„Dass ist Franziska Birker, eine ehemalige Novizin des Zisterzienser Ordens und das ist Pfarrer Alois Höllrigl aus Münzbach. Er ist schon lang zum evangelischen Glauben übergetreten. In Münzbach gibt es keine Zukunft mehr für ihn."

„Im Vertrauen: Wie Ihr vielleicht wisst, ist es auch für uns nicht leicht, gegenüber dem Kaiser eindeutig Stellung zu beziehen. Immerhin hängt davon unser Vermögen und unsere Länderein ab. Eines ist klar: Ich habe Euch das nur erzählt, weil ich Euren Vater sehr schätze. Offiziell habe ich nichts gesagt. Aber lasst das lange Gerede nun gut sein und badet erst einmal. Ihr riecht … wie ein ganzer Schweinestall", sagte Graf Rosenberg und verzog die Nase. „Danach lade ich Euch gerne dazu ein, meine schöne Stadt und das Schloss anzusehen." Rosenberg lachte: „Aber diesmal außerhalb der Kerkermauern!"

Krumau war wirklich eine phantastische Stadt und der langgezogene Garten hinter der Burg faszinierte, auch wenn Franzi den Blumen viel weniger abgewinnen konnte als der Kräutervielfalt, die im Klostergarten in Baumgartenberg zu sehen war. Es tat aber gut, den Duft der Pflanzen einatmen zu können. Er ließ das dunkle Verließ schnell vergessen.

Jörg und sein Vater waren unter einer Linde unterdessen in ein vertieftes Gespräch verfallen. Max von Hohenstein meinte: „Ich kann dich gut verstehen, aber die Entscheidung, die du getroffen hast, wird dir dein Leben nicht viel leichter machen. Ich habe übrigens gehört, dass in den Kolonien jenseits des großen Ozeans tüchtige Leute gesucht werden. Die Menschen brauchen dort auch Seelsorger und kräuterkundige Menschen, die ihnen helfen, wenn sie krank werden. Von Amsterdam und Hamburg sollen Schiffe ablegen, die Passagen anbieten. Ich selbst bin zu alt, um das Abenteuer zu wagen."

Jörg war von den Überlegungen seines Vaters überrascht, hatte er doch für ihn eine Laufbahn als Theologe vorgesehen. „Ich danke Euch, lieber Vater, dass Ihr soviel Verständnis habt. Aber woher kommt der Wandel?"

„Ich sehe auf Europa einen Flächenbrand zukommen. Er wird weit über die Grenzen der deutschen und habsburgischen Länder hinausgehen. Es ist nur eine Frage der Zeit, wann es soweit sein wird. Ich wünsche dir, nicht dabei zu sein, wenn die Auseinandersetzungen anfangen. Ich gebe dir gerne das Geld mit, damit du dir eine neue Zukunft aufbauen kannst. Was ist übrigens mit Franziska. Ihr habt euch so angesehen, als würdet ihr euch lieben?"

Jörg nickte: „Das stimmt, ich liebe sie über alles und sie liebt mich. Und Luther hat gesagt, dass Jesus eine Ehe für Geistliche nicht verboten hätte. In der Bibel sei nichts davon zu finden. Also spricht auch nichts dagegen."

„Wenn das so ist: Sie ist zwar nicht standesgemäß aber meinen Segen habt ihr. Sie ist eine hübsche und kluge Person. Wenn ihr wollt, können wir gleich zu Trinitatis, am 25. Mai, Hochzeit feiern. Ich werde Wilhelm Graf von Rosenberg um Erlaubnis bitten, dass wir das Fest, hier auf dem Schloss im kleinsten Kreise abhalten können. Und das Gute ist, ihr habt mit Pfarrer Höllrigl gleich einen Pfarrer mitgebracht, der euch trauen kann."

Franzi beobachtete Vater und Sohn aus der Ferne, sah aber, dass die beiden in immer bessere Laune gerieten. Die junge Frau wurde schließlich neugierig und kam immer weiter auf die Linde zu, unter der die beiden sich beraten hatten. „Darf ich Euer Gnaden stören? Ich sehe, dass gute Laune aufgekommen ist. Das hat doch nicht mit dem warmen Mailüftchen zu tun?"

„Liebe Franzi, ich muss Euch etwas sagen. Wollt Ihr Euch kurz setzen, ich glaube, das ist besser so", Jörg versuchte ernst dreinzuschauen. Dann kniete er sich mit einem Bein auf das Gras und schaute auch seinen Vater an. „Würdet Ihr mir die Ehre erweisen, meine Gattin zu werden?" Franziska war so überrascht, dass sie kurz aufjauchzte. „Ich dachte schon, Ihr würdet niemals fragen!" Franziska stand von der Bank auf und umarmte Jörg. Graf Hohenstein freute sich bis über beide Ohren und dachte sich: „Gut gemacht, mein Sohn."

Er ging zu dem jungen Paar und gratulierte: „Ich freue mich für Euch beide. Meine herzlichen Glückwünsche, ich wünsche Euch für die Zukunft alles Gute!" Jörg berichtete Franzi von dem Gespräch, dass Graf Hohenstein vorgeschlagen hatte, dass Jörg und Franziska ihr Glück in den neuen Kolonien suchen sollten.

Rosenberg war von dem Vorschlag angetan und geehrt, dass das junge Paar auf seinem Schloss, das sich gerade in Ausbauarbeiten befand, heiraten wolle. Alles musste natürlich möglichst heimlich über die Bühne gehen. Immerhin war Rosenberg nicht nur Oberstkämmerer von Böhmen, sondern auch der Regent. Ein kleiner, feiner Rahmen sollte es sein, selbst die Vertrauten von Rosenberg sollten nur das Notwendigste wissen. „Wir werden die Schlosskapelle als Ort eurer Hochzeit nehmen. Zur Feier lade ich eine Spielgruppe aus Prag ein. Es wird natürlich auch ein Festessen und einen Tanzabend geben, zu dem ich Euch herzlich einlade! Verzeiht mir bitte, dass es kein Ball werden wird. Das wäre zu auffällig", meinte der Oberstburggraf.

Rosenberg war stolz auf seine Stadt, zählte sie doch bereits zweitausend Einwohner und hatte dreihunderteinunddreißig Häuser. Außerdem verfügte Krumau über Privilegien einer königlichen Stadt. „Trinitatis, der Sonntag nach Pfingsten, soll mir Recht sein." Rosenberg war sich aber im Klaren, dass er künftig die Jesuiten unterstützen muss, um des Kaisers Wohlwollen nicht zu verlieren. Er würde in Krumau sogar ein eigenes Priesterkolleg einrichten. So stand Rosenberg zwischen den Stühlen. Zwischen dem Rudolf II und jenem von seinem Freund Max Graf von Hohenstein.

Ein kleiner Spaziergang durch die Gartenanlage des Schlosses tat Franzi und Jörg gut. Die beiden gingen Hand in Hand und träumten von ihrer Zukunft. Wie würde das Leben in den Kolonien sein. „Wie werden wohl einmal unsere Kinder aufwachsen?", fragte sich Franzi. Bei aller Ungewissheit schöpften die beiden neue Hoffnung. Sie wussten von den Abenteuern des Christoph Columbus und des Amerigo Vespucci, nachdem letztlich Amerika benannt wurde. Sie wussten auch von der Mühsal und dem Risiko, das die beiden auf sich genommen hatten. Wohin würde sie der Weg wirklich bringen und würden sie die Fahrt überhaupt überleben? Aber sie freuten sich auf die neue Welt.

„Mein Vater beabsichtigt an der Entdeckung der neuen Welt teilzuhaben. Er wird sich am Bau eines neuen Schiffes beteiligen. Er will sich überlegen, Englands Königin Elisabeth zu unterstützen, die über gute Seefahrer und eine große Flotte verfügt. Sie steht im Kampf mit den

Spaniern, die die Welt jenseits des großen Meeres für sich beanspruchen. Weißt du übrigens, dass der Name des großen Meeres auf die griechische Mythologie zurückgeht? Es heißt das Meer des Atlas", dozierte Jörg. „Ach nein, was Euer Eminenz nicht sagt!" Franzi blieb stehen und gab Jörg einen Kuss. „Ich habe eine neue Aufgabe für Euch, Ihr könnt in der neuen Welt Lehrer oder gar Dozent werden!" Franzi schmunzelte und Jörg fühlte sich ein wenig pikiert. Das hatte er nun davon, dass er sich in eine schlaue Frau verliebt hat. „Ich danke Euch herzlich für Eure Anmerkung!"

Franzi, Jörg und sein Vater überlegten sich am Nachmittag, wie sie ihre Pläne umsetzen konnten. „Ich schlage vor, dass Ihr nach Amsterdam geht, um Euch einzuschiffen. Ich werde Pieter van de Gruyt eine Nachricht schicken, in der ich ihm meine Pläne, in die Schifffahrt einzusteigen, mitteile. Außerdem kenne ich jemanden in Thüringen, der euch sicher unterstützen wird. Vielleicht können wir schon nächstes Jahr die Überfahrt wagen. Aber lasst uns jetzt eure Hochzeit planen, bevor ich oder Graf Rosenberg es sich noch einmal anders überlegen.

Sterzing, Florenz, 13.–21. Juni 1578

Graf Meinrad putzte sich gerade seine Brille, als die Wachen zusammen mit Graf Lohenroth und der Äbtissin eintraten. Er hatte sich die Lesehilfe um teures Geld von einem Glasbläser aus Murano bei Venedig anfertigen lassen. Das Binokel ließ die Augen zwar größer erscheinen, wirkte aber wahre Wunder. Jetzt konnte er die Silberabrechnungen für seine Bergwerke wieder selber erledigen. Er merkte zwar, dass die Erträge in den letzten Jahren zurückgegangen waren, aber er brauchte keinen Buchhalter mehr, der ihn womöglich betrog. So hatte es sich Meinrad selbst zur Aufgabe gemacht, über seine Einkünfte zu wachen. Täglich rechnete er ab, was ihm die Arbeiten seiner Männer einbrachten. „Ich glaube, wir müssen beim Südstollen besser aufpassen, was herein kommt", meinte der Graf gedankenverloren.

Meinrad schreckte aus seinen Überlegungen auf, als er seine Gäste endlich wahrnahm. Er war nicht sonderlich groß, aber dennoch konnte er sehr unangenehm werden. Sein Kopf wurde von einem grünen Barett geziert, auf dessen Vorderseite sein Wappen in Silber prangte. Graf Lohenroth konnte nicht erkennen, ob es ein Habicht oder ein Adler war. Lohenroth hob zum Gruß an, wurde aber unterbrochen: „Eine Augenblick noch, ich bin gleich bei Euch." Meinrad kontrollierte noch kurz seine Tageseinnahmen und meinte schließlich: „Verzeiht, ich hätte sonst von neuem zu zählen beginnen müssen."

Lohenroth nahm es dem Silberbaron nicht übel, waren sie doch überraschend eingetreten. Er wusste, dass das viele Geld bei manchen Mitmenschen Verdruss verursachte. Er selbst fühlte sich von diesem Übel befreit, hatte er doch Unsummen in die Aufrüstung seiner Burg investiert. „Ah ja, ihr müsst Graf Lohenroth sein, nicht wahr!"

„Sehr wohl, ich bin gerade zu meinen Besitztümern in der Toskana unterwegs, und das ist Äbtissin Edeltraud. Sie ist auf dem Weg zum Heiligen Vater in Rom."

„Gut, gut", meinte Meinrad. „Ein Bote hatte uns erreicht. Ich soll Euch warnen, dass in Siena zur Zeit das Fleckfieber wütet, und dass es nicht ratsam ist, weiterzureisen. Viele Menschen sollen an hohem Fieber gestorben sein." Lohenroth wurde von dieser Nachricht komplett überrascht. Die Seuche würde auch auf dem Gut des Grafen wüten. Die Äbtissin hatte von dieser Erkrankung der Menschen schon gehört. 1556 soll sie im Ungarn viele Menschen dahingerafft haben. Edeltraud machte sich Sorgen um Lohenroth und meinte: „Auch wir werden vom Fleckfieber nicht verschont bleiben, wenn wir uns in die Nähe der Menschen begeben. Wir sollten uns etwas anderes überlegen, was wir künftig tun werden."

„Ich werde mit Don Michele Moltocarbone, einem Bankier in Florenz reden. Er ist ein alter Freund von mir. Vielleicht kann er mir einen Rat geben, was zu tun ist. Ich schlage vor, dass Ihr weiter offiziell angeben werdet, nach Rom zu fahren. Wir werden uns von unseren Tiroler

Gefolgsleuten trennen und mit Fritz und Karl allein weiterreisen, weil wir die beiden Soldaten nicht dem Fleckfieber aussetzen wollen."

„Wir reisen morgen früh ab", beschloss Lohenroth. Edeltraud, Fritz und Karl hatten den Plänen bereits zugestimmt. Die Reisegesellschaft benötigte fünf Tage bis Florenz. Während der Fahrt kamen sie meist in Klöstern unter, die sich über einen kleinen Zuverdienst freuten. Nur einmal mussten sie in einer Taverne übernachten. Nachdem sie offiziell eine Pilgerreise unternahmen, duldete man die „tedeschi", die Deutschen.

Als die Gruppe Florenz erreichte, hatten Edeltraud und Lohenroth mehrfach von dem Fleckfieber in Siena gehört. Auch dort hatte man es zur Sitte gemacht, die Leute wie in Venedig unter Quarantäne zu stellen, nur dass diese Maßnahme nicht die Zureisenden betraf, sondern vielmehr die Einwohner selbst. Man ging sich aus dem Weg, wusste aber nicht genau, woran sich Leute ansteckten. Bereits Hunderte wurden auf einem Friedhof vor der Stadt begraben. Die Menschen verbrannten innerlich, so hieß es. Edeltraud warnte den Grafen vor der gefährlichen Seuche, zudem er selbst nicht mehr der Jüngste war.

Don Michele Moltocarbone empfing Lohenroth in seinen fürstlich ausgestatteten Büroräumlichkeiten. „Ah, buona giornata, molto caro signore Lohenroth!" Come stai – Wie geht es Ihnen?" Dass er dabei den Majestätsplural vergessen hatte, wollte der Graf außer Acht lassen.

Der Bankier hörte sich die Ausführungen Lohenroths in aller Ruhe an und meinte schließlich: „Eine missliche Lage, aber ich kann Euch helfen. Wenn Ihr für Euer Landgut in der Toskana etwas anderes wollt, habe ich ein gutes Angebot für Euch." Der Bankier machte dem Grafen einen interessanten Vorschlag, bei dem er nicht nein sagen konnte und erzählte ihm von einer Schiffspassage nach Gibraltar. Auf dem Weg in die neue Welt, habe man zudem eine Insel entdeckt, die überaus fruchtbar sei. Er könne dort ein anderes Gut erwerben. Der König würde sicher zustimmen, zudem man dort erfahrene Leute bräuchte. In Genua würde ein Schiff liegen, das am 1. Juli in See stechen würde. Seine Bank zeichnete an dem

Schiff Anteile. Der Kapitän hieße Ronaldo Pescarone. Er solle dort nach einer Karavelle mit dem Namen „Grande Squalo Bianco" Ausschau halten. Das Schiff verfüge über drei Masten, habe drei Focksegel und Lateinersegel an den hinteren Masten. Die Squalo Bianco sei generalüberholt und werde mit Stoffen beladen. In Gibraltar gäbe es ein Kontor, das mit seiner Bank in Verbindung stehe.

Lohenroth hörte fasziniert zu und teilte dann seine Pläne den anderen mit. Fritz und Karl hatten noch nie im Leben ein Meer gesehen und auch Edeltraud hatte nur davon gehört. Die Schauergeschichten um verschiedene Ungeheuer wollten ihr nicht aus dem Kopf gehen. Fritz und Karl witzelten schließlich über riesige Kraken und Seeschlangen. Der Graf meinte: „Die Ungeheuer gibt es nur im Märchen, Ihr solltet Euch lieber wegen Piraten Sorgen machen."

Zwar hatte Kaiser Karl V 1571 in der Schlacht bei Lepanto, befehligt durch seinen unehelichen Sohn Juan de Austria, nahe des Peloponnes zweihundertfünfundfünfzig türkische Schiffe besiegt. Einhundertzehn Schiffe wurden versenkt, auf türkischer Seite gab es dreißigtausend Tote. Auf Seiten der Mittelmeermächte waren achttausend Tote zu beklagen und dreizehn Schiffe wurden versenkt. Aber Kaperfahrten der Türken auf Handelsschiffe waren noch immer Gang und Gäbe.

Genua, 28. Juni 1578

Moritz Graf von Lohenroth erreichte Genua in bester Stimmung. In der Stadt angekommen mietete er sich ganz in der Nähe des Hafens ein, er verkaufte Pferde und seine Kutsche. Was er, sein Gesinde und Edeltraud noch bei sich hatten, waren zwei Truhen mit Ersatzkleidung, eine kleine Kiste mit Gulden und gute Hoffnungen für die Zukunft. Lohenroth hatte nicht das ganze Vermögen in Gold angelegt, sondern auch vorsichtshalber in Wechseln und Anteilsscheinen. Außerdem gehörten ihm immer noch Anteile an seinem Besitz in der Toskana.

Am Hafen machte er den Kapitän des Schiffes, Signor Ronaldo Pescarone, aus. Er war gerade dabei, die Beladung seines Schiffes zu überwachen. Von Michele Moltocarbone hatte er via Boten die Anweisung bekommen, seine Kajüte dem Grafen und der Äbtissin zur Verfügung zu stellen. Er selbst hatte sich beim Maat zusammen mit Fritz und Karl einquartiert. Am 1. Juli war es schließlich soweit: Das Schiff verließ pünktlich mit dem Abnehmen der Flut Genua in Richtung Gibraltar. Die Grande Squalo Bianco hatte sogar Kanonen an Bord, um sich gegen Angriffe von Piraten wehren zu können. Zwei kleinere waren nach vorne gerichtet, sechs nach Steuerbord, beziehungsweise Backbord und eine stand am Heck des Schiffes. „Sollten sich finstere Gesellen blicken lassen, werden wir ihnen damit einheizen. Ich habe ein paar Matrosen als Kanoniere ausbilden lassen!", meinte Pescarone stolz, „und das Schiff trägt nicht umsonst einen stolzen Namen."

Der Schiffskoch hatte Pökelfleisch und Kraut zubereitet. Dazu gab es Wein: „Gewöhnt Euch schon einmal an die Speisen." Als Überraschung hatte Pescarone aber auch Fisch vorgesehen, denn davon gab es im Meer mehr als genug. Man musste nur wissen, richtig die Angelhaken auszuwerfen. Die Reiseroute ging entlang der französischen und der spanischen Küste. Das Wetter war stabil, nur vor Frankreich blies ein starker Mistral, der bei den Landleuten für Unwohlsein sorgte. Pescarone hatte extra diesen Weg gewählt und nicht jenen vor Nordafrika. Die Gefahr, in die Hände von Piraten zu gelangen, war einfach zu groß. Nach vier Tagen erreichte das Schiff den Hafen von Barcelona, um Wasser und frisches Gemüse nachzuladen. Granatäpfel, Orangen und Feigen waren ebenso dabei. Einen Tag später setzte die Squalo Bianco die Reise in Richtung Gibraltar fort.

Das Reisewetter war überaus gut, der Graf und seine Begleiter waren zur Ruhe gekommen – bis zu dem Zeitpunkt, als die Äbtissin nach hinten deutete: „Ich glaube, wir haben treue Verfolger, seht Ihr in der Ferne die dreieckigen Segel? Sie sind schon seit Stunden hinter uns." Drei Schiffe zeichneten sich im Dunst der See ab. Graf Lohenroth lehnte sich an den

Mast, um das Fernglas ruhig halten zu können. In der Tat waren da drei Schiffe, die sich in den Wind legten. Die Schiffe hatten keine Flaggen an den Masten.

Lohenroth verständigte den Kapitän von der Entdeckung. „Wir werden einen neuen Kurs setzen. Mal sehen, was sie tun?" Das Schiff hing hart an den Wind, der von Nordost wehte. Die drei Schiffe folgten der Squalo Bianco eine halbe Stunde lang, dann entschied sich Ronaldo Pescarone für einen Südwest-Kurs. Die Verfolger drehten ebenfalls. „Wir werden ein weiteres Focksegel setzen." Die Squalo Bianco machte gute Fahrt, die Gischt peitschte über das Vorderschiff. „Fallt mir ja nicht ins Wasser! Sonst finden wir Euch nie mehr", rief der Kapitän. Das Schiff war zu schnell, um abrupt zu bremsen. Die Segel hinter dem Heck des Schiffes entfernten sich mehr, aber es war klar, dass es sich bei den Verfolgern um Piraten gehandelt haben muss.

Das Schiff erreichte am übernächsten Tag die Höhe von Granada. Die schneebedeckten Berge strahlten mit ihrem Weiß deutlich in den Himmel. „Wir werden morgen den Hafen von Gibraltar erreichen." Der Kapitän machte immer noch ein nachdenkliches Gesicht und schaute nach Achtern. „Ich bin gespannt, ob unsere Freunde wieder auftauchen. Ich besetze das Krähennest mit zwei Männern." Das Schiff hatte die zusätzlichen Segel schon gehisst, um die Belastung nicht zu groß werden zu lassen.

Kurz vor Gibraltar, es dämmerte bereits, tauchten die dreieckigen Segel urplötzlich von Steuerbord auf. „Alarm!", schrie einer der beiden Männer im Krähennest. Die Schiffe näherten sich schnell der Squalo, nachdem sie besser im Wind standen. Die Matrosen machten sofort die Kanonen klar. Die Luken öffneten sich, die Geschütze wurden bis an die Bordwand geschoben. Dann gab es einen ohrenbetäubenden Knall. Wasser spritze vor einem der angreifenden Schiffe in gut fünfhundert Schritt Entfernung auf. Der zweite Schuss ließ Planken zersplittern, der dritte traf einen der Masten. Schreie waren aus der Ferne zu hören. Die Holzsplitter hatten ein paar Männer getroffen. „Alle Achtung", meinte der Kapitän, „segeln können die Muselmanen! Ein kleines Fass Rum für die Männer im Ausguck und ein großes für die Kanoniere." Die Türken waren von der schnellen Reaktion so überrascht, dass sie nach Steuerbord abdrehten. Eines der Schiffe hatte Feuer gefangen. Offenbar war die Pulverkammer getroffen worden.

Der Kapitän entschloss sich keine Verfolgung aufzunehmen. Nur eines der Schiffe der Verfolger war noch intakt. Es drehte bei, um bei den Löscharbeiten Hilfe zu leisten, beziehungsweise die Mannschaft zu retten. Edeltraud war von dem Angriff erschrocken, sprach aber dennoch ein Gebet für die Männer, die ums Leben gekommen oder verletzt waren. „In nomine Patris et Filii et Spiritus Sanctus!" In der Ferne war nur mehr ein Feuer auf See zu sehen. Die Rauchschwaden der Kanonen waren verschwunden, es roch nach verbranntem Schwefel. Am nächsten Morgen erreichte die Squalo schließlich Gibraltar.

Blankenburg, 31. Mai 1578

Alles, was die Wachen noch vorfanden, war eine dicke, offen stehende Tür, ein leerer Gefangenenraum und kein kaiserlicher Agent namens Wallsee. Er hatte den Raum kurzerhand verlassen, nachdem Ottokar Tannen das Schloss mit einem Zweitschlüssel, den er in der Kanzlei gefunden hatte, geöffnet hatte. Die beiden waren in aller Ruhe aus dem Bürgermeisterhaus hinausspaziert und hatten die Einheimischen sogar noch freundlich gegrüßt. Eine Bäuerin meinte noch: „Was für ein höflicher, eleganter Mann."

Kurze Zeit später läuteten vom Stadtturm die Glocken, aber Feuer war keines zu sehen. Männer brüllten: „Haltet den Flüchtigen!" und die Bäuerin sagte: „Wie man sich täuschen kann." Aber da waren Wallsee und Tannen schon längst verschwunden. Zenzi war durch die Glocken aufgeschreckt, Sepp Großhammetner hatte zusammen mit Pfarrer Wehrenpfennig den Saal verlassen und war auf die Stadtschenke zugeeilt, um sich mit den anderen Mitgliedern der Reisegruppe zu treffen. Sie hatten alle nichts von dem Auftauchen des kaiserlichen Agenten und dessen Flucht mitbekommen. Auch davon, dass Soldaten des Hauses Habsburg in der Nähe sein sollten, wussten sie nichts. „Anscheinend hat man dieses Gerücht in Umlauf gesetzt, um die Anhänger Luthers zu verunsichern", meinte Wehrenpfennig.

Ganz Blankenburg war durch die Glockenalarmierung in Unruhe versetzt. Die Stadtbüttel machten in den Häusern, ja sogar in den Schweineställen Kontrollen. „Die sind auf und davon!", sagte Martin Graf de Jourez und schlug mit der Faust an den Eichentisch. „Wie konnte diese Schlamperei nur passieren?"

Gibraltar, 14. Juli 1578

Graf Lohenroth und die anderen hatten sich von der Mannschaft der Grande Squalo Bianco verabschiedet und die „Conquistador", einen Viermastsegler bestiegen. Der Kapitän wirkte wie ein hart gesottener Seefahrer und hieß Ernesto Ferrari. Auf dem Schiff gab es eine Kabine, die den Passagieren zur Verfügung stand. Fritz und Karl schliefen im Mannschaftsraum.

Das Schiff legte am Abend in Gibraltar ab. Es wehte ein starker Wind aus Südost. Die Einheimischen nannten ihn Schirokko. Die Luft gelblich, die Hitze kaum zu ertragen. Der Wind war aber ausgezeichnet geeignet, um die Gegenströmung in der Meerenge von Gibraltar gut überwinden zu können. Das Schiff segelte hart am Wind und neigte sich gefährlich schräg nach Steuerbord. Der Mann im Krähennest hatte aber seinen Spaß. Von den Piraten war nichts mehr zu sehen. Edeltraud und Lohenroth freuten sich schon auf den atlantischen Ozean. Soweit waren sie noch nie in ihrem Leben gekommen.

„Wie mag es wohl Columbus und seinen Seeleuten gegangen sein, als sie es wagten, zum ersten Mal das Meer zu überqueren, um den Weg nach Indien zu suchen?", fragte sich Edeltraud. „Der Horizont scheint in unendlicher Weite zu liegen. Ich glaube, dass man sogar im Krähennest nicht das Ende des Meeres sehen kann."

Die Conquistador steuerte zunächst entlang der marokkanischen Küste auf Lanzarote zu, um dann an Fuerteventura vorbeizusegeln. Gegenüber der Mannschaft hatten sich Moritz Graf von Lohenroth und die Äbtissin Edeltraud als Contar und Condesa de Lohenroth ausgegeben. Das vereinfachte auch die Unterbringung im Schiff in einer gemeinsamen Kabine erheblich. Moritz hatte Edeltraud in Gibraltar neue Kleider gekauft. Ihr Ordensgewand hatte sie wohl oder Übel ablegen müssen. In den beiden ersten Tagen war das Tragen des Kleides, des Mieders und der Schuhe für die Ordensfrau ungewohnt, aber dann fand sie immer mehr Gefallen daran. Sie fühlte sich als Frau wie neu geboren. Das Haar trug sie immer noch kurz, was ihr ausgezeichnet stand. Die beiden hatten sich in Gibraltar ein gegenseitiges Heiratsversprechen gegeben und wollten die Hochzeit nachholen, so bald es möglich war. In Teneriffa sollte die Conquistador am 1. August ankommen.

Die Insel war in den vergangen Jahren immer umkämpft gewesen. Nicht nur die Spanier, die sie letztlich eingenommen hatten, zeigten Interesse an der Insel, in deren Mitte ein riesiger Vulkan – der Teide – aufragte. Die Spanier hatten die Ureinwohner des Eilands, die Guanchen, unterdrückt und teilweise versklavt. Papst Eugen IV hatte die Guanchen in der Bulle „Regimini gregis" vom 29. September 1434 unterstützt. Als Edeltraud die weiße Spitze des Teide zum ersten Mal sah dachte sie sich: „Hier hat sich wohl der liebe Gott niedergelassen." Der riesige Berg musste wohl über 10.000 Fuß hoch sein.

Die Conquistador warf im Hafen von Garachico, einer Stadt im Nordwesten der Insel, Anker. Drei verschiedene Schiffe wurden gerade mit Wein und Zuckerrohr beladen. „Wie es aussieht floriert hier der Handel prächtig!", meinte Lohenroth.

Krumau, 29. Mai 1578 und Folgetage

Die Hochzeit hatte zu Trinitatis in der Schlosskapelle von Krumau stattgefunden. Dass heute Fronleichnam war, spürte man in Krumau noch nicht. Die Prozessionen der Jesuiten geschahen in Wien, aber noch nicht hier. Für viele war es nur ein schöner, warmer Tag. Max Graf von Hohenstein dachte noch über die Hochzeit und die kommenden Tage nach. Gleich morgen würde er sich nach Prag begeben, um seiner Arbeit auf dem Hradschin nachzugehen. Er würde Jörg und seine liebe Frau Franziska mitnehmen. Mit dem Sinneswandel seines Sohnes hatte sich Max bereits abgefunden. Er hatte zwei Möglichkeiten, sich zu entscheiden gehabt: Entweder die Ehe zu billigen und eine überaus aparte Schwiegertochter dazu zu bekommen oder einen Sohn zu verlieren. Er hatte sich für ersteres entschieden.

Am Tag nach Fronleichnam verabschiedeten sich Max von Hohenstein, Sohn Jörg und seine Frau vom böhmischen Oberstkämmerer. Der Weg führte sie entlang der Moldau. Als Begleitschutz hatte die Gruppe, der sich Pfarrer Höllrigl angeschlossen hatte, zwei Soldaten, einen Kutscher und einen Kammerdiener. Die Kutsche kam gut voran, die Pferde wurden als Lasttiere mitgeführt. In Prag angekommen, bezogen Jörg, Franziska und der Pfarrer ihre Quartiere im „U Zlatého stromu", im Grünen Baum. Bereits wenige Meter hinter der Taverne lag die Karlsbrücke. Max quartierte sich wieder im Hradschin, der oberhalb der Stadt liegenden Burg, ein. „Ich werde einmal nachsehen, ob Ihre kaiserliche Hoheit zugegen ist", sagte von Hohenstein.

Hohenstein sah zwar auf dem Hradschin keinen Kaiser, dafür aber den Alchimisten Friedrich Goldstein. „Herr Goldstein, hat er seinem Namen schon Ehre erwiesen?", fragte Hohenstein.

„Noch nicht, die Alchemie ist weit komplizierter, als Ihr denkt." Dabei lallte er sehr.

„Und der Wein offenbar zu schmackhaft!", setzte Hohenstein nach.

„Die Forschungen bedürfen der größten Aufmerksamkeit, aber glaubt mir, der Durchbruch steht kurz bevor, in einem Jahr dürfte es so weit sein." Goldstein kam bei dieser Feststellung ein überaus kräftiger Rülpser aus. „Nun denn, ich werde mich höflichst empfehlen, lieber Goldstein. Und dass Ihr fleißig weiterforscht, der Kaiser braucht viel Gold, um gegen seine Feinde in Ost und West bestehen zu können."

Hohenstein ging in seine Kanzlei, um das Neueste zu erfahren. Der Verwalter berichtete ihm, dass es unter den böhmischen Ständen kräftig rumorte. Es sei nur eine Frage der Zeit, bis sich die Menschen gegen die Steuern des Kaisers wehren würden. Und dann sollten sie auch noch den alten Glauben hinnehmen. „Das kaiserliche Haus regiert mit harter Hand! Macht Euch darüber keine Gedanken und denkt er vor allem an Euren Kopf." Hohenstein, sah seinen Ratschlag als freundschaftlich an. „Bei Krumau sind neue Silbervorkommen gefunden worden. Das dürfte die finanzielle Situation seiner Hoheit mildern. Der Regent, Wilhelm Graf von Rosenberg, lässt schon sein Schloss ausbauen, um zu zeigen, dass es aufwärts geht. Erst jetzt hat er seinen Turm aufstocken lassen."

Im „U Zlatého stromu" bezogen Franzi und Jörg ein großzügiges Zimmer. Zum ersten Mal hatten die beiden Zeit, sich nach ihrer Hochzeit zu umarmen und zu küssen. Franzi fragte Jörg: „Na, wie gefällt Euch Eure neue Rolle und Eure Frau?"

„Beides sehr gut. Es könnte nicht schöner sein."

Die beiden wuschen sich in einer Holzbadewanne den Straßenstaub ab. Eine Bademagd hatte dem Paar mehrere Kübel warmes Wasser ins Zimmer gestellt. Franzi und Jörg genossen es, sich gegenseitig zu waschen. Sie hatten sogar ihre Unterkleidung ausgezogen. Als Paar brauchten sie jetzt nicht keusch zu sein und konnten sich ohne Sünde lieben. Dann schenkte Jörg sich und Franzi zwei Gläser Wein ein. Der Wein schmeckte aus einem gefertigten Glas gleich doppelt so gut. „Wie geschickt doch die Böhmen sind, so etwas Kunstvolles zu fertigen", meinte Franzi.

Am Abend brannten in der Karlsstraße in schmiedeeisernen Käfigen kleine Feuer. Franzi und Jörg beschlossen bis zur Sperrstunde einen kleinen Spaziergang zu machen. Sie wollten die untergehende Sonne auf der Karlsbrücke genießen. Jörg erzähle Franzi eine kleine Geschichte über die Brücke: „Wisst Ihr, dass die Karlsbrücke eine der ältesten Steinbrücken Europas ist? Sie überspannt in sechzehn steinernen Bögen die Moldau. Der Grundstein wurde 1357 von Karl IV gelegt. Der Brückenturm, durch den wir gerade gegangen sind, wurde zwischen 1370 und 1380 gebaut, also lange, bevor wir lebten. Karl IV ließ 1348 auch die älteste Universität Mitteleuropas, die „Universitas Carolina", errichten."

In der Nähe sangen Studenten ein fröhliches Trinklied. Jörg erinnerte sich an seine Studienzeit zurück, und daran, dass so mancher Abend mit einem kräftigen Rausch geendet hatte. Jörg hatte selbst in Prag studiert. Er hatte zwar strenge Professoren gehabt, aber sie waren nicht abgeneigt, den einen oder anderen Humpen mit köstlichem Bier zu leeren.

Jörg meinte, einen der Tutoren zu kennen. „Ja natürlich: Das ist Jiří Krejčí, mein alter Freund!" Jörg ging großen Schrittes auf Jiří zu und umarmte ihn. „Darf ich dir meine Frau Franziska vorstellen. Jiří verbeugte sich tief und schaute Franzi in die Augen und meinte: „Ich wusste gar nicht, dass dieser Glückspilz geheiratet hat und noch dazu solch eine Schönheit!" Franzi wurde ganz verlegen und sagte: „Freut mich, Euch kennen zu lernen."

Der Abend war gelaufen, das heißt verplant. Jiří lud Jörg und Franzi in den „Zlatý Vůl", in den Goldenen Ochsen, ein. Die beiden erzählten sich, wie es ihnen in den vergangenen Monaten ergangen war. Als Jiří erfuhr, dass er zum Priester geweiht worden war, gratulierte er, meinte aber auch: „Ich dachte vielmehr, dass es dir die Philosophie angetan hätte: Hast du nicht immer gesagt, dass die Philosophie über der Juristerei, Medizin und Theologie stünde und das Recht auf Leben definiere?"

Jörg lächelte: „Aber wovon willst du als Philosoph leben, wenn nicht als Dekan oder Universitätsprofessor? Also bin ich zu den Augustinern gegangen. Die Ereignisse haben sich aber überschlagen und letztlich habe ich geheiratet."

Jiří schaute Franziska an und sagte: „Ihr seid nicht nur schön, sondern, wie es aussieht, auch noch überaus gebildet. Wenn ich fragen darf, was habt Ihr früher gemacht?"

Franziska fühlte sich ob des Komplimentes überaus geschmeichelt und lächelte. „Wenn Ihr es wissen wollt, ich bin die Tochter eines Apothekers und habe in einer Klosterschule gelernt. Meine Eltern sind beide tot. Schließlich habe ich Jörg kennengelernt."

„Jiří, weißt du, die Zeiten zerreißen uns förmlich. Da ist dieser deutsche Gelehrte Martin Luther. Ich wollte ja bei den Augustinern Priester werden aber dann ist mir Franziska dazwischen gekommen. Ich habe darüber nachgedacht, ob Jesus verheiratet war. Letztlich bin ich zum Schluss gekommen, dass von der Ehelosigkeit eines Priesters nichts in der Bibel steht. Kurz gesagt, ich habe das Leben eines katholischen Priesters verlassen. Ich werde mich der evangelischen Glaubensgemeinschaft anschließen." Jörg hatte die letzten Sätze immer leiser gesagt, wenn nicht sogar geflüstert.

Jiří rutschte mit seinem Stuhl näher an Jörg heran und meinte: „Auch ich bin zu der Überzeugung gekommen, dass sich die Ehe mit der Berufung eines Priesters vereinen lässt. Ich suche nur noch eine Möglichkeit abzuspringen, nur ich sehe nicht, wie ich das schaffen soll. Wovon soll ich leben? Ich finde deinen Weg sehr mutig."

„Wir sind doch wie Brüder. Wir kennen uns schon so lang. Also komm mit uns, wenn dich hier nichts hält."

„Na zdraví, prost!", sagte Jiří und stieß mit Jörg und Franzi an. Der Böhme hatte Franzi bereits wie seine eigene Schwester liebgewonnen. Der Nachtwächter machte seine Runden und rief: „Curfew je, Sperrstund is." Auch an den Stadttoren wurden die Riegel dicht gemacht, beziehungsweise die Eingangsbrücken hochgezogen. Aber nachdem Jörg und Franzi gleich um die Ecke im U Zlatého stromu wohnten, mussten sie sich keine Sorgen machen, ohne Probleme zurückzukommen. „Weißt du Jiří, was hältst du davon, wenn du mich gleich morgen auf den Hradschin begleitest. Ich möchte dich meinem Vater vorstellen."

„Wenn du meinst, dass das eine gute Idee ist, soll es mir recht sein."

Jörg und Franzi hatten im U Zlatého stromu ausgezeichnet geschlafen. Zum Frühstück gab es einen süßen Hirsebrei mit frischen Erdbeeren und Brot. So gestärkt, trafen sich die beiden auf der Karlsbrücke mit Jiří, der über beide Ohren hinweg grinste. Die Freunde klopften sich gegenseitig auf die Schultern, aber vor Franzi verneigte sich Jiří und meinte: „Ich wünsche Euch einen schönen Tag!" Am Hradschin angekommen, hielt Jörg der Wache seinen Siegelring entgegen, der ihn als Hohenstein auswies und bat um Einlass.

Die drei gingen durch den riesigen Innenhof, der mit seinen Gebäuden rundherum einer Stadt in einer Stadt glich. Jörg klopfte an die Kanzleitür und fragte die Wache, ob sein Vater zugegen sei. „Sehr wohl junger Herr, kommt herein." Max Graf von Hohenstein war gerade in seine Korrespondenz vertieft, als ihn Jörg begrüßte. Über die Begleitung war er zwar überrascht, aber nicht unerfreut. Nur mit Jiří konnte er zunächst nichts anfangen.

„Grüß Gott, junge Dame", sagte der Graf und küsste ihr die Hand.

„Wie ist Euer Befinden?"

Franzi lächelte und machte einen Hofknicks.

„Ich fühle mich sehr wohl."

„Und Ihr, wer seid Ihr? Wartet, sagt nichts, ich glaube, ich habe Euch schon einmal gesehen. Ja, jetzt weiß ich es wieder. Das war auf einer Feier zu Ehren der Jesuiten, die hier in Prag einen Lehrgang eröffnet haben."

„Ihr habt ein sehr gutes Gedächtnis, Graf."

Jörg mischte sich ins Gespräch ein: „Jiří Krejčí ist ein langjähriger Freund von mir. Wir haben beide hier in Prag studiert und sind durch dick und dünn gegangen. Nun muss ich ihm helfen, ich hoffe, Ihr seid damit einverstanden. Ich weiß, ich habe Euch schon einiges mit meiner Entscheidung, zu den Lutheranern zu konvertieren abverlangt. Jiří möchte das auch tun.

Er möchte uns nach Jena begleiten und uns eine Stütze sein."

Graf Hohenstein schluckte. Er hatte von der Treue Krejčís zu seinem Sohn schon gehört. Er hatte ihm bei einem Studentengerangel einmal geholfen.

„Lieber Krejčí, dem Wunsch meines Sohnes soll nichts entgegenstehen!" Hohenstein, drehte sich um, griff in eine Truhe, die auf dem Boden stand und drückte Jörg einen Beutel mit Münzen in die Hand und sagte: „Jena wird eine erste Anlaufstelle sein, wo Euch letztlich der Weg hinführt, weiß nur Gott. Ich wünsche Euch viel Glück!"

Prag, 4. Juni 1578

Wenige Tage später brachen Franzi, Jörg, Jiří Krejčí und Pfarre Höllrigl in Richtung Jena auf. Ihre Optionen waren Karlsbad oder Dresden. Von Dresden hatten sie gehört, dass es eine wenig ansehnliche Stadt war, die durch viele Feuersbrünste mehrfach vernichtet worden war. Dem gegenüber hatte sich Karlsbad schon als Stadt mit zahlreichen Heilbädern einen Namen gemacht. Auch Karl IV hatte hier seine Spuren hinterlassen.

„Der Kaiser hat seine Gliederschmerzen auskuriert. Ich würde Karlsbad vorziehen", meinte Jörg.

„So soll es sein", sagte Pfarrer Höllrigl, wobei Franzi und Jiří nickten.

„Es wäre schön, die Heilanwendungen in Karlsbad kennen zu lernen", ergänzte Franzi.

Jiří hatte die vergangenen Tage dazu benutzt, sich von seinem Dekan und seinen Freunden zu verabschieden. Dabei hatte er mit einer Depesche in der Hand herumgewedelt, die er völlig unvermittelt bekommen hatte. Das Schriftstück gab es natürlich nicht wirklich, aber das königliche Siegel machte einen ungeheuren Eindruck. Es verstand sich von selbst, dass der Inhalt an den Kurfürsten von Jena so geheim war, dass er ihn nicht einmal selbst kannte. Jiří war zwar ein schlechter Reiter, konnte sich aber auf einem kleinen Pferd halten. Also verließen die vier Freunde Prag und stellten sich auf einen mühevollen Weg nach Karlsbad ein.

Unterwegs gestand Jiří Franzi, dass er einen Freund zurückgelassen habe und ihm die Abreise nicht leicht gefallen sei. Franzi war zwar völlig überrascht, konnte aber verstehen, dass Jiří jemanden sein Herz ausschütten musste. „Es ist gefährlich, so etwas laut zu sagen!", wies Franzi Jiří zurecht. „Ihr wisst, dass auf Sodomie die Todesstrafe steht." Franzi hatte mit ihrem neuen Wegbegleiter Mitleid und wusste aber auch zugleich, warum er sich ihr anvertraute. „Ich kann Euch leider nicht helfen, mein Freund!" Jiří meinte nur: „Alleine durchs Zuhören habt Ihr mir schon geholfen." Der junge Mann spürte, dass Franzi aus einer Heilerfamilie stammen musste. Sechs Tage, hatten sie sich ausgerechnet, würde der Ritt nach Karlsbad dauern. Es stellte sich übrigens heraus, dass Jiří beim Reiten begabt war und sich gut auf das Pferd einstellen konnte.

Blankenburg, 31. Mai 1578

Graf Jourez konnte es immer noch nicht fassen: Seine Leute hatten die Stadt beinahe zwei Mal durchsucht. Von Wallsee und Sergeant Ottokar Tannen fehlte jede Spur. Von einem noblen Herrn ganz in Schwarz wussten zwar einige Bäuerinnen zu berichten aber auch nicht mehr. Der kaiserliche Agent und sein Begleiter hatten sich aus der Stadt geschlichen, auf ihr Pferd gesetzt und Fersengeld gegeben. Wallsee sah sich trotz dieser Niederlage seinem Ziel ein Stück näher: Er hatte Sepp Großhammetner gefunden und seine Frau würde auch nicht weit sein. Wallsee beschloss also sich auf die Lauer zu legen, wenngleich er vorsichtig sein musste. Wo konnte man sich besser verstecken, als beim Feind selbst. So schmuggelten sich die beiden in die Burg Greifenstein ein. Die Wachen suchten ja im unten liegenden Blankenburg.

Indes hatte Anna ihren Retter Sepp Großhammetner gefunden. Ob der tapferen Tat schaute sie den Großbauern wie einen Märchenprinz an, sah aber auch, dass ihr Retter nicht allein war. An seiner Seite bewegte sich eine Frau mit zwei Kindern, die offenbar seine Kinder waren. Anna war zunächst enttäuscht, besann sich aber schließlich. Sie ging auf Sepp zu und und gab ihm die Hand: „Mein edler Retter, ich grüße Euch." Großhammetner war völlig überrascht, Anna wieder zu sehen und lächelte verlegen: „Ihr hier? Verzeiht mir bitte, ich musste zu meinem Schutz etwas anderes vorgeben, vielleicht könnt Ihr jetzt verstehen, warum ich zur Ehrung nicht kommen konnte. Darf ich Euch meine Frau Zenzi und meine Kinder Johann und Frida vorstellen?"

„Ich bin sehr erfreut. Ihr habt einen tapferen Mann. Er hat mir das Leben gerettet." Anna nahm sich ihre Kette mit einem goldenen Kreuz vom Hals und hing sie Zenzi um den Hals. „Möge sie Euch immer Glück bringen!" Zenzi war ganz verlegen, hatte sie doch so etwas Wertvolles nie besessen. Ihrem Mann Josef steckte sie einen Siegelring mit der Aufschrift „qui salvum faciebat laudis", dem Retter sei Dank, an die Hand.

Auch Sepp hatte so ein teures Schmuckstück noch nie besessen. Die Freude schlug aber gleich in Zweifel um: „Wer würde mir abnehmen, dass ich den Ring ehrlich erworben habe." Als könnte Anna Gedanken erraten, sagte sie: „Ich gebe Euch noch eine Schenkungsurkunde mit, damit Ihr stets beweisen könnt, dass alles rechtmäßig ist! Und nun lasst uns bei einem Braten im Gasthof ein wenig feiern. Ich hoffe, dass trotz der Synode noch ein Tisch frei ist." In der Tat: Einer war frei und zwar von den Stammtischen, an dem sich die Ratsherrn versammelten. Aber sie waren damit einverstanden, dass sich Zenzi, Josef und die junge Gräfin dazusetzten.

Inzwischen waren die Gäste auf der Burg Greifenstein eingetroffen. Die Geistlichen hatten davon gehört, dass Kaiser Rudolf II mit Unterstützung des neuen Jesuitenordens die Rekatholisierung des Deutschen Reiches vorantreiben wollte. Man befürchtete das Aufkeimen neuer Konflikte mit den Reichsfürsten. Diese blieben allerdings standhaft, sagten sich aber, dass es nur eine Frage der Zeit sei, wann es zu einem Krieg kommen würde. Umso nervöser wurden die Abordnungen der Adeligen und Stände, als sie erfuhren, dass ein kaiserlicher Agent bei der Synode verhaftet worden war.

Wallsee hatte sich als Gehilfe des Schankwirtes verkleidet, der zusätzliches Personal angefordert hatte. So konnte er allerlei in Erfahrung bringen, was die Fürsten über die aktuelle Lage dachten. Er führte nur die angeschafften Arbeiten aus und redete nichts. Um seine Hüfte hatte er sich eine Schürze aus Leder geschnürt. Darüber trug er ein Hemd, das aus Hanf gewebt war. Seinen Bart hatte er sich abrasiert und sein Haar mit einer schwarzen Kappe aus Filz bedeckt. Sein Gehilfe Tannen kümmerte sich um das Zerlegen von Fleisch. Auch er trug Ähnliches. Die Füße steckten in Holzpantoffeln. Die Tarnung der beiden Männer war perfekt. Wenn Wallsee etwas gefragt wurde, antwortete dieser nur lallend, als hätte man ihm die Zunge, oder zumindest einen Teil davon herausgeschnitten.

Wallsee erkannte sehr schnell, dass er sich hier unter Protestanten befand, die mit dem Kaiser schon gar nichts am Hut hatten. „Wenn es nach mir ginge, könnte der gute Mann gleich beim Papst einziehen und ihm die Füße lecken", grölte einer der hohen Herrn, die sich zum Schweinsbraten niedergelassen hatten. Ein anderer meinte daraufhin: „Und seine Konkubine könnte dem heiligen Mann ihre Liebesdienste anbieten."

„Habt Ihr schon davon gehört, dass kaiserliche Truppen in der Nähe sein sollen?"

„Alles nur Gelaber, die sind schon mit den Türken und den Franzmännern genug beschäftigt."

„Wir werden uns aber weiter wappnen, um keine unliebsamen Überraschungen zu erleben."

„Aber was willst du tun, wenn sie mit Kanonen angreifen?"

„Ich hatte erst kürzlich einen Händler bei mir, der mir ein paar Geschütze verkaufen wollte."

„Dann hoffen wir, dass es dazu nicht kommt!"

Die Anwesenden bauten auf die Auseinandersetzungen mit den Türken und die Begierden des französischen Königs Heinrich III auf Burgund.

Bei der Synode hatte sich neben Martin Graf de Jourez auch Heinrich Graf zu Lobenstein und andere wichtige Adelige, die im Umkreis von hundert Meilen lebten, eingefunden. Schließlich ging es darum, den eigenen Glauben bestimmen zu können und darum den Untertanen mitzuteilen, wie sie sich künftig zu verhalten hätten.

Martin Graf de Jourez schlug vor, an Erzherzog Rudolf II eine Petition zu richten. „Wir müssen klar machen, dass wir auf unsere mühsam erstrittenen Rechte pochen werden. Davon können uns auch die Prediger der Jesuiten nicht abhalten. Und der Kaiser braucht auch künftig unsere Unterstützung im Kampf gegen die Türken. Dass die Türken erst kürzlich bei der Schlacht von Lepanto buchstäblich untergegangen sind, sagt noch lange nicht aus, dass die Muselmanen nicht auch weiterhin auf uns eindringen werden. Es hat sich gezeigt, dass wir keinen Deut nachgeben werden, sonst sind wir verloren."

Heinrich zu Lobenstein unterstützte Jourez. „Besonders bitter ist es, wenn die Türken als etwaige Sieger in einem Konflikt unsere besten Jungmänner und Frauen als Sklaven verkaufen. Dass sie das tun, haben sie oft genug bewiesen. Kaum einen, dem dies passiert ist, haben wir jemals wiedergesehen. Ihr wisst: Die Dunkelhäutigen stehen auf blonde Frauen!" Durch den Raum ging ein Murren, das letztlich in zahlreiche Beifallsbekundungen überging. Die Männer erhoben sich und klopften auf die Tische. Lobenstein winkte ab: „Lasst uns das Schreiben formulieren."

Die Leute saßen bis spät in der Nacht zusammen, um auf ihre Bedenken hinzuweisen und um dem Kaiser klar zu machen, dass er keine weitere Unterstützung bekommen würde, sollte er weiter Absichten haben, seine Fürsten und deren Untertanen zu gängeln. Wallsee verfolgte das Spektakel sehr genau und merkte sich vor allem die Namen der Rädelsführer. „Auch ich werde einen sehr genauen Bericht an seine Exzellenz schreiben", dachte er sich insgeheim. Endlich spürte Wallsee einen Erfolg in seiner Tätigkeit. Das würde ihm seine Aufgabe als Agent sichern und seine Apanage. Wallsee träumte schon von einem Landgut an der Mosel.

Er freute sich darauf, seinen Lebensabend auf einer sonnigen Terrasse mit ein oder zwei Mädchen in seinem Arm zu verfeinern, er freute sich darauf, seine letzten zwanzig, vielleicht dreißig Jahre, so angenehm wie möglich bei einem guten Rheinländer zu verbringen. Ein plötzlicher Schlag auf seine Schulter holte ihn je aus seinen Tagträumen heraus. Es war Tannen, der seinen Herrn in die Wirklichkeit zurückholte.

„Wir müssen aufbrechen, unser Werk ist getan", sagte er. Der Schankwirt hat mir für unsere Dienste zwei Gulden gegeben. Er war äußerst zufrieden mit seinen Einnahmen, die fürstlich ausgefallen sein müssen."

„So, so", meinte Wallsee. „Vielleicht ist das unsere zweite Karriere! Aber ohne Spaß, wir müssen uns schnell zurückziehen, ohne dabei aufzufallen. Die meisten sind ohnehin zu betrunken, um auch nur irgendetwas mitzubekommen. Wir werden der Gruppe um Großhammetner weiter folgen. Ich glaube, es lohnt sich für uns. Vielleicht lässt sich morgen eine Möglichkeit finden, wie wir den Kaiser benachrichtigen."

Wenig später sprach Zenzi Sepp an: „Sag einmal: Kam dir der Schankgehilfe nicht irgendwie bekannt vor. Ich meine, ihn vorher schon einmal gesehen zu haben."

Karlsbad, 10. Juni 1578

Franzi war von den schönen Badeanlagen von Karlsbad begeistert:

„Das ist hier ganz anders, als bei uns daheim. Anstatt in einem Holzzuber zu baden, können sich die Menschen in großzügigen Becken verwöhnen lassen! Hier gibt's Badehäuser, einen fachkundigen Bader und Ärzte, die sich um die Leiden der Menschen kümmern und des Abends geben Spielleute ihr Können zum Besten. Zur körperlichen Entspannung kommt auch die geistige. So muss das früher bei den Römern gewesen sein."

„Nur habt Ihr auch gesehen, dass hier die Barone und Kirchenmänner auch andere körperliche Freuden genießen?", sagte Jiří Krejčí.

„Das ist das kleinere Übel, das dazu kommt. Aber so manche Frau, die sich der Lust im Bade hingibt, befindet sich schnell in anderen Umständen. Von Kaiser Maximilian I wissen wir, dass er an der Syphilis gelitten hatte. Selbst Rezepte des großen Gelehrten Paracelsus haben nicht gewirkt. Er hatte zur Schmierkur, einer Schwitzkur und dem Einreiben mit Schweineschmalz und Quecksilber geraten und das Gegenteil damit bewirkt. Die sonst übliche Kur, bei der man das teure und dunkle Guajakholz verwendete, half ebenfalls nur wenig. Die Ansteckungsgefahr ist der Nachteil der großartigen Kurbäder, muss ich gestehen. Ich rate Euch, nur frisch eingefüllte Bäder zu nehmen. Dann spricht nichts dagegen. Die Syphilis verspricht einen schmerzvollen und vor allen sehr langsamen Tod, der Jahre dauert", warnte Franzi.

Jörg erfreute sich eines Topfenwickels und Badeanwendungen im frisch aufgewärmten Wasser, die seinem verspannten Rücken gut taten. Auch hier gab es Einreibungen mit Johannisöl.

Auch Krejčí ließ diese Behandlungen über sich ergehen, nur bei ihm war die Motivation eine andere. Er war von den Handberührungen des jungen Baders höchst erregt, so sehr, dass er sich zum Schluss nicht mehr halten konnte und sich im Wasser ergoss. Seine heftigen Zuckungen gingen schließlich in einen wunderbar entspannten Zustand über. Aber davon bekamen Franzi und Jörg nichts mit. Krejčí fühlte sich jedoch im siebten Himmel.

Pfarrer Höllrigl erfreute sich unterdessen eines köstlichen Bieres. Ein Ratsherr und der Bürgermeister der Stadt hatten sich ihm angeschlossen und sich bei ihm erkundigt, was es im Land ob der Enns Neues gab. Höllrigl antwortete willig, verschwieg aber, dass er aus Münzbach geflohen und eigentlich protestantischer Pfarrer war.

Karlsbad, 12. bis 16. Juni 1578

Es war Zeit zum Aufbrechen. Über dem Junihimmel hingen zwar schwarze Wolken, aber Wurzel schlagen wollte die Reisegruppe nicht.

Jörg hatte seinen Rücken erholt, Jiří sich entspannt, Franzi war froh, keine Syphilis bekommen zu haben und Pfarrer Höllrigl hatte selten so gutes Bier getrunken. Ihr Ziel war jetzt Blankenburg. Der Weg führte sie über Eger, Hof und Lobenstein an der Saale. Nach vier Tagen Ritt erreichten sie schließlich Blankenburg, wo sie von der kürzlich stattgefundenen Synode erfuhren, den Aufregungen über einen kaiserlichen Agenten und Leute, die vor ihm auf der Flucht waren. Sie kehrten im Schwarzen Adler ein, in jenem Gasthof, in dem auch eine gewisse Zenzi und ihre Familie auf Einladung des Grafen de Jourez wohnten.

Blankenburg, 17. Juni 1578

Die Synode war den Wirtsleuten noch allzu gut in Erinnerung. Cyrius Beutelschneider sah dem Gesellen tief in die Augen und sagte: „Ich hoffe, Euer Mehl ist so gut wie unser Braten!" Der Müllergeselle schleppte einen Sack herein, der gut einhundert Pfund wog. Er hatte Schultern wie ein Ochse und brauchte keine zusätzliche Körperertüchtigung wie die Ritter und Soldaten. Seine alltägliche Arbeit war seine Leibesübung.

Der alte Müller hatte sich durch das viele Schleppen im Laufe seines Lebens einen krummen Buckel erarbeitet. Er hatte bereits mit zwölf Jahren zu arbeiten begonnen und war jetzt sechsundfünfzig. Er hatte zwar sieben Kinder gehabt, doch keines hatte überlebt. Beim letzen Kind war auch seine Frau Ernestine gestorben. Die bösen Säfte waren ihr in den Körper gestiegen. Den Müllergesellen Friedrich hatte er nach ihrem Ableben zu seinem Adoptivsohn gemacht, nachdem auch er keinen Familienanhang mehr hatte. Die Arbeit machte ihnen zusammen Freude, wenn sie auch hie und da schwer war. Der Alte hatte sich zuletzt auf das Schleifen der Mühlsteine verlegt, auch wenn er in der Nähe nicht mehr so gut sehen konnte, wie früher. Um die Küche kümmerte sich eine stämmige Haushälterin.

„Wie geht es dem Michel?", fragte Cyrius Beutelschneider. „Ganz leidlich", sagte Friedrich. „Will er mir seine Mühle nicht verkaufen?"

„Nicht, dass ich wüsste!"

„Ja, ja, manche arbeiten sich eben gerne zu Tode."

„Ich hoffe, er lebt noch lang!", sagte Friedrich und knallte den hundert Pfund schweren Sack auf den Tresen, dass es nur so staubte.

Beutelschneider hustete und winkte sich Frischluft zu. „Darf es noch etwas sein? Soll ich den Müller von Euch grüßen?" Friedrich wartete die Antwort gar nicht ab, war Cyrius doch mit Luftholen beschäftigt und meinte schließlich: „Vielleicht könnt Ihr ihn in den Vorratsraum bringen!" Sepp grinste und lud sich den Sack mit einem Schwung auf den Rücken. Jörg, der sich gerade im hinteren Teil der Gaststube zusammen mit Franziska und Pfarrer Höllrigl aufgehalten hatte, kam hinzu und packte mit an, ohne lang zu fragen.

Sepp und Jörg waren sich sofort sympathisch. Irgendetwas verband die beiden miteinander, obwohl sie doch so unterschiedlich waren. Der Sack war schnell in den Vorratsraum gebracht. Die beiden staunten, dass ihn zuvor ein Mann allein getragen hatte. Jörg klopfte sich das Mehl von seiner Soutane ab und stellte sich dann vor. Jetzt entdeckten die beiden die erste Gemeinsamkeit. Sie hatte beide ihre Heimat verlassen, sie kamen beide aus der gleichen Gegend. „Wo wollt Ihr hin?", fragte Sepp den jungen Priester. „Nur nicht dorthin, wo wir hergekommen sind, ich habe einen Strich unter meine Vergangenheit gemacht. Mein Vater meinte, dass in den Ländern jenseits des großen Meeres tüchtige Leute gesucht werden. Der Weg ist noch nicht ganz vorgezeichnet. Ein Graf hier in Blankenburg, Martin de Jourez, ist ein Bekannter meines Vaters. Er wird uns helfen, einen Weg nach Amsterdam zu finden.

Am Nachmittag des 17. Juni 1578 hatte Jörg bereits eine Audienz bei Jourez. Der Graf war von dem Sprössling seines Freundes Max sehr angetan. Mit dabei hatte er Franziska und Jiří Krejčí. „Schade, dass so gebildete Leute unser Land verlassen wollen. Aber was soll's, in Zeiten wie diesen, muss man eben sein Glück in einer neuen Zukunft suchen. Ich selbst verfüge über Handelsboote, die über die Saale und die Elbe nach Hamburg fahren. Von dort müsst Ihr Euren Weg weiter über die Nordsee nach Amsterdam beschreiten."

„Können uns auch ein Pfarrer und ein Freund mit seiner kleinen Familie aus meiner alten Heimat begleiten? Am Geld soll es nicht scheitern", sagte Jörg.

„Dem Sohn meines Freundes Hohenstein helfe ich immer gerne. Am Geld soll es nicht liegen!", meinte Jourez fast beleidigt. „Ich bitte Euch nur um eines, Jörg: Schließt mich und unsere Untertanen mit ins Gebet ein, auf uns werden schwere Zeiten zukommen!"

Blankenburg, 19. Juni 1578

Sepp und Zenzi waren einen Tag lang im Zwiespalt, ob sie Jörg, Franzi und Jiří Krejčí auf ihrer Reise nach Amsterdam und in die neue Welt begleiten sollten. Sie entschieden sich schließlich in Jena – so wie ursprünglich geplant – zu bleiben. Das schuldeten sie auch Pfarrer Wehrenpfennig und den anderen Menschen, die sie auf ihrer bisherigen Reise begleitet hatten. Sie wussten, dass man in Jena tüchtige Leute brauchte und der Herzog von Sachsen ihnen gewogen war.

Tüchtige Handwerker und Bauern, die es verstanden, mit ihrem Land umzugehen, waren hier gerne gesehen. Zenzi sehnte sich danach, mit ihren zwei Kindern zur Ruhe zu kommen. Ein Lehen, das über Weinberge verfügte, war nach dem Tod des Winzers vakant geworden. Der neue Herr musste versprechen, sich um die Witwe Annegret Seiler und die drei Kinder zu kümmern. So wurde Sepps Familie unverhofft größer. Er schlug ein: „Ich will mich gerne um die Familie sorgen." Das Anwesen war groß genug, um auch den anderen Leuten eine neue Heimat zu geben. Jörg, Franzi, Jiří und Pfarrer Höllrigl wünschten ihnen alles Gute und begaben sich auf eine Ewer, auf ein Segelschiff, das über einen Plattboden verfügte und jeweils links und rechts ein Ruder hatte. Das Schiff war fünfundvierzig Fuß lang und hatte zwei Segel.

Kapitän Joss Burmester hatte mehrere Schiffsjungen gesucht. Nachdem Klaus einen Tag vor der Abfahrt völlig überraschend ums Leben gekommen war, hatte er für Ersatz gesorgt und einen zwar wortkargen aber tüchtig wirkenden älteren Mann und seinen Gehilfen angeheuert. Vom kaiserlichen Agenten Wallsee und Sergeant Ottokar Tannen hatte er noch nie etwas gehört, war aber von der Fähigkeit der beiden, ein Schiff lenken zu können, überzeugt. Dass das königliche Siegel auf dem Empfehlungsschreiben gefälscht war, ahnte Burmester ebenfalls nicht.

Burmester hatte offenbar auch gefallen, dass Wallsee angab, dass er und Tannen nicht schwimmen konnten. „Umso besser, dann bleiben sie ziemlich sicher auf dem Schiff und springen nicht gleich über Bord, wenn sie eine Gefahr wittern!" Wallsee hatte seinen Namen kurzerhand in „Hinterwogen" geändert. Auf der rechten Gesichtsseite hatte er sich eine Augenklappe verpasst. Um sein Gesicht wehte ein wirrer Bart, der von grauen Strähnen durchzogen war. Sein Adlatus konnte seinen Namen Ottokar Tannen behalten.

Am Nachmittag legte die „Sprotte", so hieß die Ewer, ab. An Bord waren fünfzehn Männer und Frauen. Die Fahrt würde vier bis fünf Tage dauern: „Bereits morgen werden wir Halle erreichen und übermorgen die Hansestadt Magdeburg. Dann befinden wir uns bereits auf der Elbe", meinte Burmester. Wallsee hatte zuvor überlegt, wem er folgen sollte: Sepp Großhammetner und seiner Gruppe oder dem jungen Priester Jörg und seiner jungen Frau, von der er gehört hatte, dass sie eigentlich gar nicht mehr lebte. Auch dass die Zenzi des nächtens vom Pranger weggezaubert worden sein soll, machte die Geschichte mehr als merkwürdig. Wallsee beschloss einen Bericht an den Kaiser zu schreiben und dem jungen Priester zu folgen, dessen Vater ein Graf in kaiserlicher Anstellung in Prag war. Das würde weit lohnender sein.

Die Fahrt gestaltete sich gemächlich, zudem die Sprotte mit der Flussströmung trieb und sie ein leichter Westwind unterstützte. Wallsee alias Hinterwogen hielt das Ruder in der Hand und träumte von jungen Frauen, die sein Lager mit ihm teilen würden. Tannen lehnte sich zufrieden zurück und grüßte eine Magd, die am Ufer ihrem Tagewerk nachging. „Fesche Frauen, die Sächsinnen", dachte sich Tannen", und schickte dem Mädchen einen Kuss nach. „Schade, dass ich sie nie mehr sehen werde."

Jiří Krejčí, Jörg, Franzi und Pfarrer Höllrigl hatten sich am Bug des Schiffes zu einem Dankgottesdienst versammelt. „Bislang ist alles gut gegangen, hoffen wir, dass es so bleibt!", sagte Alois Höllrigl und blickte in den Nordhimmel, in dem dunkle Wolken aufzogen. „Wenn da kein Unwetter drinsteckt."

„Dieser ewige Pessimist", dachte sich Jörg. Dann wandte er sich Jiří zu: „Sag einmal, was hältst du davon, wenn wir dich ab jetzt „Georg Schneider" nennen. Die Hanseaten würden diesen Namen viel leichter verstehen. Und vielleicht stellen wir einen „Meister" dazu, was dem Titel eines Magisters entspricht."

„Soll mir recht sein", meinte Jiří.

„Also, habe die Ehre, Meister Georg Schneider."

Franzi und Alois lächelten und dachten sich: „Jetzt haben wir auch eine Taufe auf dem Schiff erlebt."

Pfarrer Höllrigl sollte recht behalten. Als die Ewer sich Halle näherte, grollte bereits erster Donner. Die Menschen entlang des Flusslaufes beeilten sich, um das Vieh in die Ställe zu treiben. Schafe blökten, ein kleiner Hund bellte, ein Bauer rief etwas. Die Frauen hielten ihre Kopftücher fest. Die Ewer legte sich gefährlich schräg in den Wind. Der Maat brüllte etwas. Die Männer sollten die Segel einholen und Wallsees Tagtraum war endgültig vorbei. Der Agent machte sich ans Werk und versuchte, sich an die Aufgaben eines Schiffsjungen zu erinnern. „Jetzt nur nicht auffliegen", dachte sich Wallsee, „ich bin doch der Hinterwogen, ein Mann, auf den man sich verlassen kann." Also versuchte sich Wallsee zu beruhigen und sich auf seine Aufgabe zu konzentrieren. Er hielt sein Ruder fest in der Hand und rief zu Tannen: „Hol das Großsegel ein, den Klüver lass oben, damit wir steuern können!" Wallsee tat seemännisch. Er war stolz, alles im Griff zu haben. Dabei hatte er gar nichts im Griff. Kapitän Joss Burmester wunderte sich, wie Hinterwogen mit seinem Schiff umging. Etwas ungewöhnlich waren seine Entscheidungen schon, aber befehlen konnte er.

Wallsee hielt das Schiff nahe dem Ufer, denn dort war die Strömung am geringsten. Die Regentropfen peitschten ihm ins Gesicht. Die Ewer berührte hin und wieder den Boden und geriet ins Schlingern, aber eine halbe Stunde später war der Spuk vorbei. Die Sonne ließ sich wieder blicken. „Schwein gehabt!", meinte Burmester. „Aber Ihr habt es geschafft. Ich wäre in einer Bucht des Flusses vor Anker gegangen."

Jörg erinnerte sich an die Fahrt über die Donau, bei der einer der Fährmänner fast ersoffen wäre. Irgendwie kam ihm die Sache hier bekannt vor. Würde man sich die Augenklappe wegdenken, den dunklen Bart mit grauen Strähnen und ein schwarzes Gewand dazu, bekam alles einen Sinn. Das musste der Fährmann namens Wallsee sein. Es hatte auch einen Sinn, dass er bislang, so gut wie nichts gesagt hatte. Erst die Anweisung: „Hol' das Großsegel ein", hatte ihn durch seine Stimme verraten.

Jörg kam mit Franzi, Jiří und Pfarrer Höllrigl zum Gebet zusammen, um sich für die Rettung vor dem Sturm beim Herrgott zu bedanken und sagte leise, dass kein anderer es hören konnte: „Unter uns ist ein alter Bekannter von mir! Er ist ein Agent des Kaisers namens Wallsee. Er war mir, Franzi, einer Äbtissin und einem Grafen vor langer Zeit auf der Spur. Das war in der Zeit meiner Primiz. Wallsee hatte damals keinen Erfolg gehabt, jetzt hat er die Fährte wieder aufgenommen. Wer allerdings der andere Mann ist, den er Tannen nennt, weiß ich nicht. Wir müssen vorsichtig sein! Wir werden ihn allerdings im Glauben lassen, dass wir ihn nicht kennen."

„Glaubt Ihr, dass er uns etwas anhaben kann?", fragte der Pfarrer. „Wir sind außerhalb des Herrschaftsgebietes des Erzherzogs."

„Ich glaube, Agenten sind Grenzen egal. Sie werden auch außerhalb des Staatsgebietes bezahlt, um ihrer Arbeit nachzugehen. Im Stift von St.

Florian hatte Wallsee Brieftauben dabei, um mit dem Kaiser in Verbindung zu stehen. Sie sind damals blöder weise Opfer eines Kochs und seiner Mahlzeit geworden. Wie sich Wallsee jetzt mit dem Kaiser in Verbindung setzt, ist mir schleierhaft. Und was er ausspioniert, weiß ich auch nicht." Jörg schloss seine Worte mit einem „Amen".

Das kleine Segelschiff trieb auf eine Stadt zu. Die Männer holten die Segel ein und Wallsee steuerte auf die Hafenmauer zu. „Wir werden gleich in Halle anlegen", sagte Burmester. „Wir werden dort Stoffe und Wolle laden. Wir fahren weiter, nachdem die Stadttore geöffnet sind. Jetzt müssen wir uns beeilen, damit wir in die Stadt kommen, bevor die Tore geschlossen werden."

Das Schiff legte in Halle an. Am Pier war noch ein Liegeplatz frei.

„Schön Euch zu sehen!", rief Burmester dem etwas dicklichem Fluss–meister entgegen und warf ihm ein Tau zu. „Das Gewitter war ja sehr heftig!"

Burmester zeigte auf Wallsee und sagte: „Der Held hier hat uns gerettet!"

Hamburg, 26. Juni 1578

Als sie am 26. Juni die freie Hansestadt Hamburg erreichten, grüßten am Eingang des Hafens drei Köpfe. Ihre Augen bildeten hohle Löcher. Wo früher die Körper waren, staken jetzt Stangen, die in der Kaimauer mit Eisen verankert waren. Das Fleisch der Wangen hatten die Seemöwen herausgepickt, Hautlappen hingen immer noch an den Schädeln. Die Hamburger Ratsherren wollten damit sagen: „Piraten sind hier nicht willkommen." Der Anblick war alles andere als pittoresk.

Wallsee musste bei dem Anblick dreimal schlucken, sagte aber nichts. Er fühlte sich in seiner Rolle als Schiffsführer sicher, hatte er doch das Abenteuer vor Halle zu gut gemeistert. Wallsee glaubte auch weiterhin, nicht enttarnt worden zu sein. Von der Ferne hatte die Sankt-Petri-Kirche bereits gegrüßt. Ihr Glockenschlag verkündete die Mittagszeit, die Sonne stand hoch, aber die Mittagshitze war bei einem kühlen Seewind gut zu ertragen.

Rufe gingen zwischen den Lagerhäusern hin und her. Die Leute sprachen hier Hamburger Platt. Wallsee hätte man hier keineswegs als „dröge" sondern vielmehr als „plietsch" bezeichnet, wie er selbst glaubte. Also nicht „langweilig und trocken", sondern als „schlau". Wie auch immer, das glaubte zumindest Wallsee alias Hinterwogen. Die Hafenarbeiter luden von der „Sprotte" die Stoffballen ab, um sie in die Lagerhäuser von Klaas Carstens zu bringen. Dieser bot Joss Burmester erst einmal einen kräftigen Kümmelschnaps an, wobei er auf Franzi schielte und sagte „Wat für'n süss'n Dirn!"

Jörg wusste nicht genau, was er von den Hamburgern halten sollte. Er hatte aber gehört, dass sie tüchtige Händler sein sollen, die ihre Stadt aus einem Schlicksumpf gebaut haben. Jiří fühlte sich in der Hafenstadt sichtlich wohl, aber Pfarrer Höllrigl traute dem Frieden nicht. Hinterwogen genoss mindestens zehn kleine Becher Kümmel und verfiel dann in einen seligen Schlaf, aus dem er erst am nächsten Tag auf einer Pritsche des Lagerhauses erwachte.

Jörg, Franzi, Jiří und Pfarrer Höllrigl nützten den Abend, um in einem Kontor von Pieter van de Gruyt Informationen über ihre Weiterfahrt nach Amsterdam einzuholen. Die Nachrichten aus dem Kontor trieben Jörg Sorgenfalten auf die Stirn. „In Holland toben Zwistigkeiten zwischen dem spanischen König Philipp II, Wilhelm von Oranien, den Calvinisten und den Katholiken. Ein Mann, der eine wichtige Rolle spielt, ist Juan de Austria", sagte Kontorvorsteher Klaas Huisen. „Die Holländer leiden unter neuen Steuern und Arbeitslosigkeit. Viele von ihnen finden hier in Hamburg neue Arbeit. Die Stadt braucht sie für ihre Schleusen- und Deichbauten. Und da kennt sich nun mal keiner besser aus, als die Holländer. Ihr müsst wissen, das Land liegt bei Flut teilweise unterhalb des Wasserspiegels der See. Bei Sturmflut wird es immer wieder gefährlich. Viele Windmühlen sind nur aufgestellt, um das Wasser zurück in die See zu pumpen." Jörg ließ sich nicht entmutigen: „Seht Ihr eine Möglichkeit, wie wir trotz aller Schwierigkeiten mit dem Schiff nach Amsterdam kommen, um dort Pieter van de Gruyt zu treffen? Er ist ein Geschäftsfreund meines Vaters, Max Graf von Hohenstein."

„Pieter ist ziemlich sicher in Amsterdam! Ich bin zuversichtlich, dass er sich freuen wird, Besuch von Euch zu bekommen. Pieter ist ein ,ersamer copmann'. Er hat nur viel zu tun. Morgen sticht der „Vliegende Nederlander" in See. Das Schiff hat gerade Leute und Gewürze von Holland nach Hamburg gebracht. Bei dem Schiff handelt es sich um eine Holk. Es hat drei Masten und verfügt über einen flachen Balkenkiel, damit es weniger Tiefgang hat. Es ist das Neueste, was hier gebaut wird."

Franzi war durch die Äußerungen des Kontorvorstehers Klaas Huisen verunsichert. „Haben die Machtkämpfe denn niemals ein Ende!"

„Wenn Ihr wollt, verkaufe ich Euch gerne eine Passage nach Amsterdam. Aber bedenkt bitte: Die Menschen wollen eher nach Hamburg, als nach Amsterdam. Die Zeiten sind unsicher."

„Ich brauche eine Passage für insgesamt vier Personen. Für Monsignore Alois Höllrigl, Franziska Birker, Georg Schneider und mich, Jörg von Hohenstein."

Jörg schaute sich mit Franzi noch die Alster an. Der See war direkt mit der Elbe verbunden und lieferte den Bewohnern von Hamburg Trinkwasser. Klaas Huisen hatte auch erzählt, dass Hamburg und Lübeck durch einen Kanal mit 23 Schleusen verbunden worden waren. Auf dem Weg zur Alster kamen die beiden durch die Stadt. Sie gingen am Rathaus vorbei und freuten sich über das schöne Wetter.

27. Juni 1578

Mit dem Einsetzen der Ebbe legte der „Vliegende Nederlander" ab. Die Männer banden die Leinen los. Der Wind kam gerade von Südost, was die Abfahrt erleichterte. Die Besatzung bestand aus gut zwanzig Mann. Das

Schiff war hundert Fuß lang und hatte am Heck einen Holzkastell-Aufbau. Während sich Wallsee alias Hinterwogen weiter von dem feuchtfröhlichen Abend erholte, hatte Tannen dafür gesorgt, dass sie auf dem „Vliegenden Nederlander" als Matrosen anheuern konnten. Tannen hatte das gefälschte Schreiben bei sich gehabt. Es wies Wallsee als erfahrenen Schiffsführer aus. Dass Leute betrunken waren, war in der Seefahrt kurz vor dem Auslaufen nicht ungewöhnlich. Als Wallsee aber einen Eimer Wasser über de Kopf bekam, war er hellwach. „Genug gesoffen", schrie der Maat. Das Gelächter der anderen Matrosen gehörte ihm und er fasste sogleich eine Strafe aus. Und die hieß „Deck schrubben".

Jörg und Franzi waren überrascht und insgeheim amüsiert, Wallsee erneut zu sehen. Die Augenbinde hatte der Spion immer noch um. Sie fragten sich, was der Agent von ihnen wolle. Nur eines durfte nicht passieren: Sie wollten nicht in die Fänge der Schergen von Juan de Austria geraten.

Ebbe und der Wind sorgten dafür, dass das Handelsschiff flott auf die offene See zufuhr. Nach gut fünf Stunden Fahrt erreichten sie den Leuchtturm von Cuxhaven. Die Wache auf dem Krähennest hielt nach den Schiffen der Spanier Ausschau. Aber es tat sich nichts. Von der spanischen Flotte war nichts zu sehen. Versteckten sich die Schiffe hinter den friesischen Inseln? Als die Dämmerung einsetzte, rief die Wache aufgeregt: Ein Licht von Südsüdwest.

Hafen von Garachico, 1. August 1578

Die Conquistador erreichte Teneriffa wie geplant. Moritz Contar de Lohenroth und Condesa de Lohenroth standen an der Reling des Schiffes, um Garachico zu begrüßen. Es kam ihnen so vor, als hätte sie das Schiff um die halbe Welt getragen. Bald hätten sie endlich wieder Land unter den Füßen. „Die Seefahrt ist nicht meine Sache!", gestand Edeltraud. Lohenroth lächelte und meinte: „Die meine auch nicht. Aber

Ihr müsst zugeben, es reist sich angenehmer, als sich ständig in einer Kutsche durchschütteln zu lassen!"

Fritz und Karl hatten an der Fahrt auf dem Schiff durchaus Gefallen gefunden. Das Beiboot wurde zu Wasser gelassen, nachdem die Conquistador im Hafen von Garachico geankert hatte. Das Schiff musste noch warten, bis es neue Fracht aufnehmen konnte. An die Kaimauern wurden bereits Weinfässer mit dem vollmundigen Malvasier gekarrt. Graf Lohenroth hatte von seinem italienischen Freund Michele Moltocarbone Anteilsscheine für eine Bodega – ein Weingut – erstanden. Die Bodega war nur drei Meilen von Garachico entfernt. Lohenroth wurde von dem spanischen Statthalter, Señor No Regales Nada, empfangen, der gerade über den Neubau der Sistema de Defensa, eines neuen Kastells wachte. Die Anlage war nach mehreren Piratenüberfällen unverzichtbar geworden.

„Bevor ich den Vertrag unterzeichne, möchte ich mir die Bodega ansehen", sagte Lohenroth mit einem strengen Blick.

„Si claro!", antwortete No Regales Nada untertänig, aber mit einem stolzen Unterton in der Stimme. „Wir können gleich hinfahren."
Lohenroth war überrascht, dass der Statthalter deutsch sprach.

Eine Stunde später saßen Lohenroth, Edeltraud und No Regales Nada in einer Kutsche, die sie auf die Berge oberhalb Garachicos brachte. Die Fahrt ging steil, in vielen Kurven hinauf. Dann erreichte der Vierspänner eine kleine Hochebene mit angrenzenden Weinbergen. Davor stand ein Casa de campo, das mit seinen Arkaden einen kühlenden Schatten versprach. Die Weinbauern waren gerade damit beschäftigt, die Triebe der Reben auszuschneiden. Sie sangen ein Lied, das zugleich fröhlich und melancholisch klang. Ein Mann grüßte die Neuankömmlinge: „buenas tardes caballeros!"

In der Casa de campo angekommen, servierte ein schönes Mädchen eine Karaffe Wein. „Es de nuestro viñedo!", sagte die dunkle Schönheit.

Lohenroth war begeistert und fragte: „Was ist aus Eurer Herrschaft geworden?"

„Apostó lo bueno y luego se pegó un tiro – er hat das Gut im Glücksspiel verspielt und sich dann erschossen."

Die junge Frau bekam feuchte Augen, fing sich dann aber wieder. Sie erzählte noch, dass sie nach Weihnachten heiraten wollten, aber dann sei das Unglück über sie hereingebrochen.

Der Graf meinte, dass er eine tüchtige Frau, die die Sprache der Einheimischen spreche, gut gebrauchen könne. Der Handel erschien Lohenroth gelungen zu sein. Er und Edeltraud wurden in das Haus geführt. Edeltraud nickte zustimmend. Am nächsten Tag wurden die Vorverträge unterzeichnet und so wurde aus einem Weingut in der Toskana eines in Teneriffa.

„Besonders die Engländer lieben unseren Wein", sagte Señor No Regales Nada und stieß mit ihm auf den bevorstehenden Kauf des Weingutes an. „Die Schiffe im Hafen werden morgen mit einigen Ladungen Wein auslaufen. Dann kann die Conquistador festmachen, um ihre Ladung zu löschen und um neue aufzunehmen. Auch Señor Michele Moltocarbone hat etliche Fässer Malvasier bestellt. Ihr seht, Ihr habt auf das richtige Weingut gesetzt. Wir bauen auf unserer Insel auch Zuckerrohr an. Man kann sich gar nicht vorstellen, dass damit Speisen gesüßt werden. Was aus dem Rohr gepresst und destilliert wird, nennen wir Zuckerrohrhonig. Er ist nicht ganz billig und die Arbeit schwer."

Lohenroth hörte interessiert zu und war überzeugt, einen guten Kauf zu tun. In wenigen Stunden würden auch seine Kisten von der Conquistador geladen werden. So lange sie nicht an Land waren, fühlte er sich nicht sicher. Aber er hatte ja Fritz und Karl als treue Begleiter bei sich, denen so gut wie nichts entging. Als die Dämmerung einsetzte, hatte die Conquistador endlich ihren Liegeplatz erreicht. Der Graf schnaufte tief durch. Die Mühen der vergangenen Wochen hatten sich gelohnt. Nur eine Tatsache verunsicherte den Grafen. Hier waren wieder die Katholiken am Werk, die mit einem riesigen Bekehrungseifer ans Werk gingen. Viele der Guanchen – die ersten Bewohner Teneriffas – hatten die Franziskaner und Papst Eugen ja bereits bekehrt.

Der Graf und die frischgebackene Gräfin besprachen am Abend die Bedenken: „Ich glaube, wir entkommen den Habsburgern hier nicht. Was ist mit Eurer Religionsfreiheit? Wie es scheint, haben wir uns in den Mittelpunkt des Netzes der Spinne begeben!", meinte Edeltraud. „Wollen wir den Vertrag wirklich unterschreiben?"

Wangerooge, 27. Juni 1578

In tausend Fuß Entfernung tauchte vor dem Vliegenden Nederlander eine riesige Galeone auf, die unter vollem Segel stand. Sie steuerte direkt auf das Schiff zu. Die Kanonenluken öffneten sich bereits. Auf dem größten Mast der Galeone war eine spanische Hoheitsflagge zu sehen. „Hart Steuerbord" schrie Kapitän Vim Schinkels. Wie sich später herausstellte, steuerte das Handelsschiff in voller Fahrt auf eine gefährliche Untiefe zu. Ein Kanonenschuss donnerte, die Kugel ging knapp am Bug vorbei, um mit einer gewaltigen Fontäne im Wasser zu versinken. Schinkels wusste: Beim nächsten Mal würde die Kugel treffen und aus dem Rumpf Kleinholz machen. Schinkels hoffte, dass seine Finte aufging und das Schiff mit seinem flachen Bauch die Sandbänke überqueren würde. Franziska schickte ein Stoßgebet in den Himmel. Jiří und Pfarrer Höllrigl sprachen ein Vaterunser und Jörg dachte sich: Gott helfe uns. Schinkels kannte die Gewässer um die friesischen Inseln wie seine Westentasche.

Das Schiff legte sich nach Backbord in die Kurve. Wieder donnerte eine Kanone. Hätte Schinkels nicht einen Haken geschlagen wie ein Hase, hätte die Kugel getroffen. Der Pulverdampf nebelte die Luft ein. Dann hörte man ein Krachen und ein Aufschreien von Männern. Es war aber nicht der Vliegende Nederlander, der getroffen war, sondern bei der Galeone fiel der Hauptmast nach vorne um, und nahm den Fockmast mit. Das Schiff stoppte abrupt, die schweren Kanonen unter Deck wurden nach vorne geschleudert. Schließpulverfässer wurden über die Holzplanken geschleudert, etliche Männer wurden getroffen und schrien erbärmlich. Im Schiff brach Feuer aus. Es dauerte nur Sekunden, bis ein weiterer dumpfer Knall ertönte. Die Pulverkammer war explodiert und riss ein riesiges Loch in den Boden. Eichenplanken, die mehr als einen Fuß dick waren, zerbarsten. Schinkels Rechnung war aufgegangen, wenn auch weit verheerender als geplant. Dass die Galeone sank und ein großer Teil ihrer Mannschaft ertrank, wollte er nicht. Er dachte sich noch: „Die armen Seelen!"

Der Viegende Nederlander konnte keine Leute aufnehmen, aber die Männer ließen ein Rettungsboot zu Wasser, in den sich vielleicht einige Leute retten konnten. Sie wussten aber auch, dass die Soldaten mit ihren Rüstungen untergehen würden. Daran würde sich auch nichts ändern, wenn die einen oder anderen schwimmen konnten. Die Mannschaft der Nederlander trat an Deck an, um den Verunglückten Respekt zu zollen. Es war ein Kampf, wie David gegen Goliath. Die Galeone hatte insgesamt vierundzwanzig Kanonen und neunzig Mann Besatzung gehabt.

Das holländische Schiff legte wenig später in dem kleinen Hafen von Wangerooge an. Die Seemänner waren durch den Zwischenfall noch immer geschockt. Sie dachten sich: So viele ertrunkene Soldaten, sie waren aber auch stolz, es der spanischen Galeone gezeigt zu haben. Die Besatzung ließ Schinkels hochleben. „So ausgefuchst kann nur unser Käpten sein!", waren sich die Männer einig. „Na, wenn da einmal die Spanier nicht Rache nehmen", meinte Schinkels nachdenklich. „Wir haben uns doch nur verteidigt!", sagte der Maat. In Wangerooge hatte sich die wackere Tat schon herumgesprochen.

Fischer hatten den Kampf der beiden Schiffe beobachtet. Ihnen war sofort klar, dass das schwere spanische Schiff nicht weit kommen würde. „Schon beim ersten Schuss dachte ich mir, dass es das Ende der Vliegenden Nederlander gewesen wäre. Aber die Kugel ging nicht weit genug und dann fuhr das spanische Schiff auf eine Hallig zu. Die Schiffe waren in voller Fahrt, und es folgte ein riesiger Knall mit einem folgenden Inferno.

Einige Männer sprangen brennend über Bord. Der Pot muss mindestens fünfhundert Tonnen gehabt haben!" Die Leute hörten gebannt zu.

Jörg fragte die Einheimischen, ob sie etwas dagegen hätten, einen Gedenkgottesdienst abzuhalten. „Schaden kann es nicht, aber ich weiß nicht, ob der Pastor damit einverstanden ist. Er hat mit den Katholiken nicht allzu gute Erfahrungen gemacht", sagte der Fischer.

„Die Soldaten haben sich ihr Schicksal nicht ausgesucht", sagte Franzi. Die Leute nickten. „Also gut, in einer Stunde in der Kirche. Ich werde dem Pastor Bescheid geben."

Pastor Knut Riebesel war gerade beim abendlichen Mahl, als der Fischer an seine Tür klopfte. „Herr Pastor, ein fremder Geistlicher hat ein Begehr. Er war auf einem Schiff, das eine spanische Galeone versenkt hat. Rund hundert Spanier sind ersoffen. Jetzt will er einen Gedenkgottesdienst in Eurer ‚Kirk' abhalten."

„Gut, dann soll er nur kommen. Wie heißt er denn?"

„Ich glaube Jörg oder Jörn."

Eine Stunde später war das kleine Gotteshaus bis auf den letzten Platz gefüllt. Zur Besatzung der Vliegenden Nederlander hatte sich auch die Bevölkerung aus dem Ort eingefunden. Die Leute erzählten sich die abenteuerlichsten Geschichten. Jörg beruhigte die Anwesenden: „Liebe Leute von Wangerooge! Ich habe gehört, dass die Spanier in eurem Land viele Jahre gewütet haben. Viele Menschen haben in ihrem Leben nur Krieg und Verfolgung erlebt. Einige sind bei lebendigem Leibe verbrannt. Seit König Philipp II an der Macht ist, verfolgt er die Protestanten. Einige von Euch sind Lutheraner, andere Calvinisten. Ich selbst war früher Katholik. Voriges Jahr bin auch ich zum lutherischen Glauben konvertiert. Ich habe meine Heimat Österreich verlassen. Überall, wo ich hinkomme, erlebe ich Krieg und Glaubenseiferer, die aufeinander losgehen. Die Spanier haben hier in den Niederlanden tausende Protestanten hinrichten lassen. Aber darauf, dass wir eine Galeone versenkt haben, sind wir nicht stolz. Die Menschen auf dem Schiff waren Soldaten, die ihrer Pflicht nachgekommen sind. Sie wollten ihrem Monarchen dienen. Unser Kapitän war nur klüger und kannte sich in diesen Gewässern mit seinen Untiefen aus. Sonst wären wir vielleicht das Opfer geworden. Also, lasst uns der toten Seeleute gedenken. Mögen sie ihren Frieden finden! Und lasst uns vor allem um ein Ende des Krieges bitten. Und ich danke dem Pastor, dass wir den Gottesdienst in seiner Kirche halten durften! Amen."

Beim nachträglichen Treffen der Seeleute mit der Bevölkerung und den anwesenden Geistlichen gab es Brot, Kohl und Bier: Eben das, woran ein Großteil der nicht wohlhabenden Bevölkerung gewöhnt war. Man erzählte sich noch lange Geschichten über die Seefahrt und die Kriege der letzten Zeit. Philipp II soll selbst niemals in Holland gewesen sein, obwohl er der Regent war. Dafür schickte er tausende Soldaten und etliche Schiffe, um das Land nach seinen Vorstellungen auszurichten. Sogar den Glauben wollte der Herrscher nach Gottes Gnaden so haben, wie es ihm gefiel. Dafür konnten nicht genug Menschen sterben. „Wir lassen uns das nicht mehr gefallen!", war zu hören. „Wir wollen über unser Land selbst bestimmen, immerhin bauen wir ja auch die Straßen und die Hafenanlagen."

Wallsee hatte sich mit seinem treuen Diener Ottokar Tannen von der Menschenmenge absentiert. Sie saßen im Mondenschein unter einem Galgen. Wallsee schaute auf das Richtseil, das im Wind baumelte und sagte nachdenklich: „Das heute war knapp, ein Wunder, dass wir noch leben. Es ist schon eigenartig: Die Menschen brauchen irgendetwas, an dem sie sich festhalten können. Ich glaube der katholische Gott ist nicht anders, als der protestantische. Was meinst du Tannen?"

„Ich habe mir noch keine Meinung gebildet, sondern immer nur Befehle befolgt und bin damit gut gefahren. Könige und Kaiser sind eben von Gott eingesetzt."

„Ich zweifle daran immer mehr. Wir sind jetzt seit vielen Monaten unterwegs und wollen Pater Jörg, Graf Hohenlohe und Äbtissin Edeltraud ein

Bein stellen. Ich komm immer mehr drauf, dass sie aus edlen Absichten handeln, aber wir tun alles, um den Befehlen des Kaisers zu folgen." Wallsee zog seine Augenbinde zurück und betrachtet den Galgen näher. „Wie viele unschuldige Menschen sind hier gestorben? Was für eine Angst sie vorher erlitten und welche Qualen sie ausgehalten haben. Manchen sind bei lebendigem Leibe die Eingeweide herausgeschnitten und die Gedärme auf einer Spule aufgerollt worden. Gott vergebe uns!"

Wallsee und Tannen erhoben sich von ihrem Platz und gingen zu den Leuten zurück. Rund um die St.-Nicolai-Kirche zählte Wallsee etwa 50 Häuser. Was dem Agenten auch auffiel war, dass die kleine Kirche im Inneren schmucklos erschien und mit den katholischen Kirchen in seiner Heimat nichts gemein hatte. Er erkannte einen Christuskorpus, der ans Kreuz genagelt war. „Die Bilderstürmer haben nicht viel von den Heiligendarstellungen übriggelassen", war auf einmal aus dem Hintergrund zu hören, während sich Wallsee weiter umschaute. Zwei Reihen hinter Wallsee saß Pastor Riebesel, der interessiert zu ihm und Tannen blickte. „Ich nehme an, Ihr seid weder Calvinist noch Lutheraner."

„Da habt Ihr recht, Herr Pfarrer, äh, Herr Pastor. Ich komme aus dem Bayerischen, aus Regensburg. Habt ihr schon etwas von der Besatzung der spanischen Galeone gehört? Gibt es Überlebende?"

„Ein paar Leute haben es tatsächlich geschafft, sich auf die Insel zu retten. Sie haben auf dem Meer ein treibendes Boot gefunden. Wisst Ihr, woher das kommt?"

„Ich nehme an, das ist das Rettungsboot, das wir zu Wasser gelassen hatten. Dann freut es mich umso mehr, dass das etwas gebracht hat. Die Explosion nach der Strandung des Schiffes und das entstandene Feuer waren wirklich schlimm."

„Ich habe gehört, dass es fünfundzwanzig Männer überlebt haben. Die meisten von ihnen waren Matrosen und hatten keine Rüstung an. Sie werden derzeit von Familien im Ort betreut. Die Soldaten konnten sich nicht über Wasser halten. Wie lange werdet Ihr hier auf Wangerooge bleiben?"

„Ich glaube, dass Käpten Schinkels morgen auslaufen will. Das Schiff wird in Amsterdam erwartet."

Pastor Riebesel, Tannen und Wallsee schauten sich an. „Gott mit Euch!", sagte Riebesel. „Ihr werdet den Schutz brauchen, um durch die Reihen der spanischen Schiffe zu kommen."

„Gedankt sei Euch, Herr Pastor!", meinte Tannen.

Viele der geretteten Matrosen der spanischen Galeone waren komplett erschöpft. Einige hatten sich treibend an einer Kiste oder an einem Holzbalken festgehalten, andere an einem Rettungsboot, das vom Schiff gespült wurde und dabei umgestürzt war. Es trieb mit dem Rumpf nach oben im kalten Wasser der Nordsee. Dann waren da jene, die es bis zum Boot der Vliegenden Nederlander geschafft hatten. Ein paar der jungen Männer konnten schwimmen und halfen anderen ins Boot zu kommen.

Die Geretteten schauten erbärmlich aus. Viele hatten Abschürfungen erlitten, als sie über Bord gingen, einige hatten Brandwunden durch die Explosion erlitten. Sie hatten kaum geglaubt, den Strand von Wangerooge zu erreichen. Als sie die Holländer sahen, glaubten sie niedergemetzelt zu werden und flehten um Gnade, doch die Friesen halfen ihnen stattdessen. Die meisten waren Calvinisten, die sich einem friedlichen Leben verschrieben haben, andere Lutheraner denen die Nächstenliebe wichtig war.

Pedro, ein Schiffsjunge, der etwas fieberte, schaute die blonde Jungfer Nettie an und bedankte sich für den warmen Haferbrei, den er eifrig in sich hineinlöffelte: „Muchas gracias señorita. Mi nombre es Pedro. Yo vengo de San Salvador." Pedro erzählte Nettie mit Händen und Füßen, dass die San Salvador neunzig Mann Besatzung gehabt habe, und er als Junge auf dem Schiff angeheuert habe. In der Stadt, in der er gelebt hat, habe es kaum etwas zu essen gegeben. Nettie hielt den schmächtigen Pedro an der Hand und gab ihm noch etwas Haferbrei. Sie dachte sich: „Ein Schicksal von vielen, das sein Glück in den Diensten seiner Majestät sucht." Die Geschichte kam ihr bekannt vor.

Wangerooge, 28. Juni 1578

Pünktlich mit dem Abnehmen der Flut legte die Vliegende Nederlander im kleinen Hafen von Wangerooge ab. Der Kapitän hatte aus Dankbarkeit einen Stoffballen und ein Fass Rum dem Bürgermeister überlassen. Dieser wiederum bedankte sich mit einem Fass Jever-Bier. Jörg von Hohenstein dachte sich: „Vielleicht wird der eine oder andere Spanier, der als vermisst gilt, noch Friese werden und sich auf Wangerooge niederlassen."

Das Schiff nützte die raue See und das schlechte Wetter, um möglichst unerkannt nach Amsterdam zu kommen. Kapitän Schinkels hatte sich ausgerechnet, dass die Reise etwa zwanzig Stunden dauern würde.

Georg Schneider, Jörg, Franzi und Pfarrer Höllrigl waren heilfroh, dass der Kampf vor Wangerooge für sie so gut ausgegangen war, beziehungsweise gar nicht stattgefunden hatte. Ihnen wurde aber die Gefahr, in der sie schwebten, noch deutlicher bewusst. Jede Minute könnten sie von den spanischen Schiffen und Soldaten aufgegriffen werden. Wie sollten sie es nur schaffen, in Sicherheit in ein neues Land, das ihnen eine Heimat geben würde, zu gelangen.

Unterdessen hatte sich Wallsee seiner Arbeit als Schiffsjunge hingegeben und damit begonnen, das Deck zu schrubben. An seiner Seite war sein treuer Begleiter Tannen. Es stellte sich heraus, dass die Knochen Wallsees doch nicht so jung waren, worauf ihn der Maat in die Kombüse schickte, um dem Koch bei seiner Arbeit zu helfen. Aus den Fässern musste er das Pökelfleisch herausholen und Kraut kochen. Dazu gab es Hirsebrei. Eigentlich war die Kost für ein Schiff wie die Vliegende Nederlander nicht schlecht. Zu trinken gab es Bier.

„Tannen, ich sag dir, wenn ich nicht bald vom Kaiser eine Apanage bekomme, seh' ich schwarz. Meine Knie halten die schwere Arbeit nicht mehr aus." Tannen schmunzelte und sah sich schon mit Wallsee auf einem Landgut, auf dem es weder Frost noch Schnee gab. Sie hatten inzwischen herausbekommen, dass Jörg in einer warmen Gegend sein Glück suchte. Wallsee trug weiter zur Tarnung seine Augenbinde.

Am Abend des nächsten Tages traf das Schiff vor Amsterdam ein. Die Spanier hatten sie nicht gesehen. Das Wetter und die klug ausgetüftelte Route der Vliegenden Nederlander hatten den Feinden ein Schnippchen geschlagen. Indes wartete die spanische Kommandantur weiter auf die überfällige Galeone. Der spanische Generaladjutant vernahm lediglich das Einlaufen eines kleinen Küstenschiffes aus Hamburg, dachte sich dabei aber nicht viel, denn im Hafen von Amsterdam gab es ein Kommen und Gehen von verschiedenen Schiffen. Man konzentrierte sich lieber auf die prunkvoll ausgestatteten holländischen Schiffe, deren Achterschiffaufbauten reichlich mit Gold verziert waren.

In Amsterdam regierte das Geld reicher Kaufleute und Bankiers. Der Schiffbau florierte und Pieter van de Gruyt war einer der ganz Reichen. Einige seiner Schiffe fuhren sogar unter der Flagge der Spanier. Er hatte mit dem spanischen König einen Handel ausgemacht, ganz nach dem Motto: „Störst du mich nicht, stör ich dich nicht!" Die Vliegende Nederlander hatte am Hafen in Nähe der Herrengracht angemacht. Arbeiter luden gerade die Fracht in die Lagerhäuser und von käuflichen Frauen waren viele zu sehen, denen die neu angekommen Matrosen hinterher pfiffen.

Beim Kontor von van de Gruyt angekommen, erkundigte sich Jörg nach dem reichen Holländer. Ein Bediensteter bat den Priester kurz zu warten. „Eine eifrige Stadt habt Ihr! Es werden andauernd Waren herumgeführt und viele Kaufleute gehen ihres Weges. Schau da, die Frau dort ist ganz schwarz im Gesicht und hat ebenso dunkle Hände", sagte Georg Schneider verwundert. „Warum malt Ihr die Menschen an?" Die Frage galt dem freundlichen Bediensteten. Dieser zog die Achseln hoch und sagte: „Fragt bitte Herrn Pieter van de Gruyt."

Eine halbe Stunde später wurden die Neuankömmlinge in die Räumlichkeiten des Holländers gebeten. „Entschuldigt Ihr bitte, dass Ihr so lange warten mussten. Ich habe gehört, Ihr seid der Sohn von Max Graf von Hohenstein. Was führt Euch zu mir?"

„Ich darf Euch meine Frau Franziska und meine besten Freunde Georg und Hochwürden Höllrigl vorstellen." Van de Gruyt machte eine

Verbeugung. „Wir sind auf der Suche nach einer Passage in die neue
Welt," sagte Jörg.

Der Reeder zog die Augenbrauen hoch. „Nun denn, nächste Woche
verlässt eines der schnellsten Schiffe, die je gebaut wurden, meine Werft.
Es wurde aus deutschen und norwegischen Eichen gezimmert. Wisset
Ihr, wir haben zwar nicht viele Bodenschätze, dafür aber gute Ideen. „Die
Amsterdam, so heißt das Schiff, wird Kuba ansteuern und in Teneriffa
haltmachen. Wenn Ihr wollt, kann ich Euch eine Passage aus Freundschaft
zu Eurem Vater zum halben Preis anbieten." Die Männer schlugen ein,
nachdem sich die anderen mit Jörg abgesprochen hatten. Pieter van de
Gruyt hatte noch erzählt, dass Amsterdam in den letzten Jahren kräftig
gewachsen sei. Die Stadt habe bereits mehr als fünfundvierzigtausend
Einwohner und ein Ende sei nicht in Sicht. In wenigen Jahren werde
man einhunderttausend haben. Jeder zweite Bewohner stamme aus dem
Ausland und er konnte auch Georgs Frage beantworten: „Nein, die junge
Frau haben wir nicht angemalt. Sie kommt aus Afrika!"

Es war klar, dass der Schiffbau in Amsterdam gewaltig zugelegt hat.
„Allein voriges Jahr haben in Zaandam, einer Stadt, die wenige Meilen
vor Amsterdam liegt, fünfzig Werften dreihundert Schiffe gebaut. Um
das Holz zu liefern, waren tausend Schiffe unterwegs, die das Holz aus
den Nachbarländern geliefert haben. Wir betreiben unsere Sägewerke mit
Windmühlen. Wir haben im Baltikum ganze Wälder aufgekauft!", sagte
der Reeder und lächelte. Der Reeder hatte offenbar ein gutes Geschäft
gemacht.

Van de Gruyt war anzusehen, dass auch er Calvinist war. Ein Mann,
der glaubte, dass seine Tüchtigkeit der Gottgefälligkeit nachkommt. „Den
Amsterdamer Bürgermeister haben sie im Februar auf einem Deich ausgesetzt. Der war den Leuten zu katholisch. Wir hatten zuvor sechs Jahre
lang den Hafen blockiert und sämtliche Handelsströme unterbrochen.
Es ist sogar zu einer Hungersnot gekommen. Wie Ihr seht, mit uns ist
nicht gut Kirschen essen. Die süßen Früchte lassen wir nur jenen Leuten

zukommen, die uns gefallen. In Antwerpen wiederum haben die Spanier in ihrem Verfolgungswahn den Bürgermeister auf einem Scheiterhaufen verbrannt. Besonders der Phillip II getreue Herzog von Alba hatte hier sein Unwesen getrieben und tausende Niederländer hinrichten lassen. Gott lobe Prinz Wilhelm von Oranien-Nassau, der Phillip Einhalt geboten hat!" Van de Gruyt hatte sich regelrecht in seinen Patriotismus hineingesteigert.

Der Reeder musste erst einmal einen kräftigen Schluck Jever-Bier nehmen, um sich zu beruhigen. „Jetzt versteht Ihr vielleicht, warum wir stolz auf Wilhelm von Oranien sind. Und noch etwas: Wir sind auch stolz auf unsere ‚Wassergeusen', einem Zusammenschluss aus Wasserbettlern, bestehend aus Adeligen, Bürgern, Handwerkern und verarmten Bauern, die sich zu einer Streitmacht auf See zusammengeschlossen und die die Spanier vom Meer aus bekämpft haben."

„Ich sehe schon, das Bürgermeistersein in Holland ist gar nicht so angenehm, wie man es sich vorstellt", meinte Jörg.

„Na ja, vor allem ist das Bürgermeisterleben sehr kurz. Grundsätzlich wird ein Bürgermeister als „Vroedschap" – als weiser Mann – eingesetzt. Er ist einer von vier Bürgermeistern, die von sechsunddreißig Ratsmitgliedern gewählt sind. Der Regent wird nur für ein Jahr gewählt. Dadurch soll die Entstehung von Oligarchien verhindert werden. Eine Wiederwahl ist aber nicht ausgeschlossen."

„Ihr wolltet nie Bürgermeister werden?"

„Nein Danke, ich baue lieber Schiffe und handle mit seltenen Gütern! Wie gesagt, nächste Woche legt Euer Schiff am Pier in Amsterdam ab."

Jörg und Georg gingen nach dem Gespräch mit Van de Gruyt durch den Hafen von Amsterdam. Je mehr sie über die weltoffene Stadt erfuhren, umso verwunderter waren sie. Sie kamen darauf, welche gewaltigen Unterschiede es zwischen den Bevölkerungsgruppen gab. Es war nicht nur ein Sprachenwirrwarr zwischen den Bevölkerungsgruppen, die von aller Herren Länder kamen; es gab auch große Unterschiede zwischen Arm und Reich. Während die einen von karger Kost mit Kohl und Fisch lebten, kauften sich die reichen Patrizier, Händler und Reeder alles, was man sich wünschen konnte. Wertvolle Edelsteine und Seide aus China waren ebenso dabei, wie Pelze aus Russland und andere Annehmlichkeiten. Die meisten Menschen lebten hier in engen Verhältnissen, andere hatten ganze Palais.

Jörg und die anderen verbrachten die nächsten Nächte in einer Taverne am Rande der Herrengracht. Am zweiten Abend kam eine Gruppe Wachsoldaten in die Wirtsstube und stellten Jörg und Georg unangenehme Fragen. Sie wollten wissen, woher sie kamen und wer sie sind. Außerdem erkundigten sie sich nach der Religionszugehörigkeit, wobei sie ihre Fragen in diesem Fall nicht genau aussprachen. Wie sich herausstellte, waren es Agenten der Stadt.

Sie forderten Jörg und Georg schließlich auf: „Wenn sie uns nach draußen folgen würden!"

„Ich glaube, dass das nicht notwendig ist, sagte eine Stimme im Hintergrund. Sie gehörte einem Mann in Schwarz. Er bohrte seinen Dolch in den Tisch der Wirtsstube.

Hafen von Garachico, 1. August 1578

Die Kanonenschüsse ließen die Kommandantur in Garachio erzittern. Moritz Contar de Lohenroth und Condesa de Lohenroth schauten auf. Sie hatten sich zuvor mit dem spanischen Statthalter, Señor No Regales Nada, geeinigt: Trotz ihrer Bedenken, den Vertrag zu unterschreiben, wollten sie das Abenteuer wagen. Jetzt zog Pulverrauch durch die Gassen der Küstenstadt. Dann erfolgten weitere Erschütterungen, eine Mauer stürzte ein. Steine flogen durch den Raum, eine schwere Decke aus Pinienstämmen stürzte ein, Edeltraud traf ein dumpfer Schlag, sie wurde durch den Raum geschleudert. Das Notariat ging in Staub unter. Das Letzte, was Edeltraud spürte, war eine warme Flüssigkeit, die ihr an der Stirn hinunterlief. Dann wurde es dunkel um sie.

Lohenroth hustete und schnappte nach Luft. Er konnte im Halbdunkel des Raumes Señor No Regales Nada ausmachen, der sich gerade vom Boden aufrappelte. Seine rechte Hand hatte sich in die Urkunde verkrampft, die er kurz zuvor unterzeichnet hatte. Die Kerzen waren ausgegangen, zwischen den eingestürzten Deckenbalken trat ein wenig Licht herein. Der Abendmond leuchte gespenstisch kalt und warf harte Schatten. „Edeltraud, wo seid Ihr?", hörte man den Grafen rufen. „Wo …", dann erstarb die Stimme des Grafen. Er hatte einen Körper in einem grünen Samtkleid gesehen. Eine Perücke und schließlich einen blutüberströmten Kopf. „Nein, das darf nicht wahr sein!" Der Graf stürzte sich in Richtung Edeltraud, die am Boden lag, stolperte über die Überreste eines Tisches, kam wieder auf seine Beine und erreichte schließlich die Frau, die er mehr liebte, als alles andere auf der Welt. Sie lag reglos am Boden, von ihr kam kein Stöhnen, kein Wehklagen. Es war so, als wäre sie tot. Die Condesa de Lohenroth hatte nur mehr einen Schuh an, der andere war irgendwo.

Inzwischen war auch der Notar bei den beiden. Er schaute entsetzt auf die Gräfin und beugte sich hinunter. Dann donnerten weitere Schüsse. Nur diesmal kamen sie vom Castillo de San Miguel, das eigens zur Verteidigung der Stadt gebaut worden war. Es war gerade fertig geworden. Es folgte eine weitere Salve.

Amsterdam, 4. Juli 1578

Der Mann in Schwarz blickte den Wachsoldaten tief in die Augen. „Wenn Ihr die beiden verhaften wollt, irrt Ihr Euch gewaltig! Sie sind ehrbare Männer, die aus den Landen von Kaiser Rudolf II geflohen sind. Dieser Mann hier ist im Glauben konvertiert und Lutheraner geworden. Der andere ist sein Studienfreund, „dafür lege ich meine Hand ins Feuer." Wallsee grinste dabei und zeigte ein gefälschtes Papier, das ihn als Agenten des sächsischen Kurfürsten August auswies. „Sie nennen Ihre Eminenz auch Augustus den Landesvater", setzte Wallsee hinzu, um die Bedeutung ,seines Kurfürsten' zu unterstreichen.

Die holländischen Stadtbüttel waren sichtlich beeindruckt und halfen dem kaiserlichen Agenten sein Messer aus der Tischplatte zu ziehen. Wallsee hatte derart kräftig mit dem Dolch ausgeholt, dass er tief im Eichenholz steckte. Einer der Ordnungshüter meinte noch: „Eure Hand möchte ich lieber nicht ins Feuer legen. Jörg schaute Wallsee an und sagte: „So, so, Ihr gebt Euch also zu erkennen, Ihr seid also Wallsee." Als die beiden Büttel das Lokal verlassen hatten, meinte der Priester noch: „Warum auf einmal der Sinneswandel, wo Ihr doch ständig hinter uns her gewesen seid?"

„Ich glaube, es macht nicht mehr viel Sinn, die Tarnung aufrecht zu halten, wir sind jetzt außerhalb unseres Hoheitsbereiches. Außerdem geht mir diese blöde Augenbinde auf die Nerven."

Wallsee bestellte noch drei Humpen Jever und sagte: „Und Ihr seid eine anständige Persönlichkeit!"

„Wir sind aber schon länger nicht mehr im Wirkungsbereiche Ihrer Majestät, Kaiser Rudolf", meinte Jörg. Warum also die Posse?"
„Ich glaube, der Angriff der Spanier bei Wangerooge hat meine Meinung geändert."

Zwei Stunden später trafen Wallsee und sein Gehilfe Ottokar Tannen auf Franzi und Pfarrer Höllrigl, zu denen sie Jörg geführt hatte. „Frau von Hohenstein, Ihr müsst bitte entschuldigen, dass ich Euch so lange verfolgt habe, aber es gehörte zu meiner Aufgabe. Jetzt kann ich mich auf etwas anderes konzentrieren." Wallsee ließ dabei im Dunkeln, was er damit meinte. „Ich hörte, Ihr werdet bereits morgen Amsterdam verlassen."
„Ich glaube, Ihr werdet darüber nicht traurig sein!", meinte Franzi genervt.

Amsterdam, 5. Juli 1578

Etwa gegen Mittag legte die Amsterdam vom Pier ab. Am Hafen hatten sich viele Menschen eingefunden, um das neueste Schiff von Reeder Pieter van de Gruyt zu bewundern. Mit seinen vier Masten und seinen einundzwanzig Segeln, versprach das Schiff flott unterwegs zu sein. Auf beiden Seiten zeigten sich jeweils vier Kanonenluken. Es ging eine leichte Brise aus Nordwest. Um aus dem Hafen herauszukommen, legten sich die Ruderer eines Schleppbootes kräftig ins Zeug. „Pull, pull, pull", schrie ein Mann in einem langen Takt. Die Männer brauchten ihre ganze Kraft, um den schweren Segler aus dem Hafen zu bekommen und in den Wind zu drehen. Dann setzten die Matrosen die ersten Segel und die Bark fuhr zum ersten Mal allein.

Der Kapitän Jan van de Gruyt – er war ein Neffe des Eigners – stand mit breiten Beinen stolz auf der Brücke und gab persönlich die Befehle. Der Maat stand daneben und sagte: „Een trots schip, kapitein!" „Je bent daar!", erwiderte van de Gruyt.

Franzi schaute Jörg an und meinte: „Was haben die beiden gesagt?" „Ich weiß auch nicht, aber es klang sehr stolz."

Wallsee hatte diesmal nicht als Matrose angeheuert, sondern zusammen mit Sergeant Ottokar Tannen seine Passage bezahlt. Er war wieder offiziell im Dienste seiner kaiserlichen Majestät unterwegs und Jan van de Gruyt fühlte sich geehrt, einen so hohen Gast an Bord zu haben, wenn auch er dem Hause Habsburg argwöhnisch gegenüber stand. Van de Gruyt war selbst Calvinist, auch wenn er es sich nicht anmerken ließ. Er verhielt sich so wie ein Wirt, der alles für seine Gäste tut. Er war eben geschäftstüchtig. Van de Gruyt hatte den beiden ein schöne Außenkabine gegeben. Auf der anderen Seite hatten sich Jörg, Franziska und Georg einquartiert.

Die Bark nahm Fahrt auf. Ihr Endziel lag auf Kuba. Dort sollte sie Rum, der aus Zuckerrohr gewonnen wurde, und Gewürze wie Lorbeerblätter, Kreuzkümmel und getrockneten Knoblauch, aufnehmen. Kuba war auch für seinen Sklavenhandel bekannt, aber die Amsterdam war für derlei Transporte nicht ausgelegt. Van de Gruyt transportierte lieber reiche Leute und solche, die ihr Glück in fernen Ländern suchten. Dass dabei Adelige wie Jörg von Hohenstein an Bord waren, kam ihm nur recht. Als nächstes Ziel peilte van de Gruyt den Hafen von Brest in Frankreich an.

Die Amsterdam glitt geschmeidig über die See. Die Dünung schien dem Schiff nichts auszumachen, auch die kleinen Wellen waren kaum zu spüren. Wallsee war froh, diesmal als Passagier unterwegs zu sein. Als er zum Großmast sah, schauderte es ihn. Bereits beim Gedanken, von da oben einen Blick hinunterwerfen zu müssen, wurde ihm unwohl. Die Mastrosen hatten aber sichtlich Spaß, in fünfzig Fuß Höhe die Segel zu setzen. Viele von ihnen waren schon einige Male über das große Meer gesegelt.

Als die Brise auffrischte, fingen ein paar Leute an zu johlen. Der Rumpf krachte auf Wellen, die fünfzehn Fuß hoch waren. Für die Landratten wie Jörg, Georg und Franzi war das natürlich zu viel. Das Essen, das sie am Nachmittag mit dem Käpten eingenommen hatten, kam wieder hoch. Sie beherzigten zwei gute Ratschläge: Erstens sich mit dem Wind zu übergeben und zweitens sich dabei an einem Tau gut fest zu halten. Franzi war etwas grünlich im Gesicht und van de Gruyt, der sichtlich gut gelaunt war, meinte: „Das wird schon wieder!" Gegen Abend flaute der Wind ab und Franzi, die ohnehin nichts mehr im Magen hatte, atmete auf. Wallsee hatte sich unterdessen mit einer Amphore Genever angefreundet. Der Wacholderschnaps mundete ihm vorzüglich.

Georg und Pfarrer Höllrigl hatten unterdessen einen Disput über den Papst geführt. „Der Papst mag zwar der lebende Vertreter Christi sein, aber ich glaube nicht an die Unfehlbarkeit seiner Eminenz. Denkt nur an den früheren Ablasshandel. Der war doch nur dafür da, um das luxuriöse Leben im Vatikan und um den Bau des Petersdoms zu finanzieren!" Pfarrer Höllrigl hatte sich förmlich in Rage geredet.

Jörg sah den hochroten Kopf des Pfarrers und sagte: „Meine Herren, beruhigt Euch. Es ist schon gut. Wir werden hier an Bord keinen neuen Glaubenskrieg anfangen." Jörg schmunzelte und schlug vor: „Nun lasst uns erst einmal diesen vorzüglichen Genever kosten. „Und bedenkt, wir sind der kirchlichen Inquisition entkommen und starten in ein neues Leben." Die Streithanseln reichten sich die Hand und Pfarrer Höllrigl fragte: „Wie

geht es denn unserem neuen Freund, dem kaiserlichen Agenten?"
„Ich muss zugeben, dass ich ihn schon seit einer Stunde nicht mehr gesehen
habe. Aber stattdessen habe ich nebenan ein lautes Schnarchen gehört.
Ich glaube, er ist ganz zufrieden. Sein Begleiter ist oben an Deck und
versucht mit dem Maat zu plaudern, was angesichts ihrer unterschiedli-
chen Sprachen gar nicht so leicht zu sein scheint", gab Jörg zu Bedenken.

Franzi ging es schon wieder besser, auch ihr hatten zwei Schlücke
von diesem Wachholderschnaps geholfen. „Jetzt verstehe ich, warum die
Seeleute dem Schnaps gar nicht abgeneigt sind. Das ist etwas anders, als
die Medizin aus meinem Kräutergarten." Als niemand zusah, drückte sie
Jörg einen Kuss auf den Mund, der Franzi zum ersten Mal beschwipst
sah. Jörg dachte sich: „Sie an, so weit sind wir also mit der neuen Freiheit
gekommen." Franzis Kuss schmeckte süß und ein wenig nach Genever.
Jörg nahm Franzi in den Arm. Sie wiegten ihre Körper, schlossen die
Augen und träumten. Von ihrer Zukunft.

Die Meerenge von Calais, 6. Juli 1578

Ganz oben vom höchsten Mast der Amsterdam konnte man die
weißen Klippen von Dover sehen. Die Amsterdam hatte einen großen
Bogen um die französische Küste gemacht, um nicht in die Fänge der
spanischen Armada oder gar Piraten zu geraten. Auf den holländischen
Gewässern trieben Wassergeusen ihr Unwesen. Man konnte nie wissen,
was den Kaperfahrern einfallen würde, wenn sie so ein reiches Schiff, das
zudem auch nagelneu war, sehen würden. Eins war klar, so ein Viermaster
würde sich auf hoher See nicht leicht verstecken lassen.

Jan van de Gruyt lud den Maat, den Steuermann und seine wichtigsten
Gäste zu einer Besprechung ein. „Wir befinden uns bislang auf einem
sicheren Kurs, nur müssen wir uns in Acht nehmen, nicht überfallen zu
werden. Die Amsterdam ist zwar eines der schnellsten Schiffe des Meeres,
aber die Geusen könnten uns von einem Hinterhalt aus auflauern. Ich
hoffe, Ihr habt in Euren Seekisten nicht allzu Wertvolles." Jörg wurde

ein wenig mulmig im Magen, hatte er doch einige Dukaten mit dabei. Er ließ sich aber nichts anmerken. Auch Wallsee horchte nach seinem ausgeschlafenen Rausch auf: „Glaubt Ihr, die Aufständischen könnten einem so großen Schiff wie der Amsterdam etwas anhaben?"

„Ein guter Fangschuss vor den Bug und wir könnten absaufen!", sagte Jan van de Gruyt. „Aber daran haben sie aus zwei Gründen kein Interesse: Erstens wäre es ihnen schade um das Schiff und zweitens täte es ihnen um Schmuck und Geld leid."

„Wann werden wir Brest erreichen?", fragte Wallsee.

„In twee dagen", meinte van de Gruyt.

„Zwei Tage, das geht ja schneller als gedacht", meinte Wallsee. Von Brest aus würde er eine Nachricht an den Kaiser schicken, dass er einem Handel mit höchst verdächtigen Gütern auf der Spur sei und dass er in Amsterdam ein Schiff bestiegen habe.

Der Wind hatte auf offener See wieder zugelegt. Der Rumpf der Amsterdam wühlte sich durch gewaltige Wellen. Diesmal musste der Kapitän gegen den Wind kreuzen. Franzi hatte sich aber an den Seegang gewöhnt. Nur Georg war ein wenig unwohl. Das Leuchtfeuer von der englischen Küste war schon längst nicht mehr zu sehen. In der Ferne kreuzte ein weiterer Segler mit drei Masten nach Südwest. Van de Gruyt beschloss Abstand zu halten, zudem keine Flagge erkennbar war. Er meinte: „Ik weet het liever zeker!", was soviel hieß, wie: „Sicher ist sicher."

Brest, 8. Juli 1578

Wie berechnet, legte die Amsterdam am 8. Juli in Brest an. Wie sich herausgestellt hatte, dürfte das Schiff, das sie zuvor gesehen hatten, tatsächlich hinter ihnen her gewesen sein. Es hatte nach wenigen Stunden nach Nordost abgedreht. Die Amsterdam entlud in Brest kostbare Stoffe, die Manufakturen in Holland gefertigt hatten.

So ganz ohne Fracht verließ das Schiff den Hafen von Brest nicht. Am Pier standen etliche Fässer Beaujolais aus Burgund und köstlicher Wein aus der Champage und etliche Fässer Bordeaux. Dazu kamen weitere Fässer aus dem Loire-Tal. Der kaiserliche Agent war begeistert. Er hatte von verschiedenen Weinen gehört. Besonders der Pinot Noir hatte es ihm angetan. Schon die Römer hatten diesen Wein kultiviert und Benediktinermönche ihn weiter veredelt. Als die Amsterdam Brest wieder verließ wusste Wallsee, dass es eine gute Reise werden würde. Schwierigkeiten gab es in der Hafenstadt keine, bis auf das, dass sich einige Geheimpolizisten über die Leutseligkeit Wallsees wunderten.

Das Schiff stieß mit dem Ziel Garachico in See. Jan Van de Gruyt war von der Schnelligkeit und Wendigkeit seines Schiffes begeistert. Zudem versprach der Juli kräftige und gleichmäßige Winde. Pfarrer Höllrigl und George Schneider alias Jiří Krejčí hatten ihren Disput beigelegt bis auf einen Satz, den sich Höllrigl nicht verkneifen konnte: „Der Papst ist doch nicht unfehlbar!" Die beiden schlugen sich dann wieder gegenseitig auf die Schulter und freuen sich ihres Lebens.

Garachico, 1. August 1578

Das Castillo de San Miguel bebte. Schreie gingen durcheinander, niemand kannte sich so richtig aus. Die Schüsse donnerten von oben und von unten. Die Mannschaft der kleinen Festung hatte in das Gefecht eingegriffen. Auf dem Meer schwankte eine Galeone, die auf Kaperfahrt war. Jeder Schuss schien das Schiff zu zerreißen. Die Piraten mussten die Geschütze aber nach jedem Schuss wieder abkühlen lassen, die Rohre wurden mit Wasser gekühlt. Das verschaffte den Verteidigern Zeit, sich neu zu orientieren.

Der Kapitän der Galeone, der achtern auf dem Schiffsaufbau stand, musste schmunzeln. „Was für eine Mannschaft!", dachte sich James Rupert Bram. Er hatte die Männer bei Jerez de la Frontera an der Costa de la Luz aufgenommen, als er das Schiff auf illegale Weise in seinen Besitz gebracht hatte. Er hatte es in nur einer Nacht beim Spiel mit gezinkten Würfeln mit einem spanischen Reeder in seinen Besitz gebracht. Bram konnte ein wenig Spanisch, was die Männer ihm hoch anrechneten. Die meisten von ihnen stammten aus verarmten Verhältnissen von spanischen Bauern und hatten in Jerez ihr Glück gesucht. Einige von ihnen waren Deserteure der spanischen Armada und im Kriegshandwerk gut ausgebildet. Sie wussten, dass in Teneriffa einiges zu holen war, galt die Insel doch als Sprungbrett in die neue Welt.

„Lasst uns uns auf die nächste Angriffswelle vorbereiten. Wir müssen schnell machen." Das Schiff stand weiter durch die Kanonen des Kastells unter Beschuss. Eine Kugel ging gefährlich nah am Großmast vorbei. „Richtet die Geschütze auf den Hauptturm des Schlosses!", sagte Bram. „A la torre principal!" Der Kapitän bereitete unterdessen einen Ausfall vor. Er ließ sein Schiff auf die Kaimauern des Hafens zufahren.

„Soldaten, bereitet euch vor." Bram sprach die Männer immer noch mit Soldaten an, denn in seinen Augen waren sie gut ausgebildete und treue Männer, die von ihrem König enttäuscht waren, und ihr Glück suchten. Die Galeone „Escuadrón de la muerte" ließ noch eine Salve auf den Turm ab. Über Garachico ging ein Regen aus Steinen nieder. Dass bei diesem Schuss Menschen starben oder verstümmelt wurden, sah man von hier unten nicht. Also stürmte eine Gruppe der Piraten in die Stadt. Sie erreichten schließlich die Banco Real. Die Bank versteckte sich hinter einer großen Eichentür. „Explotar – Sprengen!", befahl der Hauptmann der Angreifer. Der Angriff dauerte nur Augenblicke. Die Bank verfügte über etliche eisenbeschlagene Truhen, die mit Gold und Silber gefüllt waren. Ausgestellte Wechsel interessierten die Angreifer nicht, so auch jene nicht, die zwischen Graf Lohenroth, Señor No Regales Nada und dem italienischen Bankier, Señor Michele Moltocarbone, ausgestellt waren.

Als die Piraten das Notariat stürmten, war der Weg dorthin so gut wie frei geschossen. Die Piraten stießen auf keine Gegenwehr. In der Festung glaubte der Kommandant, dass der Angriff weiterhin ihm gelten würde.

Der Rauch hatte sich inzwischen gelegt. Die Angreifer fanden einen Mann mit staubigem Kaiserbart vor, einen honorigen Spanier und eine Frau, deren Gesicht blutüberströmt war. Ihr Kopf lag in den Händen des einen Mannes, der Tränen in den Augen hatte.

Señor No Regales Nada hielt immer noch die unterzeichnete Urkunde in der Hand. Als er die Piraten sah, stand er wie versteinert in dem Raum. Der große Tisch war mit Putz und Gebälk übersäht, hatte aber die eingestürzte Decke abgefangen. Gleich daneben lag Edeltraud.

Zwischen Brest und Garachico, 15. Juli 1578

Der sonst so stete Wind war zusammengebrochen. Die Amsterdam trieb unter schlaffen Segeln der portugiesischen Küste entlang. Jörg von Hohenstein und Franzi hatten zuerst die Flaute genossen, jetzt wurde ihnen aber das ziellose Dahintreiben unheimlich. „Glaubt Ihr an Seeungeheuer?", fragte Oskar Tannen Pfarrer Höllrigl. „In der Bibel kommen sie jedenfalls nicht vor, bis auf den Wal, der Jonas verschluckt hat." Tatsächlich tauchten hin und wieder neugierige Delphine auf. Aber Wale ließen sich hier keine erspähen, zudem die kolossalen Tiere vor ihren Jägern auf der Flucht waren.

Jiří unterhielt sich gerade mit Franzi und Jörg über die Lehren Martin Luthers und was dieser vom Papst hielt. „Wir haben unsere Bischöfe und das Neue Testament, das soll reichen, um uns zu geleiten. Luther wollte keine Spaltung der Kirche, er wollte sie nur erneuern und sie von den Irrlehren befreien", sagte Jörg. Franzi meinte: „Und was ist mit der Frau, glaubt Ihr, dass sie dem Manne Untertan sein soll und soll sie auch eine leitende Rolle in der Kirche einnehmen?"

„Ich bin mir sicher, dass Jesus sie ebenbürtig sehen wollte." Jiří hörte Franzi und Jörg interessiert zu.

„Vielleicht werden sie irgendwann als Pfarrerinnen zugelassen. Katharina von Bora hatte im Hause des Reformers als Wirtschafterin eine wichtige Rolle gespielt und Luther nannte sie selbst liebevoll ‚Herr

Käthe: Sie bewirtschaftete Ländereien, trieb Viehzucht, eine Brauerei und verköstigte die Studenten des Wittenberger Gelehrten.

Jiří war von Luther begeistert und sogar Wallsee konnte dem Manne etwas abgewinnen. Nur Oskar Tannen blieb weiter skeptisch. Die beiden hatten dem Gespräch gelauscht. Kein Wunder, bei der vorliegenden Windstille war das auch nicht zu vermeiden. Lediglich das Wasser ließ ein leises Schwappen von sich hören. Es hörte sich wie ein Schmatzen an, so, als ob die See das Schiff langsam, aber stetig vertilgen wollte.

Die Männer verbrachten die Tage an Bord, um Ausbesserungen an den Segeln zu bewerkstelligen, Ruderboote neu zu teeren und um das Deck zu schrubben. Das war wichtig, um das Holz dicht zu halten. Der Bordzimmermann versuchte sich als Bildhauer und schnitzte an einer Seejungfrau, die er am Bug anbringen wollte. Die einzigen Besucher an Bord waren Seemöven, die erkennen ließen, dass die Küste nicht weit weg war. Zum Essen gab es meist Fisch, denn die Leute hatte genug Zeit zum Angeln.

Jiří hatte sich mit einem Schiffsjungen angefreundet. Die beiden brachten sich gegenseitig Deutsch und Holländisch bei und erkannten sehr schell, dass es in den Sprachen viele Gemeinsamkeiten gab. Jiří grüßte den Schiffsjungen mit: „Goedendag meneer!" Axel lachte und grüßte zurück und sagte: „Guten Tag, mein Herr!" Die beiden umarmten sich. Auch Axel war Männern nicht abgeneigt und schaute Jiří tief in seine Augen. Er frage ihn: „Warum sagt von Hohenstein einmal Jiří und einmal Georg zu dir?"

„Jiří ist mein ursprünglicher Name in Tschechisch und Georg die deutsche Übersetzung. Der heilige Georg wird als Drachentöter dargestellt, im Griechischen heißt er Landarbeiter."

Axel und Jiří waren sich sehr wohl ihrer gegenseitigen Liebe bewusst, wussten aber auch, dass gleichgeschlechtliche Liebe auch auf einem Schiff bestraft wurde.

Axels Rücken war von Schnittnarben übersäht. Der junge Mann zeigte hinter sich: „Da haben sie mich schon einmal Kielgeholt: Sie haben mir Taue an Füße und Arme gebunden und mich unter einem Schiff durchgezogen. Ich wäre dabei fast ersoffen. Mein Freund ist später an den Entzündungen der offenen Wunden gestorben. Ich war ohnmächtig, weil ich so lang unter Wasser war." Jiří wurde bewusst, dass er aufpassen musste, wenn sie nicht auffallen wollten, also konzentrierten sie sich wieder auf das gegenseitige Lernen von Sprachen. Es stellte sich heraus, dass Axel sehr schnell lernte und immer mehr wissen wollte.

In der Nacht hatte Axel Deckwache. Gegen Mitternacht kam Jiří an Bord und setzte sich zu ihm in ein Rettungsboot, das mittschiffs auf dem Deck stand. „Es tut mir leid, was du mitmachen musstest Axel. Aber schön, dass du überlebt hast!" Jiří strich Axel zart über die Narben am Rücken und küsste seine Haut. „Tut das weh, fragte er ihn?"
„Nicht sonderlich, aber es ist immer noch ein Schmerz in der Seele vorhanden."

Jiří wandte sich Axel zu und küsste ihn auf den Mund. Der Kuss schmeckte salzig nach der See. „Wenn Du willst, kann ich dir etwas Latein beibringen. Die Sprache schärft den Verstand. Tu ergo quid dicis?" Axel seufzte: „Probier es."

Die beiden sahen zufrieden in die Sterne. Sie saßen da, wie ein Paar, das von der Zukunft träumt. Hand in Hand. Auf dem Meer tat sich nichts. Es war so ruhig, so sanft. Jiří fiel auf, dass Axel so gepflegt erschien. Sogar die Zähne hatte er sich mit einem Holzstäbchen geputzt. Sie glänzten im Weiß des Mondlichtes. Die Zahnreihen des jungen Mannes waren fehlerlos.

Plötzlich hörten die beiden hinter sich Schritte. Jiří und Axel blicken sich um und hörten, wie jemand leise sagte: „Ich nehme an, ich sehe nicht richtig!"

Garachico, 1. August 1578

Fritz und Karl wurden durch den Donner der gewaltigen Schüsse aufgerüttelt. Die beiden tranken in einer Taverne Wein und würfelten. Sie sprangen vom Tisch auf und eilten nach draußen. Das Schiff, mit dem sie gekommen waren, lag nach wie vor an der Anlegestelle, aber ein anderes hatte am Pier festgemacht und schien ein Inferno auszulösen. Die Kanonenluken waren geöffnet und aus ihren Durchlässen spien Feuerfontänen heraus. Geschütze rollten mit voller Wucht nach einem riesigen Knall zurück ins Schiff. Neben ihnen schien das Mauerwerk des Notariats zu explodieren. Männer schrien, es folgte wieder ein Donnerschlag. Diesmal galt das Feuer der über dem Ort liegenden Festung. Auch von dort wurde gefeuert. Minuten später wurde eine Landebrücke herunter gelassen und Männer sprangen an Land. Sie liefen der Bank und dem Notariat zu.

„Verdammt!", sagte Karl. „Wollte der Graf nicht gerade Papiere unterzeichnen? Komm mit, wir wollen sehen, was wir machen können. Aber bleib in Deckung." Ein paar Matrosen und der Maat schlossen sich Fritz und Karl an. Sie folgten den beiden in einem geduckten Lauf und blieben hinter einem Nachbargebäude des Notariats stehen. „Das sind ausgebildete Kämpfer!", sagte einer der Matrosen.

Die Angreifer drei Menschen aus dem Haus, das kein Dach mehr hatte. Zwei Männer und eine Frau, die nur mehr einen Schuh anhatte. Dann ging das Haus in Flammen auf. Die Frau sah leblos aus, die Männer husteten sich die Seele aus dem Leib. Einer der Männer schien zu weinen. Jetzt erst erkannte Karl, dass es sich um Graf Lohenroth und den spanischen Gesandten, Señor No Regales Nada, handelte. „Die drei werden uns ein schönes Lösegeld bringen!", hörte Karl jemanden auf Englisch sagen.

James Rupert Bram ließ die Gefangenen auf sein Schiff bringen. Die Äbtissin rührte sich nach wie vor nicht. Unterdessen hatte sich die Mannschaft im Castillo de San Miguel wieder neu formiert. Der Hauptturm war beschossen worden und hatte erhebliche Schäden, auf dem daneben liegenden Plateau der Festung wurden drei Kanonen neu ausgerichtet. Sie feuerten aus allen Rohren. Eine Kugel traf das Vorschiff, die nächste den Achtermast und die dritte ging knapp über das Schiff hinaus. Die Piraten mussten schnell ablegen, um sich aus Schussweite der Geschütze zu bringen. Die Galeone drehte sich backbord hart in den Wind und nahm schließlich steuerbord Fahrt auf. Etwa fünftausend Fuß vor der Küste ankerte das Schiff. Die Piraten hatten Glück gehabt. Das Schiff hatte zwar schwere Schäden, aber die Männer waren ohne Verletzungen davongekommen.

Der Feldscher kümmerte sich um die Gefangenen, die goldeswert waren. Die beiden Männer hatten von dem Scharmützel bis auf einen Schrecken und ein leises Pfeifen im Ohr nichts abgekommen. Nur Edeltraud machte ihm Sorgen. Sie atmete kaum hörbar. Der Feldscher schnitt das Mieder auf, um ihr das Atmen zu erleichtern. Es stellte sich heraus, dass Edeltraud eine Platzwunde hatte. Offenbar litt sie auch an einer Gehirnerschütterung. Der Mann wusch ihr die Wunde mit Salzwasser aus und goss reichlich Rum darüber. Edeltraud stöhnte auf, blieb aber bewusstlos.

Bram wandte sich seinen Gefangenen zu: „I am happy to welcome you on my ship. May I introduce myself: My name is James Rupert Bram, the captain of this once beautiful ship. But it will be again! – Ich freue mich, sie auf meinem Schiff begrüßen zu dürfen. Darf ich mich vorstellen: Mein Name ist James Rupert Bram, der Kapitän dieses einst schönen Schiffes. Aber das wird schon wieder!"

Graf Lohenroth war verwirrt und schaute besorgt zu Edeltaud.

In Garachico strömten die Bewohner des Ortes durch die Straßen der kleinen Stadt. Sie fanden eine gesprengte Tür zum Eingang der Bank vor und die Überreste eines Notariats. Von Señor No Regales Nada fehlte jede Spur. Fritz und Karl waren von dem Angriff noch immer verdattert, auch die Leute, die sich zu ihnen gesellt hatten, waren ratlos. In der Zwischenzeit kamen Soldaten von der Burg mit ihrem Kommandanten in den Ort. Die im Kastell stationierte Garnison hatte zwei Tote und drei Verletzte zu beklagen.

Karl ging zu den aufgeregten Männern und Frauen und verlangte nach dem Kommandanten, der neugierig die Augenbrauen hochzog. Auch ihm waren die Kampfspuren anzusehen. Seine Hand steckte in einer blutigen Binde, sein Brustharnisch war verbeult. Der Mann sah athletisch aus und trug einen gezwirbelten Schnurrbart und einen Spitzbart. Seine braunen Augen blinzelten unter verstaubten Augenbrauen hervor. Karl sagte: „Señor No Regales Nada, Moritz Contar de Lohenroth und Condesa de Lohenroth sind entführt worden, von Piraten mitgenommen." Der Kommandant schaute verwundert, als würde er Karl nicht verstehen. Dann erhellte sich sein Blick: „Ah, entiendo!" Diesmal schaute Karl verwirrt und nickte. Er zeigte mit der Hand zehn Finger und deutete eine Entführung an.

Der Soldat machte den Eindruck, verärgert zu sein, bedankte sich aber höflich: „Muchas gracias!" Für ihn war es sofort klar, dass der Statthalter und die anderen mit aufs Schiff genommen worden waren, das jetzt vor dem Hafen lag. Die Galeone war im Mondlicht deutlich als schwarzer Schatten zu erkennen. Der Kommandant wusste jetzt, dass er das Feuer auf das Schiff einstellen musste, wenn er das Leben des Statthalters nicht gefährden wollte.

Der Kommandant setze sich mit dem Bürgermeister und seinen Stadträten zusammen, um die Sachlage zu besprechen. „Wir können das Schiff nicht einfach versenken! Es hängt das Leben des Vertreters seiner Majestät, und anderer Menschen davon ab. Wie ich hörte, sollen sich auf dem Schiff auch ein österreichischer Graf und seine Gemahlin befinden. Außerdem wurden Kisten mit Golddukaten und Silbertalern geraubt. Wir müssen wissen, was die Piraten wollen."

Garachico, 2. August 1578

Graf Lohenroth und Señor No Regales Nada hatten eine grauenhafte
Nacht hinter sich. Sie hatten Rücken an Rücken gebunden die Nacht
hinter Fässern von Pökelfleisch hinter sich gebracht. Ans Schlafen war
kaum zu denken. Die Stricke schnitten in die Handgelenke, Ratten hatten
zwischen ihren Beinen geziept. Die Luft war stickig, die Blase vom Grafen
freute sich darauf, entleert zu werden. Señor No Regales Nada ging es
nicht anders. Außerdem schien sein Darm zu zerplatzen. Die Kehlen der
beiden fühlten sich so trocken an, dass das Schlucken weh tat. Am liebsten
hätte sich der Graf in seiner Hose erleichtert. Doch diesen Gefallen wollte
er seinen Peinigern nicht tun. Er spürte, wie der Druck in seinen Nieren
stieg.

Nach einer gefühlten Ewigkeit öffnete sich die Tür. Ein riesiger Kerl trat
herein und stellte die beiden auf die Beine. Die Bänder schienen noch mehr
in die Armgelenke zu schneiden. Die Füße waren durch die missliche Lage
am Boden dafür nahezu taub. Der Riese schubste die beiden aus ihrem
Gefängnis, löste das Seil, mit dem sie zusammengebunden waren und
stieß sie zu einer Leiter, die ans Deck führte. Ein Seil, das ihnen um den
Hals gelegt wurde, sollte verhindern, dass sie von Bord sprangen. „Ahora
puedes aliviarte – jetzt könnt ihr euch erleichtern." Der Graf kramte seine
Sprachkenntnisse zusammen und ließ es laufen. Der königliche Gesandte
wusste nicht, womit er anfangen sollte und steckte seinen Hintern über
die Bordwand. Auch er atmete erleichtert auf. Aber in ihm kochte es vor
Wut. Er schimpfte: „Quiero hablar con el capitan – Ich will den Kapitän
sprechen!"
James Rupert Bram war gerade dabei, Anweisung für die Ausbesserungen am Schiff zu geben. Die Kanoneneinschläge am Rumpf waren
bereits notdürftig mit Rundhölzern und Teer gestopft worden und einige
Planken ausgetauscht, aber der Mast machte dem Schiffszimmermann
immer noch Sorgen. Bram hatte die Dukaten in den Kisten zählen lassen.

Unterm Strich hatten sie fünfhunderttausend ergeben. Der Silberschatz fiel ebenfalls üppig aus.

Er sagte sichtlich zufrieden: „I am very satisfied!", und dachte sich: „Wenn Ihr die gleiche Summe einbringt, bin ich noch zufriedener." Das ließ er die beiden auch wissen. Der spanische Statthalter hatte nichts von seinem Stolz eingebüßt und ließ das auch erkennen. Bram ignorierte ihn und dachte sich: „Was für ein Gockel!" Zu Lohenroth sagte er aber: „Der Frau geht es leider nicht besser, wir haben ihr einen Tee aus Arnika eingeflößt. Sie liegt in meiner Kajüte, wenn ihr wollt, kann ich Euch zu ihr führen!" Lohenroth verstand ein wenig Englisch und nickte dankbar.

Zwischen Brest und Garachico, 15. Juli 1578

Jiří schrak hoch. Sein Mund trennte sich von Axels Mund: Er wusste sofort, was der Mann mit seinem Kommentar meinte. Er fühlte sich ertappt. Axel schreckte zurück, denn er wusste, welche Strafen auf Sodomie stehen würden. Meist gingen sie mit einer grausamen Hinrichtung aus. Axel wusste nicht, wohin er fliehen sollte. Er sah nur, dass auch eine Frau dabei war. Er bedecke sein Gemächt, das groß angewachsen war, sofort mit einer Wolldecke und Jiří zog seinen Habit darüber. Franzi errötete und schaute weg. Jiří war aber froh, von seinem Freund erwischt worden zu sein und nicht vom Maat oder gar vom Käpten. Er stotterte: „Es tut mir leid, verzeiht mir."

Jörg blickte zu Boden und schaute seinem Freund in die Augen: „Ich wusste bereits, dass du es mit Männern hast, und einige Kirchengelehrte sagen, dass die gleichgeschlechtliche Liebe wider die Natur ist und einer Sünde gleichkommt. Aber mich ärgert ganz besonders, dass Franziska das miterleben musste. Ich werde dir daraus dennoch keinen Stick drehen. Sprich zehn Ave Maria und fünf Vaterunser." Jörg umarmte Franzi und sagte: „So etwas passiert auf einer Seefahrt, wir alle sind nur Menschen und nicht unfehlbar."

Dass es Jörg war, der sie erwischt hatte, war gut so, denn Minuten später kamen zwei Matrosen vorbei, die fragten: „Alles goed?"

„Geen incidenten!", sagte Axel. Er gab sich Mühe, nicht verunsichert zu klingen. Er sagte noch: „Ik denk dat er wind is!"

Mit dieser positiven Aussicht auf Wind, gingen die Matrosen wieder von Deck, um van de Gruyt zu berichten.

Jan van de Gruyt hatte sich mit dem kaiserlichen Agenten und Oskar Tannen zusammengesetzt. Die beiden hatten vor sich ein Fässchen Bordeaux stehen. Wallsee war von dem französischen Wein begeistert und der Kapitän von der spendablen Haltung seines Gegenübers angetan. Gegen Mitternacht traf die gute Nachricht ein, dass die Fahrt wieder weitergehen würde. Van de Gruyt hatte von Wallsee in Erfahrung gebracht, dass die Truppen des österreichischen Kaisers derzeit sehr gefordert waren, lauerten doch im Osten die Türken, im Westen die Franzosen und innerhalb des Staates gab es Unruhen und die Reformation, die der Kirche durch den Wegfall des Ablasshandels einen wichtigen Obolus entzog. In manchen Gegenden wurde sogar eine Türkensteuer eingehoben, die die Kriege gegen den Feind im Osten finanzieren sollte. Die Menschen hatten ohnehin zu wenig zum Leben und litten Hunger.

„Ich möchte mit seiner Majestät nicht tauschen!", sagte der Holländer. „Uns geht es auch nicht besser: Auf der einen Seite stehen die Engländer, auf der anderen die Konflikte mit König Philipp, der ja zu den Habsburgern gehört. Sie kosten uns immens viel Geld. Es müssen nicht nur Soldaten bezahlt und ausgerüstet werden, sondern auch Mauern um unsere Städte errichtet werden. Was immer ich auch mache, ich kann es niemandem recht tun!" Wallsee hatte Verständnis dafür, dass der Käpten mit seinem Bruder zwischen den Stühlen saß, sah aber auch, dass die beiden dabei recht erfolgreich waren. Sie einigten sich darauf, ihren Kummer in Wein zu ertränken und Tannen half dabei.

„Wusstet Ihr übrigens, dass es eine Frau war, die Philipp II in der Inquisition einbremste? Margarethe von Parma, die Statthalterin des Königs, setzte nach einer Bittschrift von dreihundert niederländischen

Adeligen im April 1566 die Ketzerverfolgung aus ", sagte van den Gruyt stolz.

Vor Portugal, 16. Juli 1578

Jiří hatte die ganze Nacht nicht geschlafen und an Axel gedacht. Er konnte machen, was er wollte, der junge Holländer ging ihm einfach nicht aus dem Kopf. Auf der einen Seite wusste er, dass er seine Liebe nicht öffentlich zeigen durfte, auf der anderen pulsierte ein unbändiges Verlangen in ihm. Für Jiří war das Leben Himmel und Hölle zugleich. Wie schön könnte es doch sein, wenn sie ihre Liebe ausleben könnten. Er musste sich Jörg anvertrauen, ihn fragen, was er tun sollte. Axel ging es etwas anders. Auch er hatte für Jiří die gleichen Gefühle, doch er konnte mit niemandem darüber reden.

Im Osten erhob sich die Sonne. Der Himmel war hellrot. Der Tag würde wieder heiß werden, doch es würde nicht so drückend sein, wie es die ganze Woche davor gewesen war. Wenig später gab es an Bord Leben. Der Maat rief: „Männer, es gibt endlich Arbeit. Segel setzen." Auf den Masten turnten die Matrosen. Sie waren eine eingespielte Mannschaft und wussten, was sie zu tun hatten. Van de Gruyt liebte das geordnete Durcheinander der Leute. Es war immer wieder faszinierend, dass alles so reibungslos lief. Der Wind füllte die Segel mit Luft, das Schiff neigte sich nach lee. Sie war wieder unterwegs, die Amsterdam. Jörg und Franzi genossen die frische Brise und die Gischt und Wallsee? Der schlief wie üblich seinen Rausch aus. Auch Pfarrer Höllrigl war an Deck geklettert, um den neuen Tag zu begrüßen. Er hielt eine kleine Messe ab, um Gott zu danken, dass es wieder weiter ging. Van de Gruyt hatte dafür wenig Verständnis, ließ ihn aber gewähren.

Am Abend kam Axel zu Jiří und sagte ihm, dass es ihm unendlich leid tue, ihre Liebe nicht ausleben zu dürfen. Es sei jetzt besser, an etwas anderes zu denken. Axel schenkte Jiří einen Talisman, den er aus einem

Walknochen geschnitzt hatte. „Es ist zwar kein Gold, aber es kommt von Herzen", sagte der Seemann. Es war eine kleine Madonna, die an einem dünnen Lederband hing. Jiří nahm sie dankbar an und hängte sie sich um den Hals. So hatte er immer etwas bei sich, was ihn an seine Liebe erinnern würde. Vielleicht würden sie an Land eine Möglichkeit finden, sich einander anzunähern, oder gemeinsam eine Nacht zusammen zu verbringen. Vielleicht würden sie sogar eine kleine Einsiedelei finden, wo sie gemeinsam leben könnten.

Inzwischen war auch Wallsee wieder lebendig geworden. Er beschloss an diesem Abend keinen Wein zu trinken, sondern nur leichtes Bier. Das würde seinen Kopf wieder klar machen. „Grüß Gott, Wallsee!", sagte Jörg. „Geht es Euch wieder besser?" Dem kaiserlichen Agenten war die Frage peinlich. „Ich habe gestern mit van de Gruyt eine interessante Unterhaltung gehabt. Ich muss zugeben, ein guter Mann, der überaus geschäftstüchtig ist. Mir scheint, das sind ohnehin die meisten Niederländer."

„Nun, das liegt daran, dass die Calvinisten glauben, dass Tüchtigkeit eine Gabe Gottes ist, die man sich verdienen muss. Je mehr Gold und Silber einer hat, umso näher steht ihm Gott. Ich glaube nicht, dass sie damit richtig liegen. Zum Leben gehört etwas mehr, als hohe Einkünfte und Gold oder Juwelen zu haben", sagte Jörg. „Wie sieht das bei Euch aus?"

„Meine Aufgabe ist es, seiner kaiserlichen Hoheit zu dienen. Da bleibt mir wenig Spielraum, auch wenn man das eine oder andere etwas großzügiger auslegen kann. Ich bin auch nicht mehr jung und darauf angewiesen, eine Apanage zu bekommen. Ich möchte mich in den nächsten Jahren gerne auf einem Landsitz zur Ruhe setzen. Ich bin des vielen Kämpfens leid."

Garachico, 2. August 1578

Das Schiff von James Rupert Bram befand sich in einem katastrophalen Zustand. Der hintere Mast musste gänzlich ausgetauscht werden. Der

Wehranlage über der Stadt erging es auch nicht anders: Der Geschützturm war von Brams Kanonieren schwer getroffen worden, in der Stadt sah es auch nicht besser aus. Und dann war da die Tatsache, dass die Soldaten nicht auf die Galeone schießen konnten. Mit einem Fernglas hatten die Männer Señor No Regales Nada gesehen, wie er sich gerade erleichtert hatte. Zugegeben war das ein erbarmungsvoller Anblick, der aber zugleich zwei Tatsachen zeigte: Erstens, dass der Statthalter noch lebte und zweitens, dass die Piraten ihn gänzlich in der Hand hatten.

Bram ließ ein Beiboot mit einer Parlamentärsflagge zu Wasser. Das Ruderboot steuerte auf den Hafen zu. Vier Männer ruderten, einer stand am Heck des Bootes. Ein Sergeant mit sechs Männern näherte sich gleichfalls dem Hafen.

Am Hafen angekommen, verließ der Maat das Boot und sagte: „Señores, tenemos su gobernador!" Der Maat zählte die Bedingungen auf, wie sie ihren Statthalter wiederbekommen würden. Er forderte gutes, widerstandsfähiges Holz für den Masten und siebenhunderttausend Golddukaten für Señor No Regales Nada. Die zweihunderttausend Golddukaten für die beiden anderen Geiseln seien inbegriffen. Dann kehrte der Maat den Soldaten den Rücken und sagte, dass sie einen Tag Bedenkzeit hätten. Er mahnte, dass sie seine Forderungen ernst nehmen sollten, wollten sie die Gesundheit des Statthalters nicht gefährden. Für jeden weiteren Tag, der verstreichen würde, würde der Statthalter einen Finger opfern. Man würde mit den kleinen der rechten Hand anfangen.

An Bord des Schiffes herrschte große Emsigkeit. Neue Taue aus Hanfseilen und neue Segel wurden hergerichtet. Jetzt wartete man nur noch auf das Holz aus Zedernstämmen. Der Rumpf sah schon wieder repariert aus. Die Seemänner hatten ganze Arbeit geleistet. Schon in zwei Tagen sollte der Stamm für den hinteren Mast da sein. Es wurde bereits daran gearbeitet, den alten von seiner Takelage zu befreien. „Haltet euch ran Männer!", rief Käpten James Rupert Bram. Um die Leute aufzumuntern, gab es frisches Wasser aus einem Gebirgsfluss. Rum war vorerst gestrichen, das würde die Arbeiten verzögen. Dafür sollte es am Abend ein kleines Fass geben.

In der Kabine der „Escuadrón de la muerte" wand sich Edeltraud in Fieberträumen. Graf Lohenroth hatte die Erlaubnis erhalten, sich um die Äbtissin zu kümmern. Er flößte seiner Gemahlin weiterhin kalten Tee aus Arnikablüten ein und tupfte ihre heiße Stirn mit feuchten Tüchern ab. Ihm schien, dass das Fieber bereits zurückging. Der Graf hatte seiner Geliebten Windeln aus Stoff untergelegt, denn was in den Körper hineinkam, musste auch wieder heraus. Die Äbtissin war jetzt mehr als zwei Tage ohne Besinnung. Hin und wieder phantasierte sie in ihren tiefen Träumen. Lohenroth war besorgt um sie: „Alles könnte so schön sein. Hätte ich Euch doch in Baumgartenberg gelassen. Aber wir haben nur unser Glück gesucht. Ein paar Jahre hätten mir schon gereicht." Lohenroth fühlte sich verlassen und betete zu Gott.

Señor No Regales Nada war in sein Verließ zurückgebracht worden. Um den Hochmut des Mannes zu brechen, hatte der Käpten angeordnet, ihm nichts zu essen zu geben. Ihm wurde lediglich ein Kübel Wasser gereicht. Aber wenigstens war er von seinen Fesseln befreit worden. Nur Messer oder Werkzeug, um die Fässer mit dem Pökelfleisch zu öffnen, hatte er natürlich keines. Dafür wurde die schwere Eichenholztür der Speisekammer von einem Besatzungsmitglied bewacht. Der Magen des Statthalters knurrte so laut, dass man ihn auch jenseits der Tür hören konnte. „Morgen", dachte sich der Mann, „wirst du einen Finger weniger haben". Er wusste, dass Kapitän Bram keine leeren Versprechungen machte.

Kapitän Bram suchte die Kabine der Condesa de Lohenroth und Moritz Contar de Lohenroth auf. „Wie geht es der Condesa?", fragte Bram. „Nicht sehr gut, aber ihr Zustand hat sich zumindest nicht verschlechtert."

„Ich habe mit Señor No Regales Nada geredet. Der Statthalter ist ziemlich eingebildet. Dass ich ihn jetzt strenger behandeln werde, hat er sich selbst zu verdanken. Auf Eure Köpfe ist ein Lösegeld ausgesetzt. Ihr werdet sicher verstehen, dass ich Euch nicht einfach so gehen lassen kann. Dass Ihr Euch im Notariat aufgehalten habt, war Euer Pech. Aber wie Ihr wisst, befinden wir uns im Krieg mit seiner Hoheit, dem König von Spanien. Und Krieg kostet nun einmal viel Geld. Ich habe übrigens „No Regales Nada" angekündigt, dass er morgen einen Finger verlieren wird, sollten sie nicht zahlen."

In Marokko, 20. Juli 1578

Axel und Jiří hatten sich mit ihrer verzwickten Lage abgefunden. Es würde ja nicht mehr lange dauern, bis sie Land erreichen würden. Die beiden hatten sich im Vorbeigehen nur freundlich zu gewunken, sonst hatten sie jeden Körperkontakt gemieden. Im Hafen von Rabat hatten sie noch einmal Wasser in Fässern gebunkert und frische Datteln aufgenommen. Das Schaffleisch kam bei den Männern nicht so gut an. Der Ruf des Muezzins hatte die Besatzung verwirrt und Jörg wollte wissen, was es damit auf sich hat. Er kam sehr schnell darauf, dass es Zeit für das Mittagsgebet war.

Ihm fiel auf, dass die Muslime nur mit der rechten Hand aßen und die linke beiseite ließen. Am Hafen hielten Soldaten mit Krummschwertern Wache. Auf dem Kopf trugen sie eine rote Kappe, die Fes genannt wurde. Jörg hatte schon von muslimischen Soldaten gehört und wollte ihnen nur vorsichtig begegnen. Dass Franzi am Hafen mit dabei war, verwirrte wiederum die Männer des Sultans. Überhaupt schien es hier keine Frauen zu geben. Die Einheimischen grüßten aber Jan van de Gruyt äußerst höflich und luden ihn zu einem süßen Tee und zu Tabak ein, der erst vor kurzem in Amerika entdeckt worden war. Die Muslime machten daraus eine regelrechte Zeremonie, indem sie aus einer Art Amphore Rauch zogen. Es blubberte dabei.

„Salam, mein Freund Mustafa. Wie geht es Euch?", fragte van de Gruyt auf Französisch. „Très bien, merci!" Die beiden saßen eine Stunde zusammen und erzählten sich die neuesten Ereignisse. Jörg und Franzi wurden eingeladen, an ihrer Seite Platz zu nehmen. Mustafa lud die drei zu Escargots ein. Die Tierchen wurden mit Knoblauchsauce serviert und mit einem dünnen Messer aus ihrem Schneckenhaus gezogen. Mustafa deutete auf die Schale und zeigte eine Essbewegung an. Franzi nahm die Einladung gerne an. Nach einigem Zögern probierte sie die Schnecken schließlich, nahm da aber auf die Essgewohnheiten der Muslime Rücksicht und machte genau das nach, was Mustafa tat. Vom Geschmack der Tiere war Franzi angetan und überredete Jörg, es ihr gleich zu tun.

„Wir züchten Weinbergschnecken bei uns im Klostergarten als Fasten-essen. Sie gelten weder als Fisch- noch als Fleischspeise und schmecken nach jungem Kalb und etwas nussig." Franzi war von ihrem Vortrag so begeistert, dass sie gar nicht merkte, nicht verstanden zu werden. „Wir lassen die Schnecken sogar Thymian fressen. Dann sind sie besonders gut." Der Gastgeber spürte aber die Begeisterung der jungen Frau und freute sich, das Richtige angeboten zu haben. Von Wein oder Bier waren die Muslime nicht angetan und so gab man sich ganz dem Tee hin.

Jiří und Axel nutzten den Landgang, um sich im Basar umzuschauen. Die beiden entdeckten aus Kupfer geschmiedetes Geschirr, Gewürze und kostbare Teppiche. Sie blieben ihrem Vorhaben treu und hielten voneinander Abstand. „Was es hier alles gibt! Schau nur, ein Teppich, der ganz aus Seide geknüpft ist ", sagte Axel. „Lass uns noch ein wenig ans Meer gehen, bevor wir wieder abfahren!"

Die beiden wurden von gierigen Möwen umkreist. Ein Tier kam Jiří sogar so nahe, dass dieser auf die Seite springen musste. Axel musste unweigerlich lachen. „So groß ist der Vogel nun auch wieder nicht!"

„Ich habe Angst vor dem scharfen Schnabel. Er könnte mir die Augen auspicken."

Axel klopfte Jiří auf die Schulter und sagte: „Wenn das alles ist, kannst du nachts ruhig schlafen."

„Wir müssen zu Sonnenuntergang wieder aufs Schiff, sonst bekommen wir nicht nur die Möwe zu spüren, sondern auch die Peitsche." Axel schaute sich um und gab Jiří auf die Wange einen Kuss.

Garachico, 3. August 1578

An den 3. August 1578 würde sich der spanische Statthalter noch lange erinnern. Er war an diesem Morgen immer noch gleich eingebildet wie schon am Tag zuvor, als er seine Wachen keines Blickes würdigen wollte. Im Gegenteil, er hatte ihnen sogar seinen mit Urin gefüllten Kübel entgegengeschleudert, um seine Verachtung zu untermauern. Der Seemann nahm das mit einem Grinsen hin und sagte: „Euer großer Tag ist gekommen!" Der Statthalter wurde auf das Deck des Schiffes gebracht. Vom Lösegeld fehlte jede Spur, auch das zugesagte Holz blieb aus. Bram verstand weiter keinen Spaß, er wollte das in Spanien so übliche „Mañana!" – also morgen oder irgendwann – nicht akzeptieren. Mit Bram ließ es sich nicht gut Kirschen essen.

Señor No Regales Nada wurde an den Großmast gebunden. Ein Matrose kam und nahm eine Zange aus dem Sack. Er fragte: „Entonces, ¿Qué dedo debería ser? – Welcher darf es sein?" Der Statthalter glaubte immer noch nicht, dass sein Folterknecht ernst machen würde. Als er die Zange näherkommen sah, traten im Schweißperlen auf die Stirn. Der Hochmut war schlagartig verschwunden und er jammerte „No, no!" Ein anderer hielt seine rechte Hand fest und streckte sie aus.

Es folgte ein gellender Schrei: Die Schneiden der Zangen gruben sich durch das Gelenk des kleinen Fingers und trennten ihn sauber ab. Señor No Regales Nada wurde schwarz vor Augen, sein Körper schien zusammenzubrechen, blieb aber an den Seilen, an denen er gefesselt war, hängen. Noch bevor das Blut aus der frischen Wunde herausspritzte, wurde ein glühendes Eisen auf die malträtierte Stelle der Hand gepresst.

Der Gefolterte verlor aus seinem Gesicht sämtliche Farbe und brach in sich zusammen. „You can keep the ring!", sagte Käpten Bram zu dem Matrosen, der als Folterknecht fungiert hatte.

Als Señor No Regales Nada wieder zu sich kam, meinte Bram auf Spanisch: „Etwas mehr Demut würde Euch gut stehen. Wenn morgen immer noch kein Gold da ist und kein Holz kommt, werdet Ihr den zweiten Finger verlieren. Ihr könnt Euch aussuchen welchen, und das Werkzeug könnt Ihr auch wählen, ob Zange, Messer oder Säge. Zu Eurer Information: Das Ausbrennen der Wunde und das Spülen mit Rum hat Euch nichts gekostet.

Die Gräfin war durch den gellenden Schrei des Mannes aus ihrer Ohnmacht erwacht. Sie hatte das Fieber überwunden und fühlte sich noch sehr schwach. Graf Lohenroth hatte dunkle Ringe um die Augen. Er hatte die ganze Nacht an ihrem Bett gewacht und ihre Stirn mit einem kühlen Tuch abgetupft. Der Graf fasste die Hand seiner geliebten Frau und sagte leise: „Alles wird gut! Ich liebe Euch und ich bin froh, dass ich nicht sagen muss, 'bis in alle Ewigkeit'."

An Land wurde unterdessen eifrig verhandelt. Der Bürgermeister des Ortes hatte die Forderungen der Piraten erhalten. An das Ultimatum der Piraten hatte er zunächst nicht geglaubt, aber als er den gellenden Schrei vom Meer aus hörte, wusste er, dass mit den Männern nicht zu spaßen war. Das Holz musste erst aus Santa Cruz gebracht werden. Die Forderung, die siebenhunderttausend Gulden ausmachte, war kaum zu erfüllen, da die Bank gesprengt und ausgeraubt worden war. Bürgermeister Cristóbal musste hoffen, dass der Statthalter noch lebte. „Hombres, no tenemos suficientes soldados! – Männer, wir haben nicht genug Soldaten!" Der Bürgermeister wusste, es kam jetzt auf jede Stunde an. Das Geld würde man sich wieder holen, wenn die Kompanie im Ort aufgestockt sei. Bereits seit einer Woche wurde Verstärkung erwartet. Außerdem musste das Schiff von den Piraten ja noch repariert werden.

„Dos austriacos quieren hablarte!", sagte der Gemeindediener. Fritz und Karl boten sich dem Bürgermeister als Helfer an, waren aber selbst keine Seeleute. Cristóbal dankte den beiden und sagte, dass er auf ihr Angebot zurückkommen werde. Jetzt müsse man aber erst einmal abwarten. Hilfe sei unterwegs. Fritz sagte zu Karl: „Bist du im Däumchendrehen geübt, oder wollen wir etwas unternehmen?"

„Ich glaube, wir machen etwas, sonst wird uns nur langweilig!"

Die beiden verließen die Oficina de la ciudad und suchten nach einem Boot. „Wir werden nachts zum Schiff rudern und den Grafen und seine Frau befreien!", sagte Fritz entschlossen. Es ist ja nicht unsere erste Aktion und Hasenfüße wollen wir auch keine sein. Vielleicht können uns Leute, die den Piratenangriff miterlebt haben, helfen. Unser Schiff liegt immer noch im Hafen. Der Kapitän scheut sich aber, in einen offenen Kampf gegen eine geübte Mannschaft einzusteigen. Sie werden sich nicht trauen aufs Meer hinauszufahren, um das Schiff anzugreifen." Zuversichtlich verließen die beiden das Rathaus und gingen in Richtung Hafen.

Am Nachmittag traf das Holz und die Zedernstämme für den Mast in Garachico ein. Es musste per Schiff geliefert werden. Von spanischer Gelassenheit war nichts mehr zu spüren. Die Reparatur an der Galeone sollte bereits am nächsten Tag beginnen. Fritz und Karl wollten das Dunkel der Nacht abwarten, um zum Schiff zu rudern. Leicht war das nicht. Sie hofften auf Wolken, die sich über die Sterne und den Mond legen würden und hofften, dass die Wache an Bord nicht allzu wach sein würde, damit sie sich besser anschleichen könnten. Das Meer sollte ruhig, aber nicht spiegelglatt sein und sie mussten sich von Seeseite aus nähern. Auf den Hafen würde man besonders gut aufpassen. Von einem Besatzungsmitglied wussten sie, dass sich der Graf Lohenroth in einer Kabine bei der Äbtissin aufhielt, der es anscheinend nicht gut ging. Das hatte sich um sieben Ecken herumgesprochen.

„¡Hombres, consigan la madera! – Männer, holt Euch das Holz!" Die Sonne stand bereits sehr tief. Doch Bram wollte nicht mehr warten und sofort mit der Arbeit beginnen. Zumindest wollte er das ersehnte Frachtgut sichern und schickte das Beiboot mit zehn Matrosen aus. Am Hafen angekommen, trafen sie auch auf Cristóbal, der persönlich die Übergabe bewachte. Er sagte, dass ein Teil der Lieferung da sei, aber dass es nicht so leicht sei, das Geld aufzutreiben. „Perdóname, espero el dinero mañana. Pero ya no le hace nada al gobernador. – Verzeiht mir, mit dem Geld rechne ich morgen. Aber tut dem Statthalter nichts mehr."

Fritz und Karl nutzten die Gunst der Stunde. Sie boten sich Cristóbal an, beim Transport der schweren Stämme mitzuhelfen. Cristóbal nickte und die beiden packten beim Umladen des Zedernholzes mit an. Die Stämme wurden auf zwei aneinander gereihte Bote geladen und fest verschnürt. Fritz und Karl begleiteten den Transport auf einem Beiboot. Kurz vor Sonnenuntergang erreichten sie schließlich die Galeone. Bram war mit der Qualität des Holzes zufrieden, wenngleich ihm das Ausbleiben der Dukaten Sorgen bereitete. Aber diesmal machte ihm die Entschuldigung „mañana" nichts aus. Er dachte sich, zumindest ist das Holz da, um das Schiff wieder seetüchtig zu machen. Also gingen die Männer an die Arbeit und holten die Stämme mithilfe eines Flaschenzuges und kräftigen Matrosen an Bord. Zwei von ihnen waren Fritz und Karl, die sich im Eifer des Gefechtes rar machten und sich vorsichtig auf die Suche nach dem Grafen und der Gräfin begaben.

Die beiden schlichen zum Kajütaufbau des Bootes. Aus einer Kabine hörten sie eine Stimme, die liebevoll und ruhig mit jemandem sprach. Sie öffneten fast lautlos eine Tür. Der Graf drehte ich herum und setze zum Sprechen an, verstummte aber sofort wieder, als er die beiden Männer erkannte. Er sagte überrascht: „Fritz und Karl, ihr beiden hier?"
Die beiden machten eine begrüßende Geste: „Wir werden Euch holen, wie geht es der Äbtissin, äh Eurer Gemahlin?"

„Sie ist noch sehr schwach, wir müssen aufpassen, dass sie sich nicht überanstrengt!"
„Aber ich sehe leider nur eine Möglichkeit zu entkommen. Draußen haben wir ein Boot. Ich schlage vor, wir wickeln die Gräfin in einen Stoffballen und verladen sie auf das Schinaggl, das an der anderen Seite des Schiffes vertäut ist! Könnt ihr Euch vorstellen, Euch am Rumpf festzuhalten und Euren Leib unter Wasser zu halten?"
Der Graf meinte: „Ich bin zwar nicht mehr der Jüngste, aber gut." Fritz erzählte dem Grafen, dass sie sich bereits einen Plan für die Befreiung überlegt hatten. Sie wollten sie ursprünglich heute Nacht heimlich von Bord holen. Aber jetzt hatte sich eine noch bessere Gelegenheit ergeben.

Santa Cruz, 2. August 1578

Die Amsterdam traf am 2. August in Santa Cruz ein. Der Hafenbetrieb wirkte an diesem Tag noch hektischer als sonst. Jan van de Gruyt brachte sehr schnell in Erfahrung, dass es in einer östlich gelegenen Stadt einen Piratenüberfall gegeben hatte und Forderungen gestellt wurden. Garachico sei nur eine halbe Tagesreise entfernt. Van de Gruyt wurde vom königlichen Kommandanten zum Rapport geladen. Er sagte dem Kapitän, dass er jetzt jede Hilfe benötige und fragte ihn, ob er bereit sei, auf seinem Schiff eine Kompanie Soldaten mitzunehmen, zudem die Fahrt nur wenige Stunden dauern würde. Außerdem solle er eine Truhe mitnehmen, die er vor Ort an die Heeresverwaltung übergeben solle. „Teniente, ¡estaré feliz de hacer eso! – Herr Leutnant, das werde ich gerne tun!"

Van de Gruyt war nicht sehr wohl dabei, Soldaten zu transportieren, aber was sollte er tun? Er erzählte Wallsee und Sergeant Tannen von dem Vorhaben, worauf der kaiserliche Agent äußerst fröhlich reagierte und sagte: „Na endlich tut sich etwas! Wann werden wir fahren?"
„Gleich morgen!"

Jörg und Franzi spürten, dass etwas nicht stimmte. Sie gingen auf den stolzen Wallsee zu und fragten: „Hat sich etwas ereignet?"
„Das kann man wohl sagen, wir haben eine geheime Mission zu erfüllen und werden morgen auf unserem Schiff etliche Soldaten mitnehmen!"
Franzi wurde durch diese Nachricht nicht gerade beruhigt und Jörg wurde nachdenklich. Er besprach sich mit Pfarrer Höllrigl und Jiří. „Na, wenn das nicht mit einem Konflikt endet!"
Der Kapitän der Amsterdam war über den Truppentransport auch nicht sehr angetan, verriet aber weiter nichts, sondern sagte nur, dass sie sich keine Sorgen machen sollten. Seine Männer wies van de Gruyt an, die Pulverladung der Kanonen zu überprüfen. Am Abend wurde kein Rum ausgeteilt, die Männer sollten am nächsten Tag nüchtern sein.

Santa Cruz, 3. August 1578

Die Verladung der Soldaten dauerte keine halbe Stunde. Die Männer waren den militärischen Drill gewohnt. Ihnen wurden auf Deck Plätze zugewiesen, wo sie sich festhalten sollten. Die Vorderlader der Männer waren mit Pulver und Kugeln gestopft und für den Kampf bereit. Jörg zählte einhundert Mann, die willens waren, sich dem Gegner entgegen zu stellen. Sie hatten Brustpanzer an und trugen die üblichen Helme. „¡Se lo mostraremos a los monstruos impíos! – Wir werden es den gottlosen Ungeheuern zeigen!"

Jörg verstand ein wenig Spanisch. Er konnte aus dem Lateinischen Rückschlüsse ziehen. Er fragte den Kommanten, ob er der Kompanie seinen Segen erteilen solle. Der Kommandant nahm dankbar an. Nach der Abfahrt aus dem Hafen feierten Jörg und Jiří eine kleine Messe. Jörg dachte sich: „Vielleicht hilft es." Jiří kam alles wie ein Traum vor. Es war zugleich ein schöner Traum, aber auch ein Albtraum. Er dachte an Axel, dann sah er wieder Jörg in der Studienzeit in Prag vor sich. Wie sie damals Spaß hatten und den jungen Frauen hinterherpfiffen. Auch ihm hatten die Mädchen auf dem Karlsplatz gefallen. Sie hatten zusammen getrunken und gelacht. Doch dann dachte er wieder an den jungen Mann am Karlsbrunnen, wie sie sich tief in die Augen schauten und sagten: „Ach die Weiber, mag sie verstehen, wer will." Damals gab er einem Mann den ersten Kuss und es fühlte sich gut an. Verlangen stieg in ihm auf, sein Herz brannte. Dann sah er, wie sein damaliger Angebeteter auf dem Scheiterhaufen brannte. Jetzt sah er, dass einhundert junge Männer in den Kampf zogen. Gegen jemanden, den sie gar nicht kannten. Bis zur Schlacht würde es nur einen halben Tag dauern.

Van de Gruyt wusste, dass er sich auf der einen Seite mit den Spaniern gut stellen musste, auf der anderen Seite dachte er an sein neues Schiff und wer wohl die Schäden bezahlen würde? Der spanische König sicher nicht, soviel war sicher. Es musste ihm etwas einfallen, damit es zu keiner offenen Schlacht kam. Die Amsterdam war ein stolzes Handelsschiff, das über ein paar Kanonen verfügte, aber kein Kriegsschiff, das für schwere Schlachten ausgelegt war. Wallsee sah den betrübten Gesichtsausdruck des Kapitäns und sagte: „Die Amsterdam ist zweifelsohne ein für die Geschwindigkeit ausgerichtetes Schiff. Ihr müsst diesen Vorteil nützen!" Van de Gruyt konnte Wallsee, auch wenn er deutsch sprach, gut verstehen. Sein Flämisch glich einem deutschen Dialekt. Er sagte: „Wir werden genau diesen Vorteil nutzen, zudem die Galeone angeschlagen vor dem Hafen liegt!"

Garachico, 3. August 1578

Die Nacht war bereits hereingebrochen und der neue Mast, der sich aus drei Stämmen zusammensetzte, aufgerichtet. Die neue Takelage, die Wanten und die Segel fehlten noch. James Rupert Bram war bereits in Feierlaune, als ihm etwas durch den Kopf ging: „Verdomme, ik ben iets vergeten. Wat is er met mijn gevangenen gebeurd? De graaf en zijn concobine?"

Er hastete in den Kajütaufbau und öffnete die Tür. Auf dem Tisch lag eine kleine Börse mit drei Golddukaten und einer Nachricht drin. „Ich danke Euch für Eure Fürsorge und die Unterkunft, Euer Graf Lohenroth! Apropos, die schöne Frau konnte ich leider nicht zurücklassen. Ihr werdet das sicher verstehen!" Bram konnte sich vor Wut kaum noch halten. Zuerst trat er auf der Stelle, musste dann aber von Herzen lachen: „Wat een duivel! – So ein Teufelskerl!"

Der Graf hatte das Treiben auf dem Schiff ausgenützt, um sich mit seiner Gemahlin davon zu machen. Fritz und Karl halfen den beiden und brachten sie zum Boot, das auf der dem Hafen abgewandten Seite vertäut war. Sie machten alles wie geplant und nahmen den Grafen als Schwimmer in den Schlepp. Vom Schiff aus konnte man bestenfalls nur das Boot mit zwei Ruderern entdecken. Als das Ruderboot bereits zweihundert Fuß vom Schiff entfernt war, winkten Fritz und Karl und griffen dann tief in die Riemen. „Hau ruck, hau ruck, hau ruck!" Das Boot bewegte sich schnell auf Garachico zu. Die Matrosen winkten zurück und freuten sich, dass sie ihnen offenbar geholfen hatten.

Einer freute sich weniger darüber. Das war James Rupert Bram, der aber leise vor sich hin lächelte. Er erbrachte dem Grafen seine Ehrerbietung und verbeugte sich tief, wobei er sagte: „Such a dog! I couldn't have done better!" Bram war sich seines Verlustes bewusst, er war sich dennoch des Lösegeldes für seine dritte Geisel sicher und das würde fünfhunderttausend Dukaten betragen. Er dachte sich noch: „Einmal verliert man, ein anderes Mal gewinnt man eben."

Garachico, 4. August 1578

Die Möwen ließen Bram aus seinen Träumen aufwachen. Er streckte seine Beine aus. Die Sonne stand noch hinter dem Berg. „Ein eigenartiger Tag gestern", dachte sich Bram. Aber der Mast stand bereits. Als er sich umdrehte, sah er seeseits einen Viermaster liegen. Das Schiff hatte eine holländische Flagge auf dem Topmast und eine weiße Parlamentärsflagge daneben. Auf Deck tat sich einiges: Es war eine Soldatenkompanie zu entdecken und eine große Gulaschkanone. Die Männer traten zur Essensausgabe an, um sich für den Tag zu stärken.

„Damn it, soldiers! – Verflucht, Soldaten!", wurde Bram sofort bewusst. „Why was there no alarm from the on-board guard? – Warum gab es von der Bordwache keinen Alarm!" Dann kam der Alarmschrei. Bram stand auf, gab verschiedene Anweisungen – die Wache würde er später noch zurechtweisen – und er erkundigte sich nach seiner verbliebenen Geisel. Señor No Regales Nada war auch ohne kleinen Finger ein lästiger „Gast" geblieben, der sich über sein Quartier zwischen den Pökelfässern beschwerte.

Bram sagte zu ihm: „Wenn ihr wollt, lasse ich Euch gleich den nächsten Finger abtrennen." Darauf hin wurde der Gefangene ein wenig ruhiger, wenngleich er etwas herummaulte. Der Statthalter erinnerte sich wieder an die Tortur und wurde still. Er spürte ein leichtes Pochen in der Hand, sah aber keine Verfärbungen auf seinem Arm. „Un buen dibujo! – Ein gutes Zeichen!", dachte er. Eine Blutvergiftung war also auszuschließen. „I hope the ship has your ransom with it! – Ich hoffe, das Schiff hat Euer Lösegeld dabei!", sagte Bram.

Vom Holländischen Schiff wurde ein Beiboot heruntergelassen. An Bord stiegen sechs Soldaten und ein Kommandant. Bram und seine Mannschaft zeigten sich zwar gelassen, waren aber hellwach. Sie achteten auf die kleinsten Bewegungen der Soldaten.

Im Hafen von Garachico

Die Äbtissin hatte sich von ihrem gewaltigen Schlag auf den Kopf noch nicht erholt. Der Graf und seine verletzte Gemahlin wurden in der Herberge „A la vid" untergebracht. „Mein Gemahl! Ich kann mich an nichts mehr erinnern. Was ist passiert? Das letzte, was ich weiß, war ein schrecklicher dumpfer Knall, dann wurde alles schwarz um mich. Ich weiß auch, dass irgendetwas geschaukelt hat. Wo habe ich mein schönes Kleid und meine Haartracht?"

„Es ist etwas passiert. Ihr wart vier Tage ohne Bewusstsein. Es hat einen Piratenangriff gegeben, eine Kugel traf das Notariat und die Decke stürzte ein. Teile von ihr trafen Euch am Kopf. Ich habe Euch selbst gepflegt!"

„Aber wo?", fragte Edeltraud nach.

„Wir waren auf das Schiff der Piraten verschleppt worden. Euer Kleid musste ich Euch leider ausziehen und Eure Schuhe und Haartracht gingen im Kampf verloren!"

„Ich habe ein gleißendes Licht gesehen! War das der Erzengel?"

„Vielleicht, mein Schatz!"

Graf Lohenroth bückte sich zu Edeltraud hinunter und gab ihr einen Kuss.

„Ich bin froh, dass Ihr noch lebt. Ich dachte schon, der liebe Gott hätte Euch mir weggenommen."

„Fritz und Karl haben uns aus der Hand der Piraten befreit. Ich bin ihnen unendlich dankbar und werde ihnen einen eigenen Weinberg zukommen lassen."

Der Graf lachte und wedelte mit einer Urkunde. „Seht her, das konnte ich retten. Es ist die Überlassung des Lehens, das wir uns vor ein paar Tagen angesehen haben. Könnt Ihr Euch erinnern?"

Edeltraud lächelte und gab zu erkennen, dass das doch kein Traum war. „Aber nun habe ich Durst und Hunger", sagte sie. „Und, ich liebe Euch – mehr als mein Leben!"

Lohenroth nickte und sagte: „Lasst uns hier ein neues Leben aufbauen."

Nicht unweit der Herberge wussten die Gegner nicht, wie sie agieren sollten. Auf der einen Seite ankerte das niederländische Handelsschiff, auf der anderen die spanische Galeone unter Führung von James Rupert Bram, dessen Takelage und Wanten gerade hergerichtet wurden. Beide Schiffe hatten die Kanonen ausgefahren und lauerten aufeinander. Die spanische Kompanie war auf Kampf aus, die Piraten wollten sich am Liebsten aus dem Staub machen. Die Verhandlungen unter der Parlamentärsflagge liefen bereits. Der spanische Statthalter war am Mast gefesselt. Die Männer brachten eine eisenbewährte Kiste, in der sich fünfhunderttausend Dukaten befanden. Die Spanier wussten, dass sich zwei Geiseln nicht mehr in der Gewalt der Piraten befanden. Es drehte sich alles nur mehr um Señor No Regales Nada.

Bram und der spanische Kommandant standen sich wie zwei Kampfhähne gegenüber. Keiner wollte dem anderen geben, was ihm zustand oder auch nicht. Der Spanier wollte wissen, wo die beiden anderen Geiseln seien. Offenbar nicht hier, antwortete der andere. Da reichte es Señor No Regales Nada endgültig. Er krakelte: „No están aquí, ¿no lo ves? ¡Déjame ir! – Sie sind nicht hier, seht Ihr das denn nicht. Lasst mich endlich frei!" Die Verhandler schauten sich ob des Temperamentausbruches des Gefesselten völlig verwirrt gegenseitig an. Der Gesandte hatte sich derart erregt, dass sein Kopf rot angelaufen war.

Die Spanier deuteten die Erregung des Gesandten als Angriffssignal und zündeten eine Kanonensalve der Amsterdam. Die Geschütze waren auf die Wasserlinie gerichtet. Eine Kanonenkugel traf vor der Galeone auf der Oberfläche des Meeres auf, ließ das Wasser aufspritzen und verschwand im Schiffsrumpf. Die nächste Kugel verfehlte den frisch aufgerichteten Mast um Haaresbreite, eine weitere verfehlte die Pulverkammer nur knapp.

Die Piraten antworten prompt und schossen ihre Kanonen ab. Sie waren nicht darauf aus, die Amsterdam zu versenken, sondern schossen auf die Oberbauten und die Masten des Schiffes. Sie wollten das Schiff erbeuten und nicht versenken. Die Soldaten ließen ein paar Beiboote zu Wasser und setzten sich in Richtung gegnerisches Schiff in Bewegung. Sie würden nur wenige Minuten brauchen, um ihr Ziel zu erreichen. Wallsee fühlte sich in die Zeit der Türkenkriege bei Lepanto versetzt und war stolz darauf, dem Kaiser dienen zu dürfen. Sergeant Oskar Tannen stand an seiner Seite.

Die Piraten warteten hinter der Bordwand den Angriff ab. Sie ließen ihre Feinde auf sich zukommen, blieben ruhig und hielten ihre Gewehre schussbereit. Die Männer, die bereits an Bord gekommen waren, um über den Gefangenenaustausch zu verhandeln, wurden von den Piratensöldnern überwältigt und No Regales Nada stand geschockt an seinem Mast. Als die Boote in Schussweite waren, schossen die Freibeuter mit ihren Vorderladern. Eine Kugel flog gefährlich nah an Wallsee vorbei, eine andere streifte seinen treuen Freund Tannen. Dieser schrie auf und ging rücklings über Bord. Die königlichen Soldaten hatten keine Chance, das Schiff anzugreifen. Ihr Kommandant erkannte die Lage und ließ zum Rückzug blasen. Tannen wurde beim Rückzug aus dem Wasser geholt. Er schnaufte noch, war aber nicht ansprechbar.

Franzi, die das Gefecht von Bord der Amsterdam beobachtet hatte, dachte sich: „Welch Gewalt innerhalb von Sekunden ausgebrochen ist."

Die Spanier zählten fünf tote Soldaten, ebenso viele waren verwundet. Die Männer wurden auf die Amsterdam gebracht. Franzi und Jiří eilten zu den verletzten Soldaten. Einem Mann musste eine Beinwunde abgebunden werden. Sie blutete heftig, es war fraglich, ob er sein Bein behalten würde. Franzi öffnete ihre kleine Apothekerkiste und presste Beinwell auf die Wunde. Der Wurz sollte die Schmerzen lindern und für ein rasches Abschwellen der Wunde sorgen. Franzi verband die Wunde mit einem Hanftuch, das sie schon zuvor vorsorglich ausgekocht hatte.

Auf dem Schiff der Piraten hatte sich die Ruhe der Besatzung bewährt. Nur der Statthalter, der weiter am Mast gefesselt war, roch übel nach menschlichen Exkrementen. „What a shit?", meinte Käpitän Bram. Er inspizierte die Kiste mit den Dukaten und sagte zu den gefangenen Soldaten: „Take him with you and clean him!" Bram schüttelte abschätzig den Kopf.

Garachico, abends

Moritz Graf von Lohenroth wurde von einem Gefühl neuer Hoffnung durchflutet, was aber nicht lang andauerte. Edeltraud bekam ein heftiges Schütteln und wurde erneut ohnmächtig. Ihre Glieder zuckten so heftig, dass er sie nicht festhalten konnte. Ihr Gesicht zog sich zu einer Fratze zusammen, der Oberkörper wurde weiter gebeutelt. Aus ihrem Mund trat Schaum hervor. Edeltraud gurgelte ihre eigene Spucke. Der Graf tat das einzig richtige und legte seine Geliebte auf die Seite und versuchte ihren Mund frei zu gekommen. Er rief: „Edeltraud, mein Liebling, was ist mit dir?" Zum ersten Mal im Leben hatte er die Äbtissin in der Du-Form angesprochen. Das Gesicht jener Frau, die er liebte, verfärbte sich blau. Was sollte er tun. Die Glieder wurden bereits schlaff.

Der Graf rief lautstark um Hilfe.

Schritte polterten die Treppe hinauf. Die Tür wurde aufgerissen. Der Graf glaubte seinen Augen nicht zu trauen. Ins Zimmer war niemand anderer als Franzi hereingestürzt. Die junge Schwester schnappte sich die

Äbtissin und versuchte sie hochzuziehen. Sie brüllte: „Helft mir bitte!" Zu zweit setzten sie Edeltraud im Bett auf. Franzi packte die Äbtissin von hinten und presste ihr Brustbein zusammen. Edeltraud musste daraufhin kräftig husten. Aus ihrem Mund kamen Schaum und ein keuchendes Atmen.

„Schnell Wasser!", sagte Franzi. Graf Lohenroth schnappte das kostbare Glas, das am Rande des Bettes stand und reichte es Franzi. Aus den Augen des Grafen schossen erneut Tränen, aber es waren Tränen des Glücks. „Sollte Franzi sie gerettet haben?", schoss es ihm durch den Kopf.

Nachdem sich Edeltraud wieder beruhigt hatte, erkannte sie die junge Schwester Franzi. „Ihr hier?", fragte sie.

„Gerade rechtzeitig, um Euch zu retten!" Franzi schmunzelte. „Ich war gerade Monate nur für diesen Augenblick unterwegs. Ich musste nur noch einen spanischen Gesandten verarzten, von dem ich als Lohn nur Spott erhielt."

Es klopfte an die offen stehende Tür. Ins Zimmer trat ein weiterer Bekannter: Es war Jörg von Hohenstein. Er hatte die letzten Augenblicke angstvoll im Treppenhaus mitbekommen und sagte von der Angst erlöst schmunzelnd zur Äbtissin: „Ihr wollt doch nicht ohne Euren Beichtvater von der Erde gehen? So schnell lassen wir Euch nicht davon kommen! Darf ich Euch übrigens meine Frau vorstellen: Gräfin Franziska von Hohenstein."

Die folgenden Tage verbrachten die vier zusammen mit Fritz und Karl auf dem neuen Weingut von Graf Lohenroth. Edeltraud kam dank der Obsorge Franzis und des köstlichen Weines wieder zu neuen Kräften. Kapitän James Rupert Bram setzte nach Tagen Segel und freute sich über eine Truhe voller Dukaten. „What a great deal!"

Ein Gedanke auf den Weg

Es war gerade der 1. September 1578. Im Südwesten des mexikanischen Dorfes Pueblo verdunkelte sich kurz nach Mittag die Sonne. Die Leute waren verunsichert, die Landarbeiter ließen ihr Werkzeug fallen, Frauen verfielen in Gebete, ein Kind heulte, ein Hund bellte, Männer bekreuzigten sich. Die Menschen blickten zum Himmel. Etliche glaubten, der letzte Tag sei angebrochen.

Die Spanier hatten sie ihrer schönen Frauen beraubt. Viele starben an ihren Verletzung oder der Schande, die sie erlitten hatten. Viele brachten neun Monate später kleine Mestizen zur Welt, die in eine rechtlose und arbeitsreiche Zukunft blickten. Etliche Indios waren an importierten Krankheiten gestorben, viele hatten die schwere Arbeit auf den Feldern unter der Knute ihrer Peiniger nicht überlebt. Der Patron der Haçienda schob die dreizehnjährige Magd nach einem unterbrochenen Koitus aus seinem Bett.

„Sollte das eine Strafe Gottes sein", fragte er sich, ging auf die Knie und sprach ein Ave Maria. Die Sonne war für drei Minuten und zehn Sekunden vom Himmel verschwunden. Dann erwachte alles wieder zu neuem Leben und der Hahn kündigte zum zweiten Mal den Tag an. In Garachico bekamen Franzi und Jörg davon nichts mit.

Äbtissin Edeltraud hatte sich von dem Überfall auf das Notariat wieder vollkommen erholt. Sie hatte ihren Traum verwirklicht und züchtete Trauben auf Rebstöcken auf der Insel Teneriffa. Die Rebstöcke in Baumgartenberg hatten inzwischen auch reichlich gewurzelt, wurden später aber Opfer der Reblaus, die sich im 19. Jahrhundert in Europa ausgebreitet hatte und ganze Weinkulturen zerstörte. Edeltraud wurde in Baumgartenberg nie wieder gesehen. Es hieß, dass sie in der Toskana dem Fleckfieber, auch Nervenfieber genannt, zum Opfer gefallen sei. Graf Lohenroth wurde vom Kaiser für seine Verdienste gewürdigt. Lohenroth und Edeltraud liebten sich innig.

Auch Wallsee wurde, für seinen Einsatz bei Garachico geehrt. Er erhielt ganz in der Nähe ein Weingut und starb Jahre später an Leberzirrhose, nachdem er dem Wein allzu sehr zugesprochen hatte. Er zeugte mit einer Spanierin lange vor seinem Ableben noch drei Kinder. Der Seeschlacht fielen zwölf spanische Soldaten und ein Soldat des Kaisers, Oskar Tannen, zum Opfer. Er erlag seinen Wunden zwei Tage später. Das Penicillin war damals noch nicht erfunden.

Franzi und Jörg gründete in Santa Cruz eine Priesterschule, die seltsam liberal war. Die beiden waren offiziell katholisch, gründeten aber eine Familie. Franzi war des Öfteren indisponiert. Die beiden hingen hinter geschlossenen Türen dem Glauben Martin Luthers an und hatten fünf Kinder. Pfarrer Höllrigl unterrichtete in ihrer Glaubensschule. In Baumgartenberg wurde viele hundert Jahre später ein Sarg gefunden, in dem sich keine menschlichen Überreste befanden. Offiziell hätte hier Franzi ihre letzte Ruhestätte finden sollen, war aber durch einen Trick den Häschern entkommen.

Jiří Krejčí und Axel lebten auf der grünen Seite des Teides wie Einsiedler. Sie bauten ebenfalls Wein an, genossen aber heimlich ihre gegenseitige Liebe. Nachwuchs bekamen die beiden natürlich keinen, sie brachten aber vielen Kindern Lesen und Schreiben bei.

James Rupert Bram setzte sich nach dem Coup in Garachico zur Ruhe. Er hatte nach dem Kampf in Garachico sein Schiff wieder in Ordnung bringen lassen und war nach Süden davon gesegelt.

Zenzi und Sepp Großhammetner, die Großbauern aus Mauthausen, schufen sich in Jena als tüchtige Handwerker und Bauern eine neue Zukunft.

Rudolf II steht in einer langen Reihe der Erzherzöge von Österreich. Als erster der Regenten unter den Habsburgern wird Ladislaus als König von Böhmen und Ungarn genannt. Er regiert ab dem 6. Januar 1453. Nur in Österreich gibt es den einzigartigen Titel Erzherzog. Der Erzherzog führt seinen Titel von Geburt an und entspringt einem fürstlichen Haus. Außerdem ist der Erzherzog den Kurfürsten gleich gestellt. Die Kurfürsten haben das Recht, aus ihren Reihen einen Kaiser des Heiligen Römischen Reiches zu wählen, der vom Papst gesalbt werden muss. Der Kaiser war somit für den Schutz des Heiligen Römischen Reichs zuständig. Das Erzherzogtum Österreich wurde erstmals 1512 genannt. Von Bedeutung ist die Pragmatische Sanktion, die 1713 von Karl VI öffentlich gemacht wurde. Sie regelte die Unteilbarkeit aller österreichischen Erbländer und gab auch Frauen das Recht, den Titel Erzherzogin zu tragen, sofern keine Söhne in der Erbfolge vorhanden waren. Maria Theresia wurde somit 1740 die erste regierende Erzherzogin von Österreich. Sie ließ sich als kaiserliche Hoheit ansprechen. Die Habsburger trugen den Titel Erz-Herzog von Österreich bis zum verlorenen 1. Weltkrieg 1918.

Das Haus Habsburg hat seine Stammburg im Schweizer Kanton Aargau und stieg im Spätmittelalter zur mächtigsten Dynastie Europas auf und herrschte von Ungarn im Osten bis Mexiko im Westen. Es war das Reich, in dem niemals die Sonne unterging. Die Bezeichnung „Haus Österreich" wurde im 14. Jahrhundert vom Herzogtum Österreich auf die Habsburger übertragen. Im 16. Jahrhundert teilte sich die Dynastie in eine spanische und österreichische Linie. Von 1439 bis 1806 stellte die Habsburger Linie fast ununterbrochen die deutschen Könige und römisch-deutschen Kaiser. Ich selbst habe den Nachfahren, Otto von Habsburg, der als eifriger Europäer gilt, 1998 bei einem Interview in Salzburg kennen gelernt. Habsburg leitete von 1973 bis 2004 die Paneuropabewegung, die von 1922 von Richard Coudenhove-Kalergi gegründet wurde. Den Vorsitz der Bewegung hat derzeit Karl von Habsburg.

Den Habsburgern wurde das Tragen des Adelsprädikates „von" nach dem ersten Weltkrieg verboten. Kaiser Franz Joseph hatte Österreich nach der Ermordung des Thronfolgers Franz Ferdinand in Sarajevo in diesen Krieg geführt, der 17 Millionen Soldaten das Leben gekostet hat und das Ende der Habsburger Dynastie einleitete. Die einhergehende spanische Grippe forderte 27 bis 50 Millionen Menschenleben. Wenn man bedenkt, dass amerikanische Soldaten die spanische Grippe nach Europa eingeschleppt haben sollen, ist schwer zu unterscheiden welche Todeszahlen welchem Ereignis zuzuordnen sind. 1916 besteigt als letzter Kaiser Großneffe Karl I den Thron. Er muss 1918 auf die Regierungsgeschäfte verzichten, dankte aber niemals ab. Er bezeichnete sich als „Kaiser von Gottes Gnaden".

In der langen Liste von 24 Erzherzögen spielt Rudolf II in der Zeit der Gegenreformation eine entscheidende Rolle. Er setzt die Jesuiten ein, einen Orden, der von Papst Gregor VIII unterstützt wurde, um den immer stärker werdenden Protestantismus zu bekämpfen. Wesentliche Werkzeuge der Jesuiten sind Schulbildung für die Kinder und der 1578 wieder eingeführte Fronleichnamsumzug. Der Gründer des Ordens, Ignatius von Loyola, erkannte bereits um 1540 in Paris, dass Bildung für die Menschen von großer Bedeutung war und gründete 1548 in Messina in Sizilien die erste Jesuitenschule mit kostenlosem Unterricht. Am 25. April 1551 trafen die ersten Jesuiten in Wien ein. 1554 zählte man in fünf Klassen 300 Schüler. Der Orden zählte 1640 insgesamt 15000 Mitglieder.

Eine spannende Rolle spielt in meiner Geschichte Don Juan de Austria. Er war Statthalter der habsburgischen Niederlande und Befehlshaber der spanischen Flotte. Er war ein außereehelicher Sohn von Kaiser Karl V. und Sohn einer bürgerlichen Regensburger Gürtlertochter.

Die Donau sah im Mittelalter sicherlich anders als heute aus. Während sie heute durch etliche Staumauern, die ab den 50er Jahren des 20. Jahrhunderts entstanden sind, reguliert ist, müssen wir uns den Fluss im Mittelalter viel breiter und mit etlichen Nebenarmen vorstellen. Flussübergänge gab es damals nur in Regensburg und bei Linz, beziehungsweise in Wien. Die Holzbrücke in Mauthausen fiel mehreren Hochwassern zum Opfer.

Die Donau ist der Bevölkerung der betroffenen Anrainergemeinden ein Fluch und Segen zugleich. Von 5. Mai bis zum 7. Oktober 2010 hatten die Regionen Ardagger Markt und Ennshafen eine grenzübergreifende Ausstellung zu diesem Thema. Beim Hochwasser 2002 waren ganze Orte abgesoffen. In Mitterkirchen mussten etliche ihre Höfe und Häuser aufgeben und in die benachbarte Umgebung übersiedeln. Betroffen waren auch Baumgartenberg und die Stadt Grein. Hier war die Donau mehrere Meter über ihre Ufer getreten. Von den Fluten stark betroffen waren auch Städte wie Deggendorf in Bayern.

Das Land Oberösterreich hat entlang der Donau einen 110 Kilometer langen Damm errichtet, der bei einem Hochwasser 2013 Wirkung zeigte. Die Tiefdruckgebiete Christopher und Dominik sowie Frederik und Günther hatten es Ende Mai/Anfang Juni mehrere Tage regnen lassen. Der Damm hatte gehalten, die Donau blieb nur wenige Zentimeter unterhalb der Krone stehen. In manchen Regionen fiel innerhalb von 72 Stunden mehr als 100 Liter Wasser auf den Quadratmeter gerechnet. In Deutschland war damals die Elbe über ihre Ufer getreten und setzte ganze Landstriche unter Wasser.

Wie würde wohl ein Hochwasser im Jahre 1577 gewesen sein? Ich habe probiert, die Folgen bei einer Donauüberquerung bei einem Schlagwetter herauszuarbeiten. Flussüberquerungen waren zu jener Zeit lebensgefährlich, zudem die Menschen nicht schwimmen konnten. In meiner Geschichte wird die Hochwassergefahr auch durch die Fluten in Lobenstein deutlich gemacht, die von der jungen Gräfin Anna nur knapp überlebt werden und das Anschwellen der Elbe, bei dem das Flussschiff in Seenot gerät. Ein Segen ist die Donau mit ihren Überschwemmungsgebieten aber auch. So haben die Fluten den Äckern des Machlands oder dem Eferdinger Becken fruchtbare Erde geschenkt. Erkennbar ist das schon an den großen Bauernhöfen.

Die Auswirkungen des Wetters haben im Mittelalter überhaupt wesentlich größere Konsequenzen gehabt. Deutlich wird das durch einen Wintersturm im Mühlviertel und durch einen Lawinenabgang am Brennerpass, bei dem meine Akteure nur knapp mit dem Leben davon kommen und dann längere Zeit in einer Schutzhütte eingeschlossen sind. Die Ereignisse beziehen sich auf wahre Begebenheiten, wie die Lawinenkatastrophe in Galtür im Tiroler Paznauntal im Jahre 1999, bei der ein Großteil des Ortes zerstört wurde und 31 Menschen ums Leben gekommen sind, oder der Jahrhundertsturm Kyrill, der 2007 mit 225 km/h über Europa fegte und in den Wäldern schwere Verwüstungen anrichtete.

Für Unwetter, Missernten und Krankheiten suchte man im Mittelalter und in der frühen Neuzeit oft einen Schuldigen, die in Hexenprozessen gipfelten. Diese schreckliche Zeit fing 1450 an und endete 1750. Sie forderte 50 bis 60.000 Menschenleben. Frauen und Männer wurden gleichermaßen hingerichtet. Oft kam ein Verdacht einem Urteil gleich, dazu bedurfte es aber eines Geständnisses, das unter der Folter erzwungen wurde. Als perfides Instrument wurde der Hexenhammer des Theologen und Dominikaners Heinrich Kramer von 1486 angewendet. Über die Menschen sprachen sowohl kirchliche, als auch weltliche Gerichte Recht. Das bekannteste Opfer ist Johanna von Orléans. Ein anderes ist die Wagenlehnerhexe aus Bad Zell, deren gesamte Familie 1730 den Verleumdungen zum Opfer fiel. Die 64jährige Magdalena Grillenberger wurde erdrosselt auf dem Scheiterhaufen verbrannt.

Mit Strafen war man früher ohnehin nicht zimperlich. So stand auf die gleichgeschlechtliche Liebe die Todesstrafe, ebenso auf Vergewaltigung. Bei Diebstahl wurde so manchem die Hand abgehackt und bei Betrug die Ohren aufgeschlitzt.

Um trocken über den Fluss zu kommen, gab es damals nur zwei Möglichkeiten: Entweder mit dem Floß oder einer Zille, die an einem Gierseil geführt wurde. Überhaupt kannten die Bauern nur ihre unmittelbare Umgebung. Der sonntägliche Gottesdienst bot eine willkommene Abwechslung, um in den nächsten Ort zu kommen. Die Messe vor Luthers Zeiten wurde dabei nur in Latein abgehalten.

Weinbau, Kräuter und Wolle in Oberösterreich.

In Oberösterreich wird heute wieder auf Weinbau gesetzt. Selbst in Linz wird seit 2000 wieder Wein angebaut. Die Reblaus, die ‚Daktulosphaira vitifoliae', hatte in Oberösterreich den Weinanbau im 19. Jahrhundert zunichte gemacht. Nachdem resistente Sorten ihn jetzt wieder ermöglichen, setzen Obstbauern wieder auf den Weinbau. Ich habe diese Tatsache verwendet, um auch in Baumgartenberg von den Schwestern in Zusammenarbeit mit Graf Lohenroth Weinberge zu kultivierten. In meiner Geschichte findet eine erste Lese der Zisterzienserinnen statt. Die Ordensschwestern waren es gewohnt, ihr Geld selbst zu verdienen und nicht vom Zehent der Bevölkerung zu leben. So bauten sie auch zahlreiche Kräuter an, die sie an die Bevölkerung verkauften. In meiner Geschichte kommt eine ordenseigene Apotheke vor, die zum Schauplatz eines Mordes wird.

Schauplätze

Ein weiterer Schauplatz ist der Kerker des Schlosses Greinburg. Den Kerker hat es wirklich gegeben und kann auf Bitte auch besichtigt werden. Die Greinburg ist Hauptsitz des österreichischen herzoglichen Hauses Coburg-Sachsen-Gotha. Sie ist ein Wohnschloss und den Besuchern zugänglich. Der Arkadenhof und der Rittersaal sind auch Schauplatz des Vereins Kulturforum Donauland Strudengau. In meiner Geschichte ist sie auch Schauplatz für die Inhaftierung der Hauptheldin Franziska. Die Inhaftierung ist natürlich erfunden. Es lohnt sich auf alle Fälle, einen Besuch im Schloss Greinburg zu machen. Es lohnt sich auch, die prunkvolle Kirche von Baumgartenberg zu besichtigen. Sie geht auf eine Stiftung von Otto von Machland und seiner Gemahlin Jutta von Peilstein zurück. Die Herren von Machland lebten im 11. und 12. Jahrhundert.

Zwei weitere Burgen spielen in meiner Geschichte eine Rolle: Die Burg Rothenstein ist heute eine gewaltige Ruine bei Pierbach und heißt nach den Zeiten der Lautwandlungen Ruttenstein. Ein Erlass von Kaiser Joseph II hatte dazu geführt, dass zahlreiche Burgen verfallen sind. Eine Dachsteuer sollte dem Kaiserhaus wichtige Einnahmen bringen. Um diese Steuer zu umgehen, deckten viele Burgherren ihre Gebäude ab und setzten sie somit dem Verfall aus. Heute werden die Mauern von Burgvereinen mühevoll erhalten, befinden sich aber im Besitz von adeligen Häusern oder kirchlichen Stellen, die die Wälder rundherum bewirtschaften. Ruttenstein ist heute ausgeholzt und erstrahlt als prächtige Ruine. Das Kulturprogramm wird durch Konzerte ergänzt. Am Fuß der Ruine befindet sich eine Ausflugshütte mit einem herrlichen Rundblick. Ruttenstein wird im Jahre 1577 zum Ausflugsziel von Franziska und ihrer Mutter.

Früher konnte man sich zwischen Rothenstein und der benachbarten Burg Clingenberg, heute Klingenberg geschrieben, durch Signalfeuer verständigen. Die Burgen waren wesentlich, wenn Angriffe von Feinden drohten. Ein nie stattgefundener aber befürchteter Türkeneinmarsch bildete eine solche Gefahr. Rothenstein war in Besitz mehrerer Adelshäuser. Seit 1823 gehört die Burg dem Hause Sachsen-Coburg-Gotha. Leonhard Helfried von Meggau war 1621 Besitzer der Burg. Er stand als Obersthofkämmerer und Obersthofmeister an der Spitze des Wiener Hofes. Das war zur Zeit von Kaiser Matthias und Ferdinand II. Der Name der Burg soll sich von der rostroten Farbe des Granits ableiten, aus dem die Burg gemauert wurde. Es gibt aber andere Sagen um die Namensgebung. Tatsache ist, dass die Burg allen Angriffen standgehalten hat.

Klingenberg gehört heute dem Domkapitel Linz. Sie war in Zeiten der Türkengefahr eine Fluchtburg. In diesem Roman stellt sie den Hauptwohnsitz des Grafen Lohenroth dar, der mit Weitsicht über seine Untertanen herrscht und der Oheim von Franziska ist. Auch diese Burg ging durch die Hände mehrerer Adelshäuser. Klingenberg ist heute wegen Steinschlaggefahr teilweise behördlich gesperrt. Um die Erhaltung kümmert sich ein lokaler Verein.

Das Stift St. Florian, in dem Jörg von Lohenroth seine Primiz feierte, befindet sich in gut 50 Kilometer Entfernung von Klingenberg. Das prächtige Stift gehört den Augustiner Chorherren und zählt zu den größten und bekanntesten Klöstern aus der Barockzeit in Österreich. Sämtliche Namen, die hier angegeben sind, sind frei erfunden und die Inhalte entsprechen der dichterischen Freiheit. Kann man das Stift St. Florian heute in einer Stunde Autofahrt erreichen, war das früher weit schwieriger, zudem auch die Donau überquert werden musste.

Regensburg verfügte über die erste steinerne Brücke über die Donau. Sie gilt als „ein Meisterstück mittelalterlicher Baukunst" und ist zugleich die älteste Brücke Deutschlands. Mit dem Bau wurde 1135 begonnen. Das Bauwerk verfügt über 16 Natursteinbögen. Sie spielte im Fernhandel zwischen Nord und Süd eine große Rolle und war schon für den zweiten Kreuzzug wichtig. Und Kaiser Friedrich Barbarossa führte seine Truppen über sie zum 3. Kreuzzug.

Regensburg hatte auch einen mittelalterlichen Hafen und der städtische Salzstadl erinnert noch heute an den einst bedeutenden Salzhandel. Regensburg hatte 1050 bereits 40.000 Einwohner. Regensburg war Schauplatz eines Reichstages von 1546 von Kaiser Karl V. Schon Karl der Große ließ hier im Jahre 792 eine Schiffbrücke anlegen. Wer über sie wollte, musste einen Brückenpfennig zahlen.

Mit dem Übergang in Wien und in Linz zeigt sich sehr gut, wie schwierig es früher war, über die Donau zu kommen. Die Brücke in Wien, die über alle Donauarme führte, entstand 1439 unter Herzog Albrecht V, jene in Linz um 1501 als Holzbrücke. Die Brücken waren für die wirtschaftliche Entwicklung der Städte von großer Bedeutung.

Blankenburg ist in meiner Geschichte ein wichtiger Schauplatz für eine protestantische Synode. Die Synode in Blankenburg, heute Bad Blankenburg, ist frei erfunden. Der Name der Burganlage wechselte im

12. Jahrhundert von Blankenburg auf Greifenstein. Der Ort beheimatete mit Greifenstein eine der größten Feudalburgen seiner Zeit.

Hamburg spielt als Hansestadt schon im Mittelalter eine bedeutende Rolle. In der beginnenden Neuzeit ist die Stadt für viele Menschen ein Sprungbrett in die neue Welt, wie auch Bremerhaven oder Amsterdam. Gut die Hälfte der Amerikaner stammen von deutschen Einwanderern ab. Für mich war von vornherein klar, dass Hamburg und Amsterdam in meiner Geschichte eine bedeutende Rolle spielen, womit wir auch gleich bei Amsterdam wären, einer Stadt, die sich ab dem 16. Jahrhundert ebenfalls zur Welthandelsstadt entwickelte. Amsterdam stand zur Zeit Karls V und seines Sohnes Philipp II besonders zwischen den Fronten. In den Niederlanden tobte ein Krieg zwischen Calvinisten und den katholischen Herrschern.

Die holländischen Fürsten konnten es sich leisten, eine Armee aus einhundertzwanzigtausend Mann zu haben. Die Niederlande haben mit ihren siebzehn Provinzen dabei nur eine Million und fünfhunderttausend Einwohner. 1572 schickte Philipp II siebenundsechzigtausend Soldaten gegen Wilhelm von Oranien in den Krieg. 200 Städte setzten sich gegen die Spanier zur Wehr. Sie alle waren von starken Mauern und Wällen umschlossen. Philipp II übernimmt 1555 die Macht als Sohn von Karl V in den Niederlanden. Er regiert als Monarch von Gottes Gnaden. An Philipps Seite kämpft unter anderem der Herzog von Alba. Philipp will lieber einhunderttausend Menschenleben opfern, als die kleinste Abweichung von der katholischen Lehre zulassen, wie er dem Papst zusichert. Die letzte große Schlacht in Holland führte Alba gegen die Stadt Haarlem, die unweit von Amsterdam entfernt liegt. Der Kampf dauerte acht Monate lang, bis sich Haarlem ergab. Es war der letzte Erfolg der Spanier, der zehntausend Mann das Leben kostete. Die Holländer drohten die Deiche durchzustechen, Alba blies zum Rückzug. Im Herbst 1575 war Spanien pleite, die Silberminen Amerikas warfen nicht mehr genug ab. Besonders interessant ist es hier eine Geschichte über das goldene Zeitalter der Niederlande im Magazin für Geschichte, ‚Geo Epoche', Nr. 101 nachzulesen.

Andere Schauplätze des Buches sind Kufstein in Tirol mit seiner mächtigen Burg. Hier richtete sich die Inquisition gegen Wiedertäufer und Sterzing am anderen Ende des Brennerpasses, sowie Genua und zuletzt Teneriffa als letztes Sprungbrett über den Atlantik.

Verkehrswege durchs Mittelalter bis in Neuzeit

Der Fluss bot die Möglichkeit, Waren zu transportieren. Und wieder spielten hier die Flößer eine wichtige Rolle. Auf dem Floß wurden Salz, Stoffballen und eben Holz, aus dem das Floß ja bestand, transportiert. In Oberösterreich wurde sogar ein Schwemmkanal durch das Mühlviertel gebaut, auf dem Holz bis an die Donau geleitetet wurde, um es in Wien oder Budapest zum Heizen zu verwenden. Der Bau der Donaukraftwerke zog schließlich einen Schlussstrich unter diese Ära. Als Wege gab es im Mittelalter ein relativ schlecht ausgebautes Straßensystem, dessen Hauptrouten sich zum Teil an den Römerstraßen orientierten. Daher waren die Flüsse umso wichtiger.

Die Zeit in der die Akteure dieser Geschichte spielen, ist dem Spätmittelalter beziehungsweise der Neuzeit zuzurechnen. Umso wichtiger sind die Wege über die Meere. Im Vergleich zum Landweg können hier in kurzer Zeit relativ große Strecken zurückgelegt werden. Post kann nur durch Boten, die Pferdestationen benutzten und später mit Postkutschen zugestellt werden. Ein probates Mittel für die Zustellung von Nachrichten waren Brieftauben, die aber nur zu ihrem Heimatschlag geschickt werden konnten.

Arzneien des Mittelalters

Kräuter und andere Ingredienzien wie Quecksilber und ähnliche Stoffe waren die Apotheke des Mittelalters. Das Kräuterlexikon unter „heilkräuter.de" kennt 700 verschiedene Heilpflanzen. Ich selbst habe in meinem Buch ein paar Kräuter angeführt, die eine positive Wirkung auf den Menschen haben. Einige davon sind aber tödlich, dabei kommt es oft nur auf die Dosierung an. Kräuterheilkundige Frauen und Männer wurden im Mittelalter gleichzeitig als Zauberer und Hexen angesehen, und als Menschen, die Linderungen bei Krankheiten verschaffen konnten. Vielen dieser Menschen wurde ihr Wissen zum Verhängnis.

Einige Kräuter finden wir bereits in unseren Gärten, wie die Brennnessel oder den Spitzwegerich, der äußerst wirkungsvoll bei Bremsenbissen hilft. Man muss nur wissen, wie die Kräuter anzuwenden sind. In diesem Buch sind einige genannt. Deutlich wird das aus einem Dialog des Apothekers Severin mit Franzi: „Da habt Ihr völlig Recht. Schaut, ich streue gerade die Samen des Eisenhuts ins Erdreich. Die Pflanze bringt zum einen Segen aber auch den Tod zugleich. Die blaue Blume wird auch Teufelswurz genannt. Heilkundige kennen sie unter dem Namen Apolloniakraut. Eine Tinktur aus den getrockneten und geriebenen Wurzeln hilft gegen Zahn- und bei Gliederschmerzen. Der Eisenhut ist entzündungshemmend und fiebersenkend. Wenn die Dosierung zu hoch ist, treten Lähmungen und Schweißausbrüche ein, die Atmung und das Herz werden schwächer. Schließlich tritt der Tod ein. Bereits das Pflücken der Pflanze verursacht Hautentzündungen und schwere Vergiftungen. Nur kundige Menschen dürfen mit dem Kraut umgehen."

Der Naturpark Mühlviertel hatte das Buch „Heilkräfte der Natur, Wender & Aberglaube", das zur Dauerausstellung im Rechberger Freilichtmuseum herausgekommen ist, herausgegeben. Die Ausstellung zeigt faszinierende Einblicke in die alte Volksmedizin. Einen Arztbesuch konnte man sich besonders in bäuerlichen Kreisen nicht leisten. Bei allerlei Weh-wehchen verließ man sich zur Not auf die Kenntnisse eines Baders oder einer heilkundigen Frau, die sich ihre Kräuter selbst aus dem Wald holte. Der Bader wurde vor allem auch bei Zahnschmerzen zu Rate gezogen. Während man heutzutage viele Krankheiten als kurierbar ansieht, wurden sie früher als gottgegeben hingenommen.

Im Mittelalter war es durchaus gefährlich, zuviel über Kräuter und Medizin zu wissen. So manch heilkundiger Mensch wurde für seine Künste auf dem Scheiterhaufen verbrannt. Die Strafen dafür reichten bis weit in die Neuzeit hinein. Dennoch gab es Mönche, die über die medizinischen Künste ganze Bücher verfasst haben. Benediktiner hatten um 785 das Lor-scher Arzneibuch verfasst. Es befindet sich derzeit in der Staatsbibliothek Bamberg. Das Buch enthält 482 Rezepturen aus griechisch-römischen Kenntnissen. Behandelt werden in dem Buch aus Kalbsleder Arzneifor-men wie Tränke, Latwerge, Pillen, Pflaster, Umschläge, Zäpfchen, Salben und Öle. Latwerge sind zähflüssige Tränke (siehe auch S. 266). In dem Buch ist sogar ein Antibiotikum aus Schafdung, Honig und Käse zu finden, womit Geschwüre und tiefe Wunden behandelt wurden.

Besonders Theriak galt im Mittelalter als Allheilmittel in dem bis zu dreihundert Inhaltstoffe gemixt wurden. Die Meerzwiebel war darin genauso zu finden wie das Johanniskraut, die Baldrianwurzel, Zimt oder Honig. Es wurden aber auch absurde Bestandteile wie Kröten- oder Schlangenfleisch verwendet.

Anwendungen aus dem 2010 erschienenen Buch „Volksmedizin und Heilbräuche"

Pechöl: Behandlung durch mehrmaliges Einreiben bei Verstauchungen besonders bei Rindern. Das Pechöl wurde auch bei Rotlauf angewendet und bei Schwindsucht tropfenweise in lauwarmem Wasser. Das Pechöl soll auch positive Auswirkungen bei Husten und Brustschmerzen gehabt haben. In diesem Fall wurde es tropfenweise mit lauwarmen Wasser verabreicht. Bei Diphterie wurden die Fußsohlen mit dem Öl bestrichen. Das Pechöl wurde bei Nagel-Geschwüren mit Honig und Butter vermischt.

Kren oder auch Meerrettich: Die Krenwurzel soll dabei möglichst saftig sein. Sie wird in neun Scheiben geschnitten und auf eine Schnur gezogen. Die Anwendung erfolgt im sogenannten „Krenbet'n". Die Schnur wird dem Patienten locker um den Hals gelegt. Die Aerosole werden über Nacht eingeatmet und haben eine fiebersenkende Wirkung. Das „Krenbet'n" wird an mehreren Abenden wiederholt.

Mittel gegen Warzen: Im Mühlviertel gab es früher die Möglichkeit des Warzenwendens. Dabei wurden Warzen mit einer Speckschwarte eingestrichen und ein Segensspruch angewendet. Das abschließende Amen wurde aber ausgelassen, weil man die Warze ja weg haben wollte. Die Schwarte wurde danach an eine Holztür genagelt. Fiel sie mit der Zeit ab, war auch die Warze weg.

Wickel gegen Fieber und schmerzhafte Entzündungen: Recht erfolgreich sollen Lehmwickel, die mit Mostessig durchtränkt sind, wirken. Die Konsistenz des Breis soll möglichst glatt sein. Die betroffenen Körperstellen werden über Nacht eingewickelt. Bei offenen Wunden darf der Wickel wegen Infektionsgefahr nicht angewendet werden.

Eierpatscherl gegen Fieber: Zwei bis drei Eier werden schaumig gerührt und als Brei auf einen Leinenstreifen gegeben. Die Eierpatscherl sind bei leichtem Fieber zu empfehlen, weil sie den Körper Wärme entziehen. Der Heilbrauch wird bei Kindern verwendet.

Essigpatscherl wurden ebenfalls gegen Fieber angewendet. Ein Tuch wurde mit Essig getränkt und um den Fuß gewickelt.

Ringelblumensalbe: Wirkt gegen Entzündungen.

Topfenwickel: Die Topfenwickel wirken gegen Fieber, Beinkrämpfe Krampfadern, chronischen Gelenksentzündungen, Gicht, Husten, Halsschmerzen und Heiserkeit. Außerdem nimmt er Schwellungen weg. Je nach Indikation wird er entweder kalt oder heiß angewendet. Der Wickel liegt meist eine Stunde auf.

Latwerge nach Hildegard von Bingen
Latwerge dienten im Mittelalter zur Entgiftung des Darms. Hildegard von Bingen hat für ihre Herstellung eine Rezeptur hinterlassen. Sie gelten wertvoller als Gold. Das Latwerg besteht aus einem Birnenbrei, der mit Honig und mit Bärwurz und unter anderem mit Fenchel vermischt wird. Die Einnahme erfolgt als Brotaufstrich zum Frühstück oder auf einem kleinen Löffel nach dem Essen oder vor dem Schlafengehen.

Von Bingen dazu: „Iss täglich davon nüchtern so viel, wie ein kleiner Löffel fasst, und nach dem Essen zwei Löffel, und auf die Nacht soll man im Bett drei Löffel nehmen. Das ist der beste Latwerge und wertvoller als Gold und nützlicher als reinstes Gold … Birnen stammen nämlich von Kälte und auch etwas von Wärme und sie haben Härte in sich, aber wenn sie in Wasser gekocht werden, sind sie gleichsam Spezereien und erheben sich dazu, schlechte Körpersäfte zu beseitigen. Galgant aber ist wie ein kräftiger und unbesiegbarer Soldat, der alles überwindet und besiegt, so gut er kann und doch maßvoll, so dass er schlechte Körpersäfte von jeder Beschaffenheit immer beruhigt und beherrscht. Das Süßholz, das süßen Geschmack hat, besänftigt durch seine Milde die schlechten Körpersäfte, Pfefferkraut aber hat einen scharfen Saft und dringt in die Körpersäfte ein und beseitigt alles Faulige. Auch der Fenchel hat einen angenehmen Saft und macht alles, was beschrieben wurde, leicht."

Apothekersfrau Walburga (Walli) Birker.

Apotheker Franz Birker.

Tochter Franzi Birker.

Freund Peter Zauner.

Pfarrer Alois Höllrigl.

Frieda Schinnerl, Köchin des Pfarrers.

Bürgermeister Friedrich Semper.

Bürgermeistergattin Hermine Semper.

Ratsfrau Erna Reinling.

Moritz Graf von Lohenroth, Schlossherr von Burg Clingenberg: Trägt einen imperialen Kaiserbart, hat schwarze Haare, mit grauen Strähnen durchsetzt, glatt zurückfrisiert und schulterlang.

Fassbinder und Tischler Johann Katteneder.

Leonhard Helfried Graf von Meggau, Kaiserlicher Kämmerer und Schlossherr von Ruttenstein.

Burgvogt Siegesmund Krichbaumer.

Stallknecht Rudi.

Holzknecht Sepp.

Fritz und Karl: Holzknechte des Grafen von Lohenroth.

Alfred Enöckl: Junger Mann, der sich der Wilderei schuldig gemacht hat.

Torwächter Johann.

Max Graf von Hohenstein: Vater von Jörg.

Jörg von Hohenstein, junger Priester und später Beichtvater.

Äbtissin Edeltraud von Perg, Kloster Baumgartenberg.

Walburga von Hörtenfels Priorin, Kloster Baumgartenberg.

Schwester Adelheid von Blasenstein.

Bruder Severin: Gärtner im Kloster Baumgartenberg.

Kurt Pleimer: Bürgermeister von Baumgartenberg.

Pater Laurentius, erster Beichtvater der Äbtissin.

Jakobus mit dem unruhigen Augen, Agent des Kaisers.

Mann in Schwarz, Meister Wallsee: Agent des Kaisers alias Hinterwogen.

Sergeant Ottokar Tannen, rechte Hand von Wallsee.

Abt Erhart, Abt des Klosters St. Florian.

Pater Blasius, Apotheker in St. Florian.

Vinzenz Geyrhofer: Ratsherr in Baumgartenberg.

Konrad Graf von Eisenstein, Protestantenjäger im Dienste des Kaisers.

Peter Eichinger, Kommandant auf Schloss Pragstein.

Albrecht Blankenstein: Wirt vom Goldenen Schiff.

Winfried Karzer: Burgvogt in Grein.

Zenzi und Sepp Großhammetner, Großbauern aus Mauthausen.

Johann und Frida, Kinder der Großhammetners.

Pfarrer Hans Wehrenpfennig.

Graf Herfried von Waldenfels, den Protestanten freundlich gesinnter Herrscher in Erfurt.

Helfried Baron von Waxenberg.

Siegfried Scholz, Bürgermeister von Weiden in der Oberpfalz.

Pater Stefan, Apotheker des Klosters Baumgartenberg.

Manfred Baron von Friedhoff, Burgherr der Feste Kufstein.

Heinrich Graf zu Lobenstein.

Anna zu Lobenstein: Tochter des Grafen.

Konrad: Begleiter von Anna zu Lobenstein.

Gerda Comtesse von Greifenstein: Tante von Anna.

Martin Graf de Jourez, Burgherr von Greifenstein, Bekannter von Graf Hohenstein.

Graf Zrinski, Burggraf von Rožmberk.

Wilhelm Graf von Rosenberg, Burggraf von Krumau und böhmischer Oberlandeskämmerer.

Jiří Krejčí, Tutor von der Prager Universität.

Pieter van de Gruyt, Reeder aus Amsterdam.

Jan van de Gruyt, Kapitän und Sohn des Reeders.

Joss Burmester, Kapitän einer Ewer.

Klaas Huisen, Kontorvorsteher von van de Gruyt in Hamburg.

Knut Riebesel, Pastor auf Wangerooge.

Señor No Regales Nada, spanischer Statthalter.

Signor Michele Moltocarbone, Bankier aus Florenz.

James Rupert Bram, Kapitän des Piratenschiffes Escuadrón de la muerte.

Axel: Schiffsjunge auf der Amsterdam und Freund von Jiří.

Adlatus: Ein untergeordneter Gehilfe.

Abtritt: Toilette.

Äbtissin: Vorsteherin eines Ordens, wird vom Kaiser eingesetzt oder von der Ordensgemeinschaft gewählt.

Atriensibus: Hausmeister.

Binder: Fassmacher.

Büttel: Stadtwache, Gerichtsdiener.

Dreiseiter: Wie Vierseiter, nur wird ein Gebäudetrakt durch eine Mauer ersetzt. Es fehlt also ein Gebäudeteil.

Ewer: 18 Meter langes Schiff mit flachem Boden und Seitenrudern anstelle eines Kiels.

Feldscher: Der Feldscher war ein Heilkundiger, der die Verwundungen von Soldaten versorgte.

Fraisen: Krampfzustände, auf Kalk- und Vitamin D-Mangel zurückzuführen, die bei Säuglingen zum Tod führten.

Hallig: Eine kleine, nur wenig geschützte Marschinsel vor der Küste.

Kratzfuß: Demütige Verbeugung.

Gaff: Haken mit einem langen Stiel.

Galeone: In diesem Fall ein spanisches Segelschiff, das mit Kanonen bewaffnet war.

G'spusi: Liebschaft.

Gugel: Kapuzenartige Kopfbedeckung aus Wollstoff, die über die Schultern reichte. Sie wurde von Männern und Frauen getragen.

Gecke: Ein eitler und herausgeputzter Mann.

Holk: Segelschiff ohne Kiel. Es konnte dadurch flache Gewässer befahren.

Kandidatin: Anwärterin auf ein Amt in der Ordensgemeinschaft.

Kemenate: Frauengemach mit einem Kamin.

Kielholen: Jemanden zur Strafe unter dem Kiel des Schiffes durchziehen.

Klüver: Dreieckiges Vorsegel.

Komplet: Gebet nach Sonnenuntergang.

Lateinersegel: Dreieckiges Segel, das besonders auf muslimischen Schiffen verwendet wurde.

Laudes oder Matutin: Gebet in den frühen Morgenstunden.

Mair: Verwalter eines Gutes.

Der Magistrat: Das oberste Verwaltungsorgan.

Morion: Offener Helm mit einem Kamm.

Postulat: schließt an das Noviziat an und dauert meist ein Jahr an. Es werden kleinere Aufgaben im Orden übernommen.

Plätte, Ulmer Schachtel: Mittelalterliches Transportboot, das auf der Donau zwischen Ulm und dem Schwarzen Meer eingesetzt wurde. Das Boot oder Floß wurde an seinem Ankunftsort zerlegt und das Holz verkauft. Flussaufwärts wurde es auf einem Treidlpfad meist von Pferden gezogen.

Pfandbesitz: Ein Gläubiger konnte sich im Mittelalter zum Schutz seiner Schuld Häuser, Territorien oder ganze Besitze einverleiben, bis die Schuld beglichen war.

Profess: Nach dem Noviziat wird eine dauerhafte Bindung zum Orden eingegangen.

Reibach machen: Einen unverhältnismäßig hohen Gewinn erzielen.

Schultheiß: Richter der niederen Gerichtsbarkeit. Hilfsbeamter eines Grafen.

Syndikus: Er war für die Rechtsgeschäfte einer Stadt zuständig.

Treidlpfad: Ein Weg, um Boote flussaufwärts zu ziehen.

Pot: Großes Schiff.

Priorin: Ständige Vertreterin der Äbtissin.

„Tor zum Paradies": Vagina.

Vierseiter: Bauernhof, dessen Gebäude in einem geschlossenen Viereck angeordnet sind und ihn mit Fenstergittern wehrhaft machen.

Vintschgerl: Fladenbrötchen aus Roggen- und Weizenmehl, verfeinert mit Fenchel, Koriander und Kümmel.

Waller: Wels.

Würzwein: Heißer Wein mit Gewürzen.

https://de.wikipedia.org/wiki/De_anima

https://de.wikipedia.org/wiki/Habsburg

https://de.wikipedia.org/wiki/Liste_der_Erzherzoge_von_Österreich

http://www.münzbach.at/

http://www.windhaag-perg.at/

http://www.stift-st-florian.at/start.html

www.mauthausen.at

www.duernstein.at

http://www.kufstein.at

https://www.sterzing.com

https://www.ruttenstein.at/

http://www.baumgartenberg.at/

https://jesuiten.at/geschichte/

https://de.wikipedia.org/wiki/Hochwasser_in_Mitteleuropa_2013#/
media/Datei:Central_Europe_72h_rain_fall_at_2._June_2013.png

de.wikipedia.org/wiki/Hochwasser_in_Mitteleuropa_2013

https://www.bgbtv.at/aktuelles/509-ausstellung-donau-fluch-und-segen

https://de.wikipedia.org/wiki/Reblaus

https://de.wikipedia.org/wiki/Baumgartenberg

https://chrismon.evangelisch.de/hexen

www.nachrichten.at/kultur/Bad-Zell-holt-die-Wagenlehner-Hexe-und-
ihre-Geschichte-auf-die-Buehne;art16,2773359

https://de.wikipedia.org/wiki/Burgruine_Ruttenstein

https://de.wikipedia.org/wiki/Leonhard_Helfried_von_Meggau

https://de.wikipedia.org/wiki/Burg_Greifenstein_(Bad_Blankenburg)

https://de.wikipedia.org/wiki/Steinerne_Brücke

https://www.geschichtewiki.wien.gv.at/Donaubrücken

https://www.linza.at/donaubruecken/

https://de.wikipedia.org/wiki/Regensburg

https://de.wikipedia.org/wiki/Bad_Blankenburg

https://de.wikipedia.org/wiki/De_anima

https://de.wikipedia.org/wiki/Seeschlacht_von_Lepanto

https://www.domradio.de/themen/fastenzeit/2018-02-20/schnecken-als-typisches-fastenessen

https://de.wikipedia.org/wiki/Lorscher_Arzneibuch

https://www.atterwiki.at/index.php?title=Reformation,_Gegenreformation_und_kirchliche_Erneuerung_im_Land_ob_der_Enns_und_im_Attergau

https://de.wikipedia.org/wiki/Klosteralltag_(Zisterzienser)

https://de.wikipedia.org/wiki/Ulmer_Schachtel

https://www.zobodat.at/pdf/Matreier-Gespraeche_2003_0190-0216.pdf

http://www.aeiou.at/aeiou.encyclop.g/g191516.htm

https://www.nachrichten.at/archivierte-artikel/serien/wir-oberoesterreicher/Gegenreformation-und-katholische-Erneuerung-Wende-und-Erneuerung;art11547,441993

https://www.grin.com/document/786

https://homepage.univie.ac.at/martin.scheutz/website/wp-content/uploads/2010/01/136_Scheutz_Stadtrichter.pdf

https://wiener-geschichten.at/2016/12/01/der-milchkrieg-in-wien/

https://www.stilkunst.de/c33_thought/c33_dates_of_movable_holidays.php?1578#Tabelle

http://www.lexikus.de/bibliothek/Dresden-im-Mittelalter-01

https://www.czechtourism.com/de/p/de-itinerary-kur-westboehmen/

https://www.wissen.de/lexikon/bark

https://de.wikipedia.org/wiki/Alsterschleusen

https://de.wikipedia.org/wiki/Niederländischer_Aufstand

https://de.wikipedia.org/wiki/Eroberung_der_Insel_Teneriffa

https://www.gorchfock.de/index.php/windjammer/historische-schiffe/209-die-spanische-armada-und-ihre-galeonen

https://de.wikipedia.org/wiki/Liste_der_Schiffe_der_Spanischen_Armada

https://hildegard.center/hildegard-produkt-gold-latwerge-gewuerz-ohne-baerwurz-original-hildegard-v-bingen/

Jürgen Saupe. Der Natur-Doktor. Gesundheit aus Heilpflanzen. Naumann&Göbel. 1986.

GeoEpoche. Das goldene Zeitalter der Niederlande. Magazin für Geschichte. Nr. 101. Hamburg 2020.

Naturpark Mühlviertel. Heilkräfte der Natur, Wender & Aberglaube. Rechberg 2010.

In Frank Witte's Erstlingswerk „Der Graf und das Mädchen" spiegelt sich seine Verbundenheit zu seiner Heimat, dem oberösterreichischen Mühlviertel, sowie deren Geschichte wider. Angesiedelt zur Zeit des Aufflammens der evangelisch-lutheranischen Kirche in Österreich begleitet der Autor die verschlungenen Lebenspfade eines Grafen und eines Mädchens, wie sie trotz Hindernissen und Rückschlägen stets mit Mut und Kraft ihren Weg zur Liebe und Religionsfreiheit gestalten. Frank Witte zeigt auf, wie viel und doch gleichzeitig, wie wenig sich in den letzten Jahrhunderten geändert hat. So alt wie der Schwammerlstein in Rechberg sind auch die angesprochenen Motive, die Menschen seit jeher antreiben und beschäftigen. In diesem gelungenen Buch werden sich nicht nur die MühlviertlerInnen wiederfinden, sondern auch jene, die sich fragen, wie viel sie für ihr Glück und ihre Freiheit bereit sind, aufzugeben.

Dr. Samuel Gratzl, Absolvent der Johannes-Kepler-Universtität Linz, promovierte sub auspiciis praesidentis.